Yann Sola

TÖDLICHER TRAMONTANE

Ein Südfrankreich-Krimi

Kiepenheuer & Witsch

MIX
Papier aus verantwortungsvollen Quellen
FSC® C083411

Verlag Kiepenheuer & Witsch, FSC® N001512

1. Auflage 2016

Umschlaggestaltung: Sabine Kwauka
Umschlagmotiv: ©: privat
Karte: Oliver Wetterauer
Gesetzt aus der Scala Serif
Satz: Buch-Werkstatt GmbH, Bad Aibling
Druck und Bindung: CPI books GmbH, Leck
ISBN 978-3-462-04868-1

Das Buch

Alles in dem kleinen Städtchen Banyuls-sur-Mer, nur wenige Kilometer vor der spanischen Grenze, könnte so entspannt sein, wenn nicht dieser verdammte *Tramontane,* der von den Pyrenäen herabfallende Wind, die Menschen verrückt machte. Perez, Kleinganove und Hobbydetektiv, würde gern in aller Ruhe sein Restaurant und seinen florierenden Schwarzhandel mit spanischen Delikatessen betreiben. Doch dann tritt der neue Polizeichef aus dem Norden seinen Dienst in Banyuls an, und in Strandnähe explodiert eine stattliche Yacht. Von der Besatzung keine Spur. Und als auch noch Perez' Freundin Marianne spurlos verschwindet, die zuvor mit ungewöhnlichen Mitteln gegen die geplante Erweiterung des Hafens demonstriert hat, ahnt Perez, dass es an der Côte Vermeille nicht mit rechten Dingen zugeht. Gemeinsam mit Mariannes Tochter und seinem Koch Haziem begibt er sich an die Ermittlungen und erfährt allerhand über mächtige Konzerne und korrupte Strippenzieher. Als er dann auch noch selbst des Mordes verdächtigt wird, hat Perez endgültig genug ...

Der Autor

Yann Sola lebt und arbeitet in Deutschland und Frankreich, an der Côte Vermeille. *Tödlicher Tramontane* ist sein erster Roman um den Privatermittler Perez.

KiWi

1471

PROLOG

Das Schnellboot, das in der klaren Nacht über die windgepeitschte See flog, als könne es der Schwerkraft trotzen, drosselte seine beiden Außenborder, sobald das Leuchtfeuer von *La Redoute du Fanal* in Sicht kam. Gleichzeitig erloschen alle Positionslichter an Bord. Unterhalb des Leuchtturms glitt es nur mehr im Schritttempo dahin. Dicht an der Kaimauer, den Schatten dort ankernder Schiffe ausnutzend, nahm das Boot Kurs auf die voll belegte Marina.

Der Skipper saß gebeugt hinter der Steuerkonsole der nachtschwarzen Black Fin vom Typ Elegance 10. Sein Körper steckte in einem Neoprenanzug. Eine weitere Person kletterte neben ihm aus der Kabine. Selbst die Bekleidung konnte nicht verbergen, dass es sich bei dieser um eine Frau handelte. Beide trugen schwarze Kappen, die lediglich Augen, Mund und Nase freiließen.

Im Bug der Black Fin stand eine schwarze Alukiste, groß wie ein Überseekoffer, mit Spanngurten gegen Erschütterung festgezurrt. Im Heck lagerte eine Batterie Zehn-Liter-Tauchflaschen.

In der Mitte des Hafens verbreiterte sich das Becken hin zum Denkmal vor der Mairie. Die beiden Elektromotoren brachten vielleicht nicht die größte Reichweite, aber für eine Situation wie diese hatte sie der Mann am Steuer ausgewählt. Mit hoher Geschwindigkeit schoss die Black Fin elegant und nahezu geräuschlos über die von allen Seiten einsehbare Wasserfläche, bis sie mit der Außenwand eines Containerschiffs unter der Flagge Panamas fast verschmolz und ihre Fahrt wieder drosselte.

Das Ziel lag nun direkt vor ihnen. Eine außergewöhnlich schöne, außergewöhnlich stattliche, außergewöhnlich teure Yacht. Eine Sunseeker. *Annabelle,* der Name des Schiffs, zierte das Heck. Der Skipper steuerte die Black Fin backbords gegen die Yacht und vertäute sie an einem der herabhängenden Fender.

Die Ruhe, mit der der Mann sich anschließend zum Tauchgang bereit machte, verriet den Profi. Unterdessen entnahm die Frau der Alubox sechs Pakete in der Form von Zigarrenkisten und schaffte sie hinüber zu dem Mann im Heck, der zum Tauchen vollständig ausgerüstet auf einer der Luftkammern des Bootes saß, bereit, sich rückwärts ins dunkle Wasser des Hafenbeckens gleiten zu lassen. Das Pfeifen des Windes in den Masten der gut vertäuten Boote übertönte jedes andere Geräusch. Für irgendetwas muss der Tramontane ja gut sein, dachte der Mann, bevor er unter die Yacht tauchte, wo er die Sprengladung mit sicherer Hand anbrachte.

Nur fünfzehn Minuten später sah man ein schwarzes Boot mit zwei Schatten an Bord der offenen See entgegenfliegen. Man hätte aber auch denken können, Wind, Wellen und dahinstiebende Wolkenfetzen vor dem Ball des Mondes hätten eine Sinnestäuschung hervorgerufen, denn schaute man erneut, sah man dort nur noch die beiden Leuchttürme und die dahinterliegende schwarze Fläche des Mittelmeers.

KAPITEL 1

Ein gewaltiger Krach riss Perez aus dem Schlaf. Der Wind hatte einen der morschen Schlagläden aus der Verankerung gerissen und gegen die Hauswand knallen lassen. Die Scharniere quietschten, Sonnenlicht flutete den kleinen Raum.

»Nein«, flüsterte der korpulente Mann in seine Nackenrolle und warf sich empört auf die andere Seite. Alle Versuche, in den unterbrochenen Traum zurückzufinden, scheiterten. Das Unabänderliche akzeptierend, erhob er sich wenig später und watschelte auf seinen kurzen Beinen hinüber zum Fenster. Er schob die Gardinen beiseite und half seinem massigen Bauch auf die Fensterbrüstung. Nachdem er den Störenfried mithilfe des grünen Reiters wieder festgestellt hatte, drückte er auch den zweiten Schlagladen beiseite und streckte den Kopf aus dem Fenster. Sofort versuchte der Wind seine Haare in Richtung Meer davonzutragen.

»Verfluchter Tramontane«, brummelte er. Der von den Bergen herabfallende Wind war typisch für die Côte Vermeille, diesen Küstenabschnitt zwischen Collioure und Cerbère, wo die Ausläufer der Pyrenäen steil ins Meer abfielen.

Banyuls-sur-Mer lag ziemlich genau in der Mitte dieses letzten Stücks Frankreich. Doch war das tatsächlich noch Frankreich? Ginge es nach den Einheimischen, würde das gesamte Département Pyrénées-Orientales gar nicht zur

Grande Nation gehören. Spanien war es für sie allerdings auch noch nicht. Wenngleich die Grenze keine zehn Kilometer Luftlinie entfernt lag. Man befand sich ganz einfach im französischen Teil Kataloniens, in Catalunya del Nord.

Und Perez, Sohn eines spanischen Vaters und einer französischen Mutter, war einhundert Prozent Catalán.

An den Wind aber würde er sich in hundert Jahren nicht gewöhnen, ob er nun Tramontane oder Tramuntana hieß. Einen Tag lang konnte man das verdammte Zerren an allem und jedem gut ertragen, nach zwei Tagen wurde der Wind zum unvermeidlichen Gesprächsstoff unter den Einheimischen, ab Tag Nummer sieben jedoch wurde bloß noch darüber geflucht. Dauerte der Sturm länger als eine Woche, wurden die Menschen verrückt.

»Noch immer dieser verdammte Tram, Perez. Hundertachtzig Stundenkilometer am Cap Béar, ist das nicht zum Verrücktwerden? Meine Schwiegermutter verlässt das Haus nicht mehr.«

Der Postbote auf seinem gelben Roller sah zu Perez hinauf und schickte dem Gesagten eine Geste der Verzweiflung hinterher.

»Bring sie doch um die Ecke«, entgegnete Perez und kratzte sich den nackten Bauch. Wie ernst er es mit dieser Aufforderung meinte, war seinem Gesichtsausdruck nicht zu entnehmen. Der Postbote schien den Vorschlag ernsthaft in Erwägung zu ziehen. Schließlich war Perez nicht irgendwer in Banyuls-sur-Mer. Für einen Moment versank er in den Anblick seiner staubigen Turnschuhe, bevor er sich wieder auf den Roller schwang, um die drei Meter zum Briefkasten von Madame Argenteuil, Perez' scheintoter Nachbarin, knatternd zurückzulegen.

Perez versuchte vergeblich, am Stand der Sonne die Zeit abzulesen. Er deutete dem nächsten Passanten durch ein

Tippen auf sein linkes Handgelenk an, dieser möge ihm die Uhrzeit nennen.

»Kurz vor elf, Monsieur.«

Ein Fremder. Niemand hier verwendete eine solche Anrede.

Kaum war ihm die Dimension der Antwort so richtig bewusst geworden, meldete sich auch schon sein Magen mit einem lang gezogenen Knurren. Zeit, einen neuen Tag zu beginnen.

Perez zwängte sich unter die Dusche, die für andere Menschen als ihn konzipiert worden war, für Menschen, denen der Body-Mass-Index mehr bedeutete als fette Weinbergschnecken oder saftige Pasteten, und versuchte, sich in der engen Kabine, so gut es ging, abzuseifen. Danach klaubte er die Kleidung vom Vortag vom Canapé, zog Shorts und Hemd über, schlüpfte in seine Slipper und verließ das Haus.

Vor der Tür lief er seiner Tochter in die Arme.

»Salut Perez«, rief diese fröhlich und vervollständigte ihr hübsches Gesicht mit einem Lächeln. Sie hatte in etwa Perez' Körpergröße, was ihnen bei den Begrüßungsküssen auf die Wangen entgegenkam. Auch sonst hatten sie viel Ähnlichkeit miteinander, behaupteten die Leute. Die Farbe der Augen etwa oder die Form der Nase. »Du bist spät dran«, sagte sie und schüttelte dabei ihren Pagenkopf wie einst Mireille Mathieu. Allerdings war ihr Haar weizenblond und nicht schwarz wie das der Demoiselle d'Avignon.

Perez schien zu überlegen, bevor er durch ein Zucken der Schultern andeutete, dass er dazu keine Meinung hatte.

»Salut Marie«, sagte er. »Was machst du hier?«

»Mich von dir verabschieden.« Sie bemerkte seinen ratlosen Augenaufschlag und lachte laut. »Papa, du hast es schon wieder vergessen. Maman und ich verreisen in zwei Stunden.«

»Aber was denn ...«

»Nach Grenoble, wie jedes Jahr.«

»Ski fahren«, jetzt fiel es Perez wieder ein.

»Jaaa, Papa«, sagte sie gedehnt, »ich weiß, du kannst es nicht verstehen, dass man freiwillig in den Schnee fährt.«

Perez stellte fest, und dies nicht zum ersten Mal, dass sich allein beim Gedanken an Minusgrade seine Haut zusammenzog.

»Stimmt«, sagte er tapfer den Kälteschauer ignorierend. »Wie lange bleibt ihr?«

»Vierzehn Tage, wie jedes Jahr, seit ich drei bin.«

Er umarmte seine Tochter, als würde sie nicht vierzehn Tage, sondern dieselbe Anzahl an Jahren fortbleiben, und beeilte sich, das Zeremoniell hinter sich zu bringen. Abschiede waren nichts für seine Nerven. Tapfer wünschte er seiner geliebten Marie-Hélène einen traumhaften Urlaub und hörte sich doch tatsächlich ein flüchtiges »Ski heil« murmeln.

»Danke, Papa, hab du auch ein paar schöne Tage.«

»Hm«, brummelte Perez, während die junge Frau bereits in einer Seitenstraße verschwand. Er sammelte sich für einen Moment, steckte sich eine Zigarette an und ging schließlich die abschüssige Rue Édouard Branly hinab zur Rue Saint-Pierre.

Trotz kleinerer und größerer Bausünden in den Randzonen war Banyuls doch ein wunderbarer Flecken Erde, stellte er wie jeden Tag erfreut fest. Besonders wenn die Sonne noch nicht zu hoch stand und alles in dieses magische Licht tauchte, für das die Côte Vermeille berühmt war. Zitrusduft überstrahlte das Potpourri der üppig blühenden Vegetation. Lavendel, Jasmin und die großen Schneeballhecken.

Aus der Poissonnerie rief man ihm ein »Guten Morgen, Perez« hinterher, während eine Frau, die ihr Gemüse in der Fußgängerzone verkaufte, ihm im Vorbeigehen einen Zettel mit einer Bestellung zusteckte. Der Besitzer des Schreibwarenladens lief unter dem Gelächter der übrigen Ladenbesitzer einem seiner Postkartenständer hinterher, den der Tram vor sich hertrieb.

Bevor Perez das Café erreichte, warf er einen Blick hinüber zum Strand. Auf den Bänken rund um die Skulptur der Sardana-Tänzer hockte eine kleine Gruppe Obdachloser und stieß aus Drei-Liter-Flaschen auf einen weiteren Tag unter südlicher Sonne an. Viele von ihnen stammten aus Deutschland, von wo sie sich, verlässlich wie die Zugvögel, jedes Jahr in den Süden durchschlugen, um dem frostkalten Winter ihrer Heimat zu entgehen. Die Einheimischen versuchten sie mit allen Mitteln zu vertreiben, was nicht gelang, weil die Stadt ein Einsehen hatte und den Fremden eine Unterkunft für die Nacht gewährte. Perez hatte sich sehr dafür eingesetzt.

»Salut Perez!«

Perez nickte dem Wirt grußlos zu, bevor er sich einen vor Wind, Sonne und Mitbürgern geschützten Platz im Inneren der Bar suchte. Es roch nach frisch gebrühtem Kaffee und Reinigungsmittel. Über dem geschwungenen Tresen flimmerten zwei Plasmabildschirme. Ein Fußballspiel links, ein Pferderennen rechts. Selten gab es anderes als Sport, höchstens noch Musikvideos oder Nachrichtensendungen – immer ohne Ton, so wollte es die Gewohnheit in dieser Zufluchtsstätte der Einheimischen vor den Touristen. Kurz vor den Toiletten, am Ende des quadratischen Raums, konnte man in aller Ruhe seine Wettscheine ausfüllen und einlösen. Am Tisch gegenüber spielten alte Männer Rami, um

Geld selbstverständlich, sonst hätte es den wett- und spielsüchtigen Banyulencs keinen Spaß gemacht.

Der Wirt brachte Perez eine große Tasse Café au lait. Dazu legte er einen Stapel Tageszeitungen, von denen sich Perez allerdings nur für die französische *Libération*, die katalanische *La Vanguardia* und den *L'Indépendant*, das kleine Regionalblatt aus Perpignan, interessierte. Außerdem stellte Jean-Martin, der Juniorchef des *Café le Catalan*, noch einen Korb mit frischen Croissants vor Perez auf den Tisch. Es waren nicht die besten Hörnchen, die an der Côte zu bekommen waren, selbst der Kaffee war bestenfalls Mittelmaß. Aber das *Catalan* war die nächstgelegene Bar zu Perez' Wohnung. Niemals wäre ihm in den Sinn gekommen, am frühen Morgen mehr Schritte zu tun als unbedingt notwendig – so schlecht waren die Croissants nun auch wieder nicht.

Perez' Laune stieg mit jedem Bissen. Nach zwei Hörnchen, dem Milchkaffee und den wichtigsten Nachrichten des Tages richtete er sich auf, strich sich genussvoll über den Bauch und ließ einen Seufzer des Wohlbehagens erklingen. Er warf einen Blick aus dem Fenster. Der Wind prügelte Platanen und Palmen gleichermaßen, aber die Sonne schien ihm direkt aufs Gesicht. Was machen bloß all die armen Menschen, die anderswo leben, an solch einem herrlichen Morgen, fragte er sich nicht zum ersten Mal in seinem nun schon neunundfünfzig Jahre andauernden Leben.

Bereit für den Tag, zog er sein Notizbuch aus der Brusttasche und sah nach, was unaufschiebbar war und was noch etwas Zeit hatte. Eine Reihe von Namen, hinter den meisten von ihnen der Buchstabe »C«, was für *Creus* stand, den Wein, der die Basis seines überschaubaren Wohlstandes bildete. Die anderen erlesenen Spezialitäten, Schnecken, Schinken, Würste, Spirituosen, rundeten das Sortiment lediglich ab. Der *Creus* aber war unter den Weinen, was der echte spanische Safran unter den Gewürzen darstellte: der Gipfel allen Genusses. Und das Knapperwerden des weißen Goldes trug nur umso mehr zu seinem Mythos bei.

Perez' Mobiltelefon meldete sich mit der Melodie eines Sardana-Klassikers, die an einen schwermütigen Tango erinnerte. Eigentlich ignorierte er die Störung gern, vor allem, wenn er frühstückte, zu Mittag oder zu Abend aß. Aber an einem solch schönen Morgen und bei so blendender Laune konnte man schon mal eine Ausnahme machen.

»Ja bitte?«, seufzte er.

Er lauschte und zählte, noch bevor das Telefonat beendet war, Geld auf den Tisch, quetschte sich aus der Bank und verließ die Bar schnellen Schrittes.

Draußen lief er Bertrand Valoteau über den Weg. Ein Karrierist, der erst vor einiger Zeit die Leitung der Sparkasse übernommen hatte und sich seither bemühte, ein gewichtiger Player im dörflichen Spiel um Einfluss und Macht zu werden. Noch bevor der Sparkassendirektor seine Beschwerde über die sich ständig verzögernde Lieferung vorbringen konnte, winkte Perez bereits ab.

»Nicht jetzt, Bertrand.«

»Was ist denn los?«, fragte Valoteau und setzte sein dümmstes Gesicht auf.

Perez ließ ihn stehen, es war keine Zeit zu verlieren, nicht wenn es um Marianne ging. Stéphanie, deren Tochter, war am anderen Ende der Leitung gewesen und hatte ihn gebeten, sofort zu kommen.

»Nun sieh sich einer das an«, stieß Perez hervor, vom schnellen Gang etwas außer Atem. Er blickte die unzähligen Stufen der Rue Napoléon hinauf. Auf Höhe der Rue Frédéric Mistral überspannten bunte Fähnchen die Straße. Darunter ein Menschenauflauf. »Was hat sie sich denn jetzt wieder ausgedacht?«, sprach er halblaut vor sich hin und setzte ein belustigtes Grinsen auf. »Dieses verrückte Weib.«

Unter Schnaufen erklomm er die kunstvoll gemauerten Stufen und blieb einen Absatz unterhalb des Aufruhrs stehen. Nachdem er festgestellt hatte, dass man von dieser Stelle aus keinen guten Blick auf das Geschehen hatte, lief er die Rue C. Pelletan bis zur nächsten Ecke hinunter und folgte von dort der Rue Richelieu durch eine Rechtskurve, bis er oberhalb des Geschehens wieder auf die Napoléon stieß.

Keuchend ließ er sich auf ein Mäuerchen sinken. Was von Meeresniveau aus noch wie eine Kette aus bunten Girlanden angemutet hatte, war bei klarem Blick auf die Szenerie eine Aneinanderreihung von Büstenhaltern aller Farben und Formen.

»Überlegst du, welche von denen du schon mal geöffnet hast?«, fragte eine Stimme in seinem Rücken. Christopher Ryan, Engländer und Nachbar von Marianne, lachte scheppernd. »Wenn man nur wüsste, was sie damit bezweckt.«

»Ich habe keinen blassen Schimmer«, japste Perez. »Aber sieht es nicht wunderbar aus? Ein kleines Kunstwerk.«

Ryan deutete auf die Reihe der Schaulustigen. »Selbst die Polizisten haben ihren Spaß. Ganz im Gegensatz zu den anwesenden Damen. Denen scheint die BH-Show weitaus weniger zu gefallen.«

»Ach was. Der Einzige, der etwas betreten dreinschaut, ist unser Neuer.« Perez deutete mit der Kinnspitze auf den Elsässer, der sich noch im Hintergrund hielt. Sicher hatte er bei seinem ersten Einsatz auf etwas Eindeutigeres gehofft als das hier.

Im Eingang ihres Hauses stand, erhobenen Hauptes, Marianne Finken, wie einst ihre französische Namenscousine auf Eugène Delacroixs Gemälde *Die Freiheit führt das Volk*. »Die Deutsche«, wie sie immer noch abfällig gerufen wurde, obwohl sie seit über zwanzig Jahren in Banyuls-sur-Mer lebte.

Als habe er nur auf Perez' Auftauchen gewartet, schob in diesem Moment Kommissar Boucher die Schaulustigen beiseite, um sich vor Marianne aufzubauen. Deren Gesicht strahlte vor Angriffslust.

Was für eine Frau!, dachte Perez. Sie kannten sich nun schon so lange. Bereits vor der Geburt von Mariannes Tochter hatten sie zum ersten Mal eine Nacht miteinander verbracht. Gelegentlicher Sex war geblieben, viel wichtiger war aber, dass sie mit den Jahren zu wirklich guten Freunden geworden waren, zu Vertrauten.

Was Boucher in diesem Augenblick zu Marianne sagte, konnte Perez nicht hören; dass das Gespräch zunehmend heftiger wurde, bemerkte man allerdings, auch ohne ein Wort zu verstehen. Es endete abrupt. Marianne trat einen Schritt zurück und schlug dem Neuen die Haustür vor der Nase zu. Sein daraufhin durch die Luft sausender, die Linie der Büstenhalter nachzeichnender Zeigefinger ließ keinen Zweifel, wie seine Anweisung lautete: Weg mit dieser Provokation!

Unter lautem Gemurre der Banyulencs und »Bravo«-Rufen der Banyulencques stieg ein Beamter gemächlich auf eine Leiter und durchtrennte die Schnur auf seiner Seite der Straße. Darauf rutschten die feinen Dessous von der nun senkrecht herabhängenden Leine und bildeten einen Textilhaufen zu Füßen eines anderen Beamten, der ob dieser delikaten Beweisstücke prahlerisch in die versammelte Menge strahlte. Allerdings nur, bis sich zwei Stockwerke über ihm das Fenster öffnete.

»Bringt mir bitte einer von euch meine BHs wieder rauf

oder benötigt der Herr Kommissar sie noch für seine Recherchen?«, rief Marianne zornig.

Der Polizist klaubte die Wäschestücke vom Boden, bevor er unter dröhnendem Gelächter die Türklinke mit dem Ellbogen niederdrückte und im Hauseingang verschwand.

Von alldem bekam Boucher schon nichts mehr mit. Von seinem Logenplatz aus sah Perez nur noch dessen flatternde Uniformjacke, als er sich schneller als all die anderen dem Ende der Rue St.Pierre näherte.

Die Menschenmenge zerstreute sich rasch in alle Himmelsrichtungen. Einzig ein junges Mädchen und der groß gewachsene Engländer blieben vor dem Haus von Marianne Finken zurück.

»Stéphanie«, rief Perez und winkte ihr zu. Leichtfüßig nahm sie die Stufen hinauf zu ihm.

Sie gab ihm einen Kuss auf die Wange und legte ihren Kopf an seine Schulter. Perez schnippte die Zigarette weg und nahm das Mädchen in den Arm. Neben Marie-Hélène war Stéphanie Finken seine zweite Tochter, auch wenn er nicht ihr leiblicher Vater war. Er unterschied nicht zwischen Blutsbanden und erwählten Töchtern.

»Na, na. Warum denn die Tränen?«

»Perez, warum macht sie das immer?« Sie schluchzte, dann trocknete sie sich mit den Handballen die Tränen.

»Nun beruhige dich erst einmal wieder.«

»Das ist so eklig, ich hasse sie.«

»Aber nein, du hasst sie nicht.« Er hielt ihr ein Taschentuch hin. »Das wird schon wieder. Weißt du, was diese Aktion bedeuten sollte?«

»Sie hat es ja laut und deutlich herausgeschrien und mit ihrem Transparent gewedelt!« Perez blickte sie fragend an. »Die Polizisten haben es konfisziert«, erklärte sie.

»Und was stand darauf?«

»KEINE HAFENERWEITERUNG IN BANYULS.« Sie schielte zu ihm hoch. »Du machst ein dummes Gesicht. Haha. Voll lustig.« Jetzt lachte sie.

»Hab ich hier irgendwas verpasst?«, fragte er und drehte sich zu dem Engländer um.»Hast du eine Ahnung, worüber Stéphanie spricht?«

»Ich bin kein Banyulenc«, antwortete Ryan und zuckte etwas zu theatralisch mit den Achseln.

»Da ist irgend so ein Kerl, der den Hafen vergrößern will, damit mehr Boote oder größere Boote nach Banyuls kommen können«, sagte Stéphanie. »Davon musst du doch wissen, Perez. ... Maman will jedenfalls etwas dagegen unternehmen. Weil dann alles noch teurer wird, sagt sie, und außerdem müsste dafür ein Teil der Réserve Naturelle geopfert werden. Das eben war bloß der Anfang.«

Perez kratzte sich den Bauch. »Eine Hafenerweiterung?«, fragte er konsterniert. »Wenn so etwas zur Debatte stünde, dann hätten wir im Stadtrat darüber diskutiert. ... Nein, das kann ich mir nicht vorstellen. Bist du sicher, dass du das alles richtig verstanden hast?« Sie sah ihn böse an. »Oh, Pardon, ich meine natürlich, ob du dich nicht vielleicht verhört hast?«

Stéphanie zog die Mundwinkel nach unten, als wolle sie sagen: Schon möglich, aber nicht sehr wahrscheinlich.

»Na gut.« Er klatschte in die Hände. »Ich werde mal mit ihr sprechen. Aber jetzt ist kein guter Moment dafür, wir kennen ja deine Mutter, geben wir ihr Zeit, sich zu beruhigen.«

Wie zur Bestätigung brüllte Marianne in diesem Augenblick nach ihrer Tochter. Das Mädchen zuckte zusammen. »Ich hau ab, wenn das so weitergeht. Sie macht mich verrückt.«

»Quatsch. Sie hat sicher wieder ihre Migräne. Aber versprich mir, wenn du jemals weglaufen solltest, dann kommst du zuallererst zu mir.«

Perez blieb noch eine Weile sitzen und dachte über das nach, was er soeben gehörte hatte. Schließlich drückte auch er sich hoch und stieg gemächlich die Treppen wieder hinunter. Unter ihm lag das strahlend helle Dorf. Die Mittagssonne verwandelte das tiefblaue Wasser in ein Meer aus Kristall. Ein ganz normaler Tag in Banyuls-sur-Mer, allerdings einer unter dem Einfluss des Tramontane.

KAPITEL 2

Um zu Bett zu gehen, war es noch ein wenig früh. Nicht nur deshalb entschied sich Perez, Marianne einen Besuch abzustatten. Vielleicht gelang es ihm, in Ruhe einen Wein mit ihr zu trinken und dabei herauszufinden, was der ganze Aufruhr eigentlich sollte.

Am Nachmittag hatte er einige unaufschiebbare Kommissionen zugestellt und nebenbei versucht, etwas über diesen ominösen Hafenausbau herauszufinden. Schließlich konnte man über Marianne und ihre Freunde denken, was man wollte, bisher hatte noch immer ein Funken Wahrheit in ihren Enthüllungen gesteckt. So hatten sie lange, bevor es öffentlich wurde, herausgefunden, dass eine nicht unwesentliche Parzelle in Mas Reig, oberhalb von Banyuls, als Bauland ausgewiesen werden sollte, obwohl dafür alter Baumbestand geopfert werden musste. Sie hatten vor dem Rathaus demonstriert, nachdem ruchbar geworden war, dass der völlig unsinnige Kreisverkehr am Ortseingang von Banyuls ausschließlich deshalb gebaut werden sollte, um der einzigen Großkellerei des Ortes eine gut erreichbare Zufahrt zu gewährleisten.

Nein, Marianne war alles andere als eine Verschwörungstheoretikerin. Perez war sicher, dass an dieser Hafengeschichte etwas dran sein musste. Was ihn ärgerte und seinen ansonsten eher unterentwickelten Ehrgeiz anstachelte, war, dass er rein gar nichts in dieser Sache hatte herausfinden können.

Marianne öffnete, als hätte sie seine Ankunft bereits erwartet.

»Da bist du ja endlich.« Sie strich sich die Locken aus dem Gesicht und schlug Perez zur Begrüßung mit dem Handrücken gegen den Bauch.

»Ja«, sagte Perez und trat über die Schwelle.

»Kommst du mit hoch auf die Terrasse?«, rief sie ihm wenig später aus der Küche zu.

»Bei dem Sturm?«

»Na wenn schon!«

Der Tramontane war das eine, was gegen einen Abend auf der Dachterrasse sprach, das andere waren die steilen Stiegen, die einer Hühnerleiter glichen.

»Ich geh erst noch mal zur Toilette.«

Er hörte ihr Lachen in seinem Rücken. Sie wusste, warum er das tat. Pinkeln zu müssen war ein viel zu geringer Anlass, um sich der Tortur des Ab- und Wiederaufstiegs auszusetzen, deshalb erledigte er gern alles, was eventuell zu erledigen war, bevor er sich daranmachte, den Tour de la Marianne, wie er ihn insgeheim nannte, zu besteigen.

Mit geröteten Wangen zwängte er sich wenig später durch die nicht einmal mannshohe Luke zur Terrasse. Sofort zerrte der Wind an seiner Kleidung und verwuschelte sein Haar. Dennoch verstand man, warum es Marianne bei Wind und Wetter hier heraufzog. Die Aussicht über die weit geschwungene Bucht und das friedlich daliegende nächtliche Dorf war grandios. Als Zugabe erhielt man den Duft der Kirschblüten, gemischt mit dem Jodgeruch des Meeres.

Er wartete, bis sich seine Augen an die Dunkelheit gewöhnt hatten. Dann ließ er sich neben Marianne, die windgeschützt vor dem Giebel des angrenzenden Hauses hockte, zu Boden plumpsen und lachte erleichtert auf.

»Ich hoffe, es gibt ausreichend kühlen Wein.«

»Warm wird er hier oben nicht«, entgegnete sie.

In der nächsten halben Stunde plauderten sie über alles und nichts und umschifften dabei das eigentliche Thema wie ein Skipper die Untiefen vor dem Cabo de Creus. Sie taten so, als wäre dies ein Tag wie jeder andere gewesen.

Das hatte Tradition. Perez tat sich schwer, Probleme direkt anzusprechen. Wusste aber andererseits, dass Marianne es ihm nicht durchgehen ließ, zu kneifen. Er wartete auf den richtigen Augenblick. Marianne blieb vorerst gelassen. Sie kannte ihren Perez.

»Gibst du mir noch etwas Wein?«, fragte er nach einer weiteren Zigarette.

»Du hast fast schon die ganze Flasche leer getrunken.«

»Seit wann kontrollierst du meinen Alkoholkonsum?«

»Tu ich ja gar nicht«, sie gab ihm einen Kuss. »Den gleichen noch mal?«

»Wenn du vielleicht einen Roten hättest? ... Oder einen Punsch?«

»Du frierst doch nicht etwa?«

»So eine Frage kann nur eine Deutsche stellen. Wirklich, Marianne. Wir hocken mitten im Winter bei eisigem Tramontane auf dem Dach... Fehlt bloß noch, dass es anfängt zu schneien. Wie sollte ich da nicht frieren?«

»Es ist Mitte April, Perez. Kurz vor Ostern.« Sie schüttelte den Kopf. »Ich hole dir einen *Rectorie,* was hältst du davon?«

Perez grunzte zufrieden. »Einen *Orientale,* wenn du hast, der täte mir jetzt gut. Und von der anderen Seite wärmst du mich, ma belle.«

»Wollen wir vielleicht mal über heute Nachmittag reden? Ich brauche nämlich deine Hilfe, du sturer Hund.«

»Bitte nicht!« Perez schüttelte den Kopf. »Lass uns über Wein sprechen oder über gutes Essen, über den Tram oder irgendwas anderes. Du warst schon lange nicht mehr im *Conill.*«

Das *Conill amb Cargols* gehörte Perez, seit er es vor etwa zehn Jahren einem Marokkaner abgekauft hatte, der das Land in aller Eile verlassen musste. Das kleine Restaurant mit seinen nur fünfzehn Plätzen bildete die ideale Ergänzung zu Perez' Delikatessenimport, außerdem ersetzte es ihm die eigene Küche, weshalb er die in seinem Appartement sofort nach Einzug in eine Abstellkammer umgewandelt hatte. Perez wohnte mehr oder weniger in dem Lokal, dort aß er, wärmte sich auf und besprach sich mit Haziem, seinem Koch und Freund. Nur zum Schlafen ging er nach Hause.

»Woher willst du das wissen?«

»Haziem hat nach dir gefragt, er macht sich Sorgen. Deine Kleine ist häufiger da als du ...«, sagte Perez und richtete sich auf. »Apropos: Über Stéphanie müssen wir reden, das ist viel wichtiger.«

»Wusste ich's doch!« Marianne stand jetzt direkt über ihm, die Hände in die Hüften gestemmt. »Denkst du, ich hätte euch beide nicht gesehen, wie ihr heute Mittag da unten vor dem Haus zusammengehockt und getuschelt habt? Hat sie sich wieder bei dir ausgeheult? Über ihre blöde Mutter?«

»Rabenmutter.«

»Ich?« Marianne beugte sich zu ihm herab und packte ihn am Hemdkragen. »Ich?«, wiederholte sie noch lauter. »Ich soll eine Rabenmutter sein?« Sie zerrte ihn an den Rand der Terrasse und zeigte nacheinander auf die Gebäude in ihrer Nähe. »Wenn ich eine Rabenmutter bin, dann findest du dort hinter jedem Fenster eine weitere, viel schlimmere Rabenmutter als mich. Ich tue alles, was ich kann, für Stéphanie. Sie soll sich nicht immer so anstellen, als lebte sie in einem Waisenhaus mit lauter bösen Aufsehern und schlimmen Geschichten.«

Mit diesen Worten entließ sie Perez aus ihrem Griff und stürmte beherzt die Stiegen hinunter.

Mit einer Flasche *Orientale* in der Hand trat sie kurze Zeit später wieder hervor. Schnell aufgebracht, ja, das war Marianne, aber niemals nachtragend, nicht Perez gegenüber.

»Merci«, sagte Perez kleinlaut, nachdem sie ihm eingeschenkt hatte, »setz dich zu mir und hör mir zu. Und keine Ausbrüche mehr, versprich es.«

»Bist du verrückt geworden? Wer bist du, mein Vater?«

»Pssst. Ist ja schon gut. ... Was war das für eine Aktion vorhin? Was bezweckst du damit? Ich höre einfach nur zu, einverstanden?« Er versuchte sich an einem zuckersüßen Lächeln.

»Es interessiert dich doch überhaupt nicht.«

»Wäre ich dann so schnell gekommen, heute Morgen?«

»Es war schon Mittag.«

»Hätte ich sonst alles stehen und liegen lassen, wenn du mich nicht interessieren würdest?«

»Wir müssen etwas gegen diesen Hafenausbau tun. Darum geht es. Wir sind fest entschlossen, uns das nicht gefallen zu lassen.«

Perez hielt die Augen einen Tick zu lange geschlossen, der Wein war vorzüglich.

»Was ist?«, fragte Marianne scharf.

»Wer ist ›wir‹?«, beeilte er sich zu fragen, weil ihm gerade keine bessere Antwort einfiel.

»Frag doch nicht so blöde. Claire, Guillaume und ich. Du kennst meine Freunde.«

»Die beiden von der Tauchbasis?« Perez schüttelte sich. Gab es Unglaublicheres, als seinen Kopf freiwillig unter Wasser zu stecken?

»Ich weiß, du magst das Meer nicht …«

»Boff«, sagte er und zog die Mundwinkel nach unten, als wolle er sagen: Das kann man so nun auch wieder nicht sagen. Und doch war es so.

»Die kleine Blonde ist süß«, sagte Perez.

»Und er erst«, entgegnete Marianne. Sie pfiff durch die Zähne. »Wäre ich ein paar Jahre jünger …«

»Da liegt das Problem deiner Tochter …« Perez biss sich auf die Zunge. Er hatte doch nicht wieder davon anfangen wollen. Nicht wieder anmerken wollen, dass die freizügig gelebte Sexualität der Mutter der heranwachsenden Tochter ziemliche Probleme bereitete. Dass er es nun doch wieder getan hatte, lag am Alkohol. Unsinn, es lag an diesem verdammten Tramontane, er blies einfach schon zu lange.

Marianne schwieg, was kein gutes Zeichen war. Perez suchte nach seinem Handy und beleuchtete mit dem Display Mariannes Gesicht. Tränen liefen ihr über die Wangen. Er nahm sie in den Arm. »Tut mir leid, Marianne, sei nicht böse.«

»Ich bin dir nicht böse. Manchmal weiß ich nur einfach nicht mehr weiter. Es ist mir alles zu viel. Früher …«, sie brach ab.

»War alles einfacher, wolltest du sagen? Kann sein, obwohl ich meine Zweifel daran habe. Jedenfalls hat Stéphanie es sehr schwer neben einer so starken Frau wie dir.«

»Quatsch«, sie drückte Perez von sich weg. »Du tust gerade so, als wären wir Konkurrentinnen und nicht Mutter und Tochter.«

»Komm, Marianne, dafür bist du zu intelligent. In diesem Alter seid ihr natürlich auch Konkurrentinnen. Aber jetzt sag mir endlich, was du mit den ganzen BHs vorhattest. Und wieso überhaupt BHs?«

»Ist doch völlig egal. Hauptsache, ich konnte mit irgendetwas Aufmerksamkeit erregen. Und wenn sich in diesem verklemmten Kaff eine Frau zu ihrer Sexualität bekennt, dann ist dir Aufmerksamkeit aber so was von sicher. Außerdem … außerdem sahen die BHs doch aus wie die Wimpel an einem Schiffsmast. Und Schiffsmasten wirst du bald mehr zu sehen bekommen, als dir lieb sein kann … wenn's nach denen geht, jedenfalls!«

»Sag Aufregung statt Aufmerksamkeit, das trifft es besser. Alle haben darüber geredet, wirklich alle. Du hättest Gaillard hören sollen.« Paul Gaillard, der Bürgermeister des Ortes.

»Kann ich mir denken, dass der sich empört, zumindest öffentlich.«

»Alors«, sagte Perez, »wer will nun diesen Hafen ausbauen und weshalb? Und das Wichtigste: Wieso weiß ich nichts davon?«

»Das schwörst du, oder Perez?«

»Natürlich!«, rief er ehrlich aufgebracht. »Wie kommt ihr überhaupt darauf?«

»Claire! Sie hat zwei Gäste aus meinem Hotel auf einem Törn begleitet. Die Typen wollten ein paar Tauchgänge machen und suchten dafür einen erfahrenen Guide, also haben sie sich an Claire und Guillaume gewandt.«

Marianne arbeitete für einen reichen Schweden, der in Banyuls ein Privathotel mit wenigen exklusiven Zimmern betrieb. Sie nannte es stets *mein Hotel,* weil sich der Schwede dort so gut wie nie blicken ließ. So selten jedenfalls, dass Perez ihn für ein Phantom hielt. Die meiste Zeit des Jahres stand das Haus zudem leer. Bei den wenigen Gästen handelte es sich zumeist ebenfalls um Schweden, betuchte Menschen, die gern im eigenen Jet anreisten und sich in Girona von einem Chauffeur am Flughafen abholen ließen. Das Haus lag völlig unauffällig am Ende einer Sackgasse mitten im Ort.

»Und was ist dann passiert?«

»Sie haben den ganzen Tag auf dem Meer verbracht. Mittags haben sie sich von einer Barkasse an Land bringen lassen und dort in einem Strandrestaurant drei Stunden lang getafelt, während Claire sich an Bord mit ihrem Baguette begnügen musste. Egal. Jedenfalls war Claire nach dem letzten Tauchgang gerade dabei, die Geräte und Anzüge vom Salzwasser zu reinigen, während die beiden sich bei weiteren Drinks unterhielten. Und dabei hat sie es aufgeschnappt.«

»Claire spricht Schwedisch?«

Marianne schüttelte den Kopf. »Englisch. Die beiden haben sich auf Englisch unterhalten.«

»Ich dachte, es waren Schweden?«

»Habe ich nicht gesagt. Sie haben Englisch gesprochen, und Claire hat aufgeschnappt, dass sie sich mit einem »Maître« einig wären und die Hafenerweiterung beschlossene Sache sei. Die Unterschriften unter dem Verkaufsdokument wären nur noch Formsache. Hörst du, was ich sage? Formsache. Das bedeutet doch wohl, dass es fünf vor zwölf ist.«

»Mmmh.«

»Mehr hast du dazu nicht zu sagen?«

»Ich denke nach.«

»Was gibt es da nachzudenken?«

»Eine ganze Menge. Wir brauchen einen Plan ...«

»Ha! Dann bist du also dabei?«

»Was für ein Maître war das wohl, von dem die Typen gesprochen haben?«

»Wir haben nur einen, der bei allen vorangegangenen Schweinereien immer seine manikürten Finger im Spiel hatte.«

»Maréchal«, sagte Perez und holte tief Luft.

»Mais oui! Dein guter Freund Maître Paul Maréchal.«

»Aber nein.«

»O doch!«

»Er ist kein Freund, also wirklich, Marianne, du verdrehst die Tatsachen so lange, bis sie dir in den Kram passen.«

»Wie viele von deinen Feinschmeckereien gehen denn an diesen noblen Herrn?«

»Na ja, also Paul ist … ein Feinschmecker, das ist richtig.«

»Und wenn er nun dieser Maître ist? Dein feiner Freund Paul? Was sagst du dann?«

»Zunächst einmal ist das nicht sicher. Es gibt noch weitere Notare in Banyuls.«

»Aber ja! Für den Fall, dass du einen Gemüsegarten verkaufen willst, vielleicht. Für große Transaktionen gibt es nur Maréchal und basta.«

»Es gibt gute Notare in Argelès, in Collioure, in Perpignan. Natürlich … einer aus Perpignan wird es gewesen sein. Wenn überhaupt etwas dran ist an dieser Geschichte.«

»Was gedenkst du zu tun?«

»Ich höre mich mal um. Der Général muss etwas wissen. Und vielleicht sogar Valoteau.« Er dachte an die morgendliche Begegnung. »Wenn es stimmt, muss einer dafür die Kohle bereitstellen.«

»Noch so ein paar feine Herren, unser sabbernder Bürgermeister und dieser aalglatte Sparkassenheini, bravo.«

»Also willst du nun, dass ich etwas unternehme oder nicht?«

»Du fragst Gaillard?«

»Ja, Marianne, ich frage Gaillard. Gleich morgen früh.«

»Habt ihr eine Sitzung?«

»Wenn es nur das wäre.«

»Also?«

»Gaillard hat mich dazu verdonnert, mit ihm den neuen Chef der Gendarmerie zu begrüßen, als Abgesandter der

Bürgerschaft sozusagen. Er will, dass ich diesem Straßburger Crétin eine ganze Kiste von meinem *Creus* überreiche, als Willkommensgeschenk. Hat man so was schon mal gehört? Gleich einen ganzen Karton! Gaillard weiß genau, was er da von mir verlangt.«

»Er wird wohl wissen, warum er dich darum bitten kann.«

»Aber was soll denn das, Marianne? Ich mache meine Geschäfte, bon! Aber tue ich damit jemandem weh?«

»Das hatten wir schon.«

»Ja, das hatten wir schon. Aber der schöne *Creus* ...«

»Du und dein *Creus!*« Sie schüttelte den Kopf. »Sieh es mal andersherum: Immerhin lernst du so den Neuen persönlich kennen. Obwohl ... kennen müsstest du ihn doch eigentlich schon. Warst du nicht am vergangenen Sonntag bei seiner Inthronisation?«

»Hm.«

»Du warst nicht da.« Sie strahlte ihn an.

»Nein.«

»Bravo!«

»Nun ja, siehst du mal. Gibt es dafür vielleicht eine kleine Belohnung?«

KAPITEL 3

Sie trafen sich vor dem Gebäude der Police Municipale. Sogleich sah Perez sich schweren Vorwürfen ausgesetzt. Seine notorische Unpünktlichkeit war das Erste, was der Bürgermeister bemängelte, ein schmales Männlein, dessen Hals aus einem viel zu weiten Hemdkragen ragte. Noch bevor er sich über Perez', seiner Meinung nach, unangebrachte Kleidung aufregte. Perez ließ die Tiraden des ersten Bürgers seiner Heimatstadt milde lächelnd über sich ergehen. So war der alte Gaillard nun einmal. Perez hielt vereinbarte Zeiten für Richtwerte, so wie das jeder gute Südfranzose tat. Traf er tatsächlich einmal als Erster zu einem Rendezvous ein, nahm er eben noch einen Kaffee oder hielt ein Pläuschchen, irgendwer stand dafür immer bereit. Und was die Kleidung betraf, so trug er schon sein Leben lang bequeme Shorts und weite Hemden, was seiner Meinung nach viel besser zum mediterranen Klima passte als enge Anzüge. Tatsächlich besaß er sogar einen Anzug. Ob die Motten über die Jahre noch viel von dem ehemals kostspieligen Kleidungsstück übrig gelassen hatten, hätte er allerdings nicht zu sagen gewusst.

»Ein bisschen eigentümlich ist das schon«, sagte Perez, anstatt auf Gaillards Genörgel einzugehen, »dass der Neue sich so mir nichts, dir nichts ein zweites Büro unter den Nagel reißt. Nur damit er einen Blick aufs Meer hat. Aber gut, das ist ja deine Sache. Und, verstehen kann man ihn, wer will schon freiwillig in der Vilarem sitzen, wenn er ebenso gut die Aussicht aufs Meer genießen kann?«

Perez deutete mit der freien Hand über die weit geschwungene Bucht von Banyuls. Die Police Municipale hatte ihren Sitz direkt am Strand, zwischen Île Petite und La Baillaury, dem Fluss, der, aus den Bergen kommend, in Banyuls ins Meer mündete.

Die Municipale stand unter dem Befehl des Bürgermeisters, während die etwas außerhalb des Zentrums in einem Zweckbau der Rue Amiral Vilarem gelegene Gendarmerie dem Innenministerium in Paris unterstand. Es war deshalb nicht ohne eine gewisse Pikanterie, dass sich Capitaine Boucher ein Büro in der Municipale hatte zusichern lassen, schuf er sich damit doch gleichsam eine autonome Insel inmitten der Hoheitsgewässer des Bürgermeisters. Wie genau er sich dieses Privileg verschafft hatte, darüber wurde in der Bürgerschaft derzeit heftig diskutiert. Man nahm allgemein an, dass es sich um eine Bedingung des Straßburgers gehandelt habe, eine Bedingung, ohne die er seiner Versetzung in die Provinz nicht zugestimmt hätte. Es blieb abzuwarten, welche Zugeständnisse man ihm darüber hinaus noch gemacht hatte.

Gaillard zuckte mit den Achseln, wie er es gern in Situationen tat, in denen es eigentlich nichts weiter zu sagen gab, weil ohnehin jeder wusste, dass die Sache einen haut-goût hatte.

»Sag mal, Perez«, entgegnete er stattdessen, »was hat deine Kleine denn da gestern wieder für einen Zirkus veranstaltet?«

»Sie ist nicht meine Kleine, mon Général!«

»Ach nein, was ist sie dann?«

»Zunächst mal niemandes Kleine. Eine unabhängige Frau. Eine Bürgerin, die hart für ihren Lebensunterhalt arbeitet und – was dich erfreuen sollte – brav ihre Steuern zahlt. Wenn du unbedingt mehr über ihre Protestaktion wissen möchtest, dann musst du sie schon selbst danach fragen. Sie macht dir doch keine Angst?«

»Mir? ... Angst? ... Eine Frau? ... Pah! ... Und nenn mich nicht schon wieder mon Général ... nicht in der Öffentlichkeit.«

»Was ist jetzt, gehen wir endlich rein und bringen es hinter uns? Ich sage dir: Dafür, dass ich diesem Deutschen ...«

»Elsässer«, unterbrach Gaillard ihn.

»Ist das nicht dasselbe?«, fragte Perez mit einem naiven Augenaufschlag.

Gaillard spitzte die Lippen, was Zustimmung signalisierte und ein Gefühl der Überlegenheit gegenüber allen Nichtkatalanen. Elsässer, Deutsche, Schweizer, wer kannte sich dahinten schon aus?

»Jedenfalls«, fuhr Perez fort, »dafür, dass ich ihm einen ganzen Karton *Creus* überlassen muss, schuldest du mir was, und zwar mehr als nur den bloßen Gegenwert.«

»Ich? Dir? Warum?«

»Mon dieu, Paul, hast du einen Fragenkatalog gefrühstückt? Allez, geben wir ihm sein Geschenk, ich muss gleich noch rüber nach Spanien.«

»Jamón?«

»Oui, mon Général. Aber davon darfst du überhaupt nichts wissen.«

»Pssst!«, machte der alte Mann mit dem Finger vor den Lippen. »Ich würde vielleicht für Ostern eine halbe Seite brauchen«, flüsterte er. »Aber nur vom Besten!«, fügte er an, quengelig wie ein kleines Kind, dessen wöchentlich erlaubtes Süßigkeitenkontingent soeben abgelaufen war.

Stöhnend zog Perez seine Kladde heraus, leckte den Bleistift an – eine Marotte, die er sich in einem alten französischen Film abgeguckt hatte – und notierte: »Général Gaillard 1 x Bellota«.

Halbe Seiten gab es nicht, wie auch? Er würde ihm ein ausgebeintes Stück vorbereiten. Auf ein Ausrufezeichen hinter Gaillards Bestellung verzichtete er vorerst, man musste es schließlich nicht übertreiben, selbst nicht bei einem für Perez' Geschäfte so wichtigen Mann im Ort. Obwohl er genau betrachtet schon darauf bedacht war, den Bürgermeister stets und überall bei Laune zu halten – ohne dabei allerdings unterwürfig zu erscheinen. Kein leichtes Unterfangen! Das war es, was Marianne unterschätzte oder nicht verstehen wollte.

Der diensthabende Polizist erhob sich zackig, als die beiden Männer die Amtsstube betraten. Er versuchte seinen Körper in eine Stellung zu bringen, die er für angemessen hielt. Besuch vom Bürgermeister war schließlich nicht alltäglich. Beim Militär hätte ihm dieser Salut einen Extratag in den Latrinen beschert.

»Bonjour, Monsieur le Maire«, schmetterte der Uniformierte. Unter seinen Achseln zeigten sich untertellergroße Schweißflecken.

Perez deutete mit einer Scheibenwischerbewegung seines linken Arms an, was er von der übertriebenen Aufmerksamkeit hielt.

»Bleiben Sie sitzen«, sagte Gaillard, der Perez' Ansicht ganz offensichtlich teilte. »Ist der Neue zu sprechen?«

Der Beamte eilte auf eine Tür im hinteren Teil des Raums zu.

»Mon Capitaine«, brüllte er dort hinein, »Monsieur le Maire möchte Sie sprechen.«

Er wandte sich wieder den beiden Männern zu und winkte sie heran. Gaillard schritt auf die Tür zu, Perez hielt sich hinter ihm.

»Ah, die Herren!«, rief Boucher, nachdem die beiden Männer vor ihm Aufstellung genommen hatten. »Nehmen Sie doch Platz.«

Er selbst saß mit dem Rücken zum großen Fenster, durch das man über den Kiesstrand auf die See blicken konnte.

An Tagen, an denen sich das Meer aus seinem Bett erhob, was bei den Winterstürmen nicht selten der Fall war, bekam man auf der Polizeistation von Banyuls nasse Füße.

»Was verschafft mir das Vergnügen?«

Aalglatt, dachte Perez und versuchte gute Miene zu dieser Posse zu machen. Um sich abzulenken, verschwendete er einen Gedanken an den Namen des Neuen: *Boucher* – Schlächter. Er konnte sich ein Grinsen nicht verkneifen.

»Alors«, begann Gaillard, »ich hoffe, dass Ihnen mein Büro gefällt?« Er hüstelte. »Also, ich meine natürlich Ihr neues Büro. Meine Polizisten mussten ordentlich zusammenrücken, aber es ist wirklich schön geworden, und auf diese Weise sind Sie tatsächlich mittendrin im Geschehen, wie Sie es gewünscht haben, kein Vergleich zur Vilarem.«

Er setzte eine bewusste Pause. Die beiden belauerten sich, während Perez interessiert auf den Fortgang des Gesprächs wartete. Über kurz oder lang würden sich diese beiden in die Quere kommen, so viel stand fest, die Frage war nur, wie lange Gaillard mitspielen würde und um welchen Preis? Dieser Boucher schien jedenfalls kein Mann für die zweite Reihe zu sein und schon gar keiner, der sich von einem Provinzpolitiker den Schneid abkaufen ließ.

In der kurzen Gesprächspause verzog er jedenfalls keine Miene. Der Schlächter war eindeutig der bessere Pokerspieler von beiden.

»Vergangenen Sonntag, im Rahmen Ihrer Vorstellung im Rathaus, Capitaine Boucher«, fuhr Gaillard fort, »schien mir ... und auch Monsieur Perez hier ...«, er deutete auf

Perez, »nicht die richtige Gelegenheit zu sein, um Ihnen ein Geschenk zu überreichen. Dieses Präsent«, er gab Perez das Zeichen, dem Kommissar den Wein rüberzuschieben, »soll Ihnen zeigen, wie glücklich wir sind, endlich wieder einen Chef der Gendarmerie in Banyuls zu haben.«

Perez konnte nicht umhin, Gaillard für dessen diplomatisches Geschick zu bewundern. Man sei froh, den Posten des Gendarmeriechefs endlich wieder besetzt zu wissen, d'accord, aber Gaillard sagte nicht, dass man sich freue, dass die Wahl dabei ausgerechnet auf Boucher gefallen war, und auch nichts zu den Bedingungen, die er offensichtlich zu akzeptieren hatte.

»Wir möchten Ihnen gerne diese Spezialität überreichen, etwas, von dem man sich in Banyuls nur hinter vorgehaltener Hand erzählt«, schloss Gaillard.

Perez trat dem Bürgermeister unter dem Tisch gegen das Schienbein. Es war eine Sache, dass einige wenige handverlesene Einheimische über Perez' Geschäfte Bescheid wussten, aber eine ganz andere, wenn dieser nicht einzuschätzende Boucher anfangen würde, ihm Fragen zur Art seiner Arbeit zu stellen.

»Na ja«, fuhr Gaillard fort, »vielleicht ist das etwas übertrieben, aber dieser Wein ist wirklich sehr selten.«

»Er will sagen«, schaltete sich Perez ein, »dass es sich um eine kleine Anbaufläche mit sehr geringem Ertrag handelt und der Wein deshalb nicht in jedem Weinkontor zu finden ist. Kurzum, ein sehr guter Tropfen zu Ihrem Einstand.«

Boucher zeigte ein dünnes, überheblich wirkendes Lächeln.

»Und«, fragte er, nachdem Perez geendet hatte, »welchem Umstand verdanke ich Ihre Anwesenheit heute Morgen, Monsieur ... wie war doch gleich Ihr Name?«

»Perez«, fiel der Bürgermeister ein, während Perez an seiner Seite vor Wut kochte. Mit dem Kerl würde es noch Spaß geben. Offensichtlich war Boucher nicht entgangen, dass er bei seiner Vorstellung im Rathaus gefehlt hatte. »Monsieur Perez ist eines der ältesten Mitglieder des Conseil Municipal, leider war er am Sonntag familiär verhindert. Ihm verdanken wir die Möglichkeit, Ihnen, Capitaine Boucher, heute diese Rarität überreichen zu dürfen. Sie schätzen doch guten Wein?«

Boucher winkte ab.

»Perez, ja, vor Ihnen hat man mich bei meinen Amtsantritt gewarnt.« Perez machte ein verdutztes Gesicht, obwohl er sich denken konnte, aus welcher Richtung der Wind wehte. »Sie sind der Hobbydetektiv«, ließ Boucher die Erklärung folgen, »von dem erzählt wird, dass er sich gerne einmal in Angelegenheiten einmischt, die nicht die seinen sind. Ich hoffe, Monsieur, Sie gewöhnen sich das ab. Zumindest so lange, wie ich hier das Sagen habe. Ich mag keine Laien, müssen Sie wissen.«

Die beiden fixierten sich. Bouchers Vorgänger hatte geplaudert, das war offensichtlich, und er war kein allzu großer Perez-Fan gewesen. Obwohl im Ort jeder wusste, dass die kleine Janine Lladó niemals zu ihren Eltern zurückgekehrt wäre, hätte Perez seinerzeit nicht einen Weg gefunden, mit den Entführern zu verhandeln – ohne die Polizei hinzuzuziehen.

Auch die Christusstatue, die übermütige Jugendliche kurz vor den Feierlichkeiten des heiligen Vincent von Collioure vom Kreuz geschraubt hatten, wäre ohne ihn nicht rechtzeitig zum Feuerwerk wieder aufgetaucht.

Die Aufklärung des Mords an einem tunesischen Lastwagenfahrer im vergangenen Jahr, dem letzten »Fall« seiner noch jungen Karriere als Zufallsdetektiv und der, über den

Bouchers Vorgänger Gomis zu Fall gekommen war, war bislang sein Meisterstück gewesen. Es hätte noch Jahrzehnte gedauert, bis einer dieser Crétins aus der Vilarem hinter das schmutzige Geheimnis des untadligen Monsieur Jallabert gekommen wäre. Perez hingegen hatte nur seinen Verstand und seine Kontakte nutzen müssen, um alsbald einem System von Betrügern auf die Spur zu kommen, die ihre Beute in Frankreich machten, diese nach Spanien brachten, um sie von dort wieder in alle Welt zu verkaufen.

Dabei war es nicht so, dass Perez der Polizei ihre Arbeit abnehmen wollte. Er geriet nur manchmal in diese Situationen – und natürlich kooperierte man als guter Banyulenc niemals mit der Polizei. Die Contrebandiers, die Schmuggler, die Banyuls einst bevölkert hatten und von denen Perez in direkter Linie abstammte, hatten zu allen Zeiten ihre Probleme selbst gelöst. Ein Kodex, eine Frage der Ehre. Und, so gab er durchaus zu, manchmal waren diese kleinen Herausforderungen auch ein Vergnügen, boten sie ihm doch etwas Ablenkung vom Alltag eines Delikatessenimporteurs.

»Nun, meine Herren«, sagte Boucher, nachdem er feststellen musste, dass Perez nicht die Absicht hatte, sich dazu zu äußern, »dann danke ich Ihnen sehr für diese großzügige Geste. Zu meinem allergrößten Bedauern kann ich das Geschenk jedoch nicht annehmen.« Er setzte eine theatralische Pause, bevor er fortfuhr. »Sie werden verstehen, Sonntag, vor aller Augen und sozusagen als Präsent der anwesenden Bürgerschaft, wäre es etwas anderes gewesen. Aber so – entre nous – riecht es doch etwas nach ... nun ja, also in jedem Fall weiß ich Ihre Geste zu schätzen.« Er erhob sich ruckartig, drückte das Kreuz durch und stand in militärisch einwandfreier Haltung vor ihnen. »Sie werden mich entschuldigen müssen, ich habe viele Akten zu sichten, Gespräche zu führen und mich außerdem noch um diese Verrückte von gestern zu kümmern. Aber sagen Sie, Monsieur le Maire, wo wir gerade dabei sind, was können Sie mir eigentlich zu den Ausbauplänen für den Hafen sagen, über die diese Frau krakeelt hat? Ist da irgendetwas dran? Gibt es etwas, das ich wissen sollte?«

Gaillard sprang ebenfalls auf. »Der Hafenausbau? ... Kommen Sie, das ist doch alles rein spekulativ. Diese Frau, Marianne Finken, die Deutsche, wie sie hier bei uns genannt wird, sie ist wirklich, wie soll ich sagen ...? Nun ja ... Sie kennen doch die Deutschen, Capitaine – als Elsässer.«

Perez, der als Einziger im Raum weiterhin auf seinem Stuhl saß, das abgelehnte Geschenk auf den Knien balancierend, warf Gaillard einen drohenden Blick zu.

»Na ja«, fuhr Gaillard fort, »Sie wissen schon, wie die Frauen manchmal sind. Besonders wenn der Tramontane bläst.« Er lachte verschwörerisch. »Ist es nicht so, Perez?« Er klopfte Perez auf die Schulter. »Doch, doch, der Tram macht die Menschen verrückt, das weiß hier unten jedes Kind. Also, mein lieber Boucher, machen Sie aus dieser Mücke mal keinen Elefanten. Und, unter uns«, er schmatzte ekelerregend, »ist sie nicht ein tolles Weib?«

Weder Perez noch Boucher gingen auf diese Entgleisung ein.

»Wie dem auch sei«, fuhr der Bürgermeister fort, »hier in Banyuls geschieht nichts, was nicht zuvor ausführlich und mit allem gebotenen Ernst im Rat besprochen worden wäre. Insofern freue ich mich, Sie exklusiv darüber informieren zu können, dass es zwar bald einen Antrag auf Hafenerweiterung geben könnte, aber bislang noch überhaupt nichts Genaues bekannt ist und folglich auch noch nichts diesbezüglich entschieden wurde. Ob eine solche Veränderung dann durch den Rat ginge ... ich bin mir nicht sicher ... Warten wir es ab!«

Perez' Kinnlade klappte herunter. Hatte er sich gerade verhört? Es wäre nicht das erste Mal, aber bei einer Maßnahme, wie sie die Erweiterung des Yachthafens darstellte, würde Gaillard keinen seiner Alleingänge wagen. Das würde er nicht machen, nicht einmal er. Lag ihm aber tatsächlich bereits eine Anfrage vor, und das hatte er ja soeben mehr oder weniger bestätigt, so waren dieser zwangsläufig Besprechungen zwischen Antragsteller und Stadt, also Gaillard, vorausgegangen. Das roch nicht nur nach einer Schweinerei, das war schon jetzt eine ausgemachte Sauerei. Ein Hafenausbau würde den Betrieben in und um Banyuls eine Menge Aufträge einbringen – Arbeiten, die Gaillards Sohn, der inzwischen dessen Baufirma leitete, ganz sicher zu den besten Konditionen anbieten würde, wenn es nicht ohnehin schon Teil des Plans und der Vereinbarung zwischen den Parteien war. Marianne, die man hier gerade in seinem Beisein beleidigt hatte, war offensichtlich auf der richtigen Spur. Gut gemacht, Frau Finken!, dachte Perez, aber jetzt war es an ihm, als Mitglied des Conseil Municipal, dieses Komplott vollständig aufzudecken.

»Um wen handelt es sich bei dem Antragsteller, Monsieur le Maire?«, wollte nun auch Boucher wissen. Perez nickte dazu grimmig.

»Ah, Capitaine, das kann ich Ihnen beim besten Willen zu diesem Zeitpunkt noch nicht verraten.« Gaillard hatte begonnen, im Zimmer auf und ab zu gehen. Boucher hatte wieder seinen Platz gegenüber von Perez eingenommen. »Schließlich«, fuhr Gaillard fort, »ist das keine Angelegenheit für die Polizei, sondern für die Politik.«

Der kleine Gaillard war bei diesen Worten um zehn Zentimeter gewachsen.

»Dürfte ich fragen«, mischte sich Perez ein, »was das alles mit Madame Finken zu tun hat?«

»Monsieur Pe...«, antwortete Boucher, »darüber kann ich Ihnen leider keine Auskunft erteilen, es handelt sich um ein schwebendes Verfahren. Keine Sache für die Politik, sondern Polizeiangelegenheit.«

Perez drehte sich in seinem Stuhl um. Zwischen dem am Fenster stehenden Gaillard und dem davor sitzenden Boucher hindurch starrte er hinaus in das gleißende Licht des Tages. Er musste sich auf irgendetwas außerhalb dieses Raumes konzentrieren, um nicht die Beherrschung zu verlieren.

Das Meer war durch den Tramontane aufgewühlt, die Luft darüber allerdings so klar, dass man den Eindruck hatte, man betrachte die weite Bucht durch ein Vergrößerungsglas. Das Licht der Côte Vermeille, es hatte die Menschen schon immer fasziniert. Und die Künstler angezogen. Picasso hatte hier gelebt und gearbeitet ebenso wie Matisse und viele Fauvisten.

Auf den Wellen tänzelte eine schlanke Yacht von mindestens fünfundzwanzig Metern Länge. Ein beeindruckendes Schiff. Für Perez' Geschmack befand es sich gefährlich nah am Strand. Ihm war, als seien Menschen an Bord zu sehen, doch im nächsten Augenblick waren sie wieder verschwunden. Perez wollte etwas sagen, hatte bereits die Hand erhoben, um auf das Schiff zu deuten, ließ sie aber wieder sinken. Stattdessen dachte er darüber nach, wo er die Yacht schon einmal gesehen hatte und was ein solches Luxusgefährt wohl kosten mochte. Sicher weit über eine Million Euro. Vielleicht sogar zwei? Er kannte sich nicht aus mit Booten, fuhr so gut wie nie aufs Meer hinaus. Sein Zuhause war das Land.

Während Perez über die unfassbaren Reichtümer nachdachte, die in einem Hafen wie dem von Banyuls ankerten, verwandelte sich die Yacht direkt vor seinen Augen in einen gigantischen Feuerball. Die Schönheit des Spektakels zauberte für eine Nanosekunde ein Leuchten auf seine Netzhaut, bevor sich die Idylle schlagartig zum Inferno wandelte. Ob zuerst die ohrenbetäubende Detonation zu hören war oder das große Panoramafenster mit einem Furcht einflößenden Knall zerbarst, war unerheblich.

Als Gaillard, der mit dem Rücken zur Scheibe gestanden hatte, Kopf voraus auf ihn zugeflogen kam, wollte Perez aufspringen. Noch in der Bewegung wurde aber auch er von der Druckwelle erfasst und zu Boden geschleudert, wo er benommen liegen blieb, während Holz- und Glassplitter auf ihn niederprasselten.

Im Nachhinein sollte er sich nur noch daran erinnern, dass er in dem Moment, als der Bürgermeister auf ihn zugeflogen kam, den wertvollen *Creus* wie einen Schutzschild vor sein Gesicht gehalten hatte.

Die kleine Stadt an der verträumten Côte Vermeille schaffte es mit diesen Schrecksekunden auf die Titelseiten nahezu aller Zeitungen Frankreichs, beherrschte tagelang die lokalen Rundfunksendungen und bekam in den landesweiten Abendnachrichten vier Minuten Sendezeit, direkt im Anschluss an die große Politik.

KAPITEL 4

Perez hob den Oberkörper und ließ gleichzeitig die Weinkiste sinken. Ungläubig starrte er auf das nur leicht beschädigte Holz – die Geschichte des *Creus* war um einen Mythos reicher, doch daran dachte er in diesem Moment nicht –, bevor er sich seiner Umgebung zuwandte. Er saß mitten in einem Meer aus Scherben in Bouchers Büro, zu dem der Tramontane nun ungehindert Zugang hatte. Er sah an sich hinab. Soweit er feststellen konnte, war er unverletzt geblieben. Ganz anders sah das bei Boucher aus, der Perez in nahezu gleicher Haltung gegenübersaß und ihn ebenso fassungs- wie verständnislos anblickte.

»Sie bluten«, sagte Perez dumpf.

Boucher fasste sich ins Gesicht, zuckte bei der ersten Berührung zusammen und betrachtete daraufhin eine ganze Weile seine Handflächen.

»Was war das?«, stammelte er, blieb aber vorerst apathisch sitzen.

Perez deutete mit dem Finger der linken Hand durch die nicht mehr vorhandene Panoramascheibe. Boucher versuchte den Kopf zu wenden.

»Was ist das?«, kreischte er und riss Augen und Mund auf.

Perez versuchte zu verstehen. Natürlich! Boucher hatte die Yacht in seinem Rücken ja nicht sehen können. Ihn hatte es ohne jede Vorwarnung einfach durch den Raum geworfen, und jetzt, wo er sich nach der Ursache umsah, brannte das Meer. Wenn das Meer brennt, dann ist alles zu spät, dachte er sich wohl, zumindest meinte Perez Endzeitstimmung in Bouchers Mimik zu entdecken.

»Eine Yacht«, erklärte Perez, »eine Yacht«, als würde das allein schon brennendes Wasser erklären.

Dann vernahmen sie ein lautes Stöhnen aus der Ecke des Raums. Gaillard! Perez drückte sich hoch und schnitt sich dabei die Handfläche auf.

»Hilfe«, hörte er den Bürgermeister krächzen. Auch Boucher brachte seinen Körper zurück in eine aufrechte Stellung. Mit dem blutverschmierten Gesicht und der nun nicht mehr ganz so tadellos sitzenden Uniform sah er aus wie Colonel Walter E. Kurtz in *Apokalypse Now*. Trotz seines derangierten Äußeren versuchte er Haltung anzunehmen.

»Nun helfen Sie doch, anstatt bloß rumzustehen«, rief er Perez zu. In einer ersten Übersprungshandlung half er selbst allerdings nicht etwa dem verletzten Gaillard, sondern bemühte sich, seinen umgestürzten Schreibtisch wieder aufzurichten.

Schon wieder ganz der Alte, dachte Perez, als Reiter der Apokalypse hast du mir besser gefallen.

Er stieg über Papierkörbe, aufgesprungene Aktenordner, einen völlig zerstörten Computermonitor und all den Rest, der zuvor auf Bouchers Schreibtisch gestanden hatte. Der Capitaine hatte sich in der kurzen Zeit schon häuslich eingerichtet. Eine Fotografie, die ihn in verschwitzter Laufkleidung vor einem Banner mit der Aufschrift »Marathon de Paris. 38ème édition« zeigte, lag vor Perez' Füßen.

Gemeinsam befreiten sie den unter einem Drehstuhl begrabenen Bürgermeister. Auf dessen hoher Stirn klaffte eine tiefe Wunde. Das über die vormals weiße Wand verschmierte Blut zeigte die Stelle an, die den Flug des Bürgermeisters gestoppt haben musste.

»Mon Dieu«, stöhnte Perez, als ihm die ganze Tragweite allmählich bewusst wurde. Ausgerechnet den Gebrechlichsten unter ihnen hatte es am schlimmsten erwischt. Wäre der Alte doch bloß auf dem Stuhl sitzen geblieben.

»Alles klar, mon Général?«, fragte Perez und erntete dafür einen ungläubigen Blick von Boucher.

»Darf ich Ihnen aufhelfen, Monsieur le Maire?«, wandte sich Boucher, mit einem Mal höflich, an den verwirrten Bürgermeister.

»Lassen Sie mal«, sagte Perez, »wir kommen schon klar, nicht wahr, Paul?«

Er packte sich den schmächtigen Mann, hob ihn hoch und trug ihn wie einen Jungen, der vom Vater ins Bett gebracht wird, auf seinen Armen hinaus auf die Straße.

Vor dem Polizeigebäude herrschte heller Aufruhr. Menschen wuselten durcheinander, Autos standen verlassen mitten auf der Straße. Alles, was laufen konnte, rannte hinunter zum Strand, wo sich bereits eine Traube von Menschen versammelt hatte.

»Kannst du gehen, Gaillard?«

»Ich weiß es nicht«, winselte der Bürgermeister mit dünner Stimme. »Was ist denn geschehen? Ein Terroranschlag?«

Perez versuchte sich an einem Grinsen. »Die Schwarzfüße kommen, mon Général.«

Der Witz kam nicht gut an. Er hörte die seltsamen Tierlaute des Bürgermeisters in seinem Rücken, während er zurück in die Amtsstube lief, um seinen *Creus* zu holen.

Der Blick, mit dem Boucher sein Tun verfolgte, schien eine Mischung aus Wut über Perez' Verhalten und Bedauern über die verpasste Gelegenheit, dieses anscheinend wirklich wertvolle Geschenk anzunehmen. Außerdem schien er sich zu fragen, ob es tatsächlich eine gute Idee gewesen war, sein Quartier ausgerechnet in der Police Municipale zu beziehen.

»Wollen Sie nicht etwas unternehmen, Capitaine?«, fragte Perez im Rausgehen. »Das sieht nicht gut aus, da draußen, gar nicht gut. Ich hoffe, Sie bekommen die Sache in den Griff.«

Der Bürgermeister hockte, von niemandem beachtet, auf dem Mäuerchen vor der Brücke über La Baillaury, der nach den starken Regenfällen des Frühjahrs ein reißender Bach war. Sein Kopf war tief auf die Brust gesunken.

Wir brauchen einen Krankenwagen, zumindest einen Arzt, der sich die Verletzungen des alten Mannes ansieht, dachte Perez und wählte die Notrufnummer. ... Besetzt ... Er versuchte seinen Hausarzt zu erreichen, obwohl er nicht viel von dem alten Kurpfuscher hielt. ... Besetzt ... Er versuchte es bei Marianne ... Besetzt ...

»Merde«, stieß er aus. Kurz entschlossen fasste Perez den wirr vor sich hin brabbelnden Gaillard unter den Achseln und schleppte ihn hinüber zur Mairie, um ihn dort den Verantwortlichen zu übergeben. Leider musste er feststellen, dass es selbst im Rathaus niemanden auf seinem Posten gehalten hatte.

»Ich bring dich in dein Amtszimmer, einverstanden?«

Gaillard schüttelte heftig den Kopf.

Und wieder packte sich Perez den alten Mann, klemmte sich seinen *Creus* unter den anderen Arm und marschierte gegen den Wind ankämpfend hinüber ins *Catalan*. Die Idee war nicht schlecht, das Café allerdings ausgestorben, als er endlich dort ankam.

Perez atmete schwer und wusste für einen Augenblick nicht, was er tun sollte. Dann lud er seine Fracht erneut auf und lief mit Mensch und Karton die Straße hinab zum *Conill*. Dabei fühlte er sich wie ein Geisterfahrer. Alle Welt kam ihm, wild gestikulierend und schreiend, entgegen. Die Aufregung der Menschen steigerte sich noch, als sie den verletzten Bürgermeister in Perez' Arm hängen sahen.

»Was ist los, Perez?«, riefen sie.

»Ist er tot?«, fragten sie.

»Wer hat das zu verantworten?«, wollten sie wissen.

»Haziem! Gott sei Dank bist du noch hier«, sagte Perez, als er sein Restaurant erreicht hatte. Der Maghrebiner stand hinter dem Tresen, hielt sich an einem Pfeiler fest und sah nicht viel besser aus als der Bürgermeister. »Geht es dir nicht gut?«, fragte Perez vorsichtig. Der Hüne schüttelte den kahlen Schädel.

»Aber was ist denn los, mein Großer?«

Haziem schüttelte bloß weiter den Kopf.

Sofort lief dessen ganzes Lebensdrama vor Perez' Augen ab. Die Explosion, aber natürlich!

»Ach was«, rief er und bemühte sich, die Gedanken daran zu vertreiben. »Hat nichts mit Krieg zu tun. Eine Yacht ist im Hafen explodiert, während ich mit Gaillard bei dem Neuen zum Antrittsbesuch war. Die Scheiben sind zerbrochen, und die Druckwelle hat Gaillard quer durch den Raum geschleudert. Der Arme ist mit dem Kopf gegen die Wand geknallt. Deshalb sieht er so schlimm aus. Er ist bei Bewusstsein, muss aber schleunigst in ärztliche Behandlung.«

Haziem wirkte nicht, als ob Perez' Worte ihn überzeugt, geschweige denn beruhigt hätten.

Perez parkte den Bürgermeister auf einem Stuhl und den *Creus* hinter dem Tresen, ging die zwei Schritte auf Haziem zu und schloss ihn in die Arme. »Alles in Ordnung, mein Freund«, sagte er. Und flüsterte mehr zu sich selbst: »Hoffe ich zumindest.«

Er spürte, wie verkrampft Haziem war, starr traf es besser. Er war als Junge mit seinem Vater zwischen die Fronten des algerischen Bürgerkriegs geraten und von diesem Ereignis traumatisiert.

Perez platzierte seinen Freund neben den Bürgermeister, der inzwischen nur noch winselte. Obwohl Perez wissen wollte, was am Strand passiert war und ob sich noch andere Menschen verletzt hatten, erschien es ihm im Augenblick sinnvoller, sich um diese beiden zu kümmern, als unter Tausenden von Schaulustigen Mutmaßungen über den Unfall anzustellen. Was er jetzt wirklich brauchte, war ein Notarztwagen, der den Bürgermeister aufnehmen konnte, aber wahrscheinlich waren alle verfügbaren Einsatzkräfte auf dem Weg zum Strand, und das Handynetz schien überlastet. Aber ein Arzt müsste sich doch auftreiben lassen, jemand, der ihm die Verantwortung für den bedenklich wackelnden Bürgermeister abnahm, während er, Perez, dafür Sorge tragen würde, dass Haziem nicht wieder in einen seiner Angstzustände verfiele. Erneut schnappte er sich sein Handy, doch er konnte weder telefonieren noch eine SMS absetzen.

»So ein Mist«, fluchte er und sah sich im Lokal um. »Haziem«, sagte er, »kannst du fahren?«

»Was?«

»Nein, kannst du natürlich nicht. Entschuldige, vergiss es.« Perez nahm Haziems Gesicht in beide Hände und versuchte Blickkontakt herzustellen. »Ich bringe euch beide ins Krankenhaus nach Perpignan, ja? Warte hier, bis ich wiederkomme, ich hole den Wagen. Alles klar?«

Perez rannte aus dem Lokal und suchte wenige Straßen entfernt nach seinem Fahrzeug. Der klapprige Renault Kangoo verriet in dieser Notlage Charakter und sprang tatsächlich schon beim ersten Starten an. Er steuerte den Kastenwagen rückwärts gegen die Einbahnstraße zurück in die

Avenue du Puig del Mas und weiter gegen die Fahrtrichtung, bis er direkt vor dem *Conill* zum Stehen kam.

Perez verfrachtete zunächst den Bürgermeister auf die Matratze, die er für Überlandfahrten hinten im Stauraum des Kombi mit sich führte, bevor er Haziem auf die Straße zog und ihn neben sich auf den Beifahrersitz setzte. Er verschloss das *Conill* und legte einen Kavaliersstart in Richtung Berge hin. Erst einmal weg vom Meer, dann über die Place du Marché hinauf zum Bahnhofsvorplatz, um schließlich an die Plage des Elmes zu gelangen. Vorbei am hell erleuchteten Hotel von Madame Fabre verließ er Banyuls und traf vierzig Minuten später im Krankenhaus von Perpignan ein.

Perez hätte natürlich versuchen können, das Centre Hélio Marin oder eine der anderen kleinen Kliniken zwischen Banyuls und Perpignan anzufahren, aber er hielt nicht viel von diesen Dorfsanitätern. So gern er in der Kleinstadt lebte, so sehr glaubte er an die Spezialisten aus der großen Stadt, wenn sich ein wirkliches Problem auftat. Spezialisten traf man in Perpignan, in Montpellier oder hoch im Norden, in Lyon.

Bürgermeister Gaillard wurde sofort in den Operationssaal geschoben. Zu seinem Gesundheitszustand wollten sich die Mediziner nicht äußern. Dies ginge, wie sie Perez nach einer ersten Untersuchung mitteilten, nur die Familie des Verletzten etwas an. Perez hatte lediglich in Erfahrung bringen können, dass der Bürgermeister eine schwere Gehirnerschütterung davongetragen hatte und sein Zustand als instabil bezeichnet wurde. Man vergaß allzu leicht, dass dieser harte Knochen eben doch ein kleiner, schmächtiger Mann von fünfundachtzig Jahren war.

Perez tat der alte Mann leid, aber wie die Dinge lagen, konnte er im Augenblick nichts weiter für ihn tun. Ab jetzt war tatsächlich dessen Familie gefragt. Und genau da setzte das Problem ein: Dem als üblen Rauf- und Saufbold verschrienen Luc Gaillard wollte Perez nicht unbedingt begegnen, dafür hatte der Tag bereits genügend Aufregungen bereitgehalten. Seit der Schulzeit hegte er eine tiefe Abscheu gegen Gaillards Sohn. Allzu oft hatte ihm dieser gewalttätige Kerl Prügeleien aufgezwungen, die der damals schmächtige Perez nicht hatte gewinnen können. Eigentlich tat man solche Dinge als pubertäre Auswüchse ab, Streit, der sich über die Jahre verflüchtigte, wenn die Beteiligten erwachsen wurden. Gaillard junior indes ließ in moralischer Hinsicht jede Entwicklung vermissen, er war der widerliche Klotz geblieben, der er schon immer gewesen war. Mit dem Alter wurde er dazu auch noch kriminell, wofür er aber, dank der Hilfe seines Vaters, bislang noch nicht hatte büßen müssen. Unnötig zu erwähnen, dass Luc Gaillard keiner von Perez' Kunden war, ein Prolet wie er wusste Qualität, wie Perez sie besorgen konnte, nicht zu würdigen. An Weihnachten stopfte er riesige Blöcke Foie Gras in sich hinein, und an Silvester aß er russischen Kaviar mit silbernen Löffeln. Ansonsten cruiste er lieber in seinem SUV die Promenade auf und ab, als Geld für gutes Essen auszugeben – ein Stil, der jedweder Klasse entbehrte.

Luc Gaillard war von den Schwestern sofort nach der Einlieferung des Bürgermeisters benachrichtigt worden. Inzwischen befand er sich wohl auf dem Weg nach Perpignan. Ein deutlicheres Signal zum Abrücken hätte es für Perez nicht geben können.

Da die Ärzte, kurz nachdem der Alte in den OP geschoben worden war, seine aufgeschnittene Hand mit zwei Stichen genäht und Haziem mit einem Beruhigungsmittel versorgt hatten, brachen sie sofort auf. Der Maghrebiner sprach jetzt noch langsamer, als er dies ohnehin schon tat.

Wiederholt rieb er sich über den Kopf und murmelte eine arabische Beschwörungsformel. Und immer, wenn er das tat, berührte Perez ihn. Nähe war wichtig in diesen Momenten, das hatte er gelernt. Viel mehr konnte man nicht tun. Nähe herstellen und sprechen, ihn zum Sprechen bringen, damit er nicht in der Angst versank. Über Belangloses am besten.

Perez machte sich Sorgen um diejenigen, die er in Banyuls zurückgelassen hatte. Hoffentlich ging es ihnen gut! Ob es wohl außer Gaillard noch weitere Verletzte gegeben hatte? Wie viele Menschen waren auf dem Boot gewesen? Nur die beiden, die er für einen kurzen Moment gesehen zu haben glaubte? Hatte einer von ihnen die Explosion überlebt? Schwer vorstellbar.

Er legte die Hand auf Haziems Schulter und versuchte, sich seine Sorge nicht anmerken zu lassen. Ein ums andere Mal flüsterte er: »Das wird schon wieder, mein Freund.«

In Banyuls war das Gebiet zwischen Hafen und Strand weiträumig abgesperrt. Immer noch verfolgten Hunderte Menschen das Geschehen. Das Band, das die Schaulustigen auf Abstand halten sollte, flatterte im Wind und verursachte dabei Geräusche wie Pistolenschüsse. Jenseits der Absperrung standen Gendarmen neben Soldaten, Sanitäter neben den Polizisten. Aufgeregt liefen Menschen zwischen einem weißen Zelt und einem Hubschrauber der Marine hin und her.

Zusätzlich zur örtlichen Polizei hatte man Einheiten aus dem wenige Kilometer entfernten Collioure angefordert. Im dortigen Fort Miradou war die CNEC, eine militärische Einheit für Erstschläge, stationiert. Mitten in der pittoresken Altstadt, gleich neben dem Château Royal, hatten die Soldaten ihren Sitz, was Perez unangebracht fand. An einem

Tag wie diesem waren die Einheiten der CNEC aber vielleicht auch ein Segen. Mit ihren Hubschraubern und den mit Kampftauchern bestückten Booten waren sie sicherlich sehr schnell vor Ort gewesen und versuchten nun ... ja, was eigentlich machten diese Burschen dort unten genau?, fragte sich Perez. Sicher suchten sie nach Überlebenden. Und nach Schiffsteilen, die Aufschluss über den Grund des Unglücks liefern konnten.

Vor dem Strand lagen zwei mit Scheinwerfern bestückte Plattformen im flachen Wasser. Man war für die Nacht gerüstet. Neben den Stativen für die Scheinwerfer standen Taucher, die auf ihren Einsatz warteten. Boucher, der diese Truppen angefordert haben musste, verschaffte ein solcher Großeinsatz sicher ein berauschendes Gefühl von Wichtigkeit.

»Was meinst du, mein Großer, wollen wir kurz runter zum Strand und mit den Leuten reden? Ich würde gerne wissen, was genau passiert ist.«

Haziem reagierte nicht.

»Kommst du mit mir, Haziem? Na los, ein bisschen frische Luft kann nicht schaden.«

Er wollte entschlossen wirken. Merkte Haziem ihm seine Unsicherheit an, würde ihn das nur noch mehr destabilisieren. Perez stieg aus, ging um den Wagen herum, öffnete die Beifahrertür und ergriff Haziems Hand. Sein Freund bewegte sich keinen Millimeter. Perez sah sich um.

»Mist«, sagte er schließlich und setzte sich zurück ans Steuer. »Ich bringe dich erst mal nach Hause, Haziem. Dann schaue ich mich hier um.«

Perez brachte Haziem nach Hause, noch bis ins Schlafzimmer und fuhr dann direkt rüber zu Marianne. Trotz mehrfachen Klingelns öffnete sie nicht. Er versuchte sie telefonisch zu erreichen, kam aber noch immer nicht durch.

Sicher ist sie bei ihren Freunden und diskutiert den Vorfall, versuchte er sich zu beruhigen, bevor er Stéphanies Nummer wählte. Aber auch dieser Ruf ging nicht durch. Die Leitungen waren weiterhin überlastet. Hoffentlich war die Kleine bei ihrer Mutter.

Er fuhr zurück zum Meer, stellte seinen Wagen ab und ging runter zum Strand. Nach den ersten Wortwechseln mit den verbliebenen Menschen vor der Absperrung wurde ihm klar, dass er in einer für Banyuls untypischen Situation feststeckte. Normalerweise fand sich in dem Ort immer jemand, der irgendetwas wusste oder zu wissen vorgab. Doch von den Verbliebenen diesseits der Absperrung erhielt er auf seine Fragen lediglich unwissendes Achselzucken. Und von den Ordnungskräften auf der anderen Seite war ihm niemand persönlich bekannt.

Wohl oder übel musste er sich damit abfinden, dass er in dieser Nacht keine Antworten auf die drängenden Fragen bekommen würde.

Er wanderte den Strand entlang und nahm das Bild in sich auf. Kurz vor dem Boulodrome stieß er auf Bertrand Valoteau, den emporstrebenden Sparkassendirektor. Die Ereignisse des Tages schienen ihm den überheblichen Gesichtsausdruck, den er stets spazieren führte, gründlich ausgetrieben zu haben. Wie ein begossener Pudel stand er im Wind und starrte hinab zu seinen Schuhspitzen.

»Bertrand«, rief Perez. Valoteau sah ausdruckslos zu ihm rüber. »Alles in Ordnung?« Keine Antwort. »Was ist los? Kannst du mir sagen, wessen Boot das war?« Perez wartete auf eine Reaktion. Es kam keine. »Wie viel Mann Besatzung?« Das Spiel wiederholte sich. Perez stand der Situation einigermaßen ratlos gegenüber. Er hatte schon einige von Valoteaus Eigenheiten kennengelernt, Apathie war bislang nicht darunter gewesen. Die Explosion hatte dem Mann, im wahrsten Sinne des Wortes, die Sprache geraubt. »Ist etwa einer deiner Angehörigen darunter?«, fragte Perez leise und machte eine Bewegung auf den Sparkassendirektor zu. Der wich zurück.

»Nein«, sagte er tonlos.

»Nicht? Gott sei Dank! Eine schreckliche Geschichte. Ich muss weiter. Morgen bringe ich dir deine Sachen, okay?«, sagte Perez und wandte sich zum Gehen. Nach zwei Schritten meinte er Valoteaus Stimme in seinem Rücken gehört zu haben. Er drehte sich noch einmal um. »Was sagst du?« Valoteau hatte irgendetwas gesagt, viel zu leise, und der Wind tat ein Übriges. Perez trat nahe an den Mann heran.

»Das ist ganz, ganz schlecht«, verstand er jetzt. Dazu machte Valoteau ein Gesicht, als habe er nicht nur seine Familie, sondern auch alle engen Freunde durch die Explosion verloren.

Was soll das denn?, dachte Perez, nickte aber nur. Ganz, ganz schlecht ... natürlich war das ganz schlecht, als ob es irgendwen gäbe, der das Unglück gut gefunden hätte.

Unter Umgehung der Avenue du Fontaulé fuhr Perez zur Hafenmeisterei. Die Zugangskarte zum Hafen lag seit Jahren in seinem Handschuhfach, er erinnerte sich nicht einmal mehr, wie sie dorthin gelangt war.

Er parkte unterhalb des Aquariums und von dort hinüber zur Île Grosse. Am Monument aux Morts setzte er sich auf eine Bank. An normalen Tagen hätte er sich hier oben an dem wunderbaren Blick auf Banyuls ergötzt, an den bis zum Meer hinabreichenden Weinbergen auf der gegenüberliegenden Seite, der illuminierten Notre-Dame de La Salette und dem Tour Madeloc auf dem Kranz der hohen Berge, die die Gemeinde überragten.

Nun starrte er lediglich auf das gelbliche Licht der Straßenlaternen, die Vieux Banyuls in ein warmes, weiches Licht tauchten. Das Cap Doune war eigentlich ganz schön, wenn nicht die hässlichen Bausünden auf dessen Spitze den Gesamteindruck schmälern würden, dachte Perez. Dafür war der Mann verantwortlich, den er gerade in Perpignan abgeliefert hatte. Bis zum heutigen Tage war unklar, wie viel sich Gaillard bei der Bebauung des Hügels in die Taschen gesteckt hatte. Von mehreren Millionen wurde gemunkelt.

Perez zündete sich eine Zigarette an. Er war eigentlich ein ruhiger Typ, aber die Ereignisse des Tages hatten ihre Spuren hinterlassen. Und dass er Marianne nicht erreichen konnte, trug auch nicht zur Entspannung bei.

Er wusste immer noch nicht, ob außer den Menschen, die sich an Bord befunden hatten, noch weitere verletzt oder gar getötet worden waren. Und eigentlich wusste er ja nicht einmal das genau. Blessuren, wie sie der Kommissar oder der Bürgermeister davongetragen hatten, würde es sicher zahlreiche geben, aber hoffentlich keine Toten oder Schwerverletzten.

Nach zwei weiteren Zigaretten versuchte er erneut, Marianne zu erreichen. Endlich, der Ruf ging durch. Nach fünfmaligem Klingeln sprang die Mailbox an. Perez hinterließ eine Nachricht.

Wo steckte sie bloß? Und wo war Stéphanie, ihre Tochter? Marianne ging immer ans Telefon, ganz anders als er selbst. Auch unter widrigsten Umständen. Natürlich war es möglich, dass auch sie unten am Strand war, obwohl, dann hätte er sie sehen müssen. So viele Menschen waren es nun auch wieder nicht gewesen. Irgendetwas an dieser ganzen Geschichte machte ihm Angst. Jetzt bloß nicht die Nerven verlieren, versuchte er sich zu beruhigen. Morgen würde sich sicher alles aufklären. ... Morgen. ... Das Morgen war noch lange hin. Er schüttelte den Kopf und biss die Zähne fest aufeinander. Bevor hier nicht Klarheit herrschte, würde er nicht an seine Arbeit zurückkönnen. ... Morgen. ... Überall, wo ein Banyulenc auf einen anderen träfe, würde diese grauenvolle Explosion das beherrschende Thema sein, es würde den Tramontane als Hauptgesprächsstoff ablösen. Obwohl ... Es würde nicht wenige geben, die darin einen Zusammenhang sahen. Und dann würde spekuliert, was das Zeug hielt. Wahrscheinlich sprach der eine oder andere schon von einem Anschlag, von Vorsatz und den Hintermännern dieser grässlichen Tat. Und von der Summe, die dieses Unglück die Versicherung kosten würde. Geld spielte in Banyuls eine große Rolle.

Erneut tippte er eine Nummer in sein Handy ein.

»Papa!«, hörte er Marie-Hélène am anderen Ende der Leitung ausrufen. In ihrer Stimme lag Erleichterung.

»Marie!«, antwortete Perez, nicht minder froh, die Stimme seiner Tochter zu hören.

»Wir versuchen schon den ganzen Abend über, dich zu erreichen. Geht es dir gut?«

»Ja, ja, alles in Ordnung«, wiegelte er ab. » Die Leitungen waren überlastet.« Natürlich würde er ihr nicht erzählen, dass er weder Marianne noch Stéphanie erreichen konnte. Er wollte sie nicht beunruhigen. Marie mochte beide sehr. »Habt ihr es im Fernsehen gesehen?«, fragte Perez.

»Die Leute hier im Hotel haben es uns gesagt. Wir haben die Ereignisse den ganzen Tag lang im Internet verfolgt. Was ist denn da bloß geschehen? Wer war das? Ich habe mir riesige Sorgen um dich gemacht.«

»Mir geht's gut, meine Kleine. Mir geht's gut.« Er schilderte ihr den Hergang der Ereignisse, ohne seine eigenen dramatischen Momente zu erwähnen. »Ihr bleibt aber schön, wo ihr seid, oder?«, fragte er am Ende. »Am besten, ihr verlängert gleich noch um eine Woche.«

»Maman hat mit dem Hotel telefoniert. Da ist nix passiert. Sie haben es selbst bloß aus den Nachrichten erfahren. Der Strand liegt ja doch ziemlich weit vom Büro der Police Municipalee entfernt. Wenn es dir gut geht, dann bleiben wir. Aber du musst mich jeden Tag anrufen!«

»Ja klar, das mache ich. Versprochen.«

»Weißt du, ob sonst jemandem, den wir kennen, etwas passiert ist?«

»Soweit bislang bekannt, gab es nur Sachschaden. Aber hier sieht's aus wie nach einem Atomangriff, zumindest am Stadtstrand unten. Ist noch zu früh, um was Genaues zu sagen. Ich vermute, wir werden das genaue Ausmaß erst in den kommenden Tagen erfahren. Unseren Bürgermeister hat es erwischt, das ist schon mal bekannt. Aber der wird schon wieder, so zäh, wie der alte Bock ist.«

»Papa?«

»Was denn, meine Kleine?«

»Ich bin so froh, dass dir nichts passiert ist ... Bitte pass auf dich auf!«

KAPITEL 5

»Ihr habt Marianne erreicht, aber sie ist im Augenblick nicht zu sprechen. Hinterlasst eine Nachricht, und sie ruft euch vielleicht zurück.«

Perez starrte das Mobiltelefon an, als könne das kleine weiße Ding etwas dafür, dass er Mariannes Mailboxansage in der dritten Person hasste. Es war nicht die Grammatik, die ihn erzürnte, es war vielmehr die Ansage selbst, die Alltäglichkeit vortäuschte, ihm vorgaukelte, alles wäre in Butter. Aber das war es ganz und gar nicht. Kein Auge hatte er zugetan, sich hin- und hergewälzt. Mit verknautschtem Gesicht, zerknitterter Kleidung und voller Sorge fand er sich kurz nach Sonnenaufgang vor Mariannes Tür wieder. Doch alles Klingeln, Klopfen, Rufen half nichts, Mutter und Tochter blieben verschwunden. Gott sei Dank war wenigstens Marie-Hélène mit ihrer Mutter in Sicherheit. Das erste Mal, dass er sich über die Skiferien seiner Tochter freute. Eine Sorge weniger.

Er fuhr rüber ins *Catalan*. Mehr Gäste als gewöhnlich standen um den Tresen herum. Schneller als irgendwo sonst konnte man sich hier auf den neuesten Stand bringen lassen, aber auch nirgends sonst schossen die Spekulationen so sehr ins Kraut wie in dieser Enklave der Ursprünglichkeit. Jeder hier hatte etwas gehört, jeder kannte jemanden, der etwas zu wissen vorgab, jeder hatte selbst ein Gespräch belauscht, aus dem hervorging, dass es sich eventuell, vielleicht, unter Umständen, um einen Anschlag gehandelt haben könnte.

Es waren auch im nahe gelegenen Office du Tourisme ein paar Scheiben zu Bruch gegangen. Allerdings war dabei niemand ernsthaft verletzt worden. Überhaupt war die gute Botschaft dieses Morgens, dass Gaillard der Einzige zu sein schien, den es an Land erwischt hatte. Zu den Personen, die sich zum Zeitpunkt der Explosion an Bord der Yacht befunden hatten, wusste weiterhin niemand etwas Genaues, auch die Zeitungen nicht, die titelten:

BANYULS-SUR-MER
YACHT EXPLODIERT. ERMITTLUNGS-
BEHÖRDEN TAPPEN IM DUNKELN

Erstaunlich war allenfalls, dass irgendjemand die Geistesgegenwart besessen hatte, im entscheidenden Augenblick sein Handy zu zücken und Fotos von der Explosion zu machen. Sogar eines von der Yacht, bevor sie in die Luft flog, befand sich unter den Aufnahmen. Ansonsten war die Faktenlage an diesem ersten Morgen nach dem Unglück denkbar dünn. Der Inhalt des Artikels, den Perez überflog, erschöpfte sich in einer Beschreibung der Vorfälle nach der Explosion. Namen wurden ebenso wenig genannt wie ein Hinweis auf die Besatzung des Schiffes gegeben. Im Anschluss an die Zeilen fand sich noch ein Interview mit Boucher, das noch weniger Informationen enthielt als der Artikel selbst.

Perez klemmte sich eine Zigarette in den Mundwinkel und dachte sehnsüchtig an die Zeiten zurück, als Rauchen noch kein Schwerverbrechen darstellte, für das man von der Gesellschaft geächtet wurde.

Hinter der Theke liefen ein Fußballspiel und ein Pferderennen. Am Ecktisch spielten die Alten Rami, während sie das Unglück diskutierten. Die Dorfbewohner wichen trotz der Erschütterung nicht von ihren Gewohnheiten ab. Vielleicht war das ihre Art, den Schock zu verdauen. Vielleicht hätte Perez an ihrer Stelle das Gleiche getan, wenn nicht, ja wenn er nicht ...

Er warf Geld auf das grüne Plastikschälchen und drückte sich aus der Bank.

»Jean-Martin«, rief er. »Hast du Marianne heute schon gesehen?«

Der Wirt schüttelte den Kopf.

»Gestern Abend vielleicht? Unten am Strand?«

Jean-Martin – le grand échalas, die Bohnenstange, wie manche ihn aufgrund seiner langen, dürren Figur riefen – sah Perez fragend an.

»Was guckst du so, hä?«, blaffte Perez ihn ungeduldig an. »Verstehst du nicht mal mehr eine einfache Frage? ... Ach verdammt!« Er richtete sich zur vollen Größe von einem Meter und dreiundsiebzig Zentimetern auf und rief in den Raum: »Alle mal herhören! Hat einer von euch vielleicht Marianne Finken gesehen?«

Die Männer hielten im Spiel inne, setzen ihre Kaffeetassen ab, wendeten sich Perez zu. Dieser schaute in Dutzende ratlose Augenpaare.

»Und ihre Kleine, Stéphanie, die vielleicht?«

Jean-Martin zeigte brav auf.

»Also, hast du sie gesehen?«

Die Bohnenstange nickte. »Sie hat ihren Kakao hier getrunken.«

»Und wann war das?«

»Gegen sieben. Sie war der erste Gast.«

»Und wo ist sie hin?«

Der Wirt zuckte mit den Achseln und lief knallrot an, wie nach dem Biss einer Feuerqualle. Jean-Martin war ein herzensguter Kerl, aber als der liebe Gott den Verstand verteilt hatte, musste er sich auf der Flucht befunden haben.

Perez verließ das Lokal schnellen Schritts, stieg in den Wagen und fuhr hinüber zur Schule. Wenn Stéphanie so früh unterwegs gewesen war, dann würde sie jetzt, kurz nach acht, hoffentlich in ihrem Klassenzimmer sitzen.

Und so war es auch. Die Kleine hockte brav in ihrer Bank und winkte ihm fröhlich zu, als er etwas zu forsch hereingestürmt kam. Perez flüsterte der Lehrerin einige Worte ins Ohr, woraufhin Stéphanie die Erlaubnis erhielt, mit ihm hinaus auf den Gang zu gehen.

»Steph, verdammt noch mal«, sagte er, sobald sich die Tür zum Klassenzimmer hinter ihnen geschlossen hatte, »wo seid ihr denn gewesen, du und deine Mutter? Ich versuche seit gestern Abend ununterbrochen, einen von euch zu erreichen. Du warst auch nicht zu Hause.«

»Ich hatte Angst nach der Explosion.« Sie sah ihn an, als könne er etwas dafür. Und während sie das tat, bearbeitete sie leidenschaftslos das Kaugummi in ihrem Mund.

»Das verstehe ich natürlich. Aber wo, verdammt noch mal, ist deine Mutter?«

Sie zuckte mit den Achseln.

»Aber Stéphanie, sie würde dich doch an einem solchen Tag nicht alleine lassen. Ich bitte dich. Sie ist doch keine Rabenmutter.«

»Und wo ist sie dann?«

Er hatte keine Antwort. Deshalb fragte er: »Wo warst du denn gestern Abend beziehungsweise letzte Nacht?«

»Bei Christopher.«

»Bitte was?«

»Ich wollte zu dir, aber du bist nicht ans Handy gegangen.«

»Die Leitungen«, brummelte er, »waren völlig überlastet, so ein Mist. Aber heute Morgen bist du auch nicht ans Telefon gegangen.«

»Hast du angerufen?«

»Mindestens drei Mal.«

Sie kramte in ihrer Umhängetasche. »Merde«, sagte sie. »Ist aber auch egal.«

Perez war sich bewusst, dass dem Mädchen ihre Mutter keinesfalls so gleichgültig war, wie sie tat. Er dachte nach.

»Ich sag dir, Stéphanie, wenn Marianne sich bis heute Nachmittag nicht bei uns gemeldet hat, gehen wir zur Polizei.«

»Du? Zur Polizei? Zu diesem Mann?«

Perez' Meinung über Polizisten war allseits bekannt. Dabei hatte er durchaus Freunde unter ihnen, aber das war eher menschliche Verbundenheit. Sein Beruf vertrug sich nicht mit den Interessen der Polizei. Und dieser Elsässer, der bestätigte ihn höchstens in seiner Ablehnung der Behörde, da hatte Stéphanie schon recht.

»Ja. Na ja«, sagte er deshalb, »wir haben keinen anderen. Ich mache mir Sorgen. Bitte versprich mir, dass du dich sofort bei mir meldest, wenn die Schule aus ist. Ich möchte nicht, dass du alleine bist, verstanden?«

»Du meinst, so alleine wie an all den anderen Tagen des Jahres auch?«

»Stéphanie!«

»Was?«

»Der Streit zwischen dir und deiner Mutter geht mich nichts an. Aber eins kann ich dir versprechen, an einem Tag, an dem ein solch furchtbares Unglück geschieht wie das von gestern, an einem solchen Tag würde Marianne dich niemals freiwillig alleine lassen. Sie liebt dich, und das weißt du auch. Wann hast du sie zum letzten Mal gesehen?«

»Gestern nach dem Aufstehen oder so.«

»Und später, am Strand oder im Ort?«

»Nein! Als wir den Knall gehört haben, sind wir alle von der Schule runter zum Strand. Die ganze Klasse, alle meine Freundinnen und die Lehrer auch. So wie jeder im Dorf.«

»Und da seid ihr euch nicht begegnet?« Stéphanie schüttelte den Kopf. »Meinst du, sie war gar nicht dort?«

»Keine Ahnung. Ich hab sie jedenfalls nicht gesehen. Ich weiß nicht, wo Maman war, das weiß man bei ihr doch nie. Jedenfalls ist sie nicht nach Hause gekommen. Später dann, am Abend, habe ich ihr aufs Band gesprochen, aber sie hat sich wieder mal nicht zurückgemeldet. Dann bin ich zu Christopher, der ist wenigstens immer zu Hause.«

Der Trotz in ihrem Gesicht wich Ängstlichkeit. Perez nahm die Veränderung wahr und zog das Mädchen an sich. Sie war eben doch erst fünfzehn.

»Es wird ihr schon nichts passiert sein«, sagte er und war froh, dass Stéphanie in diesem Augenblick sein Gesicht nicht sehen konnte. »Versprich mir, dass du mich anrufst, sobald die Schule aus ist. Ich komme dich dann abholen. Machst du das?«

Sie nickte.

»Versprochen?«

Sie nickte erneut.

»Gut.«

»Weißt du was, Perez? Gestern Abend war der Mann noch mal an unserer Tür. Ich hab ihn von Christophers Küchenfenster aus beobachtet.«

»Der Mann?«

»Le Commissaire.«

»Boucher? Der war gestern Abend bei euch am Haus? Bist du dir da absolut sicher?«

Sie nickte. »Ja, mitten in der Nacht. Er hat geklingelt und

sogar nach ihr gerufen. Bis die Nachbarn aus den Fenstern gesehen haben.«

Hatte Boucher denn an einem solchen Tag nichts anderes zu tun gehabt?, überlegte Perez.

»Was machst du jetzt?«, unterbrach Stéphanie seine Gedanken.

»Ich suche deine Mutter, ist doch klar. Ich kümmere mich mal um den ganzen Kram hier.«

»Du?«

»Natürlich ich. Was ist daran so ungewöhnlich?«

»Glaubst du, Maman ist etwas passiert?«

»Quatsch. Nein. Sie hat sich bloß mal wieder ein bisschen zu sehr eingemischt, Fräulein MarxundEngels. Wahrscheinlich hocken sie und ihre Genossen in irgendeiner konspirativen Wohnung und überlegen sich die nächsten Schritte im revolutionären Kampf.«

Der Versuch, das Ganze ins Absurde zu ziehen, misslang, wie ein Blick in Stéphanies Gesicht bewies. Dabei war der Gedanke nicht so abwegig. Er hoffte wirklich inständig, dass Marianne nichts mit dieser Explosion zu tun hatte.

»Hat die Explosion mit der Hafensache zu tun?«, fragte Stéphanie.

»Wenn ich das wüsste.« Er ließ seine Sohle zweimal hintereinander auf das Linoleum klatschen. Das tat er häufiger, wenn er nachdachte, mit dem Fuß auftippen. »Dass Boucher sie in der Nacht noch sprechen wollte, spricht dafür. Irgendwas führt der im Schilde. Allerdings«, er hob den Finger, »habe ich dem Capitaine etwas voraus.«

»Was denn?«

»Ich habe die Yacht erkannt! Nicht sofort, aber heute Nacht ist mir eingefallen, woher ich das Boot kenne.«

»Das von gestern? Das in die Luft geflogen ist?« Das Mädchen machte große Augen.

»Genau das.«

»Dann musst du das der Polizei sagen.«

»Aber Steph ...«

»Weißt du denn auch, wer auf dem Schiff war? Sind die tot?«

»Ich weiß es nicht. Ob jemand eine solche Explosion überleben kann ...« Er brach ab. »Noch weiß ich nicht mehr als jeder andere auch. Aber ich finde es heraus. Einer muss sich ja kümmern.«

Stéphanie schaute ihn mit gerunzelter Stirn an. »Du hast Maman versprochen, nicht mehr Detektiv zu spielen«, sagte sie und klang dabei etwas zu erwachsen.

Sie spielte auf den Krach an, den es zwischen ihrer Mutter und Perez gegeben hatte, als er bei einer seiner »Ermittlungen« eine kleine Blessur davongetragen hatte. Nichts Schlimmes, Marianne hatte die Geschichte aufgebauscht.

»Das habe ich nie getan, Stéphanie. Und selbst wenn ich es getan hätte, so ist das hier doch wohl eine ganz andere Geschichte. Oder möchtest du, dass ich das Schicksal deiner Mutter in die Hände dieses ... Elsässers ... lege?

Stéphanie schüttelte brav den Kopf. Obwohl ihr anzusehen war, dass es ihr letztlich egal war, wer ihre Mutter zurückbrachte, wenn es nur bald geschähe.

»Dann jetzt schnell zurück in den Unterricht, und vergiss nicht, was du mir versprochen hast.«

KAPITEL 6

Perez nahm die Küstenstraße, um diese Zeit des Jahres konnte man das noch bedenkenlos tun. Auf dem Col de les Portes, kurz hinter der Auffahrt zum Fort Béar, dirigierte er den Wagen in eine Haltebucht. Vorbeifahrende Touristen fanden hier einen Verkaufspavillon für lokale Weine neben einem Obststand mit Früchten aus der Region.

Auch wenn er derzeit keinen Sinn fürs Geschäftliche hatte, wollte er doch die Waren, die sich bereits in seinem Wagen befunden hatten, nicht verkommen lassen. Er entnahm dem Kangoo drei Stiegen Kirschen aus Céret und trug sie hinüber zum Stand, wo eine junge Frau mit Nasenpiercing, Dreadlocks und Armen voller bunter Tattoos ihm freundlich zulächelte.

»Salut Solange«, sagte er und stellte die Kirschen in den Schatten einer Kiefer. »Ein schöner Tag heute, nicht wahr?«

»Ja, trotz dieser schrecklichen Sache.« Die junge Frau griff sich ein paar Kirschen und probierte. »Mmmh«, sagte sie, und ihre grünen Augen strahlten. »Sehr lecker. Cool.«

Die Kirschen aus dem dreißig Kilometer entfernten Dörfchen am Fuße der Pyrenäen galten als die besten Frankreichs. Aber selbst in Céret waren nicht alle von gleicher Qualität. Perez erhielt das Obst von einem ehemaligen Staatsanwalt aus Montpellier. Seine wenigen Kirschbäume trugen die besten Früchte der Region, und er verkaufte sie ausschließlich an seinen Freund Perez. Gleiches galt für seinen Berghonig – Imkern war seine Leidenschaft – und die Spezialitäten, die seine Frau aus Kirschen herzustellen wusste. In altem Banyuls-Essig eingelegt, schmeckten sie hervorragend zu reifem Manchego. Den hatte Perez ebenfalls im Angebot.

Der Staatsanwalt war ein idealer Partner für Perez, weil niemand ahnte, dass er mit den Kirschen, die auf seinem großen Besitz wuchsen, Handel trieb. Aber auch ehemalige Staatsdiener hatten Spaß daran, ihre Rente aufzubessern. Und da Perez die Geschäfte diskret abwickelte, hatte am Ende jeder etwas davon, sah man einmal von den Finanzbehörden ab.

Perez kassierte in bar und wünschte Solange einen guten Tag. Bevor er wieder in den Wagen stieg, ließ er seinen Blick über Port-Vendres, die dahinterliegende Landzunge und das Meer schweifen. Für irgendetwas musste der Tramontane ja gut sein, dachte Perez, und sei es nur, um den Ausblick in die Landschaft reinzuwaschen. Am Horizont tauchten die Häuser von St. Cyprien, Canet-Plage – der Stadtstrand von Perpignan – und die Umrisse von Port Leucate auf. Im Westen reichte der Blick bis zum schneebedeckten Gipfel des Canigou.

War Collioure der Touristenmagnet der Côte Vermeille und Banyuls ihr Strandbad, dann musste man Port-Vendres als das schlagende Herz der Küste bezeichnen. Die Häfen beherrschten die Stadt. Der Yachthafen ebenso wie der gegenüberliegende Passagierschiff- und Containerhafen. Der Fischereihafen war für die größten Umsätze verantwortlich.

Perez stellte seinen Wagen auf dem stark frequentierten Parkplatz am Quai François Joly ab und ging die wenigen Schritte auf die blaue Markise des *Tramontane* zu. Er setzte sich hinter die Glasscheibe und wurde in allerkürzester Zeit von so vielen Menschen erkannt und angesprochen, dass er die Flucht in die Tiefe des Raumes antrat. Direkt neben der Toilettentür konnte er einigermaßen in Ruhe auf das Auftauchen des Mannes warten, der im *Tramontane* täglich zur Mittagszeit Hof hielt.

Francesc Puig betrat das Lokal mit dem Gespür des Erfolgreichen für die große Bühne. Es fehlt bloß noch, dachte Perez, dass er sich seinen Ring küssen lässt.

Puig war zwielichtig, keine Frage, aber sie kannten sich so lange, dass er Perez gegenüber auf die großen Gesten verzichtete und auch seinen Reichtum nicht raushängen ließ. Auf Fremde musste der untersetzte Mann mit den kräftigen, tätowierten Armen und dem kantigen Schädel Furcht einflößend wirken.

Puig erkannte Perez sofort und winkte ihm zu. Er trug, wie meist, eine lange schwarze Hose und ein weißes, weit offen stehendes, kurzärmliges Hemd. Auf dem schwarz gefärbten Brusthaar tänzelte ein goldenes Kreuz. Als er an den Tisch trat, strahlten seine wasserblauen Augen aus einem tiefgebräunten Gesicht. Er begrüßte Perez mit zwei Wangenküssen.

»Na, mein Alter, wie geht's?« Er ließ sich unaufgefordert nieder, machte ein Zeichen in Richtung der Bedienung und erhielt sofort ein Glas Rosé.

»Nicht so gut, wie du aussiehst«, antwortete Perez. »Du wirst ja immer jünger.«

Selbstzweifel kannte Puig nicht. Vorsichtig strich er sich durch das gefärbte Kopfhaar, das von Unmengen an Gel in der gewünschten Form gehalten wurde, und legte seine manikürten Hände auf die Tischplatte.

»Äh«, krächzte er, »man muss was tun in unserem Alter, nicht wahr?«

»Für mich ist der Zug längst abgefahren«, erwiderte Perez und strich sich über die wohlgeformte Kugel, die sich unter seinem Hemd abzeichnete.

»Ach was! Niemals aufgeben, mon vieux. Geh ins Fitnessstudio, dann kommst du schnell wieder in Form. Soll ich dir einen Termin machen?«

»Fitnessstudio?«, fragte Perez ehrlich erstaunt. »Was ist das denn schon wieder?«

Puig lachte. »Es wird Zeit, dass du mal aus deinem Kaff rauskommst. Ist ja nicht zu fassen. Also wirklich ... Essen wir zusammen?«

Ohne die Antwort abzuwarten, zitierte Puig die Chefin des Hauses an den Tisch und bestellte für beide. Was in Ordnung war, denn beim Essen konnte man sich auf den ehemaligen Fremdenlegionär verlassen. Perez kam ohne Umschweife auf sein Thema zu sprechen.

»Mein Beileid«, lautete die Eröffnung.

Drei steile Falten erschienen auf Puigs Stirn.

»Beileid? ... Aber wofür denn?«

»Für deinen Abgang.«

»Perez!«

»Für den Verlust deiner Yacht. Wie hieß sie doch gleich?«

»Annabelle«, antwortete Puig und machte ein betroffenes Gesicht.

»Annabelle, richtig. Was für ein prachtvoller Kahn.«

»Seit wann interessierst du dich für Schiffe?«

Perez winkte ab. »Eigentlich kein bisschen, es sei denn, sie fliegen in die Luft. Ich hab's gleich erkannt, brauchte aber eine Weile, um mich zu erinnern, dass es das Boot war, auf dem wir deinen Geburtstag gefeiert haben, oder irre ich mich?«

In Puigs Augen trat ein wehmütiger Schimmer. Sein sechzigster Geburtstag hätte jedem großen Mann zur Ehre gereicht. Eine Sunseeker-Yacht mit kleinem, aber feinem

Pool und einem Jacuzzi. Vor Anker in einer der schönsten Buchten vor Cadaqués. Frischer Fisch und kalter Champagner in einem ausschließlich Männern vorbehaltenen, exklusiven Kreis. »Eine Feier unter Freunden«, wie es in der Einladung geheißen hatte, ein wenig ausschweifend und ganz und gar ungezwungen.

»Ja, ist auch schon wieder drei Jahre her, Perez.«

»Und weiter hast du dazu nichts zu sagen?«

»Was willst du wissen, ob ich gut versichert bin?« Puig strahlte über das ganze Gesicht. »Dir kann ich es ja sagen, alter Freund, ein Segen, diese Explosion, ein Segen. Das Schiff hatte seine besten Tage hinter sich. Ich hätte investieren müssen.«

»Puig! Es sind Menschen getötet worden«, rief Perez empört, »auch wenn man deren Leichen noch nicht gefunden hat. Außerdem liegt halb Banyuls in Schutt und Asche.«

»Ach was, komm schon, lass die Kirche im Dorf ... Es sind ein paar Scheiben zu Bruch gegangen. Das regeln die Versicherungen. Und Tote hat noch niemand gefunden. Also ...«

»Dass sie noch niemand gefunden hat, bedeutet nicht, dass es keine Toten gibt. Irgendwer wird das Schiff wohl gesteuert haben, folglich bei der Explosion an Bord gewesen sein. Und diese Detonation kann niemand überlebt haben, das ist so sicher wie nur irgendwas.«

»Ach Perez ...«, sagte er lächelnd. »Hör auf mit dem Detektivspiel. Komm schon, lass es gut sein.«

»Und nebenbei hat es Gaillard erwischt, und zwar direkt neben mir«, sagte Perez, der gar nicht daran dachte, das Thema zu wechseln.

Endlich wirkte sein Gegenüber doch noch bestürzt. »Gaillard? Ist er ...?«

»Noch nicht, soviel ich weiß. Aber viel hat nicht gefehlt, das kann ich dir garantieren.«

»Verdammt. Das ist natürlich ein großer Scheiß, aber, Perez«, rief er und breitete die Arme theatralisch aus, »was soll *ich* daran ändern?«

»Das lass besser mal nicht die Polizei hören.«

»Die Polizei?«

»Na klar! Was denkst denn du? Die untersuchen den Fall natürlich.«

»Aber was hat das mit mir zu tun?«

»Du bist der Schiffseigner, du hast das Schiff vermietet und dich, wie es scheint, noch nicht mal bei denen gemeldet?«

»So weit kommt's noch, dass ich freiwillig zur Polizei gehe. Außerdem kann es tausend Gründe geben, weshalb so ein Schiff plötzlich explodiert. Passiert jeden Tag auf den Weltmeeren. Was wollen die von mir? Diese Gendarmen können sich gerne mit meinen Leuten im Büro unterhalten, schließlich bezahle ich diese Crétins dafür, mir lästige Dinge vom Hals zu halten.«

»Wie schon gesagt, es werden Menschen vermisst, wahrscheinlich sind sie tot! Deshalb wundert es mich, dass die Flics noch nicht bei dir waren.«

Puig schüttelte den Kopf, als wäre ihm der Gedanke lästig. Die Nachricht von dem Unglück hatte ihn, wie er nun erzählte, auf dem Heimtrainer überrascht. Wie üblich habe er den Fernseher dabei angestellt, als auf einmal in einer Eilmeldung am unteren Bildrand von einer Schiffsexplosion in Banyuls-sur-Mer berichtet wurde. Schnell sei er daraufhin mit dem Roller rüber ins Büro gefahren und hätte dort hören müssen, dass es sich bei der Yacht tatsächlich um eines seiner Schiffe gehandelt habe.

Erst danach habe er im Tresor nachgesehen, bei wem und wie hoch das Schiff versichert sei.

»Und dir ist nicht in den Sinn gekommen, die Gendarmen zu informieren?«, rief Perez entrüstet. Es war eine Sache, nicht mit der Polizei zu kooperieren, eine andere, etwas so Fundamentales zu verschweigen, fand er. »Du interessierst dich nur für die Versicherung und nicht für die armen Schweine, die an Bord gewesen sein müssen? Du schaust mich an, als hätte ich dir gerade erst verraten, dass das Meer blau ist. Natürlich werden die Gendarmen bei dir auftauchen, und dann könnte es sein, dass es dir leidtut, sie nicht direkt verständigt zu haben.«

»Aber warum denn?«

Perez konnte es kaum glauben. Weder, dass Boucher so langsam war, noch, dass Puig überhaupt kein Bewusstsein für seine Situation zu haben schien.

»Weil du vorerst der Einzige bist, der ihnen sagen kann, wer die Leute auf dem Boot waren«, wiederholte er geduldig, obwohl er Puig gerade lieber geohrfeigt hätte.

»Ja, aber das weiß ich doch gar nicht so genau.«

»Erzähl mir nichts!«

»Schweden haben das Schiff gechartert«, knurrte er.

»Schweden. Geht's vielleicht noch etwas vager?«

»Schweden, ja, was ist daran so ungewöhnlich?«

»Nichts.«

»Und warum sagst du es dann mit diesem ... Unterton? Schweden halt. Aber jetzt verrat mir mal, was dich das angeht und warum du dich dafür interessierst.«

»Nur so. Ich hab das Schiff wiedererkannt und mich an deine wilde Geburtstagsparty erinnert, und da dachte ich ...«

»Was?« Für einen Moment verlor Puigs Gesicht die wohlwollende Güte.

»Weiß nicht so genau«, sagte Perez und machte eine unbeholfene Geste.

Das entsprach der Wahrheit. Schweden schienen gerade Konjunktur zu haben. Erst die Sache mit Marianne und ihren Tauchfreunden und jetzt diese vage Aussage. Puig gegenüber schwieg er dazu.

»Perez!«

»Ich war dabei, als die Explosion passiert ist, ich habe sie quasi live gesehen, deswegen beschäftigt es mich.«

Er erzählte Puig von seinem Vormittag im Büro des Neuen.

»Mein lieber Mann«, sagte Puig daraufhin. »Da hast du ja ganz schön was erlebt. Und dieser Boucher, das ist ein besonders Scharfer, sagst du?«

»Der kann ganz schön unangenehm werden, so viel steht fest.«

»Merde«, sagte Puig. Er kratzte sich am Arm und dachte nach. »Aber du ermittelst nicht in dieser Sache, äh, Perez? Du horchst mich hier nicht etwa aus, oder?«

»Tue ich nicht. Nur: Marianne ist seit gestern verschwunden, und das lässt mich nicht kalt ... also privat, so als Mensch, meine ich.«

»Als Mensch ...«, schnaufte Puig.

»Ja. Ich mache mir Sorgen. Und außerdem läuft da was bei uns in Banyuls, das absolut nicht koscher ist.«

»Was soll das sein?«

»Irgendwer hat einen Antrag auf Ausbau des Hafens gestellt, mehr weiß ich selbst noch nicht. Marianne will da etwas herausgefunden haben, und du kennst ja ihr Näschen für Schweinereien.«

»Na hoffentlich hat sie sich da nicht zu sehr in was eingemischt.«

»Was soll das heißen?« Perez richtete sich auf.

»Bleib ruhig, wir kennen Marianne beide lange und gut genug. Sie hat ein Händchen dafür, sich in Schwierigkeiten zu bringen, es wäre nicht das erste Mal.«

»Mal sehen«, knurrte Perez. Es war ihm nicht recht, wenn andere Leute etwas gegen seine Freunde sagten, selbst dann nicht, wenn sie damit der Wahrheit sehr nahekamen. »Und du glaubst tatsächlich, dass es sich um einen Defekt gehandelt haben könnte, einen Unfall?«

»Aber was denn sonst?«

»Vorsatz?«

»Oh, là, là!«, rief Puig und lachte. »Mord oder so was?«

Die Menschen am Nachbartisch drehten sich zu ihnen um.

»So weit würde ich nicht gehen. Was sind das denn für Typen, diese Schweden?«

»Jedenfalls keine Privatleute, so viel steht fest.« Er machte eine Pause. »Es kommen immer andere«, fuhr er nachdenklich fort. »Manchmal wird das Schiff auch von Irland aus bestellt.«

»Ich dachte, es sind Schweden?«

»Ja doch, Schweden. Aber der Firmensitz ist in Irland.« Er zuckte mit den Schultern. »Steuerliche Gründe«, fügte er an, »vermute ich zumindest.«

»Ach so«, sagte Perez und rollte die Augen.

»Das glaube ich, dass du von Steuern keine Ahnung hast«, gluckste Puig.

»Pssst«, sagte Perez, der dieses Thema möglichst schnell beenden wollte.

Die Chefin servierte den Seewolf mit gedünstetem Salicorne – Meeresspargel – und etwas Reis. Perez schob den Reis beiseite und aß den Fisch.

Als sie beim Kaffee angekommen waren, flog vorn die Tür auf. Im flimmernden Gegenlicht stand eine schmale, akkurat gekleidete Person. Perez blinzelte und wollte bereits rufen, er solle gefälligst die Tür schließen, als er das große Pflaster über dem Nasenrücken und kurz darauf den ganzen Mann erkannte: Der Elsässer schien endlich bereit, seinen Job zu machen.

KAPITEL 7

Schweden!

Perez kratzte sich am Kopf, während er den Wagen mit nur einer Hand durch die vielen Kurven hinunter nach Paulilles dirigierte.

Schweden, Schweden, Schweden. Wurde er nun langsam paranoid oder war das eine Fährte, der zu folgen sich lohnen könnte? Jedenfalls schien es sich bei den Leuten, mit denen Gaillard verhandelte, um Schweden zu handeln, davon ging er fürs Erste einmal aus.

Ob sich der Bürgermeister wohl auf dem Wege der Besserung befand? Zwar hatte Perez noch einmal versucht, auf der Station nähere Informationen über Gaillards Zustand zu erhalten, doch die zuständige Schwester hielt sich an die allgemeinen Richtlinien des Krankenhauses. Auskünfte erteilte man ausschließlich Familienmitgliedern. Immerhin hatte er erfahren, dass Gaillard noch lebte.

Jetzt ein Gespräch mit ihm unter vier Augen, das würde seine Nachforschungen vermutlich weiterbringen. Ging man einigermaßen geschickt vor, konnte man dem alten Mann so ziemlich jedes Geheimnis entlocken.

Aber zunächst stand Mariannes Freundin Claire auf seiner Agenda, und das nicht nur wegen der schwedischen Tauchkunden, vielleicht wusste sie ja, wo sich Marianne versteckt hielt. Denn das hoffte Perez inständig, dass sie sich versteckt hielt und nicht etwa versteckt gehalten wurde.

In diesem Augenblick musste er davon ausgehen, dass seine Freundin ihre Nase vielleicht tatsächlich zu tief in die Angelegenheiten fremder Leute gesteckt hatte.

Als sein Mobiltelefon klingelte, hatte Perez gerade die Plage des Elmes passiert und bog in den Kreisverkehr ein. Weil er sich darauf konzentrierte, das kleine Gerät aus seiner Hosentasche zu ziehen, verpasste er die richtige Ausfahrt und wollte eben eine weitere Runde drehen, als er urplötzlich einen Lastwagen, hoch beladen mit roten Ziegelsteinen, neben sich auftauchen sah. Erschrocken riss er das Lenkrad herum und fand sich nur Sekunden später mit einem Knall auf der Betoninsel inmitten des Rondells wieder. Er sah noch den wütend gestikulierenden Arm des Lkw-Fahrers im Seitenfenster, bevor er mit Herzrasen im Sitz zusammensackte.

Das Nächste, was er wahrnahm, waren zwei sorgenvolle Gesichter. Das eine gehörte Alexandre Leblanc, das zweite dessen Kollegen Jacques Moszkowicz.

Perez sah sich leicht desorientiert nach allen Seiten um.

»Bist du in Ordnung?«, hörte er Leblanc fragen.

»Er versteht dich nicht, wir müssen einen Krankenwagen anfordern«, sagte Moszkowicz und griff zum Funkgerät.

Perez bemerkte, wie sich sein Arm hob und seine Hand eine abwiegelnde Bewegung vollzog. »Nein«, sagte er mit schwacher Stimme.

»Mais alors, du hast einen Schock, Perez. Erinnerst du dich, was passiert ist?«

Die Bilder kamen zurück.

»Ich habe das Nummernschild nicht erkannt«, sagte er mit zunehmend fester werdender Stimme. »Lass mich mal aussteigen. Was ist mit meinem Wagen?«

»Hast du getrunken?« Moszkowicz war als Pedant verschrien.

»Was soll die Frage?«, sagte Perez. Der Vorwurf belebte seinen Kreislauf. »Ich hab dir doch gerade erklärt, dass man mir die Vorfahrt genommen hat.«

»Hast du nicht«, antwortete Moszkowicz.

»Na, dann sag ich es dir eben jetzt. Ein Lkw von einer Baufirma oder einer Baustoffhandlung, jedenfalls einer mit jeder Menge Steinen hintendrauf. Wieso kümmerst du dich nicht um den, anstatt mir auf die Nerven zu gehen.«

Getrunken ... natürlich hatte er getrunken. Sollte er den Fisch etwa nur mit Wasser runterspülen? Getrunken – also wirklich.

Moszkowicz verstummte und wandte sich stattdessen dem zum Erliegen gekommenen Verkehr zu.

»Du weißt ja, wie er ist«, flüsterte Leblanc, »nimm's ihm nicht übel. Seine Alte hat ihn wieder mal rausgeworfen.«

»Ist er wieder bei Mutter Moszkowicz?«

Leblanc nickte. Moszkowicz flog häufiger zu Hause raus. Seine israelische Frau galt als sehr aufbrausend, besonders wenn ihr Mann nicht tat, was sie ihm auftrug. Moszkowicz packte dann sein kleines Täschchen und zog eine Etage tiefer zu seiner Mutter.

»Der Ärmste«, sagte Perez und winkte Moszkowicz wieder heran. »Tut mir leid, mon vieux. Ist heute einfach nicht mein Tag. Bitte entschuldige, dass ich dich angeschnauzt habe. Wie geht das hier jetzt weiter?«

»Wir sehen mal, ob wir deinen Wagen heil von der Verkehrsinsel zurück in die offene See schieben können. Hol Hilfe, Jacques«, wies Leblanc seinen Kollegen an.

Moszkowicz verpflichtete die Männer aus den ersten drei Fahrzeugen, die in der Schlange standen und langsam ungeduldig wurden. Die beiden Polizisten machten sich nicht die

Hände dreckig, während Perez den drei Auswärtigen Anweisungen erteilte. Als der Kangoo endlich wieder auf der Straße stand und auch noch sofort ansprang, grinste Perez erleichtert in die Runde. Er parkte auf dem Gehsteig und ging zurück zu den Polizisten, um sich ordnungsgemäß zu verabschieden.

In diesem Augenblick stoppte ein Wagen im Gegenverkehr, der bis zu diesem Zeitpunkt reibungslos weitergelaufen war. Boucher stieg aus, offensichtlich hatte er die erste Befragung von Francesc Puig abgeschlossen. Um die Lage besser einschätzen zu können, bückte sich Perez und sah in den Wagen des Kommissars hinein. Puig saß nicht darin. Vorerst hatte er Boucher also mit seinen Antworten zufriedenstellen können. Perez war sich sicher, dass der Neue nicht die Hälfte von dem erfahren hatte, was Puig ihm erzählt hatte.

»Was ist denn hier los?«, wollte Boucher wissen.

»Nichts, alles in Ordnung«, antwortete Perez und machte sein fröhlichstes Sonntagsgesicht.

»Sie habe ich nicht gefragt. Moszkowicz? Leblanc?«

»Alles in Ordnung«, antworteten beide im Gleichtakt.

»Ich sehe Sie in vier Minuten auf der Wache«, sagte Boucher kühl, »und Sie, Monsieur Perez, Sie laufen mir während meiner Ermittlungen etwas zu häufig über den Weg. Mich würde zum Beispiel interessieren, was Sie vorhin bei Monsieur Puig wollten?«

»Nichts Besonderes, wie ich Ihnen schon sagte. Ein lange anberaumtes Mittagessen unter alten Bekannten.«

»Darauf kommen wir sicherlich noch mal zurück. Haben Sie eigentlich Ihre Freundin heute schon gesehen?«

»Sie suchen nach ihr?«, fragte Perez und setzte ein ernstes Gesicht auf.

»Sollten Sie sie sprechen, rate ich Ihnen dringend: Bringen Sie sie dazu, mich anzurufen – in ihrem eigenen Interesse, verstehen Sie? Ich habe einige unaufschiebbare Fragen.«

»Das kann nur bedeuten, dass Sie Marianne zu der Explosion befragen wollen.«

»Ich wüsste nicht, was Sie das angeht. Es wäre jedenfalls besser für Ihre Freundin, wenn sie sich bei mir meldet, bevor ich sie per Haftbefehl suchen lasse.«

»Per Haftbefehl?« Hinter Perez' Stirn arbeitete es heftig. »Sie glauben doch nicht etwa ...«

»Was ich glaube oder nicht, geht Sie nichts an. Sorgen Sie einfach dafür, dass ich mit ihr sprechen kann, dann tun Sie das Richtige. Und das wollen Sie doch, das Richtige tun, nicht wahr, Monsieur Perez?«

Perez' Kinn zuckte nach vorn.

Boucher kletterte zurück in seinen Dienstwagen und startete mit quietschenden Reifen in Richtung Ortsmitte.

»Oha. Mit dem haben wir es aber auch nicht leicht«, seufzte Perez. Die Polizisten nickten stumm. »Wieso schubst der euch so rum? Dieser Elsässer ist doch nicht euer Boss?« Die Beamten gaben keine Antwort. »Gibt es eigentlich was Neues in Sachen Explosion?«, fragte Perez.

»Boff«, sagte Leblanc, »du glaubst doch nicht etwa, dass der mit uns spricht?« Moszkowicz schüttelte den Kopf. »Wegen dem feinen Herrn aus Strasbourg hocken wir jetzt alle bloß noch dichter aufeinander, der wollte ausgerechnet unser Büro. Besprechen tut er sich mit seinen Gendarmen in der Vilarem.«

»Sauhund«, sagte Perez. »Ihr tut mir leid, ehrlich, das habt ihr nicht verdient. Aber zumindest das von eben gerade mach ich wieder gut.« Er klopfte den beiden Beamten auf die Schultern. »Kommt nach Dienstschluss ins *Conill*.«

Perez befand sich kurz vor der Einfahrt zum Hafen, als sein Telefon erneut klingelte. Dieses Mal stoppte er den Wagen, bevor er das Gerät aus der Tasche seiner Shorts nestelte.

»Hallo«, brummelte er missmutig. »Ach du bist es, Stéphanie«, fuhr er gleich viel freundlicher fort. »Wie geht's? Ist die Schule schon zu Ende?« Er lauschte eine Weile. »Was sagst du da? Das *Conill* ist geschlossen? Aber wieso denn?« Er kratzte sich am Kopf, während im selben Moment eine ältere Frau gegen das Seitenfenster klopfte, sich herunterbeugte und Perez zuwinkte. Er entgegnete den Gruß mit einem freundlichen Grinsen und vergaß die Begegnung noch in derselben Sekunde wieder. »... Nein, natürlich nicht ... nein, nein, Steph, das hast du völlig richtig gemacht. Ich verstehe nur nicht, dass Haziem nicht da ist. ... Was? ... Aber natürlich. Obwohl ... gestern Abend ging es ihm nicht gut.« Wieder hörte er, was die Fünfzehnjährige ihm zu sagen hatte. »Nein, hab ich nicht«, sagte er schließlich, »aber das hätte ich wohl tun sollen, nicht wahr? Na schön. Einverstanden! Aber was machen wir jetzt mit dir? ... Nein, das kommt überhaupt nicht infrage. Pas de chance, chérie. Pass auf, bleib wo du bist, ich bin ganz in der Nähe. Dauert nur ein paar Minuten. Ich hol dich ab, und dann sehen wir nach Haziem. ... Bis gleich ... Ja, ja.«

Er drückte das Gespräch weg und atmete einmal tief durch. Haziem hatte das *Conill* nicht geöffnet, sich aber auch nicht bei ihm gemeldet. Das war nicht gut, gar nicht gut. Perez machte sich Vorwürfe, er hätte sich besser um seinen Freund kümmern müssen. Um ihn, um Marianne und um Stéphanie.

Er schleuderte ein verächtliches »Bäh« gegen die Windschutzscheibe und nickte zweimal grimmig mit dem Kopf, bevor er den Kastenwagen wieder in den Verkehr einfädelte und zur Puig del Mas zurückfuhr. Jetzt schön eins nach dem anderen.

»Hast du schon was von Maman gehört?«, fragte Stéphanie, noch bevor sie die Wagentür ins Schloss zog.

Perez schüttelte den Kopf. »Ich war gerade auf dem Weg zu den Tauchern ...«

»Claire und Guillaume.«

»Ja, Claire und Guillaume. Wie heißen die eigentlich mit Nachnamen?«

»Sirot, glaube ich.«

»Sirot? Klingt eher nach einem Namen von hier unten, nicht wie einer aus Paris. Mal sehen, ob sie uns weiterhelfen können. Ich habe immer noch die Hoffnung, dass deine Mutter sich irgendwo versteckt hält, wenn ich auch nicht weiß, weshalb sie sich überhaupt versteckt halten muss. Aber zuerst fahren wir zu Haziem. Ich mache mir Vorwürfe, dass ich mich nicht gleich nach dem Aufstehen bei ihm gemeldet habe.«

»Du wartest im Wagen«, sagte Perez, als sie das Haus erreicht hatten, in dem Haziem eine Wohnung gemietet hatte, und verschwand in Richtung der blau gestrichenen Eingangstür neben dem Zitronenbaum.

Haziem wohnte in der Avenue Pierre de Marca, in dem Teil des Dorfes, in dem früher die Contrebandiers, die Schmugglerfamilien, ihre Häuser gehabt hatten. Schon immer war der Weg durch die Berge benutzt worden, um illegale Transporte durchzuführen, ob Waren oder Menschen, ob rein nach Frankreich oder außer Landes. Auch wenn heute niemand mehr öffentlich über die Contrebandiers sprach, die Alten bewahrten ihre Geschichten in ihren Herzen und gaben sie in der Familie weiter. Perez sah sich selbst in der Tradition dieser Schmuggler.

Die Häuser auf dem Puig del Mas, wie dieser älteste Teil von Banyuls-sur-Mer hieß, lagen in sicherer Entfernung zum Meer und hoch genug über dem Fluss, um selbst große Überschwemmungen im Tal trocken zu überstehen. Erst seit Anfang des 20. Jahrhunderts siedelten die Menschen direkt in Meernähe. Haziem war nicht nur diesbezüglich altmodisch.

Perez klopfte an die Wohnungstür im ersten Stock. Als er erneut klopfte und dabei den Namen seines Freundes rief, öffnete sich die Tür in seinem Rücken. Ein Marokkaner in einer verschmutzten Djellaba stand im Rahmen und zeigte seine schlechten Zähne.

»Was ist?«, fragte Perez und unterstrich seine Frage mit einer auffordernden Geste. »Hab ich bei Ihnen geklopft oder heißen Sie vielleicht Haziem?«

Der Marokkaner lächelte und schloss die Tür wieder.

»Idiot«, murmelte Perez und zog einen Schlüssel aus der Tasche. Für alle Fälle besaß er einen Zweitschlüssel der Wohnung.

Immer wieder leise Haziems Namen rufend, drang er in das Innere der kleinen Wohnung vor, bis er den Freund schließlich im Schlafzimmer fand. Zusammengerollt wie eine Katze, mit den Zähnen klappernd und mit weit aufgerissenen Augen. Perez kannte Haziem in diesem Zustand. Er setzte sich neben ihn aufs Bett, umfasste den großen Mann umständlich und zog ihn an sich.

»Ich bin da, mein Freund, bitte entschuldige, dass ich dich allein gelassen habe ... bitte entschuldige.« Sanft strich er ihm über den haarlosen Kopf und hielt ihn fest.

Eine Weile später tauchte Stéphanie im Türrahmen auf. Wortlos setzte sie sich auf die andere Seite des Betts.

Bis Haziem in der Lage war, zu sprechen, aufzustehen und zusammen mit seinen Freunden das Haus zu verlassen, sank die Sonne bereits hinter die östliche Hügelkette. Immer noch versuchte er, sich unter der Last seiner Ängste hinwegzuducken, anstatt sich ihr entgegenzustellen. Dabei wusste er, nur, wenn er dies tat, bestand auch die Chance, dem lähmenden Zustand zu entkommen. Das würde sich, wie schon so oft, nach einer Weile in Begleitung seiner Freunde bessern, wusste Perez.

Die drei kletterten schließlich zurück in den Kangoo und fuhren die wenigen Meter runter zum Hafen. Vorbei an den Ateliers mehr oder weniger talentierter Künstler, vorbei an Läden, die Kitsch aus maritimen Fundstücken und anderen Tand für Touristen feilboten, und vorbei an einem Motorbootverleih erreichten sie die Tauchschule der Familie Sirot, einen von drei Betrieben, die in Banyuls-sur-Mer den Hobbytauchern aus aller Welt die Sehenswürdigkeiten der geschützten Unterwasserwelt zugänglich machten.

Erfreut stellte Perez fest, dass hinter der Glasfront Licht brannte. Er schob sich aus dem Wagen, versicherte sich nochmals, dass es seiner kostbaren Fracht im hinteren Teil des Wagens einigermaßen gut ging, bevor er entschlossen den Tauchshop betrat.

Beim Eintreten erklang eine Schiffsglocke. Trotz der lautstarken Ankündigung dauerte es, bis der Haarschopf eines jungen Mannes zwischen Sauerstoffflaschen und Kompressor auftauchte. Das Gesicht des Mannes ließ keinen Rückschluss auf sein Alter zu. Sonnenverbrannt waren die Stellen, die der dichte Vollbart nicht bedeckte. Die Haare weißblond und verfilzt. Er trug einen der Neoprenanzüge, von denen Dutzende auf Kleiderstangen hingen. Liegt es bloß an dieser Gummihaut, dass der Typ derart gut gebaut wirkt, fragte sich Perez.

»Salut, ich bin Perez«, stellte er sich vor und streckte dem anderen die Hand entgegen. Der Händedruck war fest und entschlossen. »Sind Sie Guillaume Sirot?«

»Haben wir uns nicht schon einmal gesehen?«

»Doch. Aber beim letzten Mal waren Sie nicht in Gummi«, sagte Perez.

Guillaume Sirots Mund zog sich in die Breite. Ein sympathisches Gesicht, fand Perez.

»Tut mir leid, ich bin eben erst zurückgekommen. Und nun muss ich schnell die Automaten reinigen und die Flaschen füllen. Nachher kommt noch eine Gruppe von Anfängern aus Carcassonne zu einem Nachttauchgang. Lauter Buchhalter.« Er machte eine Geste, die besagte, heutzutage könne man sich seine Klienten nun mal nicht aussuchen. »Jedenfalls, wenn Claire es richtig aufgeschrieben hat. Die Herren wollen eine Art von gemeinsamem Abenteuer bestehen. Das soll den Zusammenhalt in der Gruppe stärken. Modernes Managementtraining nennt man das wohl. Sie machen ein Gesicht, Perez ...« Er lachte laut auf. »Dafür haben Sie kein Verständnis, das sieht man Ihnen an.«

»Das ist es nicht. Ich frage mich bloß gerade, ob es erlaubt ist, Anfänger ohne Erfahrung nachts auf Tauchgang gehen zu lassen?«

Sirot lachte noch lauter.

»Nun, Perez, dafür sind Sie sicher nicht zu mir rausgekommen, oder? Um übers Tauchen zu fachsimpeln? Und ich kann mir auch nicht vorstellen, dass Sie uns begleiten wollen.« Er suchte Blickkontakt. »Nein, sicher nicht. Wenn ich mich richtig erinnere, hat Marianne uns mal vor Ihrer Meeresphobie gewarnt.«

»Zu wissen, wo man hingehört«, antwortete Perez, »ist längst noch keine Phobie.«

»Natürlich nicht, entschuldigen Sie, das war bloß meine Interpretation. Aber da wir das nun geklärt haben, was führt Sie zu mir? Seien Sie mir bitte nicht böse, aber ich muss mich ranhalten.«

»Pariser eben.«

»Vielleicht ist es das.« Wieder lachte er.

»Ist Ihre Frau zu sprechen? Claire?«

»Nein, im Augenblick nicht. Aber sicher kann ich Ihnen genauso gut weiterhelfen.«

»Nein«, beschied Perez knapp.

»Tja. Dann muss ich Sie bitten, ein anderes Mal wieder vorbeizuschauen.«

»Haben Sie ihre Telefonnummer für mich?«

»Na hören Sie mal. Ich gebe doch nicht jedem die Nummer meiner Frau.« Bei der Antwort lächelte er dünn.

»Finden Sie, ich sei irgendwer?«, fragte Perez.

»Nun rücken Sie mal mit der Wahrheit heraus. Sie benehmen sich – wenn ich Ihnen das in aller Höflichkeit sagen darf – etwas ungewöhnlich. Mehr so ... als wollten Sie hier ein Verhör mit mir durchziehen. Also: Bitte sagen Sie mir, was Sie sagen wollen, oder lassen Sie mich meine Arbeit tun.«

Perez war ein wenig beleidigt, beschloss aber, sich das nicht anmerken zu lassen. »Wann haben Sie Marianne zuletzt gesehen?«

»Marianne?« Er benötigte einen Augenblick, um den Richtungswechsel nachzuvollziehen. »Letzte Woche vielleicht. Warum, was ist mit ihr?«

»Ich weiß, dass Sie mit dieser Aktion gegen die Hafenerweiterung zu tun haben.«

Er lachte. »Ach darum geht es Ihnen. Mein Gott, das hätte ich mir eigentlich denken können. Wahrscheinlich war ich in den letzten achtundvierzig Stunden etwas zu oft unter Wasser.« Wieder lächelte er dünn. »Also, ich war gegen Mariannes Aktion, wenn Sie es genau wissen wollen. Ich finde es ... ja, wie soll ich sagen? ... Pubertär? Kindisch! Verstehen Sie, was ich meine?« Perez schüttelte den Kopf. »Das ist keine Kleinigkeit«, fuhr er fort. »Wenn wirklich etwas an der ganzen Sache mit der Hafenerweiterung dran sein sollte, dann müssen wir schwereres Geschütz auffahren als eine Kette aus Büstenhaltern, dann müssen wir einen Bürgerprotest organisieren und nicht so einen Kindergeburtstag.«

»So was wie ein Boot in die Luft jagen?«

Sirot starrte sein Gegenüber fassungslos an. Schüttelte konsterniert den Kopf. »Was ziehen Sie hier ab, Perez?«

»Ist an der Sache was dran?«, fragte Perez unbeeindruckt.

»Ich soll das Boot in die Luft gejagt haben? Wissen Sie eigentlich, was Sie da sagen?«

»Ich wollte wissen, ob an der Sache mit der Hafenerweiterung etwas dran ist. Sie sind ja äußerst nervös, Guillaume.«

»Keine Ahnung, verdammt! Hören Sie, ich habe im Augenblick einfach keine Zeit, mich auch noch darum zu kümmern. Zwei von drei Tauchschulen haben geschlossen. Eine macht Ferien, bei den anderen gibt es einen Trauerfall. Aber da draußen«, er machte eine weit ausladende Geste, »gibt es eine Menge Taucher, die ihrem Hobby nachgehen wollen.«

»Buchhalter, ja.« Perez nickte ernst.

»Ja, merde!« Sirot raufte sich die Haare. Perez stand regungslos. »Sie machen sich ja keine Vorstellung, was alles nötig ist, um einen gut organisierten Tauchgang durchzuführen. Mit all diesen Blödmännern, die eigentlich schon im Schwimmbad verloren sind. Und Claire zieht es vor, sich zu verdrücken.«

Na bitte, da hatte er ja doch noch seine Antwort.

»Die Frauen ...«, versuchte Perez sein Glück.

»Das kann ich Ihnen sagen. Wir sind hier runtergezogen, um gemeinsam etwas aufzubauen. Und was ist jetzt? Ich habe den ganzen Betrieb am Hals, verstehen Sie? Tauchen ist viel Arbeit, wirft aber nicht so viel ab, dass man sich ein paar Mitarbeiter leisten könnte. Einen zusätzlichen Guide in der Hochsaison – allenfalls. Ansonsten bleibt alles an mir hängen.«

»Wahrscheinlich muss Claire sich um die Kinder kümmern.«

»Aber die sind doch längst aus dem Gröbsten raus. In Paris, ja, da musste man sie hierhin und dorthin fahren und war ständig in Sorge um sie. Aber hier? Sie können alles zu Fuß oder mit dem Fahrrad erledigen, keine langen Wege und erst recht keine Gefahren, verstehen Sie? Claire müsste genau jetzt hier sein und mir helfen.«

Perez sah sich um, während der Mann weiter gegen seine Frau wetterte. Alles hörte sich aus dessen Mund weniger harmonisch an als in Mariannes Schilderungen, wenn sie von den Sirots erzählte. Die Tauchbasis brauchte dringend eine ordnende Hand, das sah selbst ein Ordnungs-Legastheniker wie Perez. Lange würden die Leute ihr Leben nicht einem Mann anvertrauen, der so unaufgeräumt daherkam.

»Hat Claire Sie verlassen?«, fragte Perez aus heiterem Himmel und stoppte damit den Redefluss des Tauchlehrers von einem Moment auf den nächsten.

»Verlassen?«, stammelte Sirot und griff sich mit beiden Händen in die Rastalocken. »Hat Marianne das gesagt? Hören Sie, wir haben uns nur ein bisschen gestritten. Wegen so einem Scheiß kann sie mich doch nicht verlassen.« Noch während er dies sagte, griff er nach seinem wasserdichten Handy und drückte eine Taste. Er hielt sich das Gerät ans Ohr, den Mund jetzt weit geöffnet, um besser Luft zu bekommen. »Nimmt nicht ab«, flüsterte er nach einer Weile. »Monsieur, ich beschwöre Sie, sagen Sie mir, was Sie wissen. Hören Sie?« Er griff Perez am Arm.

»Seit wann ist sie weg?«, fragte Perez äußerlich unbeeindruckt. Tatsächlich beschlich ihn leise Freude. Er mochte diese Momente in einer Befragung, wo alles kippte und sich seine Vorgehensweise als richtig erwies.

»Seit gestern Abend. Jedenfalls war sie gestern, als ich von der Arbeit kam, nicht zu Hause und ist auch in der Nacht nicht zurückgekommen.«

»Und die Kinder?«

»Die sind allein zu Hause.«

»Wo waren Sie eigentlich, als das Boot explodierte?«

Er deutete durch die Scheibe. »Na, da draußen, wo denn sonst? Ich habe nicht das Geringste davon mitbekommen. Nicht mal den Knall. Wollen Sie Zeugen? Über zwanzig Leute kann ich Ihnen nennen!«

»Macht Ihre Frau so was öfter? Wegbleiben, ohne Bescheid zu sagen?«

Sirot atmete schwer. »Ach, wissen Sie ...« sagte er und verfiel wieder in ein verzweifeltes Schweigen.

»Also Marianne macht so was nie.« Sirot sah Perez verwundert an. »Aber sie ist ebenfalls seit gestern Abend verschwunden. Und sie ist ebenfalls nicht erreichbar. Ich habe ihre Tochter Stéphanie draußen im Auto sitzen. Wir machen uns große Sorgen. Aber vielleicht ist unsere Sorge für Sie ja eher so was wie eine Beruhigung.«

»Sie meinen ... die beiden sind miteinander fort?« Es war offensichtlich, dass der Mann nichts, aber auch gar nichts mehr kapierte. Um seine Gedanken nicht vollends in eine falsche Richtung abgleiten zu lassen, erklärte Perez die Zusammenhänge.

»Und deshalb habe ich auch nach der Hafenerweiterung gefragt und nach Ihrer Frau, die mit den Schweden draußen war«, schloss er.

Sirot war währenddessen immer blasser geworden. »Und Sie suchen nun nach ihnen«, stammelte er konfus.

»Ja, was denken Sie?«

»Kann ich mit Ihnen kommen?«

»Guillaume, ich habe nicht vor, wegen Ihnen meinen Fuhrpark zu erweitern«, entgegnete Perez, »und außerdem kommen gleich Ihre Buchhalter. Aber ich verspreche, Sie auf dem Laufenden zu halten, wenn Sie mir im Gegenzug sofort Mitteilung machen, sollte sich Ihre Frau bei Ihnen melden. Hier ist meine Karte.«

Aus dem Augenwinkel nahm Perez noch wahr, dass Guillaume Sirot sich auf einen Klappstuhl sinken ließ. Der junge Mann tat ihm leid, im Augenblick fiel ihm allerdings nichts ein, was er für ihn hätte tun können. Außer, darauf zu vertrauen, dass die Buchhalter aus Carcassonne ihn schon wieder aus seiner Schockstarre reißen würden.

Im rechten Winkel führte ein Betonweg vom Quai in den Hafen hinaus. Fast jeder Poller auf der Pier war mit Tampen belegt. Ostern begann die Saison. Der Tramontane orchestrierte die Szenerie durch das stete Schlagen der Leinen gegen die hohlen Masten.

Der Hafen von Banyuls war ein Port de Plaisance. Kein Arbeitshafen wie der von Port-Vendres. Die größten Schiffe waren die Boote der Tauchschulen, des Ozeanografischen Instituts, der Capitainerie und der Feuerwehr. Neben diesen lagen bescheidene Motorboote und eine Menge Segler. Außerdem die schönen Barques Catalanes in ihren traditionell bunten Farben. Dreihundertfünfzig Plätze insgesamt, davon zehn Liegeplätze für Besucher, das war alles, was die Bürger von Banyuls bereit waren, zur Verfügung zu stellen. Perez wusste, dass manch einer gigantische Summen ins Spiel brachte, um einen Liegeplatz zu ergattern. Dabei verhielt es sich mit diesen wie mit Dauerkarten fürs Estadio Camp Nou in Barcelona. Sie gerieten nicht in den freien

Verkauf, wurden von Generation zu Generation vererbt oder unter der Hand verscherbelt.

Aber musste man wegen dieses kleinen Schwarzmarkts direkt eine Hafenerweiterung ins Auge fassen? Und wie hätte man sich das überhaupt vorzustellen? So genau er sich umsah, sosehr er darüber nachdachte, Perez wollte partout keine Möglichkeit einfallen, wie man ein derart ambitioniertes Projekt an dieser Stelle realisieren sollte. Tatsächlich gehörte räumliches Vorstellungsvermögen aber auch nicht zu seinen Stärken. Anderen würde dazu schon etwas einfallen, da war er sich sicher. War Geld im Spiel, wurden die Menschen sehr kreativ.

Am Ende des Stegs stieß Perez auf Stéphanie und Haziem. Die beiden sahen auf, als er hinter sie trat.

»Sie ist auch weg«, sagte er gegen den dunklen Himmel.

»Wer?«, riefen Stéphanie und Haziem im Chor.

Perez lächelte. »Geht's wieder, mon vieux?«

»Ich habe die Tabletten genommen, es musste sein.«

»Mist. Ich dachte, davon wärst du ab. Du weißt, was der Arzt sagt.«

»Ging nicht anders.«

Perez riet seinem Freund ein ums andere Mal zu einer Therapie anstelle der Tabletten, doch davon wollte Haziem nichts wissen.

»Meinst du Claire?« Stéphanie rüttelte an Perez.

»Was? ... Ja! Claire ist ebenfalls seit gestern Abend verschwunden.«

»Und die Kinder?«, wollte Haziem wissen.

»Die können auf sich selbst aufpassen«, sagte Perez.

»Typisch«, sagte Stéphanie.

»Soll ich die Sirot-Kinder auch noch retten?«

»Was hat er noch gesagt?«, wollte Haziem wissen.

»Nichts! Überhaupt nichts. Der junge Mann scheint etwas verzweifelt. Er hat sich über seine Arbeit beklagt und darüber, dass Claire ihn zu oft allein lässt.«

»Er kann doch froh sein, dass sie nicht auf dem Schiff war.«

Die Männer sahen Stéphanie an.

»Wie meinst du das?«, fragte Perez schließlich.

»Na ja, sie war mit den Schweden auf einem Boot, als sie vom Hafenausbau erfuhr. Und auf dem, das jetzt explodiert ist, sind schon wieder Schweden drauf gewesen.«

»Woher weißt du das?«

»Darüber reden doch alle.«

»Wer sind alle? – Stéphanie, wer sagt, dass auf dem Boot Schweden waren, das ist nicht offiziell.«

»Du weißt es doch auch«, sagte sie trotzig.

»Ich weiß es von Puig. Aber du?«

»Das wird auf dem Schulhof erzählt. Vielleicht haben sie es im Radio gesagt.«

Perez zwang sich zum Nachdenken. Wie sollte er überhaupt fortfahren – mit seinen beschränkten Mitteln? Das hier war kein gestohlener Jesus aus einer Kapelle. Es ging um das Wohl seiner besten Freundin und Vertrauten. Suchte Boucher immer noch nach Marianne? Oder verfolgte er längst eine andere Spur? Kannte er die Namen der Toten? Sicher stand er schon mit den Schweden in Verbindung, und sicher arbeiteten die Spezialisten unter Hochdruck daran, aus den Resten der Yacht Rückschlüsse auf den Hergang der Ereignisse zu ziehen. All dieses Expertenwissen stand ihm, Perez, nicht zur Verfügung.

Er kratzte sich am Bauch. Hobbyermittlungen waren das eine, persönlich in einen Fall involviert zu sein, aber eine ganz andere Geschichte. Schwieriger, viel schwieriger. Er stieß hörbar die Luft aus.

»Habt ihr schon gegessen?«, fragte er.

Dafür erntete er tadelnde Blicke. Dabei war es mehr als eine bloße Marotte, es ging ihm einfach nicht gut, wenn er hungrig war. Und er konnte erst recht nicht vernünftig nachdenken, während sein Magen knurrte. Er fand, es sei eine seiner Stärken, unter allen Umständen, wie widrig auch immer, auf seine Ernährung zu achten.

»Wir müssen essen und wir müssen schlafen«, schob er deshalb trotzig nach. »Ihr wisst, wie ich bin.«

»Hat Guillaume nichts über Maman gesagt?«, fragte Stéphanie und ignorierte Perez' Worte.

»Er hatte keine Ahnung, dass sie auch verschwunden ist.«

»Und das glaubst du ihm?«

Perez ließ Zeit verstreichen. »Ja«, sagte er dann, »das glaube ich ihm.«

»Und was machen wir jetzt?«

»Auch wenn ihr mich foltert, ich muss jetzt etwas essen, sonst kann ich überhaupt nichts mehr machen.«

»Du spinnst doch, wie ...« Stéphanie konnte den Satz nicht vervollständigen, weil Haziem ihr in diesem Moment die Hand auf den Mund legte.

»Wir verstehen das«, sagte der Maghrebiner ruhig.

Perez kniff die Lippen zusammen und sah von Haziem zu Stéphanie.

»Wir fahren rüber zum Tresor«, beschloss er, und ließ sich vom Tramontane zurück zum Kangoo tragen.

Perez' Tresor war ein ehemaliger Bunker, versteckt in einem Berg, unmittelbar an der Uferstraße hinter dem Hotel de Fanal gelegen. Bougainvillea, Oleanderbüsche und Trompetenbäume verdeckten den Zugang derart perfekt, dass selbst unter Einheimischen die Existenz dieses Bunkers mit der Zeit in Vergessenheit geraten war.

Hier lagerten Perez' Schätze, hier reifte sein Wein. Das

meiste davon war für das *Conill* bestimmt. Kommissionen schob er am liebsten direkt vom Erzeuger zum Kunden durch. Bargeschäft, lautete seine Philosophie, musste schnell und ohne Aufsehen abgewickelt werden. Der Schlüssel für die beiden Sicherheitszylinder baumelte an einer silbernen Kette um seinen Hals.

Im Inneren des Bergs erhellten klug angebrachte Lichtquellen die Betonwände so, dass der bedrückende Eindruck, der von den meisten Bunkern ausging, erst gar nicht aufkam. Direkt neben der Eingangspforte stand ein langer Refektoriumstisch. Perez entzündete die vier Kerzen in einem Ständer aus vergoldetem Chrom. Am anderen Ende des Saals befand sich ein kleines Bad, davor stand ein einfaches Bett, in dem allerdings seit Jahren niemand mehr geschlafen hatte. Ein Relikt aus der Zeit, als Madame Marielle Fabre – die Besitzerin des Hotels an der Plage des Elmes – ihn rausgeschmissen hatte, weil sie nicht davon zu überzeugen gewesen war, dass er nichts mit Marianne Finken gehabt hatte – was zu diesem Zeitpunkt allerdings absolut der Wahrheit entsprochen hatte. Erst, als er sowieso schon auf der Straße saß, ließ Perez seine Zurückhaltung der Deutschen gegenüber fallen, eine Zurückhaltung, die ihm zuvor schwergefallen war, das stimmte schon.

Die gesamte linke Seite des Tresors war Perez' Schätzen vorbehalten. In Tonröhren lagerte der *Creus* ebenso wie wertvolle Flaschen edlen *Banyuls'*, des Süßweins, für den die Region berühmt war. Daneben einige Kisten Vintage-Port, etwas Sherry aus Jiménez und einige Flaschen Bas-Armagnac ohne Steueretikett aus dem Département Gers. Alles Zuteilungsware, nichts, was ein normal Sterblicher in einer Wein- oder Spirituosenhandlung hätte kaufen können. Von der Decke baumelten Hinterschinken. Auch sie waren so weit von normalem spanischem Jamón entfernt wie die Erde von der Sonne. Ausschließlich Jamón Ibérico Bellota der allerbesten Qualität bot er seinen Kunden an. Tiere aus reiner Eichelmast, frei laufend. Und ausschließlich aus der Gemeinde Jabugo in der spanischen Provinz Huelva. »Jabugo-Jabugo«, wie sein nächtlicher Lieferant den Schinken nannte. Dopplungen stellten in der spanischen Sprache die höchste Form der Steigerung dar. Der Schriftzug des Produzenten dieses Luxusprodukts war zwar sorgfältig entfernt worden, aber jeder, mit dem Perez Handel trieb, wusste, dass es sich um nichts anderes handelte als um den besten Schinken der Welt – weshalb auch niemand mit Perez um den exorbitant hohen Preis der Ware feilschte. Mit dem, was hier von der Decke hing, konnte man eine Doppelhaushälfte direkt am Meer finanzieren, und es würde noch etwas für ein kleines Segelboot übrig bleiben. Deshalb wanderte auch Perez' Blick, wenn er seinen Tresor betrat, stets zuerst liebevoll über die Schinken, bevor er sich davon überzeugte, dass sein größter Schatz, der *Creus,* vollzählig in den Röhren ruhte. Neben diesen Spezialitäten fielen Trüffel, Cargols, Stopfleber, Safran, Kirschen oder ähnliche Delikatessen kaum noch ins Gewicht.

Hoffentlich würde Boucher sich niemals hierher verirren.

Perez bat Stéphanie und Haziem, einzupacken, was immer für eine stärkende Mahlzeit gebraucht wurde, und die Waren in den Kangoo zu verfrachten, neben die Bestellung für Maréchal – eine Kiste *Creus* und einen Jamón –, die er nach dem Essen zuzustellen gedachte. Für späte Lieferungen besaß er einen Schlüssel für dessen Lieferanteneingang. Aber Maréchal würde vermutlich noch wach sein, vor Mitternacht ging er nie zu Bett.

Derart ausgestattet fuhren sie hinüber zum *Conill.*

Haziem servierte den Bellota auf einem leicht angewärmten Teller. Er stellte ein frisches Glas vor Perez, hielt ihm die Flasche zum Absegnen vor die Nase und goss großzügig ein. Perez probierte und stöhnte lustvoll auf.

»Wunderbar, Haziem, ein echter *Coup de Cœur.*«

Es war der Weißwein eines noch sehr jungen Weinmachers, der seine winzige Parzelle exklusiv über Perez vertrieb. Er baute seine Weine rein biologisch an, und mit dem 2012er war ihm ein exzellenter Jahrgang gelungen. Perez schätzte die Appellation nicht allein deshalb, weil sie klein war, sondern weil die Weine Charakter zeigten und sich, wie jeder Charakter, wandeln konnten. Nicht zu vergleichen mit den vielen Einheitsweinen, die sich nur veränderten, wenn der Konsumentengeschmack dies verlangte. Weine, die im *Conill* ausgeschenkt wurden, erwarteten von den Gästen ein gewisses Maß an Trinkintelligenz, wie Perez es formulierte.

Er nahm eine Tranche des schwitzenden Bellota zwischen Daumen und Zeigefinger, legte den Kopf in den Nacken und ließ den Schinken genussvoll seine Zunge berühren. Er traute sich kaum zu kauen, schob die Delikatesse vielmehr zwischen Zunge und Gaumen hin und her. Scheibchen für Scheibchen aß er derart, mit höchster Konzentration und fast religiöser Entrücktheit. Zwischendurch einen Schluck Wein, der bestens kontrastierte. Kein Brot dazu. Nichts durfte von diesem von feinstem Fett durchzogenen Jabugo-Jabugo ablenken.

Anschließend trug Haziem die Schnecken auf. Gut zwei Dutzend. Teuer wie Belon-Austern waren diese weißen Schnecken aus Tarragona. Wie für so viele Delikatessen hatte sich Perez auch für diese Spezialität eine Exklusivität gesichert, zu einer Zeit, da andere Restaurants noch ausschließlich auf Massenabfertigung der Touristen ausgerichtet waren. Denen berechnete Haziem die Schnecke mit zwei Euro fünfzig das Stück und servierte ihnen zwölf pro Portion. Auf ihren Tellern lagen dafür aber nicht die Cargols blancs, die sich Perez gerade einverleibte, sondern die viel einfacheren Schnecken aus der Gegend um Lleida. Auch sie von hervorragender Qualität, aber um nichts zu vergleichen mit der Delikatesse, die neben dem Hausherren nur besonderen Gästen vorbehalten blieb.

»Was hat Guillaume dir noch alles erzählt?«, fragte Stéphanie, die lustlos in den Schnecken herumstocherte.

Perez seufzte. »Na schön.« Er wischte sich die Finger und die fettigen Lippen mit einer Serviette ab. »Kurz gesagt, hat er sich mit Claire in die Wolle bekommen.«

»Na und?«, sagten Stéphanie und Haziem fast gleichzeitig.

»Sie ist daraufhin verschwunden, ebenso wie Marianne, das ist doch erst einmal eine gute Nachricht, findet ihr nicht?« Perez nickte eifrig mit dem Kopf, um seiner eigenen Aussage zusätzlich Gewicht zu verleihen, und hielt gleichzeitig Haziem den leeren Teller hin. Der sah ihn nur aus seinen schwarzen traurigen Augen an. »Aber ja«, sagte Perez, »noch eine klitzekleine Kleinigkeit, mein Freund, und dann vielleicht noch ein wenig Käse mit dieser köstlichen Marmelade, die uns der Staatsanwalt mitgeschickt hat, du weißt schon …«

»Was ist daran so gut, Perez?«, fragte Stéphanie. »Sprich endlich in ganzen Sätzen.«

»Entschuldige. … Also, ich denke …« Er setzte noch mal an. »Wir sollten davon ausgehen, dass Marianne und Claire gemeinsam abgehauen sind. Vielleicht aus unterschiedlichen Gründen, aber vielleicht sind sie auch dieser einen Sache auf der Spur …«

»Aber vielleicht«, unterbrach Haziem seinen Chef, »ist ihnen auch gemeinsam etwas zugestoßen.«

»Nein, nein, nein. Wer sollte sich zwei Frauen schnappen und sie entführen? Und vor allem, warum? Was sollen sie denn wissen, wegen dem man sie aus dem Verkehr ziehen müsste? Nein, nein, nein«, wiederholte Perez beschwörend. Hoffentlich habe ich recht, dachte er noch, während die Worte seinen Mund verließen. Keinesfalls wollte er seine eigene Angst auf das Mädchen übertragen. Und Haziem sollte das gefälligst auch unterlassen.

»Ich weiß nicht ...«, sagte Haziem und strich sich über den rasierten Schädel.

»Ich habe Angst um Maman«, sagte Stéphanie.

»Stéphanie, ich verspreche dir, es kommt alles wieder in Ordnung. Das ist der Tramontane, ich sag's euch ja schon die ganze Zeit. Der macht die Menschen verrückt. Sie tun Dinge, die sie unter normalen Umständen nicht tun würden. Marianne wird sich bei uns melden, ganz sicher. Wenn nicht morgen, dann übermorgen. Trotzdem werde ich jetzt rüber zu Maréchal fahren und versuchen, etwas mehr aus ihm herauszukitzeln. Er ist zwar ein blöder Hund, aber ich verstehe mich in gewisser Weise ganz gut mit ihm. Er vertraut mir. Wenn er etwas weiß, dann sagt er es mir auch ... unter dem Siegel der Verschwiegenheit, versteht sich.« Perez klatschte in die Hände und drückte sich hoch. »Aber bevor ich fahre«, fuhr er fort, »überlegen wir noch, wie wir es heute Nacht mit dem Schlafen machen. Bei mir ist es etwas eng. Wir könnten zu euch fahren. Was sagst du, Stéphanie? Da hast du dein eigenes Zimmer, und Haziem und ich können in Mariannes Bett schlafen.«

»Ich fahre zu mir nach Hause, es geht schon wieder«, sagte Haziem, selbst ein Fremder hätte die Unsicherheit in seiner Stimme bemerkt.

»Das kommt überhaupt nicht infrage, mein Freund. Ich lass dich nicht noch einmal allein. Was sagst du, Steph, das geht doch bei euch?«

»Ja, Haziem muss bei uns bleiben.«

Zum ersten Mal huschte so etwas wie ein Lächeln über dessen Gesicht. Die Kleine und der große Schweiger verstanden sich sehr gut, hatten sie schon immer getan, obwohl sie nur sehr selten miteinander sprachen. Irgendwie, dachte Perez, sind die beiden so etwas wie Geschwister. Auch wenn ihm bewusst war, wie sein Freund Haziem über Familienbande dachte.

»Wollt ihr hier auf mich warten, während ich versuche, den Maître zu treffen, oder soll ich euch vorher noch schnell bei Marianne absetzen?«

Haziem richtete sich zu voller Größe auf. »Nein«, sagte er bestimmt, »ich mache uns beiden jetzt etwas Richtiges zu essen, dann gehen wir rüber. Wir sehen uns dort.«

Perez sah zu Stéphanie hinüber. Die Kleine nickte und hakte sich bei Haziem unter.

KAPITEL 8

Das Haus des Notars stand in einer ruhigen Seitenstraße zwischen der Avenue du Général de Gaulle und der Puig del Mas. Durch ein schmiedeeisernes Tor – olivgrün und mit einem Dreizack bewehrt – betrat man das Gelände. Über die dahinterliegende Auffahrt erreichte man das von dichten Sträuchern und Büschen vor neugierigen Blicken geschützte Herrenhaus.

Lieferanten waren angehalten, den Dienstboteneingang in der Puig del Mas zu benutzen. Und das Einzige, was Perez vom gemeinen Installateur, vom Fliesenleger oder Gärtner unterschied, war, dass er einen Schlüssel zu dieser Tür besaß.

Eines Tages, nachdem er wieder einmal mit einer Lieferung in Verzug geraten war, hatte der Notar ihm den Schlüssel mit den Worten ausgehändigt: »Wenn so etwas noch mal geschieht, mein lieber Perez, dann kommen Sie, ohne zu klingeln, durch die Hintertür ins Haus und stellen die Sachen direkt im Vorratsraum ab. Schicken Sie mir einfach eine SMS, dann weiß ich, dass alles bereitsteht. Besser aber ist es«, hatte er noch hinzugefügt und dabei die Augenbrauen hochgezogen, wie nur Rechtsanwälte und Notare es vermochten, »besser ist es, Sie lassen es gar nicht erst so weit kommen.«

Perez wusste es vom Maître selbst, an diesem Abend erwartete Maréchal wichtige Gäste. Deshalb und weil alles andere bei der bekannten Unzuverlässigkeit seines Lieferanten ohnehin abwegig gewesen wäre, hatte er sich eine Lieferung bis spätestens vierundzwanzig Stunden vorher gewünscht. Aufgrund der turbulenten Ereignisse der letzten Tage hatte Perez die Zustellung verbaselt. Zumindest dieses eine Mal hatte Maréchal dafür Verständnis aufgebracht. Nicht anders konnte man seine SMS vom Vormittag verstehen: »Dann aber heute Abend«, hatte er geschrieben und unnötigerweise noch ein »hintenrum« angehängt.

Perez warf einen raschen Blick auf seine Armbanduhr. Kurz nach zehn, spät, aber keinesfalls zu spät. Der Maître hielt es wie die meisten Katalanen, kein Mittagessen vor 13.30 und niemals vor 21.30 zu Abend essen.

Er packte sich die Sachen unter den Arm, trat die Hecktür des Wagens mit dem Absatz zu und ging die wenigen Schritte zu der unauffälligen Tür neben einem elektrischen Garagentor. Fenster hatte die Rückseite von Maréchals Haus erst in den oberen Stockwerken.

Ohne ein Geräusch zu verursachen, schlich er durch die enge Diele.

Er verzichtete darauf, Licht zu machen und hielt auf die Umrisse der Treppe zu, die in den ersten Stock führte.

Er lauschte, ob irgendetwas auf die Anwesenheit von Maréchal und dessen Gästen hinwies, und stieg, nachdem nichts zu hören war, vorsichtig einen Fuß vor den anderen setzend, die Stufen hinauf. Auf dem oberen Treppenpodest angelangt, wandte er sich nach links. Das Haus war um einen Innenhof herum erbaut, sodass man, folgte man dem Verlauf des Flurs, zwangsläufig wieder zu seinem Ausgangspunkt zurückgelangte.

Der Eingang zur Kühlkammer unterschied sich in nichts von den anderen Türen, die vom Flur abgingen. Weil Perez wusste, dass sie die Eigenschaft hatte, zuweilen quietschende Geräusche von sich zu geben, bemühte er sich, so vorsichtig wie möglich zu sein – vergeblich. Er verharrte in der Bewegung. Im Grunde konnte es ihm ja egal sein, wenn man ihn hörte, er wusste aber, dass der Maître es nicht liebte, wenn sich Leute im Haus bemerkbar machten. Hätte das Haus ansonsten einen Lieferanteneingang? Und da der Maître einer seiner besten Kunden war ... Hastig zog er die Tür hinter sich ins Schloss.

Von innen hatte Maréchal ein Kühlaggregat gegen das Türfutter schrauben lassen. Der koffergroße Apparat sorgte mit einem gleichmäßigen Brummen für Temperaturen nahe dem Nullpunkt. Im Sommer mochte Perez es hier drinnen, an einem Frühjahrsabend im April fand er es etwas frisch und beeilte sich deshalb, den *Creus* zum übrigen Wein und den Schinken an einen dafür vorgesehenen Haken zu wuchten.

Jetzt noch schnell die SMS: »Alles klar, Maître, die Sachen sind da. Hätten Sie vielleicht kurz Zeit für mich? Ich müsste Sie noch in einer anderen Sache sprechen.«

Die Antwort ließ nicht lange auf sich warten: »Morgen früh in der Kanzlei. Danke.«

Die Situation war für Perez entwürdigend, daran bestand kein Zweifel. Morgen durfte er also zur Audienz erscheinen und würde sich sicher, bevor er sein Anliegen vorbringen konnte, wieder einen von Maréchals oberlehrerhaften Vorträgen anhören müssen, über Pünktlichkeit und Kundenpflege. Dabei wusste der Maître doch selbst nur allzu gut, dass er keine Alternative hatte. Niemand konnte ihm besorgen, wozu Perez ihm verhalf und womit er seine Gäste ein ums andere Mal beeindruckte.

Anstatt wie gewöhnlich denselben Weg zurückzunehmen, ging er vor bis zum Ende des Gangs und hörte, als er um die Ecke bog, plötzlich lautes Gelächter, gefolgt von Wortfetzen in einer fremden Sprache. Er lauschte konzentriert. Vorausgesetzt, alle Anwesenden beteiligten sich an der Konversation, handelte es sich um drei Männer, die sich im Salon des Maréchals gebrochen auf Englisch unterhielten. Der große Raum mit seinen zwei Kaminen öffnete sich zur ebenfalls sehr geräumigen Küche, von der wiederum Zugang zur Kühlkammer bestand. Nun, da Maréchal wusste, dass seine Bestellung eingetroffen war, würde er sicher alsbald dorthin verschwinden und mit Schinken und Wein beladen zurückkommen. Unter lautem Hallo würde er den Jabugo-Jabugo auf den Schlitten seiner Tausend-Euro-Maschine legen und ihn mittels des Schwungrads hauchdünn aufschneiden. Eine Unsitte, wie Perez fand. Was für die seiner Meinung nach minderwertigen italienischen Schinken vielleicht gerade noch vertretbar war, verbot sich für den Jamón Ibérico. Diesen spannte man in einen Jamonero, einen Schinkenhalter, und schnitt dann mittels dreier spezieller Messer davon ab. Haziem war ein Meister in der Technik des Schinkenschneidens, der Maître mit seiner Maschine bloß ein reicher Angeber.

Wer mögen diese Kerle sein?, fragte Perez sich.

Er riskierte einen Blick durch den Türschlitz. Vielleicht würde er die Gesichter der Männer erkennen können. Aber dafür stand die Tür nicht weit genug offen. Widerwillig entschied er sich zum Rückzug. Gerade als er die Treppe zum Erdgeschoss betreten wollte, fiel sein Blick auf einen weiteren Lichtkegel. Maître Maréchals Arbeitszimmer, wie er von früheren Besuchen wusste.

Perez war kein Mann, der sich in anderer Leute Angelegenheiten einmischte, und doch stand er nur einen kurzen Augenblick später im Türrahmen des holzgetäfelten Raums und gaffte mit offenem Mund auf das, was sich ihm im

Schein der Kranzleuchte darbot. Er wollte eben sein Handy zücken, um sich an einem Foto zu versuchen – er hatte immer noch nicht gelernt, wie genau das ging –, als er hinter sich eilige Schritte auf dem Gang hörte. In Panik, entdeckt zu werden, sprang er, nachdem sich keine andere Möglichkeit geboten hatte, in das Zimmer hinein, prüfte mit einem schnellen Blick die Wände, zog eine in das Holz der Vertäfelung eingepasste Tür auf und presste seinen fülligen Leib in die Abstellkammer zwischen einen Stapel Akten und einen Golfsack.

Zum ersten Mal seit sehr langer Zeit störte er sich an seinem Körperumfang. Sollte er ausatmen, würde sein Wanst die Tür ohne jeden Zweifel aufstoßen. Also hielt er die Luft an, die Augen geschlossen und betete.

Er hörte, wie im Zimmer eine Schublade geöffnet und wieder geschlossen wurde. Darauf das Rascheln von Papier und schließlich die Tür ins Schloss fallen.

Vorsichtig, als würde das bereits Geräusche verursachen, öffnete er zuerst die Augen, dann die Schranktür. Leider hatte Maréchal, nur um diesen konnte es sich gehandelt haben, das Licht im Raum gelöscht. Perez erlaubte der angestauten Luft, aus seiner Lunge zu entweichen. Das zischende Geräusch, das dabei entstand, erschien ihm in der Stille wie das Heulen des Tramontane, der im Hafen in die hohlen Masten der Schiffe fuhr. Vorsichtig, beide Hände nach vorn ausgestreckt, tastete er sich voran. Irgendwann, so sein Kalkül, müsste er auf diese Weise gegen den Empire-Schreibtisch des Maître stoßen.

Doch bevor er das rötlich braune Mahagoni-Schmuckstück erreichte, zerbarst die Stille in einem schrillen Gekreisch.

»Verdammte Katze«, stieß Perez aus und hielt zum zweiten Mal innerhalb kürzester Zeit den Atem an. Hoffentlich hatte man einige Räume weiter nichts von dem Aufruhr mitbekommen.

Nachdem ausreichend Zeit verstrichen war, zog er ein Feuerzeug aus der Tasche. Das Licht erhellte den Raum zumindest so weit, dass Perez sehen konnte, wohin er trat. Er ging auf die schweren Vorhänge zu und zog sie zurück. Sofort tauchte der Vollmond den Raum in ein gespenstisches Licht. Er ließ die Flamme ausgehen, kramte nach seinem Handy und blinzelte über die Symbole der unterschiedlichen Apps. Als er die stilisierte Kamera endlich entdeckte, legte er den Zeigefinger darauf, so wie Marianne es ihm gezeigt hatte. Sie hielt ihn in technischen Fragen für rückschrittlich. Erst in diesem Augenblick beschlich ihn der Gedanke, dass sie recht haben könnte.

Gebannt starrte er auf das Display und wartete darauf, dass sich etwas tat. Er schlich um den Schreibtisch herum und trat an eine etwa zwei mal drei Meter große Platte heran.

»Verdammt«, entfuhr es ihm, »das ist der Wahnsinn.«

Er brauchte unter allen Umständen ein Foto von dem Ding. Aber das Licht durfte er nicht wieder anmachen. Schon dass er die Vorhänge beiseitegeschoben hatte, war wagemutig gewesen. Wenn jetzt jemand hereinkäme, wäre er geliefert.

Einfach versuchen, dachte er und legte den Finger auf den Auslöser.

Das Aufflackern des Blitzes erschreckte ihn derart, dass er die Hand zurückriss. Schnell ging er zurück zum Fenster, zog die Vorhänge wieder zu, drehte sich auf dem Absatz um und machte die gleiche Schrittanzahl wieder in den Raum hinein. Als er die Platte in der Leistengegend spürte, hob er das Handy in die Höhe und machte hintereinander drei Aufnahmen.

Der Kopf drohte ihm zu platzen. Vor Angst und vor Anspannung. Mehr konnte und wollte er nicht riskieren. Entschlossen huschte er hinüber zur Tür und gelangte nach weniger als einer Minute zurück auf die Straße.

Nach Luft ringend, lehnte er sich gegen die Hauswand. Beine und Hände zitterten. Er steckte sich eine Zigarette an, tat einen tiefen Zug. Die Kühle des Mauerwerks in seinem Rücken half ihm. Langsam wurde er ruhiger. Er sah sich nach allen Seiten hin um. Kein Mensch war auf der Straße, keine Fahrzeuge in Bewegung, nicht einmal die üblichen Katzen tollten herum. Nur hinter wenigen Fenstern brannte Licht. Der Vorteil einer Ortschaft, die erst in den Sommermonaten vollständig aus ihrer Beschaulichkeit erwachte. Allem Anschein nach erregte er keinerlei Aufsehen.

»Mein Gott«, flüsterte Perez zwischen zwei Zügen, »wenn ich so was mein ganzes Leben lang machen müsste ...«

Als er die Kippe in den Bordstein schnippte, kam ihm Kommissar Boucher in den Sinn, und seine Missachtung der Polizei ließ ein wenig nach. Zwar stellte er immer wieder fest, dass er einen Hang zum Ermitteln hatte, zum Nachdenken über mögliche Motive, über die Lösung eines Falls. Aber eine Aktion wie diese hier gerade war nichts, was er jeden Tag haben musste. Das war kein Job für Menschen mit schwachen Nerven, also eigentlich auch nichts für einen Mann wie Perez.

Nachdem er sich wieder gefasst hatte, steuerte er den Wagen zur Uferpromenade, parkte und lief die wenigen Meter über den flachen Steinstrand zum Meer hinunter. Auf der letzten Erhebung, bevor die anlandenden Wellen seine Füße benetzen konnten, ließ er sich auf den Hosenboden fallen. Für einige Minuten blickte er einfach nur starr geradeaus.

Nichts deutete mehr auf die Explosion hin, alle Teile des Strands waren wieder freigegeben, keine Taucher mehr, keine Plattformen, keine Scheinwerfer. Perez war allein, den schlafenden Ort im Rücken, das aufgebrachte Meer vor sich.

Er zog sein Handy aus der Tasche und wählte Mariannes Nummer. Wie die Male zuvor sprang nur ihre Mailbox an. Aus Wut darüber, dass sich Marianne nicht von sich aus meldete, dass sie ihre Tochter und ihn alleingelassen hatte, dass sie keinerlei Lebenszeichen von sich gab, hätte er sein Mobiltelefon am liebsten in die Wellen geschmissen, doch darauf befanden sich die Beweisfotos. Er beruhigte sich damit, dass es eine Erklärung für all das geben musste, aber die durfte in keinem, in gar keinem Fall darin bestehen, dass Stéphanies Mutter etwas zugestoßen war. Er machte sich immer noch große Sorgen.

Perez suchte sich eine Handvoll geeigneter Steine – rund und flach sollten sie sein – und begann sie so zu werfen, dass sie mehrfach auf das Wasser aufschlugen, bevor sie untergingen. Das beruhigte ihn seit frühester Kindheit. Als er noch zur Schule ging, hatten er und seine Kameraden sogar Meisterschaften im Steinewerfen ausgetragen, es war die einzige Sportart, in der Perez je zu überzeugen gewusst hatte.

Zwischen den einzelnen Würfen besah er sich wieder und wieder die Bilder auf seinem Handy. Es gab nun keinen Zweifel mehr: Wer auch immer die Leute waren, die hinter dem Projekt standen, sie wollten tatsächlich eine richtig große Marina bauen. In Banyuls-sur-Mer – welch ein Irrsinn! Sein Blick wanderte zwischen den Fotos von dem aufwendig erstellten Modell hinüber zu dem Ort, den sich die Investoren für ihr größenwahnsinniges Projekt ausgesucht hatten. An gleicher Stelle, wo auch der heutige Hafen lag, zwischen Aquarium und Capitainerie auf der Ostseite und der Île Petite auf der westlichen Seite. Aber mit dem beschaulichen Areal, auf das Perez in diesem Moment blickte, würde der Hafen nach dem Ausbau nichts mehr gemeinsam haben.

Am ehesten umschrieb man das Vorhaben wohl mit »Landgewinnung«. So wie die Scheichs in Dubai ihre Häfen und Strände bauten, wie man in Hongkong einen Flughafen mitten ins Meer gesetzt hatte, so wollten die feinen Herren hier das Hafengebiet um das Dreifache weit hinaus ins Meer erweitern, immer am Rande der Réserve Naturelle Marine, des Naturschutzgebietes, entlang. Wahrscheinlich auch streng entlang der Vorschriften, dabei würden sie sich keine Blöße geben, diese Kapitalisten, und doch wäre ein derart gesteigertes Verkehrsaufkommen für diese einmalige Unterwasserflora und -fauna die größte anzunehmende Katastrophe. Das konnte niemandem gefallen, am wenigsten Guillaume und seiner Frau Claire. Eine solche Baumaßnahme war nicht nur eine Umweltsünde, es war auch ein Frontalangriff auf das Geschäft der beiden. Und so was ließ sich niemand widerstandslos gefallen.

Perez ärgerte sich, dass die Platte, auf der das Modell stand, nicht vollständig auf dem Foto zu sehen war. Das Impressum, ein Schild am rechten unteren Rand des Modells, war unbeabsichtigt abgeschnitten. Das Einzige, was davon zu sehen war, waren drei Reihen mit jeweils zwei Buchstaben, und selbst die waren verschwommen. Was er glaubte entziffern zu können, war Folgendes:

on oder *en*

rd oder *ad* oder *sd*

al oder *ol* oder *el*

Vermutlich handelte es sich dabei um die Namensendungen des oder der Projektentwickler. Perez hätte viel dafür gegeben, mehr über deren Identität zu erfahren. Vielleicht, so überlegte er, gelingt es mir erneut, in Maréchals Allerheiligstes vorzudringen, am allerliebsten natürlich bei Tag und allein.

Mit diesem frommen Wunsch im Gepäck kehrte er zu Mariannes Haus zurück, wo er seine beiden Mitstreiter schlafend vorfand. Von Marianne immer noch keine Spur.

KAPITEL 9

Perez hatte Mühe, aus seinem Traum zurück in die Realität zu finden, in der ein fünfzehnjähriges Mädchen vor ihm auf der Bettkante saß und lautlos weinte.

»Hallo«, sagte er schlaftrunken und brachte seinen Körper mühevoll in die Senkrechte. Der Platz neben ihm war leer. »Wo ist Haziem?«, fragte er und rieb sich die Augen.

»In der Küche«, antwortete Stéphanie und zog die Nase hoch.

»Mein Gott, du zitterst ja am ganzen Körper. Komm unter die Decke, du erkältest dich.«

Dabei stieg er selbst aus dem Bett, deckte sie zu und setzte sich nun seinerseits auf die Bettkante. Mit der linken Hand streichelte er ihr Haar, während er mit der rechten den Becher in Empfang nahm, den der hinzugekommene Haziem ihm hinhielt. Perez nippte an dem Kaffee.

»Mmmh«, sagte er. »Konntest du schlafen, Haziem, oder hat dich mein Schnarchen gestört?«

»Ich habe gut geschlafen«, antwortete sein Freund und lächelte. Perez bemerkte die Veränderung sofort. Die finsteren Wolken, die noch am Vorabend auf seinem Gemüt gelegen hatten, hatten sich verzogen. Da war er wieder, sein alter Haziem, voller Kraft.

»Schön, dass es dir wieder gut geht.« Er wandte sich Stéphanie zu. »Und jetzt machst du uns Sorgen.«

Stéphanie schluchzte leise. Perez' und Haziems Blicke

kreuzten sich. Der Große schüttelte den Kopf und kniff dabei die Augen zusammen. Er war frisch geduscht, rasiert und angezogen. Perez sah an sich hinunter. Durch ein Zeichen gab er Haziem zu verstehen, er möge seinen Platz einnehmen.

Als er kurz darauf ausgehfertig zurück ins Zimmer kam, hatte Stéphanie sich immer noch nicht beruhigt.

»Wenn es gestern so lange gedauert hat, dann hast du sicher etwas herausgefunden«, sagte Haziem hoffnungsvoll.

Stéphanie setzte sich auf, lehnte sich mit dem Rücken gegen das Kopfende des Betts und rieb sich die Tränen aus dem Gesicht.

»Wie man's nimmt«, sagte Perez.

»Jetzt sag endlich, was los ist!« Stéphanie funkelte ihn wütend an.

»Ich hatte keine Gelegenheit, mit Maréchal zu sprechen, das mal vorab. Er hatte Besuch«, entgegnete Perez, der um Ruhe bemüht war. »Ich habe meine Ware abgeladen. Dabei bin ich, mehr aus Zufall, auf das hier gestoßen.«

Er streckte ihnen sein Handy entgegen. Stéphanie stand mit einem Satz neben Haziem, der das Mobiltelefon bereits in den Händen hielt und mittels Wischbewegungen zwischen den Bildern hin- und herwechselte.

»Es stimmt also doch«, raunte er.

»Maman hatte recht«, sagte Stéphanie.

Perez nickte.

»Und was sagt er dazu?«, fragte Haziem.

»Wie gesagt, es gab keine Gelegenheit, an ihn ranzukommen. Aber gleich werde ich ihm wohl einige Fragen stellen können.«

Stéphanie ließ sich zurück aufs Bett fallen und starrte apathisch an die Decke.

Perez bedeutete Haziem, ihm nach draußen zu folgen.

»Haziem«, sagte er, sobald sie die Eingangstür erreicht hatten, »ich mach mich auf den Weg. Lass Stéphanie auf keinen Fall aus den Augen, versprich mir das, ja?«

»Was ist mit dem *Conill*?«

»Völlig unwichtig. Bleib bei ihr oder nimm sie mit rüber. Das ist im Grunde genommen egal. Vielleicht geht ihr spazieren. Lass sie heute die Schule schwänzen und versuch, sie zu beruhigen und auf andere Gedanken zu bringen, das ist jetzt das Wichtigste. Wir müssen Ruhe bewahren.«

Auf dem Treppenabsatz drehte er sich noch mal um, umarmte Haziem und sagte: »Ich freue mich, dass du deine Dämonen besiegt hast.«

»Für dieses Mal – ja.«

»Für dieses Mal, meinetwegen. Wir schauen von Tag zu Tag. Und das mit Stéphanie schaffst du schon. Besser als ich in jedem Fall. Mach's gut, mein Großer, ich rufe dich an, sobald ich bei Maréchal raus bin.«

Ein weiterer sonniger Tag in der Bucht von Banyuls. Der Himmel majestätisch – in tiefem, reinen Blau. Selbst der Tramontane konnte Perez nicht davon abhalten, für einen Moment stehenzubleiben und die frische Luft tief in seine Lungen zu saugen. Er hoffte darauf, dass der Tag, an dem er sich wieder uneingeschränkt seiner Heimat erfreuen konnte, an dem er seine täglichen Routinen wieder aufnehmen konnte, nicht mehr allzu fern war.

Für einen zweiten Kaffee mit einem Croissant unterbrach er kurz seinen Weg im *Catalan*. Jean Martin beeilte sich, Perez die Zeitungen zu bringen, die er in der Eile aber unbeachtet liegen ließ. Hätte er sie auch nur kurz eines Blickes gewürdigt oder mit einem der Männer im Café gesprochen, er hätte erfahren, was Ortsgespräch war:

Laut Charterunterlagen waren zwei Passagiere an Bord der explodierten Yacht gewesen, solange ihre Leichen nicht gefunden wurden, galten sie lediglich als vermisst. Die Namen der Vermissten wurden nicht genannt, im Gegensatz zu ihrer Nationalität: schwedisch. Ob es sich bei der Explosion um einen tragischen Unfall gehandelt hatte, um ein Gewaltverbrechen oder gar um einen Anschlag mit terroristischem Hintergrund, schien nach wie vor unklar.

Das alles las Perez nicht. Er zahlte, stippte sein Hörnchen in den Kaffee, biss einmal ab, ließ den Rest auf dem Teller liegen und war, noch bevor seine Zigarette richtig brannte, auch schon wieder draußen. Der Weg vom *Catalan* zu Maréchals Notariat war nicht weit, und doch traf er unterwegs vier Menschen, die ihn nicht nur von fern grüßten, sondern die anhielten und sich unbedingt mit ihm unterhalten wollten. Banyuls ist klein, aber die Wege können für Menschen, die hier geboren sind, dennoch lang werden, dachte Perez. Endlich erreichte er das schmucklose Haus und stieg die Stufen hinauf zum ersten Stock.

Gleich drei Schönheiten saßen an den Schreibtischen im winzig kleinen Sekretariat, das auch der offizielle Empfangsraum der Kanzlei Maréchal war. Perez wandte sich intuitiv an die Dame seines Alters. Soviel er sich erinnerte, hieß sie Annabelle. Auch die beiden anderen Frauen hielten in ihrer Arbeit inne, als sich Perez, ohne auf Förmlichkeit zu achten, über den Tresen beugte, um Annabelle auf die Wangen zu küssen.

»Salut, mes belles«, flötete er und vollzog eine grüßende Geste in Richtung der beiden anderen Vorzimmerdamen. Die Blonde schätzte er auf Mitte dreißig, während die Rotblonde noch keine fünfundzwanzig war. Neben gutem Essen und teurem Wein liebte Maréchal die Frauen. Seine Ehe existierte nur noch auf dem Papier.

»Salut, Perez«, sagte Annabelle und strich sich die Haare aus der Stirn. »Was verschafft uns die Ehre?«

»Ich würde gerne zum Chef rein.«

»Hast du wieder Leckereien für ihn?« Sie warf ihren Kolleginnen einen wissenden Blick zu.

»Das nächste Mal liefere ich wohl besser hier an, was? Dann könnten die Damen auch mal probieren, nicht wahr, Annabelle?«

Die so Angesprochene errötete noch mehr. Bis vor Kurzem musste an ihrer rechten Hand noch ein Ehering gesteckt haben. Die Haut war an dieser Stelle blasser.

»Ist er da?«, fragte Perez. »Kann ich zu ihm?« Er hielt es für eine rhetorische Frage, weshalb er sich schon einmal in Richtung der mit Leder gepolsterten Tür bewegte.

»Im Augenblick nicht«, hörte er die drei im Chor rufen und wendete sich ihnen wieder zu.

»Ach nein? Wie kommt's?«

»Wir wissen es auch nicht«, erwiderte Annabelle. »Wir haben selbst eben erst eine SMS bekommen, und das, nachdem er bereits drei seiner heutigen Termine verpasst hat. Wir hatten uns schon Sorgen gemacht.«

Perez kratzte sich am Bauch. »Kommt das öfter vor?«

»Aber nein!« Sie schien ernsthaft entrüstet. »Maître Maréchal lässt niemals einen Termin ausfallen, niemals. Deshalb haben wir uns ja Sorgen gemacht.«

»Et alors? Was stand nun in dieser SMS?«

»Ihm sind wichtige Geschäfte dazwischengekommen.«

Das glaube ich sofort, dachte Perez, schwieg aber vorerst.

»In Perpignan«, fügte Annabelle an. »Wir haben daraufhin vorsichtshalber alle heutigen Termine abgesagt. Hätten wir gewusst, dass ihr verabredet seid, hätten wir uns natürlich auch bei dir gemeldet. Aber ganz ehrlich ...«, sie blätterte in einem großen Kalender, »ich wüsste nicht, wo er dich hätte unterbringen wollen. Bist du sicher, dass es heute war?«

»Aber ja doch. Ich wollte kurz etwas mit ihm besprechen, und dann schuldet mir der Maître auch noch ein gewisses Sümmchen.«

»Wenn's nur das ist ... Nenn mir den Betrag, und ich stelle dir einen Scheck aus.«

Um Gottes willen, dachte Perez, ein offizieller Scheck der Kanzlei, womöglich noch mit einer von ihm unterschriebenen Quittung über den Erhalt des Geldes. Das war wirklich das Letzte, was er wollte.

»Ach was, nein, nein«, rief er deshalb und fuchtelte unkoordiniert mit den Armen in der Luft herum, »das ist doch absolut nicht eilig, gar nicht! Lass nur! Vielleicht kannst du mir ja Bescheid geben, wenn der Maître wieder da ist?« Noch während er sprach, schrieb er seine Telefonnummer auf ein Stück Papier und schob es Annabelle über den Tresen. »Ich hab mich jedenfalls gefreut, dich wiederzusehen, ist ja ewig her.«

Wenn ihm doch nur eingefallen wäre, woher er sie überhaupt kannte. Immerhin hatte er sofort ihren Namen gewusst, was eher eine Seltenheit war bei seinem schlechten Personengedächtnis.

»Ich mich auch«, flüsterte sie und brachte dabei ihren Körper zwischen Perez und die beiden anderen. »Bei der Fête des Vendanges haben wir uns das letzte Mal gesehen, unten am Strand, im vergangenen Herbst, ist lange her. Ich weiß es noch so genau, weil ich damals gerade erst seit einer Woche wieder in Banyuls war. Meine Scheidung ... du erinnerst dich sicher, dass wir darüber gesprochen haben.«

»Und ich bin immer noch erschüttert, dass ein normaler Mann eine Frau wie dich einfach so aufgibt. Impossible!«

»Frank war kein normaler Mann.«

In diesem Satz lag mehr Enttäuschung, als Perez vertragen konnte. Persönliches ging ihm an die Nieren. Er streichelte flüchtig über ihren Handrücken und wollte das Notariat schon verlassen, als ihm noch etwas einfiel.

»Sag mal, Annabelle, habt ihr eigentlich viele Schweden im Kundenkreis?« Die Köpfe der beiden anderen, die sich zwischenzeitlich wieder ihren Papieren zugewandt hatten, schossen elektrisiert in die Höhe.

»Wieso fragst du?«

»Nur so.«

»Nicht mehr als Deutsche oder Belgier. Die Engländer nicht zu vergessen, auch wenn die mehr im Landesinnern kaufen. Ferienhäuser wechseln oft ihren Besitzer.«

»Deine Freundin, die Deutsche, arbeitet für einen Schweden, oder nicht?«, ließ sich jetzt die Blonde vernehmen.

»Marianne ist die Managerin eines Hotels, und dieses Hotel gehört, wie ihr sicher aus den Urkunden wisst, einem gewissen Viggo Ekengren. So weit korrekt. Vielleicht war meine Frage missverständlich. Ich wollte wissen, ob ihr in der letzten Zeit auffällig oft mit Schweden zu tun hattet? Öfter als sonst, meine ich. Ob vielleicht sogar die Abwesenheit von Maréchal heute mit schwedischem Besuch zusammenhängen könnte?«

»Wir sind nicht befugt, über unsere Klienten Auskunft zu geben. Ich bitte um Verständnis.« Annabelle hatte sich zu voller Größe aufgerichtet. Perez wartete darauf, ob der Absage noch etwas folgen würde. Als das nicht der Fall war, nickte er, grüßte freundlich und zog die Tür hinter sich ins Schloss.

»Ich komme einfach nicht weiter«, murmelte er auf dem Weg zurück nach draußen. »Es ist verflixt: Gaillard außer Gefecht, Maréchal weg. Wer sonst könnte mir weiterhelfen?«

Einer fiel ihm ein, aber der würde sein Wissen ganz gewiss nicht mit ihm teilen. Boucher würde ihn wahrscheinlich noch nicht einmal empfangen. Er schüttelte den Kopf. Für diesen Schritt war es noch zu früh.

Auf der Place Paul Reig schepperte sein Telefon.

Das *Conill amb Cargols* – von den Banyulencs nur *Conill,* Kaninchen, genannt – lag in der Avenue du Puig del Mas, nur wenige Meter hinter der Uferstraße im Souterrain eines schmalen, zweistöckigen Hauses. Einzig ein Weinfass vor den beiden Stufen, die hinab in Perez' gute Stube führten, wies auf das Restaurant hin. Stand kein Fass auf dem Trottoir, hatte das *Conill* geschlossen. Die Öffnungszeiten richteten sich nach den Gegebenheiten – derer gab es viele. Sie als unregelmäßig zu bezeichnen war ein Euphemismus.

»Ich finde es großartig, dass ihr beiden das *Conill* jetzt zusammen führt«, sagte Perez bei seinem Eintreten und knuffte Stéphanie in die Seite.

»Wir können ja nicht den ganzen Tag zu Hause rumhocken. Und Steph ist talentiert, das habe ich dir schon des Öfteren gesagt, Perez. Sie geht mir sehr gut zur Hand und hat einen Blick fürs Ambiente.«

»Das ist schön! Aber selbst wenn du es mir noch hundertmal schmackhaft zu machen versuchst, ich bleibe dabei: Die Gastronomie ist nichts für eine junge Frau. Schon gar nicht für Stéphanie. Ich bin völlig dagegen.«

»Redet ruhig weiter, als wäre ich nicht anwesend, ich mache sowieso, was ich will«, sagte Stéphanie trotzig. Sie wischte sich die Finger an ihrer blau-weiß gestreiften Schürze ab und trank einen Schluck aus der Orangina-Flasche.

»Das ist mir klar«, seufzte Perez. »Ich habe keinerlei Recht, dir etwas vorzuschreiben. Trotzdem: Was ich verhindern kann, das werde ich verhindern. Also auch, dass du hier arbeitest.«

»Dann kann ich ja meine Schürze ausziehen und rüber zur Schule gehen. Es gibt nämlich eine Schulpflicht, falls ihr das vergessen haben solltet.«

»Nun werd mal nicht frech, junges Fräulein. Haziem, hilf mir mal!« Der Maghrebiner sah nicht einmal von seiner Arbeit auf. Er stand im Begriff, eine Lammkeule zu parieren, und führte zu diesem Zweck eine äußerst scharfe Klinge durch das Fleisch. »Du solltest am besten wissen, was es heißt, in einer Küche zu stehen. Mach Stéphanie das klar, anstatt sie in ihrem Wunsch zu unterstützen. Steph, du solltest die Schule mit einem guten Abschluss beenden und danach auf die Universität gehen. Nach Perpignan, besser noch in den Norden, nach Lyon.«

»Oder Paris.«

»Meinetwegen auch nach Paris – wenn's gar nicht anders geht. In jedem Fall weg von hier. An der Côte landest du unweigerlich in der Gastronomie oder der Hotellerie, und beides sind verdammte Knochenjobs. Dafür solltest du dir zu schade sein. Du bist ein intelligentes Mädchen und hast mehr drauf als das hier. Nun sag doch auch mal was, Haziem.«

»Werd ich nicht. Stéphanie soll tun und lassen, wonach ihr der Sinn steht. Freies Land, freie Wahl des Arbeitsplatzes.«

Stéphanie grinste.

»Blöde Parolen«, knurrte Perez und starrte auf die Uhr. Noch fünfzehn Minuten verblieben bis zu seinem Rendezvous mit Annabelle, der Anruferin.

»Was war nun bei Maréchal?«, fragte Stéphanie.

»Fehlanzeige.« Die beiden sahen ihn fragend an. »Er ist nicht zum Dienst erschienen.«

»Seltsam«, murmelte Haziem.

»Ja«, bestätigte Perez. »Vielleicht hat es etwas mit der

Hafensache und dem Besuch der Schweden zu tun. Weiß nicht. Gleich erfahre ich hoffentlich mehr.«

»Sag mal, Perez, was ganz anderes.« Perez sah von seinem Notizbuch auf. »Soll ich diesem Capitaine Boucher eigentlich einen Tisch geben oder eher nicht?«

»Wie kommst du darauf?«

»Er war auf dem Anrufbeantworter. Fragt nach einem Fünfer für kommenden Donnerstag.«

»Mittag oder Abend?«

»Abend.«

»Nein.«

»Dann eher mittags?«

»Auch nicht.«

Haziem schüttelte den Kopf und lachte vor sich hin. »Also überhaupt keinen Tisch«, stellte er überflüssigerweise fest.

Perez wog das Für und Wider gegeneinander ab. »Keinen Tisch«, bestätigte er schließlich und fügte an: »Vorerst jedenfalls. Gib mir was zu trinken, Haziem, mein Vormittag war sehr anstrengend.«

»Wie steht's mit deinem Hunger?«

Noch bevor Perez auf die Frage antworten konnte, betraten zwei Erwachsene mit ihren beiden halbwüchsigen Kindern das Restaurant.

»Ist geöffnet?«, fragte die Frau. Ihr Akzent verriet die Nordländerin. Sie trug einen großen Strohhut und eine wallende Robe in grellbunten Farben. Gesicht, Arme und Beine leuchteten krebsrot. In der Hand hielt sie einen Reiseführer. In vielen davon wurde das *Conill* seit einiger Zeit als Geheimtipp geführt. Perez ärgerte diese Art der öffentlichen Wahrnehmung, er mochte keinerlei Werbung für das Restaurant, sein Geschäft lief anders. Andererseits brauchte er von Zeit zu Zeit ein paar Touristen, schließlich mussten pro Tag einige Essen offiziell über die Bücher laufen. Da er selbst schlecht darin war, ein ausbalanciertes Verhältnis zwischen weißem und schwarzem Einkommen zu organisieren, hatte er vor langer Zeit entschieden, diese Aufgabe vollständig in Haziems Hände zu legen. Sein Freund wusste intuitiv, wann er Gäste annehmen musste und wann er sie ablehnen konnte.

»Wir haben eigentlich geschlossen«, log Haziem. »Sie können allenfalls ein paar Kleinigkeiten bekommen. Nichts Warmes. Wenn das für Sie okay ist, dann nehmen Sie bitte dort drüben Platz.« Er deutete auf den Tisch direkt am Eingang.

»Könnten wir auch weiter hinten sitzen?«, fragte die Dame. »Hier ist es ein wenig laut.« Wie zur Bestätigung knatterte in diesem Augenblick ein Jugendlicher auf seinem frisierten Motorrad durch die enge Straße.

»Tut mir leid, alles reserviert«, antwortete Haziem.

Die Familie beriet sich und entschied dann mit einem »Pardon«, wieder zu gehen.

»Verdammt, Haziem«, sagte Perez, nachdem die Fremden außer Hörweite waren, »das waren doch auch schon wieder Schweden. Was ist denn hier bloß los? Sagt mir, dass ich dabei bin, durchzudrehen. Dass ich Gespenster sehe. Aber wo ich gehe und stehe, begegnen mir dieser Tage Schweden.«

»Sind doch nette, fröhliche Leute.«

»Die meisten Menschen sind nett. Aber darum geht es doch gar nicht. Denkt doch mal nach: Claire Sirot erzählt Marianne von einem Tauchausflug. Und wer waren die Gäste?«

»Schweden!«, sagten Stéphanie und Haziem im Chor.

»Richtig!«, sagte er. »Und weiter geht's: Ich unterhalte mich mit Francesc Puig über das Chartergeschäft, und wer denkt ihr, bucht derzeit überproportional häufig?«

»Schweden!«

»Also gut ... Noch einer: Marianne arbeitet für wen? Einen Schweden«, antwortete er selbst, bevor der Chor anheben konnte. »Gestern Nacht streife ich durch Maréchals Haus, und was höre ich?« Die beiden sahen ihn interessiert an. »Merde, davon habe ich euch noch gar nicht erzählt, stimmt's?« Sie schüttelten die Köpfe. »Da waren drei Kerle, also neben Maréchal noch zwei weitere. Die sprachen Englisch.«

»Du kannst kein Englisch«, sagte Stéphanie, »woher willst du wissen, dass es Englisch war?«

»Man braucht eine Sprache nicht zu verstehen, um sie zu erkennen. Ich erkenne auch Russisch und verstehe kein Wort.«

»Das würde mich wundern«, entgegnete Stéphanie keck. »Du erkennst höchstens, dass es sich um eine slawische Sprache handelt, aber nicht um welche.«

»Sie sprachen Englisch oder Amerikanisch, klar?«, stieß er etwas lauter als zuvor aus. »Ist doch auch egal. Wichtig ist, dass selbst ein Trottel wie ich erkennen konnte, dass es sich nicht um ihre Muttersprache handelte. Bis auf Maréchal stammten die Anwesenden ganz eindeutig aus dem Norden.«

»Du meinst: aus Schweden«, warf Stéphanie ein.

»Woher willst du das wissen, du verstehst doch kein Schwedisch! Irgendwelche Nordländer, Isländer vielleicht, Dänen, Norweger, keine Ahnung.«

»Jetzt hört aber auf, ihr beiden«, mahnte Haziem. »Vertragt euch!«

»Sag das der jungen Dame, ich habe nicht angefangen.«

»Schluss damit, habe ich gesagt, Schluss jetzt!«

Ruhe trat ein, bis Haziem erneut das Wort ergriff.

»Du siehst also überall Schweden?«

»Ich glaube nicht an Verschwörungstheorien, aber hier stimmt was nicht!«, sagte Perez leise.

»Zufall«, meinte Haziem.

Stéphanie schien zu überlegen. »Warst du eigentlich schon mal bei Maman auf der Arbeit?«, wollte sie dann wissen.

Perez schüttelte den Kopf. »Nein, du kennst doch deine Mutter.« Die Kleine nickte. »Aber warum fragst du?«

»Ist mir gerade so eingefallen. Vielleicht finden wir im Hotel einen Anhaltspunkt, wo Maman sich aufhält. Könnte doch sein«, fügte sie an.

»Schon möglich«, sagte Perez. »Wir können uns dort umsehen, Gäste gibt es derzeit keine, soweit ich weiß. Weißt du, ob sie irgendwo einen Schlüssel vom Hotel hat?«

»Klar. Der hängt zu Hause am Brett.«

»Mm, mal sehen«, antwortete Perez und stand dann forscher als gewöhnlich von seinem Stuhl auf. »Wie schön, dass wir uns so schnell wiedersehen«, rief er der Frau zu, die in diesem Augenblick den Laden betrat. Er eilte die wenigen Schritte auf sie zu und gab ihr zwei Begrüßungsküsse. Die beiden anderen starrten Annabelle an wie ein Wesen aus einer fernen Galaxie. »Warst du schon mal hier bei uns im *Conill*?«

Sie sah sich kurz um. »Nein, ich habe es zwar schon mehrfach versucht, aber nie einen Platz bekommen.« Haziem beugte sich wieder über seine Keule, Stéphanie starrte Annabelle ungeniert an.

»Wir sind sehr gut ausgelastet«, sagte Perez entschuldigend und breitete die Arme aus. »Das liegt in erster Linie an Haziems Kochkünsten. Darf ich dir meinen Partner vorstellen? Haziem, Annabelle. Annabelle, Haziem.«

»Enchanté«, brummelte Haziem und fuhr schnell mit seiner Arbeit fort.

»Ich bin Stéphanie, hallo.« Sie streckte Annabelle die Hand entgegen. »Woher kennt ihr euch, Papa?«

»Ach?«, sagte Annabelle und zog die Augenbrauen hoch. »Ich wusste nicht ...«

»Stiefvater«, schob Stéphanie trocken hinterher.

Fast wäre Haziem hinter der Theke versunken, was bei seiner Größe einer akrobatischen Leistung gleichgekommen wäre. Perez erlag einem Hustenkrampf.

»Wir sind alte Schulfreunde«, antwortete Annabelle ruhig und freundlich. »Schulfreunde, die sich aus den Augen verloren haben. Bis wir uns im vergangenen Jahr auf der Fête des Vendanges wiedergesehen haben. ... Was mich sehr gefreut hat«, fügte sie mit Blick auf Perez an.

Perez beschloss, Stéphanies Lüge vorerst im Raum stehen zu lassen, warf ihr aber hinter Annabelles Rücken einen strafenden Blick zu. Die Kleine verzog keine Miene. Etwas von Marianne steckt wohl auch in der unschuldigen Göre, dachte Perez, hatte aber keine Zeit, sich weiter damit zu beschäftigen. Jetzt wollte er erst einmal herausfinden, warum Annabelle ihn so kurz nach seinem Besuch in Maréchals Büro angerufen hatte.

»Nimm Platz, Annabelle. Was möchtest du essen?«

Haziem kam zu ihnen und betete mit ausdrucksloser Miene herunter, was er anzubieten hatte. Annabelle entschied sich für eine Fischsuppe und im Hauptgang für die Babykalamares.

»Ich konnte eben nicht offen sprechen«, begann Annabelle, nachdem sie die Vorspeise gegessen hatten, »Carole hat ihr Ohr überall, und was sie hört, erfährt eins zu eins der Chef.«

»Carole ist die Blonde? Unsympathische Frau.«

»Unsympathisch ist sie eigentlich nicht. Man kann vielleicht sagen, sie sitzt im falschen Zug.« Perez hob fragend die Augenbrauen. »Der Chef hat ein Verhältnis mit ihr, und sie verspricht sich davon mehr, als sie erhalten wird.«

»Maréchals Verhältnisse zu jungen Frauen sind legendär, Annabelle. In Banyuls ebenso wie in Collioure, in Perpignan und auch drüben in Spanien, wie man hört. Ein echter Lebemann, unser Notaire.«

»Lebemann? Auf so einen Ausdruck für einen notorischen Fremdgeher kann nur ein Mann kommen.«

»Er geht nicht wirklich fremd. Vor dem Gesetz vielleicht, aber in der Realität sind die Maréchals längst getrennt.«

»Getrennt? Das klingt so freiwillig ... Die meiste Zeit des Jahres verbringt Madame doch in geschlossenen Anstalten, den restlichen Teil im ambulanten Bereich der Psychiatrie. Schön sauber bei ihrer Schwester in Spanien versteckt, wo keiner etwas davon mitbekommt.«

»Du bist gut informiert.«

»Der Maître macht keine Anstalten, sein Privatleben vor uns zu verbergen. Um genau zu sein: Bei mir hat er es auch schon versucht. Ich bin frisch geschieden und damit in seinen Augen ein gefundenes Fressen.«

»Und?«, fragte Perez.

»Das meinst du nicht ernst, oder? Ich fange doch nichts mit einem verheirateten Mann an. Und wenn ich es täte, dann käme Maréchal als Letzter infrage.«

»Verstehe. Was hättest du mir denn sagen wollen, eben, als du nicht sprechen konntest? Geht es um die Schweden?«

Sie nickte. »Wir bekommen schon seit Monaten Anrufe aus Irland und Schweden. Manchmal täglich. Seit zwei Wochen sogar mehrmals am Tag. Maréchal ist dann immer ganz aufgeregt. So kennen wir ihn gar nicht.«

»Irland und Schweden, sagst du?« Perez kam augenblicklich das Gespräch mit Francesc Puig in den Sinn: schwedische Firma mit Sitz in Irland. Das Steuerding.

»Ja. Es ist ein schwedisches Unternehmen, das auch einen Sitz in Irland hat. Die Gespräche werden auf Englisch geführt, aber du hörst schon, wenn sie sich am Telefon melden, dass es Schweden sind. Na ja, Skandinavier. Dass es Schweden sind, weiß ich von Maréchal und aus den Akten.«

»Kennst du den Grund für die häufigen Telefonate?«

»Geschäfte ...«

»Schon klar. Aber welche Art von Geschäften?«

»Ich denke nicht ...« Sie verstummte.

»Du musst mir keine Geheimnisse verraten, wenn du nicht möchtest.«

»Was interessiert dich denn genau? Ich kann dir versichern, dass es sich nicht um Geschäfte handelt, die dich in irgendeiner Art tangieren.«

»Da bin ich mir eben nicht so sicher. Siehst du das Mädchen dort?« Er deutete auf Stéphanie, als gäbe es noch weitere Frauen im Raum. Annabelle hob nur ganz leicht ihre Augenbrauen. »Ihre Mutter ist verschwunden, und die Kleine macht sich riesige Sorgen. Und ich habe Grund zur Annahme, dass mir Maréchal einiges über ihren Verbleib erzählen könnte. Denn das Verschwinden ihrer Mutter hat direkt mit dem Ausbau des Hafens zu tun. Und genau um den geht es meines Wissens bei den Geschäften zwischen Maître Maréchal und den Schweden. Du siehst, der Fall tangiert mich doch ein Stück weit. Mal ganz davon abgesehen, dass ich einen Hafenausbau für kompletten Schwachsinn halte, und dass die Explosion auch im Zusammenhang mit dieser Geschichte stehen könnte. Denn, wie ich aus sicherer Quelle weiß, hat eine schwedische Firma mit Sitz in Irland das Boot gechartert, das da vorgestern in die Luft geflogen ist.«

»Aber das stand doch in der Zeitung.«

»Was denn? Wie denn?«

Sie kramte die aktuelle Ausgabe des *L'Indépendent* aus ihrer Handtasche und legte die Titelseite vor Perez auf den Tisch. Er überflog den Artikel.

»Hier steht«, sagte er, nachdem er die Zeitung auf dem Tisch abgelegt hatte, »*Derzeit gilt es als gesichert, dass es sich bei den beiden Vermissten um schwedische Staatsbürger handelt. Von ihnen fehlt weiterhin jede Spur. Zum Stand der Ermittlungen will sich die Polizei noch nicht äußern. Es ist fraglich, ob es sich um ein Gewaltverbrechen oder einen Anschlag handelt. Auch ein Unfall kann nicht ausgeschlossen werden* ... Völlig vage. Typisch Journalisten. Wissen nichts und werfen deshalb einfach mal ein paar Köder ins Wasser. Nach dem Motto: Mal sehen, ob einer anbeißt. Alles bloß Spekulationen, das ist doch klar. Ich glaube jedenfalls nicht, dass es ein Unfall war, und ich habe Gründe, anzunehmen, dass auch die Polizei nicht an einen Unfall glaubt. Würde Boucher sonst nach Stéphanies Mutter fahnden?«

»Glaubt Boucher etwa, dass ...« Sie hob die Hand zum Mund, sichtlich erschrocken.

»Warum sonst sollte er nach ihr suchen? Was glaubst du wohl? Sie ist die Einzige, die bislang öffentlich gegen den Hafenausbau demonstriert hat, und sie war es auch, die die Sache publik gemacht hat. Naheliegend, dass er sie in Bezug auf die Explosion zumindest verhören möchte ... Würde ich an seiner Stelle übrigens nicht anders machen«, schob er nach.

»Aber du glaubst nicht an ihre Schuld?«

»Auf keinen Fall! Marianne hat nichts damit zu tun. Im Gegenteil glaube ich, dass sie sich eben genau wegen ihrer Hartnäckigkeit in Gefahr befindet und deshalb untergetaucht ist. Hoffentlich! Etwas anderes möchte ich mir gar nicht erst vorstellen.«

»Meldet sie sich denn gar nicht? Nicht einmal bei ihrer Tochter?« Jetzt flüsterte Annabelle.

Perez lugte aus den Augenwinkeln zu Stéphanie hinüber, die mit angestrengtem Gesichtsausdruck versuchte, dem Gespräch am Tisch zu folgen, aber zu weit weg war, um alles verstehen zu können.

»Genug von Marianne«, sagte er jetzt, »erzähl mir von Maréchal und seinen skandinavischen Freunden.«

»Aber es bleibt unter uns, versprich es.«

»Katalanen-Ehrenwort«, antwortete Perez und legte bedeutsam die rechte Handfläche auf die linke Brustseite.

»Na schön. Also: Du weißt es ja schon: Der Maître arbeitet an einem Geschäft, das zwischen der Kommune, der Sparkasse und dem schwedischen Investor abgeschlossen werden soll. Dabei geht es, wie Marianne richtig aufgedeckt hat, um diese Hafenerweiterung. Bitte frag mich nicht, wie genau das laufen soll, ich habe zwar mal ein Foto auf dem Tisch des Maître gefunden, auf dem ein Modell zu sehen war, aber bevor ich richtig draufschauen konnte, stand schon dieses Biest im Türrahmen.«

»Carole.« Perez schob seinen Stuhl zurück und strich sich über den Bauch.

Annabelle nickte. »Ja.«

»Wie heißt die schwedische Firma?«

»Örebro AB.«

»Nichtssagender Name.« Perez nahm einen Schluck Wein, ließ ihn eine Weile über die Zunge kreisen, bevor er dem kostbaren Tropfen gestattete, langsam die Kehle hinunterzulaufen.

»AB steht für die Rechtsform. Ich glaube, der Chef der Firma ist in Örebro geboren. Die Stadt liegt westlich von Stockholm am Hjälmaren-See.«

»Du kennst dich ja aus in der Welt.«

»Ich habe es mir auf Google Earth angesehen.«

»Was hat dich daran interessiert?«

»Perez«, sagte sie und richtete sich auf. »Ich finde dieses Bauvorhaben nicht richtig. Es zerstört den Charakter von Banyuls und durch die vielen größeren Boote letztlich auch das Unterwasserschutzgebiet. Natürlich kann ich als kleines Licht nichts dagegen tun, aber irgendwie hatte ich den Impuls, mich mit der Geschichte zu befassen.«

»Da ticken wir beide gleich.« Er grinste. »Ich folge auch bloß meinem Instinkt. D'accord! Was hast du noch herausgefunden, außer dass der Schwede an einem See geboren wurde? Wie heißt der Bursche übrigens?«

»Mikael Persson. Der Hauptsitz seiner Firma ist immer noch in Örebro.«

»Ist das wichtig?«

»Ich weiß es nicht. Es hat mich bloß gewundert. Liegt der Sitz dieser Multis nicht üblicherweise in der Hauptstadt? In der Nähe der Börsen und internationalen Märkte? Und das wäre in unserem Fall nun mal Stockholm.«

»Hast du eine Ahnung, womit die ihr Geld verdienen?«

»Nein. Die Örebro wird so ein Mischkonzern sein. Nichts allzu Großes oder Bekanntes. Jedenfalls habe ich nur was auf Schwedisch über sie gefunden.«

»Und?«

»Was weiß denn ich? Ich verstehe kein Wort.«

»Hoffen wir mal, dass das im Laufe unserer Ermittlungen nicht wichtig wird.«

»Ermittlungen? Ich dachte, du suchst Marianne?«

»So ist es, ich suche Marianne. Aber solange ich nicht weiß, wo ich suchen soll, stochere ich halt in allem rum.«

»Wie die Journalisten.«

»Bloß, dass ich meine Vermutungen nicht gleich allen Lesern zumute. Mach mal weiter. Diese Örebro AB sitzt also in Schweden, was ist mit Irland?«

»Irland gilt als Niedrigsteuerland. Aber wie genau die

Geldströme fließen und an welcher Stelle man Profit macht, wenn man in Schweden sitzt und in Irland versteuert, frag mich bitte nicht.«

»Na schön, die Schweden sind ja auch nicht unser Problem. Unser Problem liegt keine fünfhundert Meter von hier entfernt. Ich bin immer noch fassungslos, dass Gaillard es offensichtlich geschafft hat, den Verkauf des Hafenareals ohne Zustimmung des Rats zu tätigen. Wann will er das öffentlich machen?«

»Der Verkauf hat doch noch gar nicht stattgefunden, und soweit ich weiß, findet er auch nur pro forma statt.«

»Wie meinst du das?«

»Also, es wird schon verkauft, das Gelände plus die dazugehörige Baugenehmigung, und damit kommt richtig viel Geld in die Kasse der Stadt. Diesen Umstand wird Gaillard irgendwann stolz verkünden, und ich vermute mal, er wird dafür von den meisten hier als Held gefeiert werden. Die Zustimmung des Rats ist dann bloße Formsache. Jedenfalls soll das Gelände bebaut und von der Stadt sofort zurückgemietet ...«

»Von den Schweden? Oder wer baut?«

»Da bin ich mir noch nicht sicher. Ich glaube, sie wollen einen Fonds auflegen, über den alles abgewickelt werden soll. Deshalb ist die Sparkasse ja mit im Boot.«

»Etwa unser Valoteau? Bertrand?«

»Genau der. Der Mann, der mit Absätzen unter den Schuhen dafür sorgt, dass er zumindest wahrgenommen wird.«

»Er lässt sich Absätze unter die Schuhe hämmern? Hohe Absätze?«

Sie nickte. So etwas sahen bloß Frauen.

»In der Nacht der Explosion steckte er mit denen jedenfalls im Sand fest.« Perez wusste nicht, weshalb ihm das gerade in den Sinn kam. Aber der Satz, den Valoteau in jener Nacht zu ihm gesagt hatte, drehte sich irgendwie in seinem Kopf. *Das hier ist ganz, ganz schlecht.* Eigentlich war es weniger der Satz selbst als vielmehr die Art, wie er ihn ausgesprochen hatte.

»Wie meinst du das?«

Perez winkte ab. »Das heißt, es könnte tatsächlich ein gutes Geschäft für Banyuls werden? Geld ist ein schlagendes Argument. Damit kann Gaillard dann tatsächlich auf Zustimmung hoffen, sie ist ihm sogar sicher. Aber nach dem Verkauf, sagst du, da wird das alles zurückgemietet? Was soll denn der Mist?«

»Perez, du müsstest darüber mit jemandem sprechen, der wirklich was von dieser Art von Geschäften versteht. Ich habe keine Ahnung, wo da die Fallstricke liegen oder wer genau woran verdient. Ich weiß nur, wie in jedem Spiel wird es auch hier Gewinner und Verlierer geben, und ich kann mir beim besten Willen nicht vorstellen, dass solch windige Typen wie Valoteau oder mein Chef oder Gaillard zu den Verlierern zählen werden.«

»Ich kenne niemanden im Bankgewerbe.«

»Du kennst Valoteau.«

»Na ja, was man so kennen nennt. Ich kann in keinem Fall zu ihm ins Büro marschieren und sagen: Na, Bertrand, alter Schwede, erklär mir mal, wie diese Hafenausbaufinanzierung funktioniert. Aber ich kenne Leute mit ordentlich viel Geld. Zum Beispiel Puig in Port-Vendres. Mit ihm könnte ich darüber reden, wollte ich ohnehin tun. Wichtiger ist aber noch, dass ich heute Abend mit Maître Maréchal sprechen kann. Er scheint mir doch so was wie die Schaltzentrale zu sein. Steckt mittendrin in dem feinen Geschäft.«

»Sollte er heute Nachmittag doch noch mal ins Büro kommen, schicke ich dir eine SMS. Aber allzu viel Hoffnung solltest du dir nicht machen.«

Perez antwortete nicht, er war immer noch auf die Namen konzentriert, die Annabelle ihm soeben zugeworfen hatte. »Gaillard«, fuhr er deshalb fort, »ist letztlich nur eine Marionette und liegt außerdem im Hospital. Ich komme nicht an ihn ran und er nicht an die Dinge in seinem Kopf. Redet bloß noch wirres Zeug. Nicht, dass sich das groß vom Normalfall unterscheiden würde, aber ...«

»Luc meinte ich«, unterbrach Annabelle seinen Gedankenfluss. »Luc Gaillard. Nicht unseren Bürgermeister.«

»Wie bitte? ... Luc? ... Du meinst, diese Kröte von Sohn? Was hat der mit der Geschichte und diesem Immobilienfonds zu tun?«

»Na ja, er gehört dem Konsortium an. Ich glaube sogar, dass er die treibende Kraft hinter der Geschichte ist. Wenn es einen gibt, der derzeit noch öfter mit meinem Chef telefoniert als Herr Persson, dann ist es Luc Gaillard. Paul Gaillard hat damit nicht viel zu tun. Für den ist das Ganze eine Nummer zu groß!«

KAPITEL 10

Puig hockte auf den Betonblöcken unterhalb des Leuchtturms. Dessen feingliedrige, langen Beine erinnerten Perez stets an die Gemälde des Katalanen Salvador Dalí, der unweit der Côte Vermeille geboren und gestorben war.

»Na, badest du wieder deine Würmer?«, fragte Perez zur Begrüßung. »Und dabei hast du nicht einmal einen Angelschein.«

»Ich habe ja auch keine amtliche Geherlaubnis. Trotzdem laufe ich schon seit dreiundsechzig Jahren in der Gegend rum, ohne dass mich je einer dafür angepfiffen hätte.«

»Auch wieder wahr«, sagte Perez, während er sich ungelenk neben Puig niederließ. Seine Beine baumelten nun, parallel zu denen von Puig, über dem aufgewühlten Hafenwasser von Port-Vendres. Direkt unter ihnen zog ein Schwarm kleiner Fische vorbei.

»Kann nicht eben sagen, dass ich mich freue, dich zu sehen«, sagte Puig, ohne den Blick zu heben. »Wo du mir beim letzten Mal diesen Bullen auf den Hals gehetzt hast.«

»Ich?« rief Perez empört. »Also da hört sich doch alles auf. Du vermietest diesen armen Schweinen einen seeuntauglichen Kahn, mit dem sie in den Tod schippern, und ich soll dir die Polizei auf den Hals gehetzt haben?«

Puig legte Perez die Hand aufs Knie. »Verstehst auch keinen Spaß mehr, mein Dickerchen, was?«

»Eine seltsame Art Spaß zu machen ist das.« Perez war auf einmal sehr missmutig.

»Trink was.« Puig hielt ihm eine Flasche Rotwein hin, wo auch immer er die hergezaubert hatte. Perez beäugte das Etikett, nippte vorsichtig und nahm dann einen richtigen Schluck.

»*Cosprons*«, sagte er einsilbig. »Jean-François hat ein Händchen für die Lage.«

»Ja, viel Wind, kühle Nächte ... schwierig! Aber dafür, wenn er gut gemacht ist, auch etwas Besonderes.«

»Und dann ohne Glas, du Banause.«

»Kannst ja welche holen fahren, alter Meckerphilipp.«

»Meckerphilipp! Ha, das hat seit meiner Mutter – Gott hab sie selig – keiner mehr zu mir gesagt. Meckerphilipp, nicht schlecht.«

»Noch 'nen Schluck und dann sagst du mir, was du von mir willst, ich bin nämlich nicht auf Gesellschaft aus.«

»Wäre mir um ein Haar entgangen.«

Puig holte die Schnur ein, legte die Rute neben sich auf den Stein. Erst jetzt bemerkte Perez, dass sein Gegenüber die Hosenbeine aufgekrempelt hatte.

»Na schön«, fuhr Perez fort, »dann frage ich dich eben nicht nach deiner Yacht, dem Stand der Ermittlungen, was du Boucher erzählt hast und dein Anwalt zu alldem sagt. Verrat mir, bevor ich wieder abhaue, bloß noch, ob du auch von diesen neuen Papieren gekauft hast, diesem Fonds?« Perez beobachtete Puig genau. Dessen Gesicht blieb völlig ausdruckslos, so, als erwarte er die eigentliche Frage noch. »Darf ich dein Schweigen als Zustimmung deuten?«

»Schwätz nicht so geschwollen daher, Perez. Was willst du? Fonds, was denn für ein Fonds?«

»Wenn nicht, auch gut«, fuhr Perez ungerührt fort, »du könntest mir trotzdem einen Gefallen tun. Erkundige dich doch mal bei Valoteau nach dieser neuen Anlage für den Hafenausbau. Sag ihm, du hättest davon gehört und wärest sehr interessiert, zu investieren.«

»Darüber hast du neulich schon geschwafelt, den Hafenausbau. Ich kann das immer noch nicht glauben. Wer steckt denn verdammt noch mal dahinter? Die Investoren, Perez, wer sind die Geldgeber?«

»Neben Valoteau noch eine Örebro AB aus Schweden mit Zweitsitz in Irland, aber die kennst du ja schon. Sag mal, war dieser Persson eigentlich unter den Toten der Explosion?«

»Persson?« Puig lachte trocken. »Perez, halt dich da raus, das ist eine Nummer zu groß für dich.« Er nahm Haltung an, während er sprach, und Perez verstand plötzlich, warum sich so viele Leute vor Puig fürchteten.

»Aha, dann weißt du also doch davon!« Perez hob den Zeigefinger in die Luft. »Dachte ich mir's doch. Also, was nun? War er vielleicht sogar selbst auf dem Schiff?«, fragte er unerschrocken weiter.

»Perez, du steckst deine Nase mal wieder in Dinge, die dich nichts angehen. Irgendwann einmal ...«

Er brach ab und sah für einen Moment über die Hafeneinfahrt hinweg auf sein Haus, das auf den Klippen gegenüber lag.

»Natürlich war er nicht persönlich auf der Yacht«, sagte Puig jetzt. »Mitarbeiter, Angestellte, was weiß denn ich ...« nuschelte er. »Ich sag dir mal was, Perez: Ich weiß, dass die hier unten ein ganz großes Ding planen. Und du kannst deinen Arsch darauf verwetten, dass, sollte die Sache zum Tragen kommen, Francesc Puig seine Finger in dem Deal haben wird. Wenn das dein ominöser Fonds sein sollte, dann ist meine Antwort eindeutig: Ja! Aber dass es sich dabei bloß um einen Hafen handeln soll, also, das enttäuscht mich jetzt doch irgendwie. Ich dachte, die planen, ganze Dörfer anzulegen ...«

Perez lächelte milde. »Dörfer. Mais oui, mon vieux. Hier bei uns, an der Côte Vermeille. Wo bitte schön soll man hier noch ganze Dörfer hinstellen? Auf den Madeloc vielleicht?« Er zeigte hinauf zu dem Wehrturm, der die alte Landesgrenze markierte. »Bei uns ist kein Platz für weitere Dörfer, wir haben ja nicht einmal die Möglichkeit, die blöde Départementale rüber nach Spanien hinter Port-Vendres entlangzuführen. Was glaubst du wohl, warum die 914 immer noch mitten durch Banyuls läuft? Weil wir es so toll finden, dass den ganzen Sommer über Wohnmobile den Verkehr auf dieser verdammten Küstenstraße lahmlegen? Aber du willst mit deinen Schweden ganze Dörfer bauen?«

»Wie würdest du denn den Projektnamen *Côte d'Azur deux* deuten?«

»*Côte d'Azur deux* ... Ich bitte dich, was soll das sein?«

»Das ist doch sonnenklar. Wir haben hier alles, was die da drüben an der Côte d'Azur«, er deutete grob in Richtung Marseille, »auch haben. Das hier ist dasselbe verdammte Mittelmeer. Das da oben«, nun streckte er den Arm gen Himmel, »dieselbe herrliche Sonne an über dreihundert Tagen im Jahr. Ebenso schöne Strände, das Gebirge im Hinterland und die Nähe zu einem weiteren Mittelmeerland. Bei uns ist es Spanien und nicht dieses gottverdammte Italien, was noch mal besser ist, verstehst du? Das Einzige, was wir nicht haben, das sind diese affenarschigen Preise für Grund und Boden. Die Zukunft des Mittelmeers, Perez?« Er setzte eine übertrieben lange Pause und fuhr mit einer Stimme fort, deren Klangfärbung mit jedem Wort mehr in Richtung dröhnendem Bass geriet. »Du sitzt mit deinem fetten Hintern gerade mittendrin! Hier liegt sie, genau hier, und damit werde ich eine Menge Geld machen, das ist sicher.«

In Perez' Kopf drehte sich alles. *Côte d'Azur deux,* was für eine Idee. Allerdings, das musste er zugeben, ein Funken Wahrheit war schon dran. Irgendwie hatte der große Tourismus-Boom, der in den Sechzigerjahren begonnen hatte, die Côte Vermeille vergessen. Während Perez und seinesgleichen sich an diesem Umstand erfreuten, bot er Leuten wie Gaillard, Maréchal, Valoteau und nun auch Puig die Möglichkeit, ihren Größenwahn auszuleben.

Eines wurde Perez dabei immer deutlicher, seine Heimat brauchte viel mehr Menschen wie Marianne, um den Wahnsinn auch weiterhin fernzuhalten.

»Dann weißt du doch über alles Bescheid?«

»Eben nicht!«, antwortete Puig fast schon ein wenig verzweifelt. »Wahrscheinlich wird Persson sich erst wieder zeigen, wenn sich hier alles beruhigt hat. Diese verdammte Explosion. Er scheint sie sehr, sehr persönlich zu nehmen.«

»Hat Valoteau auch gesagt.«

»Valoteau? ... Persson! Der Hund ist mit allen Wassern gewaschen.«

»Du hast also ausschließlich mit dem Schweden zu tun?«

»Sag ich doch. Und ›zu tun‹, wie du es nennst, ist schon zu viel gesagt. Er hat mich angesprochen, wir haben uns einmal getroffen, und seither warte ich auf weitere Informationen.«

»Dann weißt du ja noch gar nicht, dass deine neuen Partner Valoteau und Maréchal heißen.«

Er grunzte. »Und wenn schon. Kleine Stinker, Perez, bloß Köderfische. Der eine erhofft sich wahrscheinlich, bei der Finanzierung mitwirken zu dürfen, was nebenbei gesagt ziemlich lächerlich ist bei einem solchen Invest, und Maréchal, mein Gott, der Winkeladvokat wird die Sache wohl beurkunden, einer muss es ja machen. Aber mit ihm kann man wenigstens reden.«

»Ich glaube, mein lieber Francesc, du unterschätzt die Situation ein bisschen. Ich war gestern Nacht in Maréchals Haus ...«

Er erzählte ihm in knappen Worten, was sich abgespielt hatte. Puig hörte konzentriert zu und führte die Weinflasche in immer kürzeren Abständen zum Mund.

»Du siehst also«, endete Perez, »es sind noch weitere Schweden im Land. Keine Ahnung, ob Persson einer der Besucher gewesen ist, jedenfalls verhandeln sie direkt mit Maréchal. ... Ach ja, eins noch: Ich war mit meiner Aufzählung noch nicht fertig, also was deine Partner in dem Geschäft angeht. Es gibt da nämlich neben Maréchal und Valoteau noch einen. Und es ist diese Person, die mich daran zweifeln lässt, dass du tatsächlich mitspielen darfst.«

Perez wusste, wie Puig zu Luc Gaillard stand. Er hasste ihn. Nicht aus dem Grund, aus dem er selbst dies tat, aus dem alle Welt dies tat, nein. Luc Gaillard hatte Francesc Puig die Frau seines Lebens ausgespannt und sie anschließend unter größtem Getöse geheiratet. So etwas machte man mit Menschen wie Francesc Puig nicht. Seither waren die beiden Todfeinde.

»Willst du einen Trommelwirbel?« Puig hob die Hände gen Himmel. Perez sah, dass die Flasche leer war.

»Gaillard.«

Jetzt lachte Puig besonders laut und anhaltend. Perez ließ ihm die Zeit, sich wieder zu beruhigen. »Der Alte wird doch seinen Unfall nicht überleben. Und selbst wenn, der ist doch keine Belastung.«

»Luc Gaillard!«

Unter der knittrigen Haut war der ansonsten mit allen Wassern gewaschene Puig schlagartig fahl geworden, aschfahl. Seine Lippen nur mehr ein Strich. Die Falten neben den Augen stammten nicht vom Lachen. Eine unbarmherzig zupackende Hand umklammerte Perez' linken Oberarm.

»Sag, dass das nicht wahr ist«, zischte Puig, und seine Augen verengten sich auf Schlitzgröße.

Perez sagte gar nichts mehr. Er wusste, Puig würde alles tun, um die Laus Gaillard zu zerquetschen.

Zurück im Wagen, versuchte Perez, den Bürgermeister zu erreichen, vielleicht war er in der Zwischenzeit aufgewacht und wieder bei Sinnen. Als nur die Mailbox ansprang, wählte er die Nummer der Zentrale des Krankenhauses und ließ sich auf die Station verbinden. Der Stimme nach zu urteilen handelte es sich um dieselbe Schwester, die er bereits bei seinen früheren Bemühungen, Gaillard zu erreichen, gesprochen hatte. Er verlieh seinen Worten den weichsten Klang, raspelte ordentlich Süßholz und blitzte doch ebenso ab wie die Male zuvor. Mit einem klitzekleinen Unterschied. Der allerdings sorgte dafür, dass er an der Einfahrt zur 914 in Richtung Perpignan abbog.

In der Avenue de Prades stellte er seinen Wagen direkt vor der Clinique Saint-Pierre im absoluten Halteverbot ab und eilte auf den schlichten Funktionsbau zu. Im Inneren suchte er nach der Station für Herzpatienten, auf die man Gaillard verlegt hatte.

»Schwester, da bin ich«, stieß er nach Luft hechelnd aus, während er sich zugleich mit den Händen auf dem Tresen des Glaskastens abstützte, hinter dessen Scheibe sich die Frau an ihrem Computer zu schaffen machte.

Als diese »Und wer sind Sie?« antwortete, wusste er, dass er die Dame vom Telefon gefunden hatte. Unmöglich, dass es eine solch schnarrend-kehlige Stimme noch ein zweites Mal im Saint-Pierre gab. Sie war klein, als sie sich jetzt von ihrem Drehstuhl erhob, klein und kräftig, hielt die Haare unter einem Kopftuch versteckt und sah ihn ausdruckslos an.

»Perez«, stellte er sich vor und versuchte sich an einem Lächeln, das ihm aufgrund akuter Luftnot etwas verrutschte. Gaillards Zimmer lag im ersten Stock, dennoch hätte Perez wohl besser den Aufzug als die Treppen genommen.

»Wir haben telefoniert«, presste er kurzatmig hervor. »Sie sagten, unser Bürgermeister sei aufgewacht und Sie hätten gerade mit ihm gesprochen?«

Die Frau gab durch kurzzeitiges Erschlaffen ihrer Gesichtsmuskulatur zu erkennen, dass die Frage es nicht auf ihre Prioritätenliste geschafft hatte.

»Hören Sie, Madame ...« Er warf einen schnellen Blick auf das Namensschild an ihrer Brust. »Madame Mohammadi, ich muss zu ihm. Es ist quasi eine Frage der nationalen Sicherheit.«

»Monsieur, ich stamme zwar aus Nordafrika. Das bedeutet aber noch lange nicht, dass mich jeder Franzose verarschen darf. Nationale Sicherheit passt weder zu Ihnen noch zu dem armen Menschlein von Zimmer 43.«

»Schon gut«, wiegelte Perez ab, »vielleicht habe ich mich etwas missverständlich ausgedrückt. Sehen Sie, ich bin Mitglied des Conseil Municipal von Banyuls-sur-Mer«, versuchte er es nun auf die sachliche Tour. »Und das Menschlein von Zimmer 43, wie Sie Monsieur Gaillard nennen, ist unser Bürgermeister. Er wurde ..., nein, wir wurden vorgestern von der Explosion im Hafen überrascht, davon haben Sie doch sicher gehört?«

Als Madame ihn trotz der erschütternden Information weiterhin teilnahmslos ansah, fuhr er fort.

»Ich habe ihn schwer verletzt hierher zu Ihnen geschleppt. Nun ist allerdings etwas geschehen, was ich nicht näher ausführen darf.« Mit jedem Wort senkte er die Lautstärke seiner Stimme. »Etwas, was der Bürgermeister gleichwohl unbedingt erfahren muss. Ich bin seine rechte Hand, verstehen Sie? Es ist eine Angelegenheit von höchster Dringlichkeit für unseren Ort, absolut! Und es eilt!«

Die Lippen der Schwester kräuselten sich, sie dachte nach. Immerhin etwas, fand Perez.

»Na schön«, hörte er sie doch tatsächlich nach einem kurzen Moment der Besinnung sagen. Dabei sah sie sich gleichzeitig nach allen Seiten hin um, als ob die Erlaubnis, Gaillard in dessen Zimmer zu besuchen, die Sicherheitsbestimmungen des Krankenhauses unterlaufen würde.

»Ich sag's auch keinem«, beeilte Perez sich zu versichern und erntete dafür einen weiteren Blick voller Unverständnis, woraus er schloss, dass es wohl doch nichts mit der internen Sicherheitslage zu tun hatte.

»Na schön«, wiederholte Madame Mohammadi und deutete den Gang hinunter. »Zehn Minuten. Keine Sekunde länger. Haben wir uns verstanden?«

»Absolut!«, rief Perez und ließ seine Slipper über das Linoleum quietschen.

Als sich nach mehrmaligem Anklopfen immer noch nichts rührte, drückte er die Klinke und schob die Tür vorsichtig auf.

Es dauerte einen Augenblick, bis sich seine Augen an die Dunkelheit gewöhnt hatten. Die dichten Vorhänge sperrten sämtliches Tageslicht aus. Stattdessen erhellte eine Nachttischlampe spärlich den Raum. Trotzdem hatte Perez Mühe, Gaillards Glatze zwischen all den Kissen und Laken auszumachen.

»Salut, mon Général«, flüsterte er, nachdem er auf dem Besucherstuhl neben dem Bett Platz genommen hatte, »da hast du uns ja einen schönen Schreck eingejagt.« Er lauschte auf eine Reaktion. »Mon Général? ... Hörst du mich? ... Gaillard?«

Perez tippte ihm auf die Schulter. Als auch das keine Reaktion hervorrief, rüttelte er den armen Mann derart unsanft, dass, wäre Madame Mohammadi anwesend gewesen, sie ihn sicher sofort hinausbefördert hätte.

Immerhin schlug Gaillard die Augen auf und blinzelte verwirrt Richtung Zimmerdecke. Perez streckte ihm sein Ohr entgegen, hörte aber bloß leises Krächzen. Er meinte die Worte »Wo ... Was ...« zu verstehen, war sich aber nicht sicher.

»Ich bin's, mon Général, ich, Perez. Erkennst du mich denn nicht, zum Henker?«

Gaillard wendete den Kopf und starrte seinen Besucher eine Weile lang an, bis so etwas wie ein Erinnern in seine Augen trat. »Antony«, hauchte er, ohne eine Miene zu verziehen.

»Hä?« ... Perez richtete sich auf. ... »Antony? ... Ich bin es, Perez. ... Antony? ... Moment mal ... verwechselst du mich etwa mit ...?«

Perez war entsetzt. Bislang war ihm jede Ähnlichkeit seiner selbst mit dem Postboten von Banyuls entgangen. Der Alte war unzurechnungsfähig.

»Sag mal, Gaillard, erinnerst du dich an die Explosion?«, fragte er ohne Umschweife. Mit dem Ergebnis, dass der alte Mann seine Arme panisch über den Kopf riss. Perez erschrak und streichelte ihn beruhigend am Oberarm.

»Ist ja schon gut, mon Général, ich wollte nur mal nach dir sehen. Hörst du mich? Alles gut, mein Lieber. Erhol dich einfach. In Banyuls geht alles seinen Gang, das wollte ich dir nur sagen. Alle sind wohlauf. Schon gut, schon gut.«

Perez blickte noch einmal zurück auf das Häufchen

Mensch, das sich vor ihm zwischen den Laken verbarg, bevor er, traurig über dessen Verfassung, den Rückzug antrat. Gaillards Genesung würde sich hinziehen, man konnte nur hoffen, dass er sich überhaupt wieder erholte. An eine Befragung war nicht zu denken, und das war, angesichts seines Zustandes, im Augenblick auch nicht das Wichtigste.

Schon nach wenigen Schritten in Richtung Ausgang hielt er inne. Vor dem Glasfenster von Madame Mohammadi stand breitbeinig ein großer, kräftig gebauter Mann mit ausrasiertem Nacken und kurz geschnittenem Haar. Er trug Armani-Jeans, ein blau-weiß gestreiftes, frisch gestärktes Hemd, ein nach Maß gearbeitetes eng anliegendes Sakko mit bordeauxrotem Einstecktuch und teure italienische Wildlederslipper. Am linken Handgelenk eine protzige goldene Uhr, am rechten einen silbernen Dreiviertel-Armreif, der zu beiden Enden in einen Schlangenkopf auslief. Den Finger der linken Hand zierte ein mächtiger Ring aus Sterling-Silber.

Perez kannte das Stück. Ein Barettabzeichen als Siegel, auf den Ringseiten die Gravuren *Honneur et Fidélité* und *Legio Patria Nostra*. Ein Siegelring der Fremdenlegion, der von Gaillards Großvater stammte. Als junger Mann hatte Luc Gaillard Perez nach einem Streit in einem Nachtklub damit ins Gesicht geschlagen, der Abdruck des Wappens an seiner Schläfe war ihm über Wochen als mahnende Erinnerung geblieben.

»Na wen haben wir denn da?«, rief Gaillard, als er Perez' ansichtig wurde. »Schwester, sehen Sie den Mann dort? Der kommt doch ganz bestimmt nicht aus dem Zimmer meines Vaters, oder? Wir hatten uns doch klar verständigt, dass niemand zu ihm vorgelassen wird, der nicht ausdrücklich meine Zustimmung hat.«

»Lass Madame Mohammadi in Ruhe, Luc. Sie kann nichts dafür. Ich habe mich an ihr vorbeigeschlichen.«

»Madame Mohammadi?«, wiederholte er erstaunt, »Madame und Monsieur sind miteinander bekannt – wie rührend. Immer noch derselbe alte Schleimer. Was willst du hier, Perez?«

»Wüsste nicht, was dich das angeht.«

Perez machte Anstalten, an dem ihn um zwei Köpfe überragenden Mann vorbeizugehen. Der Körpergröße nach glich er der Frau seines Vaters, seiner Stiefmutter, die ihrerseits den armen Bürgermeister nicht nur an Größe übertraf. Nicht wenige meinten, dass die First Lady die eigentliche Regentin von Banyuls sei. Ob üble Nachrede oder nicht, den Segen von Madame Gaillard brauchte der Général für alle seine Entscheidungen. Mutter und Stiefsohn waren eine verschworene Gemeinschaft.

»Stop«, hallte es durch den Flur. Der kräftige Bass von Lucs Stimme ließ die Trennscheiben im Glaskasten erzittern. Sie standen nun auf gleicher Höhe. »Hör mir gut zu, Perez«, zischte Gaillard, »ich sage es nur einmal: Du lässt dich hier nie wieder blicken. Wenn doch, dann bekommt das weder dir noch deiner schwarzfüßigen Freundin hier. Verstanden?«

Perez hatte gute Lust, ihm für seine Unverschämtheiten gegenüber der Schwester eine aufs Maul zu geben. Doch schweren Herzens vertraute er auf einen seiner Leitsätze:

Führe keinen Kampf, den du nicht gewinnen kannst!

Also nickte er bloß. Daraufhin machte Luc Gaillard eine einladende Geste, die wohl bedeutete, dass er nun freies Geleit habe. Perez warf der Schwester einen entschuldigenden Blick zu und setzte sich in Bewegung. Keine zwei Schritte später hörte er erneut Gaillards Stimme in seinem Rücken.

»Kümmere dich um deine eigenen Angelegenheiten, Perez, hörst du? Sonst wird dir das schlecht bekommen. Dir und der Kleinen, um die du dich so herzzerreißend kümmerst. Wie heißt sie noch gleich, die Süße?«

Perez mochte dick sein, er mochte untrainiert und unbeweglich sein, aber jeder Mensch, ob Mann oder Frau, der derart provoziert wird, wächst über sich hinaus.

Mit einer Geschwindigkeit, die auch Gaillard nicht hätte erahnen können, drehte sich Perez auf dem Absatz um und war nur den Bruchteil einer Sekunde später über dem kräftigen Mann. Die Wucht des Zusammenpralls brachte Gaillard aus der Balance. Er taumelte und sackte unter dem gewaltigen Schlag, den Perez ihm mit der geballten Faust auf die Nieren donnerte, zusammen. Perez griff ihm an die Gurgel. Das heißt, er wollte ihn gerade würgen, wurde aber im selben Augenblick selbst am Kragen gepackt und durch eine fremde Macht weggerissen und mit voller Wucht gegen die gegenüberliegende Wand geschleudert.

Voller Adrenalin weigerte sich sein Hirn, die Schmerzen zur Kenntnis zu nehmen. Er sprang auf, als wäre nichts geschehen, sah sich nun aber einem Kerl gegenüber, den er zuvor nur aus den Augenwinkeln wahrgenommen hatte. War Gaillard ein muskulöser Schwätzer, so genügte ein Blick auf die Gestalt seines neuen Gegners, um zu verstehen, dass der aus Granit gemeißelt war. Er stand nur da, die Arme locker herunterhängend, Knie leicht gebeugt, und sah auf Perez herab. Als er dann auch noch die Hand hob und mit dem Zeigefinger auf ihn zeigte, sickerte von einem Augenblick auf den nächsten der Schmerz in Perez' Gedächtnis, verbunden mit der Erkenntnis, seine Wut auf Gaillard nicht ausleben zu können, nicht heute, nicht hier.

Dieser Dreckskerl beschäftigte doch tatsächlich einen Bodyguard. Wie eine Amme bemühte dieser sich um seinen Boss, nachdem er Perez ermahnt hatte, in seiner Ecke zu bleiben. Scheinbar ohne große Kraftanstrengung hob er ihn vom Boden auf und stellte ihn auf die Füße. Gaillard, wieder zu sich gekommen, stieß den Hünen wütend beiseite, machte drei Schritte auf Perez zu und zischte, als er nah genug war:

»Ich töte dich, du Drecksau. Dich und deine ganze Brut. Die deutsche Schlampe, ihre Tochter und deinen Freund Haziem. Und wenn das noch nicht reicht, auch deine Marie-Hélène.«

Mit den letzten Worten verlagerte er sein Gewicht auf ein Bein, beugte das andere an und trat Perez mit voller Wucht gegen den Brustkorb, sodass dieser zurück gegen die Wand donnerte. Hätte Gaillard anstatt der weichen Slipper festes Schuhwerk getragen, hätten die inzwischen herbeigeeilten Pfleger Perez mit schweren Rippenbrüchen direkt in den OP schieben können. So gingen sie einfach dazwischen, und Perez humpelte schwer gezeichnet zurück zu seinem Wagen.

KAPITEL 11

Trotz des Schmerzes in der Brust trieb Perez seinen Kangoo durch die hereinbrechende Nacht. Weder auf der neu ausgebauten Rocade Sud mit all den nervtötenden Kreisverkehren noch auf der Quatre Voies von Perpignan in Richtung Spanien hielt er sich an die vorgeschriebene Geschwindigkeit. Selbst der Starenkasten, hinterhältig inmitten der Steigung von Argelès-sur-Mer hinauf zum Abzweig nach Collioure platziert, vermochte seine Raserei nicht zu bremsen. Den Kamerablitz bemerkte er nicht einmal, so sehr setzte ihn der Gedanke, Stéphanie beschützen zu müssen, unter Druck. Ein Schwein wie Luc Gaillard war zu allem fähig, da konnte man sich keiner Illusion hingeben. Außerdem wuchs seine Sorge um Marianne von Minute zu Minute. Ein Glück nur, Marie-Hélène sicher in den Bergen zu wissen.

Auf dem kurvenreichen Teilstück zwischen Port-Vendres und der Site de Paulilles nahm sich Perez gewöhnlich selbst noch im Zwielicht der Dämmerung Zeit, sich an der Schönheit der Landschaft zu berauschen. Die Reihe der aufeinanderfolgenden Buchten und Landzungen liebte er seit frühster Jugend. An diesem Abend aber hatte er keine Augen für deren Schönheit. Er trieb den Kangoo derart schnell durch die spitzen Kehren, dass der Wagen sich ein ums andere Mal besorgniserregend zur Seite neigte. Ein wenig schneller nur und er wäre über die Bordsteinkante die Weinberge hinunter ins Meer gerutscht.

Noch drei Kreisel bis Banyuls!

Den ersten nahm er gegen die Fahrtrichtung, weil er sich so der Zeit, die ein Abbremsvorgang verschlungen hätte, entledigte.

Den zweiten durchfuhr er auf gleiche Weise. Solange kein Verkehr herrschte, stellte es einen Regelverstoß, aber kein Problem dar.

Der dritte wäre ebenso zu umgehen gewesen, doch hielt er sich bei diesem intuitiv an die Verkehrsregeln. Wahrscheinlich, weil er an dieser Stelle am Vortag mitten auf der Betoninsel gelandet war.

Den kurzen Rest der Strecke hinab ins Zentrum von Banyuls verlangte er dem armen Kangoo noch einmal alles ab. Als er schließlich in die Avenue Puig del Mas einbog und seinen Blick ängstlich auf das *Conill* lenkte, wallte Hitze in ihm auf.

Kein Fass auf dem Trottoir. Kein Licht hinter den Scheiben des Restaurants. Das Scherengitter zugezogen.

Eine bislang durch die rasende Fahrt in Schach gehaltenen Furcht brach sich Bahn. Er zitterte. Seine Hände, die Beine, selbst sein Kopf zitterten. Seine nervösen Finger rasten über den beleuchteten Zahlenblock seines Mobiltelefons. Kein Haziem nahm das Gespräch entgegen, keine Stéphanie. Um wütend zu werden, war die Sorge um seine Lieben zu groß. Kurz neigte sich das Pendel von Angst in Richtung Panik. Wohl weil er nicht die leiseste Idee hatte, was zu tun war. Das Gehirn verweigerte ihm jeden geordneten Gedanken. Er startete den Motor und dirigierte den Wagen in Richtung Rue Napoléon. Zwei Querstraßen von Mariannes Haus entfernt bremste er ab, ließ den Kangoo bei laufendem Motor mitten auf der Fahrbahn stehen und rannte mit letzter Kraft die Stufen zum Haus hinauf. Dabei hielt er stetig die rechte Hand auf die Brust gedrückt. Was auch immer der Tritt von Gaillard außer den Höllenschmerzen sonst noch angerichtet haben mochte, spielte im Augenblick keine Rolle.

Schon beim Öffnen der Haustür brüllte er ihre Namen:

»Stéphanie? Haziem?« Immer im Wechsel: »Haziem! Stéphanie!« So lange, bis er einmal von unten nach oben durch das gesamte Haus gelaufen war.

Nach Luft ringend ließ er sich auf einen Stuhl sinken. Erst Minuten verzweifelten Nachdenkens später fiel sein Blick auf die geöffnete Kommode, die ihm gegenüber unter dem Fenster stand. Zwei knallgrüne Beine hingen heraus. Zuerst starrte er die Strumpfhose einfach nur an, dann sackte ihm in Zeitlupe die Kinnlade herunter, bevor seinem Mund in kurzer Abfolge hysterisches Lachen entwich.

Er sprang auf, griff sich das Moleskine, in das Marianne mit ihrer feinen Schrift alle wichtigen Telefonnummern eintrug, blätterte bis zum gesuchten Eintrag und wählte die Nummer. Niemand nahm ab.

Keine zwei Minuten später quietschten seine Reifen erneut über den Asphalt von Banyuls. Runter zum Meer, durch einen weiteren Kreisverkehr, die Avenue du Général de Gaulle immer am Flussbett entlang bis zur Gendarmerie. Von dort auf der Rue Guy Mâle in Richtung Campingplatz. Im nächsten Kreisverkehr die erste rechts raus und vor einem schmucklosen Neubau mit vergitterten Fenstern im Erdgeschoss in die Eisen.

Raus aus dem Wagen, rein ins Haus. Die Treppen hinauf, immer zwei Stufen auf einmal nehmend, bis in den dritten Stock. Dort die linke Glastür öffnend, um vor einem zeitungslesenden Haziem röchelnd auf die Knie zu sinken. Nicht aus Ehrfurcht, auch nicht aus Freude. Sondern weil er kurz vor einem kardiologischen Infarkt stand, vor einem Lungenkollaps, einem Schlaganfall oder was auch immer.

Jedenfalls japste Perez mit hochrotem Kopf wie ein gichtkranker Hund nach dem Erklimmen eines Treppenabsatzes und brachte erst einmal kein Wort heraus. Haziem beugte sich vor und packte ihn bei den Armen. Sein sorgenvolles Gesicht verriet einiges über Perez' Zustand. Er sagte kein Wort, wartete ganz offensichtlich, dass sich Perez erklärte. Als ihm dessen Erholungsphase zu lange dauerte, begann Haziem vorsichtig an seinem Freund zu rütteln.

»Perez, was ist denn mit dir los? Du siehst ja aus, als ob die Schwarzen Ritter Saurons hinter dir her wären. Komm her, setz dich erst mal.« Er zog Perez' erschlafften Körper ohne sichtbare Anstrengung auf den Sitz neben sich. Perez zuckte zusammen. »Hast du Schmerzen?«, fragte ihn Haziem. Perez schüttelte den Kopf. »Warte hier, ich hole dir einen Schluck Wasser. Bleib schön hier sitzen, hörst du? Und atme!«

Perez nickte erneut –, mit offenem Mund. Wo hätte er auch hingehen sollen? Was außer atmen blieb ihm übrig? Als Haziem mit einem Becher in der Hand zurückkam, versuchte Perez zu sprechen. »Stéphanie«, stieß er aus.

»Stéphanie steht drinnen auf Zehenspitzen. Ballett, Perez, wie jeden Mittwoch. Du weißt doch, wo du hier bist. Mon dieu, du bist ja völlig durch den Wind. Ich passe auf sie auf. So, wie du es mir aufgetragen hast. Warum hast du mich nicht angerufen?«

Er zog sein Handy aus der Tasche, hielt es Perez hin und sah dabei, dass er das Ding wohl versehentlich auf lautlos geschaltet hatte.

»Mist«, sagte er und wurde nun seinerseits puterrot, »äh … tut mir leid. Was ist denn los?«

Perez winkte bloß ab, krächzte unverständliches Zeugs und trank den Inhalt des Bechers aus. Er schwitzte wie ein Marathonläufer. So fühlte er sich auch, die Muskeln übersäuert, ausgelaugt von der Strapaze. Jedenfalls glaubte er, dass man sich nach 42,195 Kilometern so fühlen müsste. Der Wahnsinn, das eine wie das andere.

Sie saßen beisammen, bis Stéphanie aus dem Ballettraum trat und erst einmal im Türrahmen verharrte. Ihr fragender Gesichtsausdruck brachte Bewegung in die eingefrorene Szenerie. Perez setzte sich auf, nahm die Hand von Haziems Schulter und rief:

»Stéphanie, endlich.«

»Was ist denn los mit euch beiden?«, fragte das Mädchen.

»Perez hat sich Sorgen um uns gemacht«, antwortete Haziem und stand auf. »Dann können wir also?«

»Du musst dich entspannen, Perez.«

Haziems Bariton durchbrach das Schweigen. Sie befanden sich auf dem Nachhauseweg. Perez wollte eigentlich nicht sprechen. Noch hatte er den beiden nichts von seiner Begegnung mit Luc Gaillard erzählt. Stéphanie durfte davon sowieso nichts erfahren. Vorerst zählte, beide wohlauf und in Sicherheit zu wissen. Und darüber nachzudenken, wie er diesen Zustand für die nächsten Stunden und Tage gewährleisten konnte. Haziem schien Perez' Gedankengänge zu erraten.

»Im Augenblick können wir nicht ständig zusammenbleiben, auch wenn wir es gerne möchten«, fuhr er fort. »Lass uns nur dafür sorgen, dass Stéphanie nie allein ist. So lange, bis der Spuk vorbei ist.«

Haziem sprach gedämpft, das Geräusch des Motors sorgte dafür, dass Stéphanie im Fond nichts von dem, was vorn gesprochen wurde, verstehen konnte. Ein Blick in den Rückspiegel zeigte Perez, dass die Kleine in ihre eigenen Gedanken versunken war. Sie sah aus dem Fenster. Woran sie wohl dachte?

»Du hast recht. Ich habe mir einfach Sorgen um euch beide gemacht. Bist du denn wieder völlig in Ordnung?« Er sah zu Haziem rüber. Der nickte. »Sicher?«

»Sicher! Mach dir um mich keine Sorgen. Ich bin wieder okay. Ehrlich. Der Schub ist vorüber – In schā'a llāh.«

Gott hat damit am allerwenigsten zu tun, dachte Perez.

»Na schön«, sagte er, ohne darauf einzugehen, »trotzdem halte ich es im Moment für zu gefährlich, bei Marianne zu schlafen. Ebenso wie bei einem von uns beiden, mal abgesehen davon, dass unsere Wohnungen ohnehin zu klein sind.«

»Oha! Hast du irgendwas Neues erfahren? Denn wenn nicht, übertreibst du dann nicht etwas?«

»Vielleicht. Aber besser, wir sind übervorsichtig, als dass wir uns hinterher Vorwürfe machen müssen. Aber warte mal ... Merde, warum kommt mir die Idee erst jetzt? Ich hab's«, sagte er dann laut. »Bis alles vorüber ist, bringe ich euch in El Refugio unter. Was sagst du dazu?«

Haziem stöhnte. »Ist das wirklich notwendig?« Er war kein Freund der Berge.

»Niemand außer dir und mir kennt die Hütte. Das ist perfekt.«

»Bist du dir da absolut sicher? Was ist mit Alain? Der kennt sie schon mal.«

»Alain! ... Alain gehört quasi zur Familie. Wenn wir dem nicht mehr vertrauen können, ist eh alles zu Ende. Außerdem erwarte ich seine nächste Lieferung nicht vor Ende nächster Woche.«

»Jamón?«

»Jabugo-Jabugo. Claro! Komm schon, Haziem, in der Hütte sind wir sicher. Und niemand kann uns dorthin folgen. Zumindest nicht, ohne aufzufallen.« Er nickte entschlossen. »Darauf hätte ich längst kommen müssen.«

»Da oben ist es kalt, Perez. Und wir wissen ja noch nicht einmal ...«

»Keine Widerrede! Es ist das Beste für uns alle. Wir fahren jetzt rüber zu Marianne, packen ein paar Sachen zusammen, und dann bringe ich euch auf die Hütte. Danach statte ich Maréchal einen Besuch ab.«

Haziem warf einen Blick auf die Uhr im Armaturenbrett. »Ist es dafür nicht ein bisschen spät?« Er tippte mit dem Finger gegen die Digitalanzeige. »Wir brauchen sicher zwei Stunden für alles zusammen. Dann ist es fast Mitternacht, bis du wieder in Banyuls bist. Nicht gerade eine übliche Zeit für Hausbesuche.«

»Erstens hat er mir vor ein paar Stunden in einer SMS geschrieben, dass er mich in seinem Haus erwartet, und zweitens ist mein Anliegen alles andere als normal. So langsam, Haziem, habe ich die Schnauze voll von all dem Scheiß hier. Von den feinen Herren und den rüden Burschen sowieso. Ich möchte, dass Marianne zurückkehrt. Ich will meinen Alltag zurück.«

»Warum habe ich bloß das Gefühl, dass du mir nicht alles erzählst?«

Perez überhörte den Einwand und drehte sich zu Stéphanie um.

»Wir machen einen Ausflug«, sagte er an sie gewandt. »Hast du Lust auf Camping?«

»Als ob ihr mir eine Wahl lasst. Ihr könntet wenigstens aufhören, so zu tun, als wäre ich ein kleines Kind. Wenn etwas mit Maman wäre, dann würdet ihr mir das sagen, oder? Haziem? Perez? Das würdet ihr nicht vor mir geheim halten.«

»Ehrenwort«, sagte Perez. »Es gibt aktuell nichts Neues. Ich tue weiterhin alles in meiner Macht stehende, um sie zu finden, das musst du mir glauben. Der Mist ist nur, dass ich mir, immer wenn ich unterwegs bin, Sorgen um euch beide mache. Wahrscheinlich denkst du, der spinnt, der Alte, aber ich kann einfach nichts dagegen tun. Also nimm es mir nicht übel, dass ich euch jetzt aus der Schusslinie bringe. Ich kann mich einfach besser konzentrieren, wenn ich nur für mich selbst verantwortlich bin. Bin's so gewohnt, ist nicht böse gemeint. Einverstanden?«

Stéphanie tat, als überlege sie intensiv, bevor sie den Mund zu einem Grinsen verzog. Perez' Herz krampfte sich zusammen. Gaillard, dieser Scheißkerl. Vielleicht, das spukte ihm schon den ganzen Rückweg von Perpignan über im Kopf herum, vielleicht würde er morgen über seinen Schatten springen und Boucher einweihen. Bislang war die Gefahr nur von der Polizei ausgegangen, seit dem Zusammenstoß mit Luc Gaillard hatten sich die Dinge geändert. Er dachte ernsthaft darüber nach, zur Polizei zu gehen! Der Fall nahm ihn wirklich mit.

Das El Refugio war eine Hütte, die schon vielen Menschen in den Bergen als Unterstand gedient hatte. Soldaten, Grenzpolizisten, ja sogar Flüchtlingen wie dem deutschen Philosophen und Übersetzer Walter Benjamin, der sich, nur einen Steinwurf von hier entfernt, in Portbou das Leben genommen hatte. Im Alter von dreizehn Jahren hatte Perez von seinem Onkel ein Buch geschenkt bekommen. Darin stand alles über den »kleinen Grenzverkehr«, wie man die Überschreitung der Berge hier nannte.

Die Hütte stand unmittelbar auf der heutigen Grenze zwischen Spanien und Frankreich, der Linie, die erst mit Ende des Französisch-Spanischen Krieges 1659 in die Pyrenäen verlegt worden war. Die Nähe von El Refugio zum Tour de Querroig ließ vermuten, dass die Grundmauern der Hütte bereits im 13. Jahrhundert erbaut worden waren, als dieser Wachturm noch Teil eines Netzes von Türmen gewesen war, die Jaume II., König von Mallorca und Graf von Roussillon, in die Hügelkette der Albères hatte bauen lassen. Weiter nördlich lagen der Tour de Madeloc sowie der Tour de la Massane. Beide ausgewiesene Touristenmagneten, während die Gegend um den Querroig einzig ortskundigen Bergwanderern bekannt war.

Ein großer Wanderer war Perez nicht mehr. In jungen Jahren waren er und seine Freunde viel und gern in den Bergen herumgekraxelt, und Gewaltmärsche zwischen den drei Türmen hatten dabei besonders hoch im Kurs gestanden. In den Albères wanderte man, erst dahinter wurden die Berge der Pyrenäen zu schroffen Schönheiten, die alpine Erfahrung voraussetzten. Heute erschien es Perez unmöglich, ja sogar unmenschlich, die komplette Distanz zwischen den Türmen in einer einzigen Tour zu überbrücken, von den dabei abzuleistenden Höhenmetern ganz zu schweigen.

Kannte man sich allerdings aus und besaß zudem noch, wie er, eine Sondergenehmigung, dann gelangte man mit dem Wagen über holprige, unbefestigte Forstwege ohne jede Beschilderung fast bis ganz hinauf zum Tour de Querroig und auch bis zu El Refugio, das Perez vor über zwanzig Jahren einem alten Spanier abgekauft hatte, der aus dem Unterstand eine bewohnbare Hütte gemacht hatte. Nur mit einem Kaminofen und ohne fließendes Wasser im Haus, aber immerhin bot sie ausreichend Schutz gegen die Launen der Natur. Perez nutzte die soliden Steinmauern für die Arbeit, aber auch an Sommertagen kam er hier herauf, um der Hitze und den Menschen an der Küste zu entkommen. Hier oben war es ruhig, und bei klarem Himmel sah man im Osten über Perpignan bis nach Narbonne und im Süden von der Grenzstadt Cerbère über Portbou, die Ausläufer der Pyrenäen, den Parc Natural bei Cadaqués bis weit hinunter ins Flachland der Costa Brava. Einmal war ihm sogar gewesen, als ob er den etwa dreihundertfünfzig Kilometer weit entfernten Puig Major auf Mallorca gesehen hätte. Wenn man lange genug über flirrende Wasserflächen starrte, sah man dort, wo sich Meer und Himmel trafen, so einiges. Wahrscheinlich bloß eine Fata Morgana.

Immer ging hier oben ein leichter Wind. Ein Tramontane wie der, der sich derzeit über der Côte Vermeille festgesetzt hatte, war in einer derart exponierten Lage allerdings kein Vergnügen. Windböen von über einhundertfünfzig Stundenkilometern waren keine Seltenheit. Von den Stürmen am wilden Cap Béar oder dem mythischen Cabo de Creus sprachen alle, wenn sie nach Superlativen suchten; nur wer schon einmal an einem solchen Tag hier heraufgekommen war, wusste tatsächlich, was das Wort Sturm bedeutete. El Refugio trotzte dem Wetter seit Jahrhunderten.

Sie verließen Banyuls auf der Küstenstraße in Richtung Cerbère. Gefährlich, weil tagsüber die atemberaubende Steilküste die Konzentration der Autofahrer von der Straße weglenkte, bei Nacht, weil die Kurven sich scheinbar der 360-Grad-Marke näherten, ohne einen Mittelstreifen, der Orientierung geboten hätte.

Der Kangoo blieb nur wenige Kilometer auf der 914. Hinter der Résidence Castel Béar bog der Kastenwagen rechts ab auf einen steilen, vorerst noch asphaltierten Weg in Richtung Puig Joan. Bis zum Col de Gran Bau verlief der Weg oberhalb der Küstenstraße. Zur anderen Seite lag die Bucht von Banyuls im Mondlicht. Hinter dem Pass knickte der Weg landeinwärts in die Berge ab. Perez fuhr noch einige Kilometer weiter, bis er das Tempo nochmals drosselte, um seinen Wagen vorsichtig auf einen Hohlweg zu lenken, der stark bergan stieg.

Die unebene Strecke rüttelte die Insassen kräftig durch. Stéphanie stimmte einen Ton an und ließ die Bewegungen des Wagens daraus eine Melodie formen. Perez tat es ihr nach einer Weile gleich. Haziem schüttelt über diese Albernheit den Kopf. Sie lachten, während sie immer mehr an Höhe gewannen.

Überraschenderweise hatte das Mädchen nichts gegen die Idee einzuwenden gehabt, die kommenden Tage in einer Berghütte zu verbringen. Ihr schien die Aussicht auf mangelnden Komfort und Hygiene entschieden weniger auszumachen als Haziem.

»Seit wann hast du diese Hütte schon?«, wollte sie von Perez wissen.

»Schon seit vielen Jahren.«

»Und wieso weiß ich davon nichts?«

»Weil du nicht alles wissen musst.«

»Pah!« Sie tat verschnupft. »Warst du schon mal mit Maman hier oben?«

»Nein«, antwortete er knapp.

»Und weshalb nicht? Sie liebt die Berge. Ist die Hütte irgendwie ... geheim?«

»Ja.«

Seine Geschäfte gingen die Kleine nichts an. Doch da war diese entschieden anderer Meinung.

»Haziem, erzähl du es mir! Ist ja total aufregend.«

Haziem hob die Hände Richtung Wagendach und zog gleichzeitig die Schulterblätter nach oben. Sollte wohl heißen: Frag Perez, ich sage dazu nichts. Ce n'est pas mes oignons!

Perez wollte dem Spiel ein Ende bereiten.

»Ça suffit, Stéphanie. Ich nutze die Hütte geschäftlich, das sollte dir als Erklärung reichen. Keine weiteren Fragen bitte.«

Die raue Piste verlangte seine ganze Aufmerksamkeit, trotzdem warf er einen Blick in den Rückspiegel. Madame schmollte. Nichts unterschied Stéphanie in dieser Beziehung von ihrer Mutter. Wenn sich die Damen Finken etwas in den Kopf gesetzt hatten, brauchte es viel Überzeugungskraft, sie davon abzubringen. Ein einfaches Nein ohne Begründung forderte sie nur umso mehr heraus.

»Bist du ein Krimineller?«, fragte sie frech. »Wenn man seine Geschäfte in den Bergen macht, dann stimmt doch was nicht. Ich frag ja nur…«

Aus Perez' Sicht war es völlig undenkbar, Stéphanie in sein System einzuweihen. Ein System, das sich seit Jahrzehnten bewährt hatte und das so ging:

Alain Pereira, Perez' Pendant auf spanischer Seite und längst enger Freund, nahm die Ware direkt beim Produzenten auf. Immer wieder gelang es dort, eine Schinkenhälfte »unter den Tisch« fallen zu lassen. Manchmal tauchten sogar ganze Schweine nicht mehr auf. Wer konnte schon überprüfen, ob ein Wurf acht, zehn oder gar zwölf Ferkel hervorbrachte. Auf den endlosen Weiden der Salamanca zwischen Stein- und Korkeichen gingen schnell einmal ein paar Tiere verloren. Kein Diebstahl! Hehlerware hätte Perez niemals verkauft. Nein, die Besitzer wussten, wem sie sich anvertrauten. Pereira kannte diese Menschen fast ebenso lange, wie Perez seine Abnehmer kannte. Das Zauberwort hieß: Vertrauen.

Und wie mit dem Schinken, verhielt es sich auch mit dem gelben Gold, dem Safran, den Schnecken und den besonderen Weinen.

Am Ende mussten all diese Leckereien über die Grenze. Und in dieser Art von kleinem Grenzverkehr hatten die Banyulencs mit ihrer langjährigen Erfahrung als eine Gemeinschaft von Contrebandiers einen klaren Vorteil allen anderen gegenüber. Selbst wenn Schlagbäume inzwischen der Vergangenheit angehörten, Kontrollen der Zollbehörden waren immer noch an der Tagesordnung. Die Grenzer suchten eher nach Drogen als nach kulinarischen Schätzen. Nach Zigaretten, Kaffee oder Benzin in großen Kanistern, das die Fischer für ihre Boote einschmuggelten. Aber falls ihnen eine derart wertvolle Fracht in die Hände fallen würde, würden sie sicher kein Auge zudrücken.

Deshalb hatten Perez und Pereira selbst nach der europäischen Grenzöffnung beschlossen, die altbewährten Wege beizubehalten. Und ein bisschen Spaß machte es ja auch, bei Einbruch der Nacht die Straße von Figueres zum Col de Banyuls zu nehmen. Das letzte Teilstück war nicht einmal auf Google Earth zu finden, obwohl es sich dabei um einen für Einheimische durchaus üblichen Weg von oder nach Spanien handelte. Die Autobahn benutzten nur Leute mit zu viel Zeit und vor allem zu viel Geld.

Kurz vor der Passhöhe bog Pereira mit seinem Geländewagen auf einen Feldweg ein. Ein verschlungenes Gewirr aus Forststraßen und ausgesetzten Pisten brachte ihn auf die französische Seite und vom Col de Banyuls hinüber zum Tour de Querroig und zu El Refugio. Menschen, die diese oder ähnliche Verbindungen durch die Berge kannten, sprachen nicht darüber, jedenfalls nicht mit der Polizei oder den Douaniers. Was seit Jahrhunderten funktionierte, sollte auf immer im Wissen weniger verbleiben, darüber war man sich einig.

Seit ewiger Zeit trafen sich Perez und Pereira im Schatten der Nacht, bevorzugt bei Vollmond, denn sie fuhren grundsätzlich ohne Licht. Der Grund, warum Perez den Weg auch mit verbundenen Augen gefunden hätte. Fast alle hatten einen Vorteil von dieser Transaktion – so wie es bei einem guten Geschäft sein sollte –, nur einer nicht: die französischen Steuerbehörden. Aber was waren das schon für Beträge im Großen und Ganzen? Perez und sein Freund waren kleine Fische im großen Haifischbecken. Vielleicht war das Geschäft nicht ganz legal, andererseits, wem taten sie schon weh damit? Perez jedenfalls fand nichts daran, dafür war er schon zu lange Unternehmer und Gastronom an der Côte Vermeille.

Und deshalb blieb er auch in dieser heiklen Situation standhaft und schwieg beharrlich. Ebenso wie Haziem, der gar nicht daran dachte, sich in Familienangelegenheiten einzumischen. Woraufhin Mademoiselle im Fond schmollte und die gelöste Stimmung fürs Erste dahin war.

KAPITEL 12

»Wir sind da«, rief Perez. Der Wagen kam unmittelbar unter einer überhängenden Felswand zum Stehen, vor ihnen die gähnende Leere des Abgrunds.

»Müssen wir jetzt etwa auch noch laufen?«, fragte Stéphanie, die immer noch schmollte. Sie machte keinerlei Anstalten, den Wagen zu verlassen.

Perez drehte sich zu ihr um, lächelte. »Ist nicht weit, chérie. Komm schon, schnapp dir deine Sachen und hilf Haziem mit den Vorräten. Und zieh dir um Gottes willen eine Jacke über, da draußen holst du dir den Tod.«

»Quatsch«, rief sie und war schon draußen, bevor Perez sich wieder vollständig umgewandt hatte.

Haziem hielt den Lichtkegel der Taschenlampe im 45-Grad-Winkel auf den felsigen Untergrund gerichtet, während Perez insistierte, dass man hier oben mit Lampe weniger sah als im reinen Mondlicht.

Keine fünfzig Meter oberhalb des Wagens suchte Stéphanie plötzlich Perez' Nähe, der Umstand einer Wanderung durch die Nacht schien sie ein wenig zu ängstigen. Er öffnete seinen warmen Parka und nahm das Mädchen in den Arm. So gegen den empfindlich kühlen Wind geschützt, stiegen sie wortlos nebeneinander bergan.

»Ist es noch weit?«, fragte Haziem wenig später.

Perez hielt keuchend inne und deutete auf einen Baumstamm, der über ihnen in den Nachthimmel ragte.

»Siehst du die abgestorbene Zeder?«, fragte er und hielt darauf zu. Der Weg unter ihren Füßen lag voller Geröll, alle zehn Schritte änderte er die Richtung. »Noch zwei Kehren«, rief er der inzwischen hinter ihm laufenden Stéphanie zu und nickte aufmunternd, obwohl es niemand sehen konnte. »Siehst lustig aus in meinem Parka.«

»Willst du ihn zurück?«

Perez winkte ab, nahm die letzten Meter in Angriff und wollte gerade ausrufen: »Seht ihr, da drüben ist sie!«, als ihm das, was er vor sich erblickte, die Sprache verschlug. Statt freudig die letzten Meter zur Hütte zurückzulegen, ließ er sich abrupt auf alle viere fallen, was zu unmittelbaren Schmerzen in der misshandelten Brust führte.

»Was ist denn, Perez?«, rief Haziem von weiter unten. »Ist dir nicht gut?«

»Pssst!«, zischte dieser und zog Stéphanie, die zu ihm aufgeschlossen hatte, ebenfalls zu Boden. »Merde«, flüsterte er. »Das gibt's doch nicht.«

Jetzt ging auch Haziem neben ihnen in die Hocke.

»Was gibt's denn?«

»Sieh selbst«, antwortete Perez und deutete in Richtung Hütte. »Aber sei vorsichtig.«

Auch Stéphanie wollte der Aufforderung folgen, doch Perez hielt ihren Arm fest umklammert.

»Haziem und ich sehen uns das an. Du bleibst so lange hier sitzen, bis ich dich rufe!«

Die beiden Männer robbten auf die Bergkuppe zu und blickten von dort über das Plateau auf El Refugio.

»Ui«, zischte jetzt auch Haziem. »Hast du vergessen, das Licht auszumachen?«

»Quatsch.«

Um in der Hütte bei Nacht sehen zu können, musste man eine Petroleumleuchte anzünden. Und selbst wenn er die vergessen hätte, wäre sie zwischenzeitlich längst erloschen. Er war seit über drei Wochen nicht mehr hier gewesen.

»Und wer ist dann dadrin?«, fragte Haziem in einer Mischung aus Verzweiflung und Resignation.

»Keine Ahnung, Mann. Wenn ich es wüsste, ginge es mir jedenfalls entschieden besser.«

»Was machen wir jetzt?«

»Ich schleich mich hintenrum, hilft ja nichts«, sagte Perez.

»Hintenrum?«

»Ja. Ein paar Meter tiefer führt ein schmaler Pfad unterhalb des Plateaus entlang. So gelange ich hinter die Hütte. Dort liegt die Quelle, die mir das Wasser liefert. Und von da hat man einen guten Blick auf die rückwärtigen Fenster. Einen besseren jedenfalls als von hier aus. Vielleicht kann ich von dort sehen, was drinnen los ist.«

»Und dann?«

»Mann, Haziem, was fragst du mir ein Loch in den Bauch – und dann? Weiß ich doch nicht!«

Haziem zuckte bloß die Schultern.

Perez sah seinen Freund leicht konsterniert an. »Du bleibst bei Stéphanie, klar? Wenn ich in zwanzig Minuten nicht wieder hier bin, geht ihr zurück zum Wagen und fahrt auf direktem Weg zu Boucher.«

Haziem blieb keine Zeit für eine Antwort. Einen Augenblick konnte er dem Schatten von Perez noch mit den Augen folgen, bevor dessen Gestalt hinter einer Felsnase verschwand.

Perez lief den Pfad entlang, so schnell ihn seine kurzen Beine trugen. Hier oben kannte er wirklich jeden Stein. Er benötigte kein Licht, und hätte, um unsichtbar zu sein, auch auf das Mondlicht nur zu gern verzichtet.

In einem lichten Wäldchen aus Korkeichen wandte er sich nach links, folgte den Wildschweinspuren den Pfad hinauf, bis ein gurgelndes Geräusch die Quelle ankündigte. Er hielt darauf zu. Vor Anspannung hatte er nicht ordentlich geatmet, was er nun, da er anhielt, bemerkte. Das Herz schlug ihm so laut in den Ohren, dass er Angst bekam, das Pochen könne ihn verraten. Er formte mit den Händen einen Trog, ließ das eiskalte Bergwasser hineinlaufen, führte die Hände vorsichtig zum Mund und trank hastig.

In diesem Moment hörte er ein Geräusch in seinem Rücken, das hier nicht hergehörte. Eine Hitzewelle flutete seinen Körper. Ängstlich drehte er den Kopf und flüsterte »Wer ist da?« in die Dunkelheit, bevor er seinen Blick hin und her fliegen ließ. Dann die Entwarnung, überraschender als jedes Geschenk.

»Perez? Bist du das?«

»O Gott«, entfuhr es ihm, während ihm gleichzeitig die Kontrolle über seinen Körper entglitt. Mit trockener Kehle und Schlotterknien strauchelte er gegen das Quellbecken, das er vor Jahren selbst gemauert hatte. »O Gott!«, wiederholte er und wischte sich den Schweiß von der Stirn. »Bitte sag, dass das wahr ist. Marianne, bist du es tatsächlich?« Er lachte, als stünde er kurz davor, überzuschnappen. »Das ist zu viel für mich ... Ich kann's nicht fassen.«

»Ja«, sagte Marianne nur.

Perez drückte sie fest an sich und schloss die Augen.

»Wo warst du?«, fragte er schließlich. »Und was tust du hier?«

Sie schob ihn von sich weg. »Wo ist Stéphanie?«

»An der alten Zeder. Mit Haziem. Ihr geht's gut. Vor allem, wenn sie gleich sieht, dass wir dich gefunden haben. Weißt du eigentlich, wie sehr ich mich erschrocken habe, als ich das Licht in der Hütte entdeckt habe?«

»Weißt *du,* was *ich* durchgemacht habe«, entgegnete Marianne, »als sich plötzlich Motorengeräusche in das Heulen des Windes mischten? Ich bin wie vom Teufel besessen aus der Hütte raus und hab natürlich in der Aufregung die Lampe vergessen. Du weißt doch, wie nachtblind ich bin. Ich bin froh, dass ich heil bis hierher gekommen bin. Ich dachte schon ...« Wieder fing sie an zu weinen, zog aber gleichzeitig an Perez. »Ich will zu meiner Kleinen ... bitte ... schnell!«

Eine halbe Stunde später saßen Mutter und Tochter im Schein der Petroleumlampe schweigend nebeneinander am Tisch. Obwohl allen im Raum klar war, dass es nicht friedlich bleiben würde, dass eine Reihe von Erklärungen anstanden, in deren Verlauf es ganz sicher auch zu gegenseitigen Vorwürfen kommen würde, überwog doch zunächst einmal die Erleichterung darüber, sich wiedergefunden zu haben.

Perez, der dabei war, den Kaminofen mit dicken Holzscheiten zu füttern, rührte der Anblick der beiden wiedervereinigten Frauen derart, dass er sich immer wieder verstohlen die Augen rieb. Haziem lächelte darüber. Als Perez bemerkte, dass seine Gefühlswallung aufgefallen war, deutete er auf das Feuer, als trage allein der beißende Rauch an seinen geröteten Augen Schuld. Die Erleichterung, Marianne wohlbehalten zurückerhalten zu haben, bescherte ihm Glücksgefühle, wie er sie schon lange nicht mehr gehabt hatte.

Nach einer Weile belegte Haziem die mitgebrachten Baguettes mit Schinken und Käse und zog eine Flasche Rotwein auf. Wie immer machte ihn das Familienidyll verlegen, er fand sich darin nicht wieder. Küchentätigkeiten hoben ihn in eine andere Sphäre, die er allein bewohnen konnte, Handwerk im Allgemeinen tat das. Dabei summte er eine Melodie, die Perez vertraut vorkam, ohne dass er hätte sagen können, um welches Lied es sich dabei handelte. Haziem summte oder pfiff häufig, selten aber fühlte sich Perez so eins mit der Stimmung seines Freundes.

»So!«, rief Marianne kurz darauf, als könne der Burgfrieden nicht ewig währen, und klatschte dabei zweimal in die Hände. Ihre Wangen glühten, der Bollerofen hatte mehr als seine Schuldigkeit getan.

»Ich mach mal ein bisschen Luft, falls keiner etwas dagegen hat«, sagte Haziem und öffnete einen Spaltbreit die massive Holztür. Er hatte sich noch nicht ganz wieder den anderen zugewandt, als die Tür auch schon mit voller Wucht gegen die rohen Quader der Wand schlug und ein Windstoß giftig ins Innere des Steinhauses zischte. Schnell schloss Perez den Glaszylinder der Petroleumleuchte.

»Das, mein Süßer«, sagte er lachend, »brauchst du nur noch einmal zu wiederholen, und diese massive, über dreißig Jahre alte Tür zersplittert in tausend Stücke. Erste Regel hier oben: alles geschlossen halten, am besten zusätzlich noch verriegeln.« Er deutete auf den Haken neben der Tür. »Ich lasse den Ofen jetzt ausgehen, die Restwärme sollte so lange reichen, bis wir entschieden haben, wie es nun mit unserer kleinen Notgemeinschaft weitergeht. Meine erste Frage wäre dementsprechend auch: Bleiben wir heute Nacht hier oben oder fahren wir zurück ins Dorf? Ich sag's gleich, ich würde lieber wieder runterfahren, weil ich sehr gerne noch etwas erledigen möchte und weil es hier oben zu eng für uns alle ist.«

»Was willst du denn jetzt noch bei Maréchal? Wir haben Maman doch gefunden«, sagte Stéphanie.

»Kann ich dich mal sprechen?«, fragte Perez Marianne und deutete mit dem Kopf in Richtung Tür.

»Draußen? Warum?«

»Marianne ...«

»Ich habe keine Geheimnisse vor meiner Familie.«

»Stéphanie, das hat nichts mit dir zu tun ...« Er machte eine entschuldigende Geste in Richtung des Mädchens. »Es ist nur ...«

»Nein!«, ging Marianne beherzt dazwischen. »Stéphanie ist fast sechzehn und damit alt genug, um alles zu erfahren, was mit mir zu tun hat.«

Eben nicht, dachte Perez, und machte ein betretenes Gesicht. Sie will gar nicht alles wissen. Sie will nicht deine Freundin sein, Marianne, sie ist deine Tochter. Warum ist das denn bloß derart schwer zu verstehen oder zu akzeptieren? Er hütete sich, irgendetwas davon laut zu sagen.

Stattdessen sagte er: »Du warst plötzlich verschwunden, und wenn du möchtest, dass hier alles zur Sprache kommt, dann würde ich dich bitten, uns jetzt zu erzählen, warum du ausgerechnet in dieser Extremsituation abgehauen bist, ohne uns oder zumindest deiner Tochter auch nur irgendeine Nachricht zukommen zu lassen.« Er fixierte Marianne.

Sie schlug die Hände vors Gesicht.

»Genau!«, pflichtete Stéphanie ihm bei. »Wofür gibt es Telefone? Fragst du mich das nicht immer, wenn ich mal vergessen habe, dir Bescheid zu geben, dass es bei mir später wird?«

»Na schön.« Mariannes Stimme war ein Flüstern. Sie blieb noch einen Augenblick in sich gekehrt sitzen, bevor sie aufstand und begann, im Raum auf und ab zu gehen. Das tat sie immer, wenn es ernst wurde: sich in Bewegung setzen. »Ich fange mal mit dem Telefon an, das ist noch am einfachsten zu erklären.«

Sie durchwühlte ihren Rucksack und schob Stéphanie, nachdem sie fündig geworden war, ihr Handy rüber. Stéphanie warf einen kurzen Blick auf das Display, drückte einen Knopf, drückte nochmals, bevor sie kopfschüttelnd aufsah.

»Ja, Stéphanie, ich weiß es ja selbst. Was soll ich machen? Ich hab halt wieder mal vergessen, es aufzuladen.«

»Aber das ist ja auch das alte Ding, das seit Jahren in der Schublade vom kleinen Schränkchen liegt. Der Akku ist wahrscheinlich längst verreckt. Wieso hast du nicht dein normales Handy bei dir?«

»Diesen Fehler habe ich in den vergangenen Tagen so sehr bereut wie noch keinen vorher in meinem Leben. Zu meiner Entschuldigung kann ich nur sagen, ich bin so schnell weg aus Banyuls, dass ich keinen Kopf mehr für irgendetwas hatte, schon gar nicht für mein Ladekabel.«

Perez bemerkte, dass Marianne der Frage ihrer Tochter auswich, und er war sich sicher, dass es dafür einen Grund gab. Er kam ihr zu Hilfe.

»Damit hättest du hier oben ohnehin nichts angefangen«, sagte er und lächelte.

»Warum bist du überhaupt weg?« Die Kleine ließ jetzt nicht mehr locker.

»Gleich nach der Explosion bin ich, wie alle anderen auch, runter zum Strand. Ich hatte eine irre Angst. Nicht um mich, sondern um dich, Stéphanie.«

Sie suchte Blickkontakt zu ihrer Tochter. Doch Stéphanie war nicht länger auf Frieden aus. Die Erleichterung des Wiedersehens war endgültig offener Aggression gewichen. Dennoch fuhr Marianne jetzt tapfer fort.

»Wenn etwas so Furchtbares geschieht, dann will man als Mutter bei seinem Kind sein. Es war schrecklich, alle hatten dich irgendwann am Tag gesehen, aber keiner wusste, wo du in dem Augenblick, wo ich nach dir gesucht habe, gesteckt hast. Die Telefone funktionierten ja nicht. Wo warst du denn nur?«

»Am Strand.«

Marianne schüttelte den Kopf. »Nicht einmal deine Freundinnen wussten Bescheid.«

»Maman, die ganze Schule war am Strand. Alle meine Klassenkameraden, die Lehrer, alle. Ich glaube dir kein Wort.«

Perez hielt die Luft an. Doch anstatt zu schreien – Mutter und Tochter schrien sich oft an, öfter jedenfalls, als Perez es vertragen konnte –, hob sie erneut die Hände vors Gesicht. Für die streiterprobte Marianne eine ungewöhnliche Geste.

»Was denn?«, brüllte dafür Stéphanie ihre Mutter an. »Jetzt sag endlich was!«

Kinder konnten unbarmherzig sein. Haziem und Perez tauschten Blicke. Der Große zuckte mit den Schultern. Marianne rieb sich die Augen.

»Es stimmt«, fuhr sie leise fort, »ich habe nicht lange nach dir suchen können. Die Wahrheit ist, ich durfte nicht weiter nach dir suchen ... Es wurde mir unmöglich gemacht.«

»Was?«, riefen Stéphanie und Perez im Chor.

Sie nickte und hatte Mühe, nicht die Fassung zu verlieren.

»Ich war kurz vor der Unglücksstelle, wollte gerade zum Strand runter, als ich von hinten gepackt und in ein Auto gezerrt wurde. Das alles ging so schnell, dass ich mich nicht wehren konnte. Ich glaube, ich habe nicht einmal um Hilfe gerufen.«

»Wer? ...«

»Gaillard. Luc Gaillard.«

Die letzten Worte hatte sie nur mehr geflüstert, so als schämte sie sich dafür. Trotzdem erreichten gerade sie Perez mit voller Wucht.

»Das gibt's doch nicht!«, rief er laut. Ein Film startete auf seiner ganz privaten Leinwand, ein übler, sehr übler Film.

»Kaum dass wir in dem Wagen saßen, hat er etwas zu mir gesagt, das ich jetzt hier nicht wiederholen werde. Eine

Drohung«, fuhr sie mit etwas festerer Stimme fort. »Okay? Ihr braucht gar nicht zu versuchen, mehr aus mir rauszukriegen.«

»Wieso bist du nicht abgehauen?«, fragte Stéphanie, immer noch angriffslustig.

»Weil da noch so ein Kerl war. Keine Ahnung, wer das war, ich habe ihn nie zuvor gesehen. Der hat mich festgehalten, während Luc gefahren ist. Ich konnte nicht raus, aber das war wie gesagt nicht das Schlimmste. Bitte verlangt nicht von mir, dass ich wiederhole, womit Luc mir gedroht hat.«

»Doch!« Alle Augen wandten sich Stéphanie zu.

»Lass sie«, versuchte Perez das Mädchen zu besänftigen. »Ich glaube deiner Mutter. Sie wäre nicht weggelaufen, wenn es dafür nicht einen verdammt guten Grund gegeben hätte.«

Marianne schenkte ihm einen dankbaren Blick aus müden Augen.

»Dann hätte ich den gerne gewusst. Ich dachte, wir hätten keine Geheimnisse.«

»Nun lass doch mal«, rief Perez energisch.

»Nein, nein, sie hat ja recht. Er hat mir das Handy abgenommen und von mir verlangt, dass ich aus Banyuls verschwinde, sofort. Das Einzige, was ich herausschinden konnte, war, dass er mir erlaubte, meine Medikamente zu holen.«

»Medikamente, ich wusste nicht ...«

»Nein, brauche ich auch nicht, aber so kam ich wenigstens noch mal nach Hause. Danach haben sie mich aus der Stadt gefahren. Bis hinauf zum Col de Banyuls. Dort haben sie mich rausgeschmissen und mir erneut gedroht, mich bis zum Monatsende nicht mehr in Banyuls blicken zu lassen und auch niemanden zu kontaktieren.«

»Und dann bist du ausgerechnet hier herauf?« Sie nickte. »Aber woher …?«

»Von dir.«

»Aber ich habe dir niemals von der Hütte erzählt … ganz bewusst nicht.«

»Mir nicht, aber du hast mit Haziem darüber gesprochen, und ich saß gleich daneben«, sagte sie.

»Und wieso hast du mir das nie erzählt oder mich zu der Hütte befragt? Und wie konntest du sie finden? Habe ich etwa auch eine Wegbeschreibung mitgeliefert?«

Für Perez war das wichtig. Die Hütte war für ihn mehr als bloß ein Haufen Steine auf einem Bergplateau. Marianne verzog die Lippen zu einem dünnen Lächeln.

»Wie viele Hütten gibt es wohl zwischen dem Col de Banyuls und dem Tour de Querroig?«, fragte sie. »Eine! Genau eine … Ich wusste es im selben Moment, als sie mich auf dem Pass an die Luft setzten: Nur hier oben, in deiner Hütte, wollte ich sein. Der einzige Ort, der versteckt liegt und doch relativ schnell erreichbar ist.« Perez lachte.

»Was ist daran so komisch?«, fragte Marianne.

»Mir ging es vor zwei Stunden genauso. Ich wusste: Nur die Hütte ist sicher.«

»Na ja«, fuhr Marianne fort, »ich habe die Wand draußen nach einem Mauervorsprung abgesucht, habe den Schlüssel gefunden und mich hier hereingerettet. Und dann wollte ich telefonieren, ich hatte das alte Handy aus der Schublade genommen, Steph, einen von euch …« Sie machte eine Pause, schien sich das Vergangene wieder vor Augen zu führen.

»Hast du nicht in Erwägung gezogen, wieder runterzukommen?«, fragte Perez.

Sofort schossen ihr die Tränen in die Augen. »Hundertmal. Aber ich hatte solche Angst. Du kennst Luc, der ist zu allem fähig. Ich habe mich damit getröstet, dass du«, sie blickte zu ihrer Tochter, »den Zettel findest. Auch wenn der nur schnell und heimlich dahingekritzelt war, weil ... Luc ...«

Zwei Augenpaare sahen sie fragend an.

»Habt ihr nicht? Hast du nicht, Steph?«

Verzweiflung in den Augen, als würde sie die Möglichkeit, ihre Tochter habe nichts von ihrem Verschwinden gewusst, zum ersten Mal durchdenken. »Bitte sagt, dass das nicht wahr ist. Den Zettel, den ich auf dem Küchentisch unter die Zuckerdose geklemmt habe. *Keine Sorge! Ich melde mich.*«

»Stéphanie!« Zum ersten Mal schaltete sich Haziem in die Unterhaltung ein.

»Was denn?« Stéphanie hatte während der letzten Sekunden demonstrativ auf ihre Füße geschaut.

»Das kann doch nicht wahr sein«, unterstützte Perez seinen Freund.

»Na und? Erzählt ihr mir etwa alles?« Sie riss die Augen auf. »Ich finde fast jeden Tag Zettel von dir«, wandte sie sich an ihre Mutter. »›Bin bei Claire ... Bin auf 'ner Demo gegen Fremdenhass in Perpi ... Muss im Hotel nach dem Rechten sehen ... Bleibe über Nacht bei ...‹ Mich interessieren diese Scheißzettel schon lange nicht mehr. Ich weiß nicht einmal, ob sie neu oder alt sind. Ich zerknülle sie, bevor ich auch nur ein Wort lesen kann. Ein Zettel auf dem Küchentisch, das heißt nur, dass du mich wieder einmal allein lässt, verstehst du? ›Ich melde mich‹ ... Ja klar! ... Und, hast du dich gemeldet? Immer ist irgendwas wichtiger als ich. Mal ist das Handy im Arsch, mal musst du dich um die Rettung der Welt kümmern. Und wenn gerade keiner nach dir ruft, kommt dir irgendein Typ dazwischen ...«

»Das ist nicht fair ...«, unterbrach Marianne mit tonloser Stimme. Es war nicht schwer, sich vorzustellen, wie weh ihr die Anklagen ihrer Tochter taten.

»Stéphanie, die letzten Tage waren doch keine normalen Tage. Du hattest Panik, wir hatten Panik. Da kannst du uns doch diesen Zettel nicht verheimlichen!« Perez hatte nun ebenfalls geschrien, was ihm sofort leidtat.

»Keine normalen Tage?«, brüllte das Mädchen zurück. »Vergangenen Monat, wo warst du da?« Sie sah ihre Mutter herausfordernd an. »War ja nur ein Wochenende. Und ich hatte selbstverständlich einen Brief. Ich scheiß auf diese Briefe.«

»Eure tagtäglichen Auseinandersetzungen gehen mich nichts an«, sagte Perez, dem klar war, dass dies weder der richtige Ort noch der richtige Zeitpunkt für Grundsätzliches war. Er bemühte sich um Ruhe in der Stimme. »Aber in diesem Fall, Stéphanie, hättest du uns von dem Zettel erzählen müssen.«

»Mann, ich hab keinen Zettel gefunden, da war keiner, oder er liegt da immer noch, was weiß denn ich?«

»Aber du hast doch gerade ...«

»Das hat doch überhaupt keine Bedeutung«, blaffte sie ihn an. »Sie hat sich nicht gemeldet, oder? Nein! Sie ist abgehauen und ich habe nichts mehr von ihr gehört. Was mit mir los ist, ist ihr doch völlig egal. Ich hatte Angst! Mit oder ohne diesen blöden Zettel. Ich habe immer Angst, wenn du nicht nach Hause kommst. Was sollen diese Zettel daran ändern? Und was soll überhaupt der Mist mit diesem Idioten Luc und der Drohung? Ihr spinnt doch alle.«

»Luc hat damit gedroht, dir etwas anzutun, Stéphanie«, sagte Perez.

Er ließ dem Satz gebührenden Raum, um seine Wirkung zu entfalten.

»Ich vermute, das war es, womit er deiner Mutter gedroht hat. Denn bei mir hat er das Gleiche getan. Damit gedroht, dir etwas anzutun.«

Für einen Augenblick war nur noch der gegen die Hütte prügelnde Wind zu hören. Die Menschen im Haus hielten die Luft an, bis Perez fortfuhr.

»Luc Gaillard ist ein ekelhafter Köter. Aber leider keiner, der nur bellt und nicht beißt. Korrigiere mich, Marianne, wenn irgendetwas von dem, was ich gerade sage, falsch ist.«

Marianne nickte.

»Willst du es vielleicht doch erzählen? Hilft ja nichts. Unser freudiges Wiedersehen ist ohnehin empfindlich gestört.« Perez' pragmatische Seite gewann die Oberhand.

»Ja, verdammt«, sagte Marianne. »Ja! Er hat damit gedroht, dir etwas anzutun, wenn ich nicht aufhöre, meine Nase in Dinge zu stecken, die mich nichts angehen«, sagte sie in Richtung ihrer Tochter. »Und dann hat er ...« Sie brach ab und starrte in das Licht der Petroleumlampe. »Nachdem er mich ins Auto gezogen hat, hat er gesagt, dass jemand anderes in diesem Augenblick ganz in deiner Nähe sei, er bräuchte bloß einen Knopf auf seinem Handy zu drücken, und schon ginge es dir ...« Es war eindeutig, dass sie diese Drohung nicht bis an ihr Ende ausführen würde. »Die einzige Möglichkeit, dies zu verhindern, sei, dass ich für den Rest des Monats verschwände, und zwar sofort und ohne irgendwem Bescheid zu geben. ... Er hätte mich umbringen können, ohne dass es jemand bemerkt hätte. Und er hat mich keine Sekunde aus den Augen gelassen. Nicht einmal in der Wohnung. Ich habe den Zettel in der Schublade geschrieben, während ich vorgab, die Medikamente zu suchen. Hab mir das olle Handy geschnappt und den Zettel beim Rausgehen unter die Zuckerdose geschoben. Vielleicht hat er das gesehen, ich weiß es nicht. Mehr konnte ich wirklich nicht tun, wirklich nicht, das musst du mir glauben, Stéphanie.«

Erneut trat Stille ein. Marianne versuchte ihre Tochter anzuschauen, die sich inzwischen auf das Bett in der Ecke verzogen hatte. Wer das Mädchen kannte, sah, wie es hinter ihrer Stirn arbeitete. Haziem setzte sich neben sie aufs Bett. Er sagte nichts, berührte sie nicht, war nur da.

»Verdammter Mist«, entfuhr es Perez. »Ich muss Gaillard stoppen, irgendetwas finden, womit wir ihn aus dem Verkehr ziehen können, je schneller, desto besser.«

»Luc ist gefährlich«, sagte Marianne.

»Das weiß ich. Aber er ist auch dumm. Jedenfalls lasse ich nicht zu, dass er uns weiterhin bedroht. Mir fällt schon was ein.«

»Und was schlägst du vor?«, fragte Haziem.

»Stéphanie, wäre es möglich, dass ihr euch eure Streitigkeiten für ruhigere Tage aufhebt? Wir sollten uns jetzt nicht selbst zerfleischen, während dieser miese Scheißkerl fröhlich durchs Dorf läuft und seinen dreckigen Geschäften nachgeht. Marianne! Er hat dir befohlen, bis zum Monatsende zu verschwinden?« Sie nickte. »Warum ausgerechnet bis dahin? Das sind noch knapp zwei Wochen. Zwei Wochen, in denen was genau passieren soll? Wahrscheinlich ist das genau die Zeit, die sie noch brauchen, um die ganzen Verträge zu unterzeichnen. Danach ist nichts mehr zu machen. Dann kann die Deutsche ruhig jedem ihre verrückten Geschichten erzählen.«

Er kratzte sich den Bauch. Keiner sprach. Jeder hing seinen Gedanken nach. Stéphanie hockte mit angezogenen Knien auf dem Bett, Haziem daneben. Perez saß am Tisch. Marianne lehnte mit dem Rücken an der Tür und starrte auf die groben Dielen. Nach einer Weile stieß sie sich ab und trat hinter Perez.

»Es tut mir leid«, flüsterte sie ihm ins Ohr.

»Nicht doch«, antwortete er und streichelte ihren Handrücken, der auf seiner Schulter ruhte.

»Wisst ihr, wie glücklich ich bin, dass ihr gekommen seid? Morgen wäre ich wieder abgestiegen, egal womit Luc gedroht hat.«

Perez drehte sich zu Marianne um und berichtete von allem, was er erfahren und erlebt hatte. Er begann bei der ersten Begegnung mit Boucher und der Explosion. Er erzählte, wie er den Bürgermeister versorgt und dann nach ihr und Stéphanie gesucht hatte, wie er die Yacht wiedererkannt und mit Puig in Port-Vendres gesprochen hatte.

»Du kennst die Investoren?«, fragte Marianne.

»Ich weiß, um wen es sich handelt, aber das ist auch schon alles.«

Er erwähnte die Örebro AB und erzählte ausführlich von seinem nächtlichen Besuch bei Maréchal.

»Zeig mir mal die Bilder, bitte.«

Perez schob ihr sein Handy über den Tisch. Marianne wischte über das Display.

»Seht euch das bloß mal an. Stéphanie!«

»Was?«

»Was sagst du dazu?«

»Nichts.«

»Nichts? ... Komm mal her bitte, das ist auch deine Zukunft.«

Provozierend langsam erhob sich das Mädchen und trottete hinüber zu ihrer Mutter.

»Hier soll die Einfahrt in die unterirdische Garage entstehen. Gegenüber vom alten Hotel. Siehst du das? Sie bauen eine riesige Parkgarage unter Wasser. Schlimmer hätte es sich selbst Jules Verne nicht ausdenken können.«

»Wir haben auch einen Tunnel rüber nach England gebaut«, gab Haziem zu Bedenken.

»Genau so ein Schwachsinn«, beschied Marianne den Einwurf, der, wie Perez fand, gleichwohl seine Berechtigung hatte. Und Parkplätze gab es viel zu wenige in Banyuls, was ein echtes Problem darstellte. Doch er schwieg lieber.

»Und hier«, fuhr Marianne fort, »hier ziehen sie einen Hotelkomplex hoch. Ein Luxushotel, versteht sich, mit Spielkasino und allem Zipp und Zapp. Ekelhaft ist das, richtig ekelhaft. ... Perez!« Er zuckte zusammen. »Das müssen wir verhindern, um alles in der Welt. Wenn das gebaut wird, hält mich nichts mehr in diesem verfluchten Kaff.«

Typisch Marianne, dachte Perez, kaum sieht sie ein paar Dinge, die ihr missfallen, ist alles Vorherige vergessen. Sie würde in dieser Sache keine Ruhe geben, für ihre Überzeugungen war sie bereit, Opfer zu bringen. Und genau genommen war das bei ihm selbst nicht anders. Er hasste es, in etwas hineingezogen zu werden, ohne die Möglichkeit zu bekommen, die Sache auch eigenhändig zu beenden. So war es schon bei seinen früheren »Fällen« gewesen, er wollte oder konnte einfach nicht mittendrin aufgeben.

»Ja, ja, Marianne«, sagte Perez. »Seit ich das Modell bei Maréchal gesehen habe, weiß ich, dass du recht hattest mit allem, was du herausgefunden hast. Aber du weißt noch nicht, wie die Details des Geschäfts ablaufen sollen.«

»Was meinst du?«

»Ich meine, dass es uns verdammt schwerfallen wird, etwas dagegen zu unternehmen. Die Kommune soll das jetzige Terrain an die Betreiber verkaufen und streicht dafür einen satten Betrag ein. Das wird den Banyulencs gefallen, unser Dorf dürfte mit einem Schlag schuldenfrei sein, und Gaillard, der den Deal besiegelt, steht am Ende als strahlender Held da. Was für ein Abschied aus dem Amt! In diesem Szenario sind wir die Deppen!«

»Wie kann der denn den Hafen verkaufen?«, rief Marianne schrill. »Das Gelände gehört uns allen, den Bürgern von Banyuls, man kann nicht so mir nichts, dir nichts einen Teil der Stadt verkaufen!«

»Ich glaube schon.« Alle Augen wendeten sich Haziem zu. »Es gibt genügend Städte in Europa, die ihre gesamte Kanalisation verkauft haben.«

»Aus Scheiße Geld gemacht«, brummte Perez. »Aber wer kauft so was und warum?«

»Eine reine Frage der Finanzmathematik. Du investierst eine gewisse Summe und versuchst dafür einen Garantie-Mietzins zu erwirken.«

»Haziem!«, sagte Marianne. »Du überraschst mich immer wieder.«

»Was meint ihr wohl, warum ich Haziem die Buchhaltung und die Führung des *Conill* überlasse. Der Mann versteht was vom Geschäft«, sagte Perez mit ehrlichem Stolz. »Dass du dich allerdings mit so einem Finanzzeugs auskennst, wusste ich auch nicht.«

»Ich investiere, seitdem ich volljährig bin.«

»Das gibt's doch nicht, Haziem. Wieso weiß ich davon nichts?«

»Privatsache?«

Perez klopfte seinem Freund und Geschäftspartner anerkennend auf die Schulter. »Ich hab jetzt bloß noch die Frage, wie man einen Zins garantieren kann?«

Haziem lachte. »Aber das ist doch ganz leicht. Natürlich brauchen die Städte ihre Kanalisation. Also müssen sie sie nach dem Verkauf vom neuen Eigentümer zurückmieten. Mit einem sehr langfristigen Vertrag und garantierten Mietpreisen inklusive entsprechender Steigerungen. Et voilà, garantierter Zins. Das ist sehr attraktiv. Man nennt das Cross-Border-Leasing, falls das einen hier interessiert.«

»Wie schön, ich sehe schon den Regenbogen über der

Stadt. Lauter glückliche Gewinner«, sagte Marianne und verdrehte die Augen.

»Du hast recht, das gibt es leider nicht oder zumindest nur sehr selten. Einen erwischt es immer.«

»Und wer ist der Verlierer?«

»Am Ende natürlich die Stadt selbst, sie verscherbelt ihr Tafelsilber. Kurz- oder sogar mittelfristig ist der Gemeinde geholfen, sie bekommt auf einen Schlag sehr viel Geld. Und da Politiker immer nur recht kurz im Amt sind, ist das ein ideales Instrument, um sie und ihre Politik gut aussehen zu lassen. Nach mir die Sintflut, das kennen wir doch. Die Zeche zahlen, wie immer, unsere Kinder.«

»Schon wieder ich«, rief Stéphanie.

»Genau. Wenn du erwachsen bist und eigene Kinder hast, dann lassen die Kollegen die Scheiße wieder durch die Straßen laufen, wie im Mittelalter.«

»Und ihr meint, so wird es in Banyuls auch laufen?«, fragte Marianne und trommelte aufgeregt mit den Knöcheln auf die Holzplatte des Tischs. »Die verkaufen das Terrain, lassen diese schwedische Firma die Erweiterung durchziehen und mieten dann das Gelände für den viel größeren Hafen zurück?«

»Ich fürchte, es sind nicht nur die Schweden, um die wir uns kümmern müssen«, sagte Perez. »Sie legen einen Fonds auf. Ich habe noch keine Ahnung, wer dahintersteckt. Also die Sparkasse, sprich Valoteau, in jedem Fall. Und natürlich Maréchal.«

»Aber auch die Schweden.« Endlich beteiligte sich Stéphanie aktiv an der Diskussion.

»Logisch. Die Schweden sowieso. Aber wenn ich das richtig verstanden habe, dann kann jeder von uns dabei mitmachen.«

»Im Prinzip schon«, sagte Haziem, »allerdings hat der

Fondsmanager Gestaltungsmöglichkeiten. Er wird dafür sorgen, dass die Anteilseigner zueinanderpassen.«

»Geld zu Geld, meinst du?«

»Exakt. Wer viel Kohle hat, kann hier noch einiges dazuverdienen. Ich bin relativ sicher, dass auch ein interessantes Steuersparmodell dazugehört. Wer von uns weiß denn schon, welche Firma das Areal zu Beginn kauft und welche es schließlich betreiben wird? Selbst wenn der Fonds der Finanzier ist, so ist damit nichts über den Sitz der Firma gesagt. Liechtenstein, die Schweiz, Cayman-Islands, da gibt es schon Möglichkeiten. Bei den mir bekannten Cross-Border-Leasing-Geschäften war der Sitz immer in den USA, aber soviel ich weiß, ist dieses Steuerschlupfloch inzwischen geschlossen.«

»Und hinter dem Ganzen steckt also wer genau?«, fragte Marianne. »Zeig mir doch noch mal das Foto von dem Modell.« Sie vergrößerte das Bild. »Hier, was steht hier?«

»Die Legende«, sagte Perez, »ja, daran habe ich auch schon rumgerätselt. Leider stehen da nur die letzten Buchstaben, und selbst die sind nicht gut zu erkennen. Neben vielem anderen ist das auch ein Grund, warum ich zurück zu Maréchal will. Ich muss mir das genauer ansehen.«

»Dann lass uns doch mal raten.« Marianne zog ihr Notizbuch und schrieb einige Namen auf das Papier. Danach drehte sie das Buch so, dass die Übrigen lesen konnten, was sie notiert hatte.

on oder en = Persson
rd = Gaillard
al oder ol oder el = Maréchal

»Fehlt noch einer?«, fragte Marianne in die Runde.

»Wenn's so einfach wäre«, entgegnete Perez. »Aber wir können es ja mal versuchen. Was ist mit Ekengren?«

»Mein Boss?«

»Nicht alle Schweden sind Verbrecher«, warf Haziem ein.

»Sogar nur die allerwenigsten, vermute ich«, sagte Perez. »Aber alle Leute, die in irgendeiner Weise mit der Örebro in Verbindung stehen, haben im Hotel übernachtet.«

»Quatsch, wie kommst du darauf?«, fragte Marianne.

»Hätte ich vermutet.«

»Perez hat einen Schwedentick«, warf Stéphanie ein.

»Es ist gut möglich, das einige von denen bei uns übernachtet haben. Ihr wisst ja, wie es läuft: Ekengren ruft an und gibt mir Namen und Ankunftszeit durch. Gäste mit Namen Persson hatte ich schon öfter, allerdings ist der Name in Schweden in etwa so häufig wie Perez bei uns.« Marianne stockte. »Sollte er je bei uns gewesen sein, dann kennen die beiden sich, Ekengren und Persson, das steht fest. Das Hotel steht schließlich in keinem Führer und ist auch nicht über das Internet buchbar. Läuft alles über Ekengren direkt.«

Marianne nickte und setzte ihren Boss mit einigem Widerwillen auf die Liste. Immerhin deutete das Komma hinter den Namen an, dass sie die Liste nicht für abgeschlossen hielt.

on oder en = Persson, Ekengren,
rd = Gaillard
al oder ol oder el = Maréchal

»Das da oben könnte auch ein *au* sein«, sagte Stéphanie, die die ganze Zeit über das Foto intensiv betrachtet hatte. Sie zeigte auf die erste Zeile. »Dann wären die beiden Schweden raus.«

»Lass mal sehen«, sagte ihre Mutter. »Schon möglich. Das Bild ist einfach zu schlecht. »Das hier ist auch nicht unbedingt *rd*, es könnte auch *ad* sein.«

»Oder *sd.*«

»Also ich bin zufrieden, dass ich überhaupt was mit dem Handy hinbekommen habe.«

»Das üben wir mal in einer ruhigen Minute«, sagte Stéphanie und schaute keck zu Perez rüber. »Ich zeig dir alle Funktionen. Du kannst auch Gespräche mitschneiden, weißt du das?«

»Nein«, sagte Perez leicht säuerlich, »interessiert mich auch nicht.«

»Wenn du weiter Kommissar spielst, könnte die Funktion allerdings noch mal nützlich sein«, warf Haziem ein.

»Ist ja gut. Ich hab's verstanden.«

Marianne ergänzte in der Zwischenzeit die Liste.

on oder en oder au = Persson, Ekengren, Valoteau
rd = Gaillard
al oder ol oder el = Maréchal

»Aber ja«, rief Haziem und schlug sich mit dem Handballen gegen die Stirn, »Valoteau muss natürlich drauf. Wenn die Sparkasse über einen Fonds finanziert, dann steckt er bis über beide Ohren mit drin. Allerdings ...«

»Was?«

»Ein solch riesiger Deal und eine derart kleine Sparkasse?«

»Vielleicht über die Zentrale in Paris«, überlegte Marianne laut.

»Ja, vielleicht. Aber würde Valoteau dann die Finger im Spiel haben?«, fragte Haziem in die Runde.

»Der will hoch hinaus.«

»Okay«, unterbrach Perez, »das sind sie dann wohl. Zu *ad* oder *sd* fällt uns niemand weiter ein. Es könnte auch noch eine Zeile fehlen auf dem Foto. Aber lasst uns in keinem

Fall den Fehler begehen, uns ausschließlich um diese Personen zu kümmern, das schränkt unser Denken viel zu sehr ein. Ich halte das hier mehr für so eine Art Gedankenspiel.«

»Und all das soll unser kleiner Gaillard initiiert haben?« Marianne lachte laut auf. »Das glaubt doch wohl niemand.«

»Mais non«, sagte Perez und dachte daran, was Puig gesagt hatte. *Ein riesiger Yachthafen in Banyuls-sur-Mer – der Wahnsinn.*

»Da hast du ja eine Menge Staub aufgewirbelt«, antworte Marianne. »Mich wundert, dass du nicht heftiger mit Luc aneinandergeraten bist. Er hätte Grund, dich mehr als mich zu fürchten.«

»Er hat mich nicht direkt angegriffen«, wich Perez aus.

Er fand noch immer, dass nicht alles hierhergehörte. Sobald er mit Marianne allein wäre, würde er das Thema Luc Gaillard noch mal zur Sprache bringen. Wieder schwiegen alle. Nach einer Weile fragte Perez: »Woran denkst du, Marianne?«

»Ich musste gerade an Claire denken.«

»An Claire?« Die hatte Perez in der ganzen Aufregung völlig vergessen. »Natürlich.« Er ließ hörbar die Luft entweichen. »Wann hast du sie zuletzt gesehen?«

»Am Morgen, kurz vor meiner Aktion.«

»Und, worüber habt ihr gesprochen?«

»Sie hat etwas sehr Merkwürdiges gesagt, kurz bevor sie ging.«

»Nun mach's nicht schon wieder so spannend, Maman.«

»Sie meinte, ich bräuchte die BHs nicht flattern lassen. *Lehn dich zurück,* hat sie gesagt, *die Sache ist so gut wie vom Tisch.*«

»Was meinte sie damit?«

»Sie meinte, sie hätte die Lösung für unser Problem gefunden. Was genau, könne sie mir nicht sagen.«

»Merde!«, murmelte Haziem.

Perez pflichtete ihm bei. »Was kann das bedeuten?«

»Marianne?«, sagte Haziem.

»Was?«

»Könnte Claire etwas mit dieser Explosion zu tun haben?«

»Bist du verrückt?« Sie sah von einem zum anderen. »Ihr glaubt doch nicht …? Claire doch nicht. Die sprengt doch keine Menschen in die Luft!«

»Die Frage ist trotzdem berechtigt«, sagte Perez. »Für die Sirots wäre der Hafenausbau eine Katastrophe.«

»Ja, klar! Für die Sirots ebenso wie für die anderen Tauchschulen. Ich bitte euch. Claire ist Mutter von vier Kindern, die bringt doch keine Leute um. Wir fahren jetzt gleich zu ihr, hörst du, Perez, noch bevor du zu Maréchal gehst. Das gibt's doch nicht.«

»Marianne?«

»Was?«

»Claire ist verschwunden.«

Sie riss die Augen auf. Perez berichtete in groben Zügen von seinem Gespräch mit Guillaume. Die Neuigkeit verschlug ihr die Sprache.

»Verstehst du jetzt«, fragte Perez, »weshalb Haziem das fragen musste? Claire ist verdächtig, genauso wie du übrigens.«

»Ich?«

»Boucher sucht nach dir. Er stand vor eurer Tür, noch in der Nacht der Explosion. Steph hat ihn von nebenan beobachtet. Am Tag darauf hat er mich aufgefordert, dir auszurichten, du solltest dich in deinem eigenen Interesse bei ihm melden.«

Sie lachte hysterisch. »Dieser Idiot!«

»So einfach ist das nicht. Ich verstehe ihn durchaus, auch

wenn ich es selbstverständlich für Schwachsinn halte. Boucher ist neu im Dorf und kennt dich nicht. Du bist die Frau, die den Hafenausbau öffentlich gemacht hat. Du bist diejenige, die weitere Aktionen angekündigt hat. Und am nächsten Tag ... Rums!«

»Ja, aber ...« Sie verstummte. »Scheiße«, sagte sie nach einer Weile. »Verdammte Scheiße, was tun wir jetzt?«

Perez drehte sich um, um eine neue Flasche zu holen, und griff sich im selben Augenblick an die Brust.

»Was hast du?« Marianne sprang auf.

»Nichts. Alles in Ordnung. Setz dich wieder hin. Mir geht's gut. Wir lassen uns nicht einschüchtern. Wir bleiben so lange zusammen, bis wieder Ruhe eingekehrt ist. Dann kann uns nichts geschehen«, befand er, als er wieder saß.

»Kann mir eigentlich noch mal kurz einer von euch erklären, warum ihr mit diesem blöden Detektivspielchen nicht einfach aufhört? Ich habe es immer noch nicht verstanden. Warum geht ihr nicht zur Polizei?«, sagte Stéphanie.

Perez und Marianne sahen sich an, als wollten sie schweigend ausdiskutieren, wer auf diese berechtigte Frage antworten sollte.

»Was ist schon von der Polizei zu erwarten?«, antwortete Marianne schließlich. Genau die richtige Antwort fand Perez.

»Aufklärung? Festnahme? Verhör? Gaillard hat gegen so viele Gesetze verstoßen, also wirklich, Maman.« Sie verdrehte die Augen. »Perez, du predigst mir doch immer Vernunft. Was ist mit dir, wenn Maman schon nicht klein beigeben kann?«

»Perez kann nicht anders!«

Alle Augen richteten sich auf Haziem.

»Ist doch so«, sagte er mit der Spur einer Entschuldigung

für seine Parteinahme in der Stimme. »Sind seine katalanischen Gene.«

»Katalanische Gene«, wiederholte Stéphanie amüsiert. »Ihr seid alle verrückt, wir sind hier doch nicht bei Asterix. Ganz Katalonien war besetzt, nur ein kleines Dorf leistete erbitterten Widerstand ...«

Marianne grinste ihre Tochter an.

»Und wo sollen wir schlafen?«, fragte Stéphanie.

»Wir könnten ins Hotel«, schlug Marianne vor. »Wir haben im Augenblick keine Gäste. Sollte Ekengren jemanden in meiner Abwesenheit angemeldet haben, kommt der nicht, bevor ich es nicht bestätigt habe. Und dann könnten wir ja immer noch sehen.«

»Zu den Schweden! Hah!«, sagte Perez und sprang auf. »Wenn das mal kein genialer Plan ist. Mitten hinein ins Herz des Gegners. Wir ziehen ins Hotel, und ich statte Maréchal einen Besuch ab. Er hat mir einiges zu erklären. Wenn nötig, reiße ich ihn aus dem Schlaf. Allez! Wir stoppen Luc Gaillard und verhindern den Hafenausbau von Banyuls. Keine Ahnung, wie, aber wir bekommen das hin.«

»Es handelt sich keineswegs nur um den Hafen von Banyuls«, sagte Marianne zur Verwunderung aller. »Tatsächlich ist das vielleicht noch die kleinste Maßnahme. Auch das will Claire herausgefunden haben. Sie haben auch Port-Vendres ins Visier genommen, aber selbst das scheint nur eine Fingerübung für das, was sie tatsächlich anstreben: einen riesigen Ferienkomplex mit eigener Marina auf dem Gebiet von Paulilles. Eine neue Stadt.«

Perez hielt inne.

»Côte d'Azur deux!«, sagte er dann. *»Côte d'Azur deux!* Dieser verdammte Puig hatte recht.«

KAPITEL 13

Im Schutz der Nacht lieferte Perez seine wertvolle Fracht im Hotel ab. Noch zwei Straßenzüge von seinem Ziel entfernt, löschte er bereits das Licht des Kangoo, um die Ecke vom Hotel hielt er an. Ohne lautes Türenschlagen verließen alle vier den Wagen und schlichen die letzten Meter hinüber zu dem abweisend wirkenden Gebäude, das seinen freundlichen Charakter nur demjenigen offenbarte, dem es erlaubt war, durch die unscheinbare Eingangstür ins Innere zu treten.

Von der Empfangshalle mit einer kunstvoll gearbeiteten Holzdecke im Erdgeschoss gelangte man über die geschwungene Treppe hinauf in den Patio, wo den Gast ein von üppiger Flora umstandener, dezent illuminierter Swimmingpool erwartete. Durch raumhohe Fenstertüren hatten die Gäste von ihren Zimmern aus direkten Zugang zu diesem Bereich, zur anderen Seite ihrer Suiten hin aber auch Privatsphäre. Da durch die geschlossene Bauweise dem Wind der Zutritt erschwert wurde, saß man hier das ganze Jahr über geschützt und warm.

Für den größten Vorteil dieser versteckten Schönheit hielt Perez, dass man von der Straße aus nicht sehen konnte, wer oder ob sich überhaupt jemand im Gebäude befand. Alle Lichtquellen des Hauses strahlten zum Innenhof hin ab, zum Dorf hin wirkten die hohen Mauern abweisend kahl und verlassen.

Perez verließ seine Freunde nicht, ehe er das gesamte

Haus gründlich inspiziert hatte. Kein Zimmer ließ er aus. Er schaute hinter jede Tür, jedes Möbelstück und hinter sämtliche Bilder, prüfte die Schlösser und untersuchte die Küche ebenso penibel wie den Keller. Zu guter Letzt ließ er sich von Marianne die Funktionsweise der Alarmanlage erklären, und erst, als er sicher sein konnte, dass diese einwandfrei funktionierte, gab er sich zufrieden.

Trotzdem quälte ihn ein Rest an Unruhe, als er seinen Kangoo wieder bestieg und zur Général de Gaulle rüberfuhr.

Er hatte sich fest vorgenommen, Maréchals Haus nur noch durch den Haupteingang zu betreten, wie spät auch immer es sein mochte. Ein rascher Blick auf die Digitalanzeige im Armaturenbrett verschaffte Klarheit: 1:45 Uhr, und doch brannten im Hause Maréchal sämtliche Lichter.

»Umso besser«, brummte Perez grimmig und stellte seinen Wagen vor einer benachbarten Einfahrt ab. Parkplätze und Banyuls, das vertrug sich in etwa wie James Bond und sein Gegenspieler Blofeld, insofern war ein riesiger Parkplatz unter der Erde, besser gesagt unter dem Meer, wirklich keine so schlechte Idee, dachte er.

Er stieg aus und sah zum Himmel hinauf. Der Tramontane trieb die Wolken zusammen wie der Hund des Schäfers die verstreuten Lämmer, um sie anschließend in Richtung Süden davonzuschieben. Die Luftfeuchtigkeit war höher als gewöhnlich. Wer sich in dieser Gegend, wo Berge und Meer direkt aufeinanderstießen, nicht auskannte, fühlte sich in eine herbstlich kühle Nacht versetzt. Nur dass es den Herbst an der Côte Vermeille eigentlich gar nicht gab. Ähnlich wie Hawaiianer ihren Regen als flüssigen Sonnenschein bezeichneten, sagte Perez gern, in Banyuls gebe es ausschließlich schönes Wetter: schönes Wetter ohne Tramontane oder schönes Wetter mit Tramontane.

Er strich sich die Haare aus der Stirn und klingelte, wartete einen Augenblick, klingelte erneut und zog, als sich immer noch nichts rührte, sein Handy aus der Hosentasche. Nach sechsmaligem Freizeichen sprang die Mailbox des Notars an:

»Bonjour, das ist die Mailbox von Maître Paul Maréchal. Bitte hinterlassen Sie Ihre Nachricht nach dem Piep. Hi, you reached the voice mail of Maître Paul Maréchal. Please leave a message after the beep.«

Dieser Gockel macht seine Ansage doch tatsächlich auf Französisch und Englisch, dachte Perez, klingelte erneut, rief abermals an und lief, nachdem alle Versuche der Kontaktaufnahme fehlgeschlagen waren, nun doch zwischen den eng beieinanderstehenden Hauswänden hindurch zum rückwärtigen Eingang.

Wütend schloss er die Tür auf und brüllte Maréchals Namen. Der Idiot sollte hören, dass er sauer auf ihn war. Und ob nun Gäste im Haus waren – worauf die Beleuchtung deutlich hinwies – oder nicht, war Perez in diesem Augenblick gleichgültig. Sollte sich der Maître ruhig verärgert zeigen, die Zeit für Antworten war gekommen.

Er lauschte in die Stille, bevor er die Stufen emporstieg. Oben angekommen, rief er erneut. Doch die einzige Kreatur, die sich zeigte, war Maréchals Katze, dieselbe, die Perez beim letzten Mal fast verraten hätte.

»Hau bloß ab, du Mistvieh!«

Die Katze fauchte.

Er besah sie sich genauer. Die rot verschmierte Schnauze deutete an, dass sie gerade gefressen hatte, also konnte der Hausherr doch nicht weit sein. Der Ausbruch dem Tier gegenüber tat Perez unmittelbar leid, schließlich konnte

Mimi – so hieß sie tatsächlich – nichts dafür, dass er ihr neulich nachts auf den Schwanz getreten war.

»Na schön«, sagte er halblaut, »ich entschuldige mich, aber du hättest ja auch nicht gleich so losheulen müssen. Schließlich kennen wir uns seit Jahren. D'accord, dann bring mich mal zu deinem Herrchen.«

In Wirklichkeit glaubte Perez nicht an eine tatsächlich funktionierende Kommunikation zwischen Mensch und Tier. Tiere gehorchten den Menschen nicht freiwillig, sie folgten lediglich der Spur des Fressens. Er mochte Tiere, große wie kleine, vielleicht mit Ausnahme der Stechmücken. Aber die trieben ihr Unwesen Gott sei Dank mehr im Landesinneren als hier an der Küste. Der Wind hielt die Insekten ab, und was dennoch durchkam, wurde bei Sonnenuntergang eine Beute der kreuz und quer umhersausenden Mauersegler.

Perez betrat zunächst den Salon.

»Maître, sind Sie da?«, fragte er laut, bevor er tiefer in den Raum hineinging. Das hell erleuchtete Zimmer war leer. »Seltsam«, brummte er halblaut vor sich hin.

Dann ging er ins Schlafzimmer.

»Maître«, rief er Richtung Badezimmer. »Maréchal, sind Sie hier?« Er öffnete die Tür, um sich zu vergewissern, dass tatsächlich niemand unter der Dusche stand.

»Verdammt!«, zischte er. Er blieb auf der Schwelle zum Badezimmer stehen und kratzte sich den Bauch. Irgendwas stimmte doch hier ganz und gar nicht. Konzentriere dich, Perez!, ermahnte er sich.

Die Katze kam ihm wieder in den Sinn. Wahrscheinlich hat sie ihr Körbchen im Arbeitszimmer stehen, dachte er, denn genau in diese Richtung hatte sie sich davongemacht. Und wenn er schon einmal hier war – allein, wie es aussah –, konnte er die Gelegenheit wenigstens nutzen, um ein paar bessere Aufnahmen von dem Hafenmodell zu machen und dabei der Legende besondere Beachtung zu schenken.

Schnellen Schrittes lief er den Gang hinunter. Im Arbeitszimmer brannte ebenfalls Licht.

»Maître Maréchal«, rief er erneut, »sind Sie da drin? Hier ist Perez. Ich weiß, es ist spät, aber ich muss Sie unbedingt sprechen. ... Paul?«

Das Erste, was er sah, war, dass es nichts mehr zu sehen gab – das Modell war verschwunden.

Das Zweite, was er wahrnahm, war, dass sich jemand in diesem Zimmer zu schaffen gemacht hatte. Papiere lagen über die Dielen verstreut, Schubladen waren herausgezogen. Selbst der Wandschrank, in dem er sich vor ein paar Tagen versteckt hatte, stand nun offen. Die Golfausrüstung befand sich noch an ihrem Platz. Was er in der Nacht übersehen hatte, war der Tresor, der in die Wand eingelassen war. Auf den ersten Blick wirkte er verschlossen und unversehrt.

Das Dritte, was er erblickte, ließ ihn aus dem Raum taumeln, bis er mit dem Rücken gegen die Wand im Flur stieß. Er hielt sich mit der Hand den Mund zu.

Zwei Schritte vor, mit zittrigen Knien. Die Katze hockte mitten im Raum und miaute. Neben ihr, in einer Blutlache, lag Maître Paul Maréchal. Und er sah nicht aus, als könnte er noch notarielle Beglaubigungen ausstellen. Er lag auf dem Rücken, aus seiner Brust ragte der Griff eines Messers. Der Ehrenbürger von Banyuls-sur-Mer war tot.

Es dauerte lange, bis Perez sich von dem Schock erholt hatte.

Das war erst der vierte Tote, den er in seinem Leben überhaupt sah, aber es war ganz sicher der Erste, der nicht eines natürlichen Todes gestorben war. Der Blick auf die Blutlache und die trauernde Katze machten es Perez nicht leichter, wieder Bewegung in seine Gedanken und seinen Körper zu bringen. Vorerst kam er sich vor, als hätte man ihn schockgefroren.

Er ging ins Bad, ließ sich Wasser über das Gesicht laufen. Die Eiseskälte brachte ihn halbwegs zur Besinnung. Dann fuhr er sich mit beiden Händen durchs klatschnasse Haar, atmete mehrfach kräftig durch und ging zurück ins Arbeitszimmer des ehemals wichtigsten Mannes von Banyuls.

Ein wenig hegte er die Hoffnung, alles möge sich als böser Traum erweisen und der Maître ihn hinter seinem Schreibtisch erwarten. Doch der Raum wirkte so für immer vollendet. Selbst Mimi saß noch immer an derselben Stelle wie vor Minuten – oder waren es bereits Stunden, die er in Maréchals Haus verbracht hatte?

Wie lange auch immer, es wurde Zeit, dass er handelte. Also fischte er das Handy aus seinen Shorts und tippte Mariannes Nummer. Unmittelbar bevor der Ruf durchging, unterbrach er das Signal wieder. Es brachte nichts, Marianne auch noch in diese Geschichte hineinzuziehen. Es reichte völlig, wenn *er* sich zu erklären hätte. Wie es aussah, blieb ihm also nur der Anruf bei der Polizei.

Oder er lief die wenigen Meter rüber zur Rue Jean Moulin und klingelte dort Leblanc aus dem Schlaf. Das war ihm, bei allem Unbehagen, noch die sympathischste Idee. Ihm fiel nämlich in diesem Augenblick ein, dass er noch nie in seinem Leben die 112, die Notrufnummer, gewählt hatte. Am Ende hätte er noch Boucher selbst am Apparat – man wusste ja nie, wie Leitungen heutzutage geschaltet waren –, diese unausweichliche Begegnung wollte er gern so lang wie irgend möglich hinauszögern.

Unbewusst hatte er sich auf die englische Ledercouch gesetzt, die unter einem Ölbild von Maréchals Frau stand. Was war hier geschehen? Hatte der Notar Besuch gehabt? Wahrscheinlich. Und wenn ja, von wem? Was hatte die Situation zur Eskalation gebracht? Hatte ein Kampf stattgefunden? Und warum war das Hafenmodell verschwunden? Maréchal war nicht jedermanns Liebling gewesen, aber reichte das, ihn umzubringen?

Jedenfalls mussten der oder die Täter etwas vom Maître gewollt haben, anders war das Durcheinander nicht zu erklären. Er oder sie hatten etwas gesucht. Was genau? Und hatten sie es gefunden?

Es könnte natürlich auch ganz anders gewesen sein, überlegte Perez und legte den Kopf schief. Maréchal war vielleicht tatsächlich kurz raus und hatte bei seiner Rückkehr einen Einbrecher auf frischer Tat ertappt. Es gab ein Handgemenge, der Täter zog ein Messer und ...

Ein Messer? Perez erhob sich und machte einige Schritte auf den Toten zu, dabei trat er in die Blutlache, in der die Abdrücke der Katzenpfoten zu sehen waren. Als er den Fuß wieder anhob, bemerkte er, wie zäh das Blut bereits geworden war.

Wie er jetzt feststellte, handelte es sich bei der Mordwaffe überhaupt nicht um ein richtiges Messer. Das hätte ihm auch schon vorher auffallen können. Mit Daumen und Zeigefinger fasste er den Griff an und beugte sich so weit hinab, bis er erkennen konnte, dass es sich um einen Brieföffner handelte.

Fast hätte er laut losgeprustet. Ein Brieföffner! Wie in einem viktorianischen Kriminalroman; eine hoffnungslos veraltete Mordwaffe. War der Mörder ein Traditionalist? Einer, der schon durch die Wahl der Waffe anzeigen wollte, wie sehr er die Moderne hasste, folglich auch, wie sehr er gegen eine Modernisierung der Stadt war, wie sie der Ausbau des Hafenareals darstellte? Oder war der Brieföffner ganz einfach der nächstgelegene Gegenstand gewesen, den der Täter während eines Handgemenges zu fassen bekommen hatte?

Perez begann in den am Boden liegenden Papieren zu wühlen. Wo er nun schon einmal in diese Sache hineingeraten war, konnte er sich ebenso gut noch etwas umsehen, bevor er Moszkowicz alarmierte.

Nichts von dem, was hier herumlag, schien besonders interessant. Beglaubigungen, Aktennotizen, Grundbuchauszüge – alles Dinge, von denen Perez nichts verstand.

Er trat zum Fenster, die Vorhänge waren nicht zugezogen. Er kontrollierte den Griff, es war fest verriegelt.

Perez starrte einige Minuten gedankenverloren in die Nacht. Dann machte er sich endlich auf den Weg, um die Polizei in Person von Alexandre Leblanc zu verständigen.

Manchmal tut man Dinge, von denen man hinterher nicht mehr zu sagen weiß, was einen eigentlich dazu gebracht hat, sie zu tun. So würde es Perez auch ergehen, wenn er in den kommenden Tagen an diese Nacht zurückdachte.

So als wollte er sich ein letztes Mal von dem Raum verabschieden, den er so häufig betreten hatte wie keinen anderen im Haus des Notars, dem er seine Schätze anvertraut, dessen Geruch er gemocht hatte, wendete er seine Schritte nicht etwa der Treppe zu, sondern passierte den Salon ein weiteres Mal auf dem Weg in den Vorratsraum.

Hier herrschte Dunkelheit, wie es sich für einen solchen Aufbewahrungsort gehörte, Dunkelheit und angenehme Frische. Perez schloss die Tür hinter sich und lehnte sich gegen das Kühlaggregat im Futter der Tür. Mit einer Ruhe, die er eigentlich in dieser Situation nicht hätte verspüren dürfen, besah er sich die prall gefüllten Regale, ließ seinen Blick über die köstlichen Weine, über seinen *Creus,* über zwei frische Pasteten, die Maréchal sicher von einer seiner Reisen mitgebracht hatte, über feinste Marmeladen und Gelees wandern. In einem gläsernen Reifeschrank lagerten Käsespezialitäten. Maréchal wusste zu leben, dachte Perez, bevor er sich selbst korrigierte und sich wegen des blasphemischen Gedankens auch ein wenig schlecht fühlte.

Zweimal strich er sanft mit dem Handrücken über den von der Decke baumelnden Jabugo, roch daran. Welch ein Duft.

»Eigenartig«, sagte er, weil er in diesem Augenblick darüber nachdachte, dass ihn der Geruch nach geronnenem Blut in der Bibliothek überhaupt nicht gestört hatte. Was wahrscheinlich daran lag, dass sein Vater noch Hausschlachtungen durchgeführt hatte und alle Kinder, auch die der Nachbarschaft, dem Alten beim Wursten helfen durften. Wer diese blutige Schule durchwandert hatte, den störte etwas Menschenblut auch nicht weiter. Aber tatsächlich war es schon fast fest gewesen, seine Sohle war, seit er an den Leichnam herangetreten war, klebrig. Wie lange war der Maître schon tot?

Er wollte eben den Raum verlassen, als sein Blick auf etwas fiel, das ihm hier noch niemals zuvor aufgefallen war. Ein Plastikeimer mit Deckel, darin zwei schmale Schlitze. Hätten nicht ein paar Papierfetzen oben herausgeschaut, hätte Perez niemals erraten, dass es sich bei dem Ding um einen Dokumentenvernichter handelte.

Perez hob den Deckel an. Der Container war bis zum Rand voll mit geschreddertem Papier. Er stülpte den Eimer um und wühlte sich durch die Fetzen. Vielleicht hatte, wer auch immer den Schredder benutzt hatte, zu viele Seiten auf einmal eingeschoben oder der Mechanismus hatte versagt, jedenfalls befanden sich unter den Tausenden von Papierstreifen zwei Seiten, die nur an Ober- und Unterkante eingeschlitzt waren. Der Rest des Papiers war lediglich stark zerknittert worden.

Perez legte die Seiten auf den Boden und strich so lange mit dem Handballen darüber, bis er lesen konnte, was dort stand.

Zum zweiten Mal in dieser Nacht verschlug es ihm den Atem.

»Würde mich verdammt wundern, wenn es nicht das hier ist, wonach ihr gesucht habt«, murmelte er.

Von einem Moment auf den nächsten fiel die Temperatur im Raum. Was, wenn die Typen noch einmal zurückkämen und ihn hier vorfänden, mit dem in den Händen, weswegen sie einem Menschen vermutlich das Leben genommen hatten? Seine Körperhärchen stellten sich auf.

Er hielt eine Liste mit Namen in den Händen. Namen, Summen, Nummern. Namen, deren Klang bewies, dass es sich bei den hier versammelten Personen um Menschen aus aller Herren Länder handelte. Russen. Deutsche. Italiener. Spanier. Und natürlich Franzosen. Unter ihnen sein Freund Puig mit einem gewaltigen Betrag.

Bei der zweiten Seite handelte es sich um einen Brief, einen Entwurf vielmehr, denn die maschinengeschriebenen Zeilen waren handschriftlich geändert, ergänzt und kommentiert worden. Die Schrift des Maître, daran bestand kein Zweifel, Perez erkannte dessen winzige, gedrungene Handschrift, die immer aussah, als wollte sie sich zwischen den Zeilen verstecken.

Er überflog den Text, starrte dann minutenlang die gegenüberliegende Wand an.

Wer war dieser geheimnisvolle Monsieur X, der im Text erwähnt wurde? X, ohne den es nicht zu gehen schien? Eine extrem einflussreiche Person, der Dreh- und Angelpunkt der ganzen Geschichte, wie es schien. Maréchal hatte offenbar befürchtet, dass dieser Monsieur X im letzten Moment von der Fahne gehen und das Projekt scheitern lassen könnte. Und wieso dieses lächerliche Monsieur X, warum kein Klarname wie bei den Übrigen? *Der geheimnisvolle Mister X.* Perez erinnerte sich, dass ein Kinderbuch, das ihm seine Mutter vor einem halben Jahrhundert geschenkt hatte, diesen Titel trug.

»Mit X telefoniert« stand auf dem Papier vor ihm. »Ohne Erfolg geblieben.«

»Er will CA2 beerdigen. Wir müssen uns sehen, schnellstens, melde dich. Paul.«

Wer sollte der Empfänger dieser Botschaft sein? Wen wollte Maréchal treffen? Seinen Mörder?

Perez sprang auf, schob sich die Seiten in die Shorts und stürmte durch den Flur die Treppe hinunter. Riss die Außentür auf und wurde im selben Augenblick durch grell aufflammendes Scheinwerferlicht gestoppt.

»Perez«, hörte er eine seltsam verzerrte Stimme rufen, »nehmen Sie die Hände über den Kopf, Sie sind verhaftet.«

KAPITEL 14

Es kostete Perez sichtlich Mühe, seinen Körper in eine aufrechte Position zu bringen. Jeder Knochen im Leib schmerzte. Selbst der nackte Betonboden hätte nicht unbequemer sein können als dieses Bett, auf dem er die wenigen verbliebenen Stunden der vergangenen Nacht hatte verbringen müssen.

Er strich sich die Haare zurück, rieb sich die tränenden Augen. Hinter dem linken erzeugte ein rhythmisches Pochen einen Schmerz, der ihm in den Magen zu rutschen drohte. Er versuchte sich an einem Blick durch den in die Wand eingelassenen Sehschlitz. Ein Stück blauen Himmels in der Form eines Rechtecks. Es war stickig und feucht in der Zelle wie in einer seit Langem ungelüfteten Sauna.

Vier Schritte von Wand zu Wand in der Länge, eineinhalb in der Breite. Gegenüber der Pritsche ein durch tiefe Kerben, breite Kratzspuren und wilde Krakeleien beschädigter Holztisch mit einem wackeligen Schemel darunter, beides vom Bett aus mit der ausgestreckten Hand zu greifen.

Die Wände waren in einem Grün gehalten, das mehr an Gallensaft als an eine Wiese erinnerte, und dort, wo der Putz nicht abgebröckelt war, mit derben Zeichnungen und unflätigen, zumeist pornografischen Sprüchen übersät. Am ehesten noch traf der quer unter einer Polizistenmütze geschriebene, assoziative Gedanke *flic – cochon!* Perez' gerade vorherrschende Gemütslage. Diese Provinzsheriffs hatten ihn auf offener Straße gestellt und ihn ohne große Worte in die Vilarem verfrachtet.

Noch auf der Straße, ausgestellt wie ein Schwerverbrecher im blendenden Licht eines Scheinwerfers und umzingelt von Beamten mit Maschinengewehren, hatte Boucher ihm in ernsten Worten den Grund für die Verhaftung dargelegt.

»Monsieur Perez«, hatte er steif gesagt, »Sie sind dringend tatverdächtig in der Mordsache Maître Paul Maréchal. Wir nehmen Sie jetzt mit auf die Wache, wo Sie die Nacht verbringen werden, bevor wir Sie dem Haftrichter vorstellen. Sie haben das Recht, zu schweigen, und natürlich auch das Recht auf anwaltlichen Beistand. Aus diesem Grunde dürfen Sie auf dem Kommissariat einen Anruf tätigen. Ich weise Sie darauf hin, dass alles, was Sie von jetzt ab sagen, gegen Sie verwendet werden kann. Möchten Sie etwas zu den gegen Sie vorgebrachten Anschuldigungen vortragen?«

Während Boucher seinen Sermon abließ, hatte Perez sich umgesehen, hatte versucht, Augenkontakt zu den Anwesenden herzustellen, um abschätzen zu können, was diese von der nächtlichen Posse hielten. Natürlich kannte er die meisten der Gendarmen, aber es waren nicht seine Männer, nicht Leblanc, nicht Moszkowicz, keiner von den einfachen Flics der Police Municipale, niemand aus der Truppe des Bürgermeisters. Vor ihm standen Mitglieder einer paramilitärischen Polizeieinheit. Doch trotz ihres übertrieben militanten Gehabes blickten nahezu alle von ihnen auf das Trottoir zu ihren Füßen, sobald sich ihre Blicke mit denen von Perez kreuzten. Einen Mann, der sich noch niemals etwas zuschulden hatte kommen lassen, wie einen Verbrecher zu behandeln, erschien selbst diesen hartgesottenen Ordnungskräften nicht in Ordnung. Aber was hätten sie dagegen unternehmen können, wenn der große Elsässer, wenn Boucher es so wollte?

Und genau deshalb fixierte Perez ebendiesen mit dem härtesten Blick, der ihm zur Verfügung stand, und antwortete:

»Machen Sie sich doch nicht lächerlich, Capitaine Boucher.«

Das Gebäude der Gendarmerie in der Vilarem liebte das Dunkel der Nacht. Bei Tag konnte niemand umhin, es als hässlichen Schandfleck an einer ansonsten hübschen Ecke des Ortes wahrzunehmen. Wahrscheinlich hätten ein paar Eimer Farbe schon Wunder gewirkt, doch hier, unterhalb von Mas Reig, wurde weniger investiert als vorn, *au bord de la mer*, wo sich die Touristen aufhielten.

Innerhalb der Mauern dieses Fünfzigerjahre-Bunkers warteten die demütigenden Abläufe einer Verhaftung auf den erschütterten Perez. Man stellte seine Personalien fest, umständlich nahm man ihm Fingerabdrücke ab, danach den Inhalt seiner Taschen, Armbanduhr und Ledergürtel. Die zerknitterten Papiere aus Maréchals Aktenvernichter hatte er sich in die Unterhose gesteckt. Gott sei Dank ersparte man ihm die Erniedrigung einer Leibesvisitation.

»Möchtest du jetzt noch deinen Anruf machen, bevor wir dich in die Zelle bringen?«, fragte der Beamte am Ende der Prozedur.

Perez nickte grimmig und diktierte dem Mann in Uniform die Nummer. Er benötigte keinen Anwalt, warum auch? Die ganze Geschichte war eine ausgemachte Farce. Ihm war noch nicht klar, wer sich da über ihn lustig machte, aber dass es sich hier um einen ernsthaften Tatverdacht handeln könnte, das hielt er von Anfang an für absurd, obwohl ihm schon dämmerte, dass er ungewollt den Eindruck eines Schuldigen erzeugt hatte. Aber das ließ sich doch alles im Handumdrehen ausräumen.

»Ich bin's, Perez«, sagte er in den Hörer, bevor er dem Beamten zu verstehen gab, dass er für die Dauer des Gesprächs allein zu sein wünschte. Er fuhr erst fort, nachdem der Mann den Raum verlassen hatte.

»Haziem, bist du noch dran? ... Ja, mir geht's so weit gut ... Nein, nun hör doch mal zu, ich hab nicht viel Zeit. Was ich dir jetzt erzähle, wirst du mir nicht glauben, aber ich schwöre dir, jedes Wort ist wahr.«

In knappen Sätzen schilderte er seinem Freund den Hergang der Ereignisse. Dabei überraschte ihn, wie geordnet die Sätze seinen Mund verließen. Was er zu sagen hatte, kam klar, präzise und ohne Ausschmückungen. In diesem hochemotionalen Moment wurde Perez doch tatsächlich zum ruhigen und sachlichen Chronisten der eigenen Sache.

Ganz anders Haziem, der, nachdem Perez geendet hatte, fluchte und schimpfte, wie Perez es noch nie von ihm gehört hatte. Und hätte er nicht auf das Schärfste protestiert, wäre Haziem sofort in die Vilarem gekommen und hätte ihn mit Waffengewalt freigepresst.

»Haziem, beruhige dich. Sag Marianne und Stéphanie, sie sollen sich keine Sorgen machen. Diese ganze Sache wird sich hoffentlich aufklären lassen. Bis dahin müssen wir Ruhe bewahren. Sorg bitte dafür, dass Marianne im Hotel bleibt. Hörst du? An der Gefahr für sie hat sich nichts geändert. Ich will niemanden von euch hier sehen, verstanden? Es reicht vollkommen, wenn einer von uns in Schwierigkeiten steckt.« Er wollte das Gespräch schon beenden, als ihm noch etwas einfiel. »Haziem? Bist du noch dran? ... Ja. ... Hör mal: Du könntest morgen früh ins *Catalan* fahren und dafür sorgen, dass keine Gerüchte entstehen. Sicher hat die Neuigkeit bis dahin die Runde gemacht. Steck den richtigen Leuten, dass nichts dran ist, hörst du, das wäre nicht schlecht. In Banyuls weiß man schließlich nie …«

»Schlaf gut!«

Das waren die letzten Worte von Haziem in der letzten Nacht gewesen. Der Gedanke an diesen absurden Schlusssatz vertrieb Perez' Kopfschmerz für einen Moment. Er prustete laut los.

Als die Tür quietschend aufschlug, kehrten die Kopfschmerzen mit Wucht zurück. Ein weiterer Gendarm, einer, den Perez vorher noch niemals im Dorf gesehen hatte, trat durch die Tür.

»Aufstehen! Und mitkommen!«, brüllte er.

Dabei stemmte der mittelalte, bereits kahlköpfige Mann die Handballen in die Hüften und versuchte, breitbeinig, wie er dastand, einen Furcht einflößenden Eindruck zu machen.

Perez stieß lediglich die Luft aus, drückte sich hoch, stellte sich dem Mann, der nicht einmal den Türrahmen ganz ausfüllte, gegenüber.

»Wo soll's denn hingehen, Sheriff?«, fragte er betont herablassend.

»Deine Scherzchen werden dir schon noch vergehen, mein Freund«, knurrte der Beamte und machte ein Gesicht, als ob Fernandel sich in einen Spaghetti-Western verirrt hätte.

»Kennen wir uns etwa?«

Jetzt knirschte er auch noch mit den Zähnen, was Perez wohl zeigen sollte, dass er, wenn er nicht aufpasste, ihn schon noch kennenlernen würde.

Gott sei Dank sorgte in diesem Augenblick Bouchers Erscheinen für etwas Abkühlung. Eine Erfrischung, die der alarmrot geschwollene Schädel des Gendarms gut vertragen konnte.

»Guten Morgen«, ließ Boucher sich förmlich vernehmen.

Der Polizist machte augenblicklich Platz und salutierte mit der gebotenen militärischen Etikette. »Bonjour, mon capitaine«, brüllte er und richtete den Blick gen Decke.

Man vergaß allzu leicht, dass es sich bei der Gendarmerie Nationale nach wie vor um eine Gruppe des Militärs handelte, die lediglich die Aufgaben der Polizei in ländlichen Regionen übernommen hatte und zu diesem Zweck vom Außenministerium zum Innenministerium transferiert worden war. Ob Boucher dieses unterwürfige Verhalten tatsächlich von seinen Leuten verlangte oder diese es in vorauseilendem Gehorsam freiwillig leisteten, war Perez nicht klar.

»Bonjour«, antwortete Perez, zum ersten Mal erfreut, den Elsässer zu sehen. »Sie sind sicher gekommen, um mir mitzuteilen, wie das hier jetzt weitergeht. Und vor allem, wann es endet.«

»Wir sichern derzeit letzte Spuren am Tatort. Das kann noch eine Weile dauern. Sie wissen ja selbst, wie es da aussieht. In der Zwischenzeit werden wir die erkennungsdienstlichen Untersuchungen abschließen.«

»Was denn noch?«, stöhnte Perez.

»Ein paar Fotos, noch mal Fingerabdrücke. Die letzten sind nichts geworden ...«

»Nichts geworden? ... Kommen Sie, Capitaine, jetzt ist aber bald mal Schluss mit dieser Posse.«

»Ich befürchte, Monsieur, Ihnen ist der Ernst der Lage immer noch nicht ganz bewusst. An Ihrer Stelle würde ich mich nicht so weit aus dem Fenster lehnen. Niemand hier will Ihnen etwas, aber es ist nun einmal so, dass wir Sie quasi neben einer Leiche gefunden haben und dass Sie uns dafür eine mehr als gute Erklärung liefern müssen, bevor wir daran denken könnten, Sie freizulassen. Und genau dazu haben Sie die nächsten Stunden Zeit. Mein Stellvertreter wird sich persönlich um Sie kümmern.«

Er warf dem Putergesicht einen vielsagenden Blick zu.

»Da bin ich aber so was von beruhigt«, nuschelte Perez und ließ sich zurück auf die Pritsche sinken.

»Sie werden ihm Ihre Version der Geschichte erzählen, und er wird sie protokollieren. Bis Sie damit fertig sind, werden die Spezialisten den Tatort freigegeben haben, und ich habe mich mit den Fakten vertraut gemacht. Danach unterhalten wir beide uns.«

»Nun mal ganz im Ernst und in aller Ruhe, Sie glauben doch nicht ...«

»Was ich glaube«, unterbrach Boucher Perez, »ist ganz und gar nebensächlich. Hier geht es um Mord. Ich kann tausendmal davon überzeugt sein, dass Sie ein feiner Kerl sind, sprechen die Indizien gegen Sie, Monsieur, wandern Sie in den Bau. Alles klar?«

»Ob alles klar ist?« Perez winkte ab. Was für eine Frage! Unklarer war seine Situation noch selten gewesen in den fast sechzig Jahren seines Lebens! »Aber sicher, Capitaine, alles in bester Ordnung.«

Gegen 14.30 Uhr wurde Perez zurück in seine Zelle geführt, nachdem man zuvor versucht hatte, ihn mit einem labberigen Sandwich und dünnem Kaffee zwangszuernähren. Er hatte rundweg abgelehnt.

Bei der Aufnahme des Protokolls hatte sich Bouchers Stellvertreter nochmals von seiner schlechten Seite gezeigt. Nicht nur, dass er konsequent zu erkennen gab, dass er nichts von dem, was Perez zu sagen hatte, glaubte, darüber hinaus war er auch nicht in der Lage gewesen, einen Text halbwegs fehlerfrei in den vorsintflutlichen Computer zu tippen. Sein linker Zeigefinger kreiste so hilflos über den Tasten wie ein erblindeter Adler über einem Feld voll tanzender Mäuse.

Perez' arrogantes Verhalten trug allerdings auch nicht zum besseren Verständnis zwischen den beiden Männern bei. Er weigerte sich beharrlich, seine Aussage zu unterschreiben, solange sie nicht fehlerfrei vor ihm läge. Also drückte man ihm nach langem Hin und Her einen Bleistift in die Hand, mit dem er in der Folge akribisch und provozierend langsam in dem Text herumstrich. Das alles unter den Augen des zunehmend wütender werdenden Lieutenants, der anschließend, obwohl längst Zeit für die Mittagspause war, noch alle Korrekturen maschinell einarbeiten musste, bevor Perez die drei eng beschriebenen Seiten endlich gegen 13 Uhr unterschrieb.

Die Rache folgte auf dem Fuß. Der Typ legte ihm tatsächlich Handschellen an und machte sich dann unter besonders intensiver Geräuschentwicklung über sein Mittagessen her, das ihm wahrscheinlich seine Mutter fein säuberlich in drei farblich voneinander abgesetzte Tupperdosen gefüllt hatte.

Erst als kurz darauf ein weiterer Gendarm die spartanisch möblierte Stube betrat und bemerkte, was hier gerade ablief, erhielt Perez besagtes Sandwich. Offensichtlich war er also nicht der Einzige, der an der Eignung von Bouchers Stellvertreter zweifelte. Die beiden Beamten wechselten während der gesamten Zeit, die sie miteinander auf der Wache verbrachten, kein Wort.

Und so waren also zwischen Abholung aus und Rückkehr in seine Zelle ganze sechseinhalb Stunden vergangen, ohne dass sich irgendetwas Entscheidendes getan hätte. Boucher selbst blieb den ganzen Tag über unsichtbar. Hätte es dessen Stellvertreter nicht in die Karten gespielt, Perez hätte sich nicht so sehr bemüht, seine immer größer werdende Verzweiflung zu unterdrücken.

Der Wunsch, auf die nächste Vernehmung außerhalb seiner Zelle zu warten, scheiterte ebenso wie der nach einem weiteren Telefonat. Perez war nur allzu bewusst, wie sehr Marianne Haziem in diesem Augenblick zusetzen würde, sich nur ja nicht mit den Machtspielchen der Polizei abzufinden. Hätte er seine Freundin angerufen, daran bestand kein Zweifel, wäre sie keine fünf Minuten später in der Vilarem aufgetaucht. Ob sie gesucht wurde oder nicht, kam es hart auf hart, würde sie sich von solchen Nebensächlichkeiten nicht aufhalten lassen. Sie agierte stets ohne Netz und doppelten Boden.

Und er war sich sicher, dass selbst Haziem Marianne nicht ewig würde zurückhalten können.

Nicht zuletzt deshalb hoffte Perez inständig darauf, bald entlassen zu werden. Und nicht zuletzt deshalb bat er, bevor sich die Zellentür wieder hinter ihm schloss, um ein Gespräch mit Boucher. Um die Dringlichkeit zu unterstreichen, entschloss er sich dem Schließer gegenüber zu einer kleinen Übertreibung. Er möge dem Kommissar ausrichten, er hätte ihm etwas außerordentlich Wichtiges mitzuteilen, etwas, das keinen Aufschub duldete und das er ihm nur persönlich und unter vier Augen sagen könne.

KAPITEL 15

»Nun denn, Monsieur Perez, was ist so wichtig, dass Sie mich sofort sprechen wollten?«

Sie saßen sich in einem Verhörzimmer gegenüber, das wie alle Räume in der Vilarem trostlos wirkte. Ein Aufnahmegerät stand zwischen ihnen auf dem Tisch.

»Monsieur«, holte Perez aus, »für Sie ist das hier vielleicht Alltag. Ich bin zum ersten Mal in meinem Leben eingesperrt worden, und ich möchte diesen Zustand keinesfalls noch für eine weitere Nacht ertragen müssen. Ich bin unschuldig. Ich habe nichts mit dem Tod von Maréchal zu tun.«

»Das war's?«

Perez sah den Kommissar von unten herauf an. »Jaaa«, sagte er gedehnt, »das war's.«

»Dafür haben Sie mich in meiner Arbeit gestört? Um mir das zu sagen?« Boucher schob den Stuhl zurück, stand zackig auf und wandte sich zur Tür.

»Moment mal«, rief Perez in seinem Rücken. »Wo wollen Sie hin? Ich habe meine Rechte, lassen Sie mich gefälligst frei.«

»Glauben Sie tatsächlich, ich ließe mich von Ihnen verarschen?«, entgegnete Boucher. »Ich habe bereits bei unserem letzten Treffen versucht, Ihnen den Ernst der Lage klarzumachen. Sie scheinen immer noch nicht zu verstehen: Sie stehen unter Mordverdacht.«

»Ich habe diesem Gendarm, Ihrem Stellvertreter, die ganze Geschichte doch haarklein dargelegt. Mordverdacht … ich bin kein Mörder. Auch wenn Sie noch so ein Gewese darum machen. Suchen Sie lieber nach dem wahren Täter, anstatt Ihre Zeit mit unschuldigen Bürgern zu vertun.«

»*Ich bin unschuldig* … was glauben Sie wohl, wie oft man das in meinem Beruf zu hören bekommt. *Ich bin schuldig, nehmt mich doch bitte fest!* – Das wäre mal was Neues, das würde ich gerne mal hören … Ich hatte noch keine Zeit, mich mit Ihrer Aussage zu befassen. Störungen wie diese hier werden den Vorgang nicht beschleunigen, Monsieur Perez. Je schneller Sie das begreifen, desto eher werden wir uns zusammensetzen. Ich lasse Sie jetzt zurück in Ihre Zelle bringen, und dort werden Sie warten, bis ich so weit bin.«

Mit diesen Worten verließ er den Raum. Perez kochte vor Wut. Gleichzeitig wurde ihm flau im Magen.

Drei Stunden später saßen sich die beiden erneut gegenüber.

»Vernehmung des Tatverdächtigen Perez, Syracuse in der Mordsache Paul Maréchal. Durchführender Beamter: Capitaine Jean Claude Boucher. Beginn des Verhörs 18.20 Uhr.«

Boucher drückte auf die Stopptaste. »Syracuse, ist das Ihr richtiger Vorname?«

»Ja«, antwortete Perez knapp und hoffte, dass diese Information nicht von der steilen Rue Amiral Vilarem ihren Weg durch die Straßen und Gassen des Dorfes antreten würde. Was konnte er dafür, dass sich seine Eltern entschieden hatten, ihn nach der Stadt zu benennen, in der sie ihre Flitterwochen verbracht und ihn gezeugt hatten. Ein Leben lang schon schämte er sich dieses Vornamens, den außer seinem Vater niemand mehr kannte und den außer diesem auch niemand benutzte. Nicht einmal Marianne kannte ihn. So hoffte er zumindest. Wenn sie ihn je danach gefragt hätte, hätte er die Antwort verweigert. Sein Name war Perez – genügte das nicht?

»Und Sie sind gar kein Commissaire, sondern Capitaine?«, fragte er im Gegenzug.

»So ist es. Aber wie all die anderen können auch Sie mich gerne Commissaire nennen.« Boucher setzte den Apparat wieder in Gang. »Na schön, Monsieur Perez. Gestern Nacht haben wir Sie aus dem Haus des Notars Paul Maréchal kommen sehen. Wie sich herausstellte, wurde Maître Maréchal durch einen spitzen Gegenstand ins Herz getroffen und verstarb an selber Stelle. Im Haus des Opfers fanden sich zahlreiche Spuren, unter anderem wurden Ihre Fingerabdrücke im Büro des Opfers an mehreren Stellen sichergestellt, vor allem auch auf der Mordwaffe. Außerdem fanden sich Abdrücke Ihrer Schuhsohlen in dem bereits angetrockneten Blut. Haben Sie irgendeine Erklärung dafür? Worum ging es bei Ihrem Streit mit dem Notar?«

»Ho, ho, ho«, rief Perez und sprang auf.

»Setzen Sie sich wieder hin, Monsieur, und bleiben Sie sitzen, oder möchten Sie, dass wir Ihnen Handschellen anlegen?«

Perez hatte nicht einmal bemerkt, dass er aufgesprungen war. Er funkelte Boucher mit Zornesröte im Gesicht an, ließ sich aber dennoch in Zeitlupe zurück auf den Stuhl sinken.

»Ich wiederhole meine Frage: Worum ging es bei …«

»Sie brauchen nichts zu wiederholen. Davon wird es nicht richtiger. Wieso sollte ich einen Streit mit dem Maître gehabt haben?«

»Sagen *Sie* es mir.«

»Hören Sie, ich habe den armen Maréchal genau so vorgefunden wie Sie, bloß ein wenig früher. Mehr weiß ich leider nicht. Ich habe niemanden gesehen und auch nichts weiter gehört. Das Haus war hell erleuchtet, als ich ankam. Ich habe geklingelt, aber es hat niemand geöffnet. Da ich einen Schlüssel besitze …«

»Einen Hausschlüssel? Ist das nicht … ungewöhnlich?«

»Weshalb sollte das ungewöhnlich sein? Ich hatte geschäftlich mit dem Maître zu tun.«

»Waren Sie befreundet?«

»Befreundet …«, Perez kratzte sich am Kopf. »Nun ja, wie man es nimmt …«

»Also?«

»Nein, ich würde nicht sagen, dass wir Freunde waren, wir kennen uns nur schon ein halbes Leben lang. Privat haben wir nichts miteinander zu tun. Ich bin ein einfacher Mann, Capitaine Boucher, ich fühle mich in der besseren Gesellschaft nicht wohl.«

»Sie waren also nicht befreundet. Sie fühlten sich in der Gesellschaft von Maréchal auch nicht wohl. Und doch hatten Sie einen Schlüssel zu seinem Haus. Geben *Sie* fremden Menschen Ihre Wohnungsschlüssel?«

»Nein, das tue ich nicht. Hören Sie, ich sehe ja ein, dass sich das ein wenig merkwürdig anhört. Aber in der Realität war es einfach praktisch. Sie wissen doch, dass ich ein Restaurant betreibe. Der Maître war ein Feinschmecker. Und als solcher hat er sich ab und zu meiner Möglichkeiten bedient. Und da er nur sehr unregelmäßig zu Hause ist, hat er mir eines Tages den Schlüssel gegeben und mich gebeten, die Ware immer direkt in seine Kühlkammer zu stellen. Er war ein Mann, der einerseits praktisch veranlagt war und andererseits nicht allzu misstrauisch.«

»Sie wollen mir also sagen, dass Sie dem Toten ab und an einen Gefallen getan haben, indem Sie ihm irgendwelche Spezialitäten frei Haus geliefert haben.«

Perez zuckte mit den Schultern.

»So wie Ihren sagenumwobenen Wein?«

»Manchmal.«

»Nach den Mengen zu urteilen, die wir in der Kühlkammer gefunden haben, muss es wohl doch häufiger gewesen sein als nur manchmal. Ich nehme an, dass die übrigen Sachen ebenfalls aus Ihrer Hand stammen, richtig?«

Wieder zuckte Perez die Schultern.

»Na schön, das interessiert uns im Augenblick auch nicht weiter. Nehmen wir also mal kurz an, es verhielte sich tatsächlich so, wie Sie es eben beschrieben haben, dann wird es Sie aber doch nicht wundern, dass ich mich neben den Fingerabdrücken auch etwas an der Uhrzeit Ihrer Warenlieferung störe.«

»Der Maître ging niemals früh zu Bett. Und wie gesagt, das Haus war hell erleuchtet.«

»Was für einen Grund könnte das Ihrer Meinung nach gehabt haben?«

»Er hatte oft Besuch. Maréchal führte ein offenes Haus, wie man so schön sagt.«

»Gäste aus dem Ort?«

»Hören Sie, Monsieur le Commissaire, ich sagte ja schon, wir waren keine Freunde, und ich war auch nicht auf dem Laufenden, wer sich so alles im Haus herumtrieb. Ich schätze mal, es waren Gäste aus dem Ort ebenso wie solche von außerhalb. Wahrscheinlich eine Menge Geschäftsfreunde. Der Maître beurkundet hier in Banyuls ja so ziemlich alles, was es zu beurkunden gibt.«

»Beurkundete.«

»Sag ich doch.«

»Nein, Sie sagten beurkundet. Er beurkundete. Vergangenheitsform, Monsieur. Auch wenn's schwerfällt. Der Übergang vom Leben zum Tod bringt zwangsläufig die Vergangenheitsform mit sich.«

Perez seufzte.

»Was ist mit seiner Frau? Er war doch verheiratet.« Boucher wechselte die Themen wie Perez die Oberhemden.

»Schon.«

»Was bedeutet?«

»Ja, er war verheiratet. Sagen Sie, kann ich vielleicht etwas zu trinken bekommen? Die Luft in Ihrem Etablissement ist nicht die beste.«

»Über Feuchtigkeit können wir aber nicht klagen.«

Boucher ließ trotzdem ein Glas Wasser kommen und schob es Perez hin.

»Wir suchen nach seiner Frau«, fuhr der Kommissar fort.

»Ich vermute, sie ist in Spanien, bei ihrer Schwester. Die Ehe existierte nur noch auf dem Papier.«

»Haben Sie zufällig auch einen Namen und eine Adresse für uns?«

Perez schüttelte den Kopf.

»Na schön, die Frau lebt also nicht in dem Haus. Andere Menschen, von denen Sie wüssten?«

»Nein. Maréchal lebt allein. ... Lebte«, verbesserte er sich zögernd.

Boucher hob den Zeigefinger, grinste. »Freundinnen?«, fragte er.

»Nicht, dass ich wüsste«, log Perez. »Er genoss sein Leben als Junggeselle. Aber ehrlich gesagt, das geht mich nichts an, und darüber möchte ich auch nicht sprechen.«

»Wie taktvoll von Ihnen. Aber Sie verstehen mich offensichtlich nicht. Eigentlich mache ich hier Ihre Arbeit. Ich suche nach anderen Verdächtigen. Aber da Sie mir dabei nicht behilflich sind, kommen wir also wieder zu Ihnen.«

»Ich habe Ihrem Stellvertreter doch bereits alles zu Protokoll gegeben. Haben Sie meine Aussage denn immer noch nicht gelesen?«

»Lassen Sie mich einfach meine Arbeit tun, Monsieur Perez. Beantworten Sie meine Fragen, das reicht völlig aus. Schildern Sie mir bitte noch mal in allen Einzelheiten, was sich zugetragen hat.«

Perez holte tief Luft und begann erneut zu erzählen. Dieselbe Geschichte, die er am Vorabend Haziem erzählt hatte, dieselbe, die er zu Protokoll gegeben hatte. So langsam bekam er Routine.

»Und es kam Ihnen nicht in den Sinn, dass es vielleicht keine gute Idee sein könnte, etwas in der Wohnung anzufassen?«, fragte Boucher, nachdem Perez zum Ende gekommen war. »Das war ja nun immerhin ein Tatort. Und dazu noch den Brieföffner ... Monsieur ... also wirklich!«

»Verdammt ... nein ... das heißt, ja ... natürlich kam es mir in den Sinn, aber erst viel zu spät. Können Sie sich vielleicht meinen Schock vorstellen? Morde passieren hier nicht alle Tage, und wenn, dann lese ich davon höchstens in der Zeitung. Ich war völlig von der Rolle.«

»Morde? Plural? Gibt es noch weitere Tote, von denen wir nichts wissen?«

»Aber nein, ich meinte doch nur ... sagt man doch so ... mon dieu!«

»Was sagten Sie noch mal, weshalb Sie in der Wohnung waren?«

»Weil ich mein Geld haben wollte und weil ...«

»... und weil?«

»Nichts. Er schuldete mir Geld. Ich war nachmittags schon in seinem Büro.«

»Und da hat er Sie um Mitternacht zu sich nach Hause bestellt?«

»Nein, er war nicht da. Fragen Sie seine Sekretärinnen, die erinnern sich sicher an mich. Jetzt möchte ich aber *Sie* mal was fragen.«

»Nur zu.«

»Woher wussten Sie von der Sache? Irgendwer muss mich doch bei Ihnen verpfiffen haben. Das gibt es doch nicht, dass Sie mit einer Hundertschaft, bewaffnet bis an die Zähne, einfach so vor einem Haus stehen, wo zufälligerweise ein Mord geschieht.«

»Sie übertreiben ein wenig, Monsieur Perez. Wir waren genau genommen zu neunt, und natürlich sind wir bewaffnet, wenn man uns ruft.«

»Wer hat Sie gerufen?«

»Wir haben einen anonymen Tipp bekommen.«

»Ein anonymer Tipp. Davon liest man, wenn's um Mafiageschichten geht. Von wem stammte dieser Tipp?«

»Wenn ich es wüsste, dürfte ich es Ihnen nicht sagen, aber tatsächlich ging ein Anruf ein. Die Person gab an, dass in Maréchals Arbeitszimmer zwei Männer miteinander gekämpft hätten und irgendwann der eine auf den anderen eingestochen habe. Die Beschreibung passt genau auf Sie.«

»Ach ja, wie lautet Sie denn?«

»Klein, dick und mit langen Haaren.«

Die Sache stank immer mehr zum Himmel. Wer hatte es hier auf ihn abgesehen, und vor allem weshalb?

»Und Sie wissen nicht, wer das war, der Anrufer?«, fragte er schließlich.

»Jemand, der nicht in die Sache hineingezogen werden wollte. Mehr können wir nicht sagen.«

Perez richtete sich auf. »Ich möchte das Band anhören. Der Anruf wurde doch sicher aufgezeichnet.«

Nun war es an Boucher, ein betretenes Gesicht zu machen.

»Wir sind hier nicht in Marseille, Monsieur. Unsere Dienststelle verfügt nicht über ein automatisches Mitschnitt-System.«

»Dann hat der Gendarm, der den Anruf entgegengenommen hat, aber sicherlich das Band von Hand eingeschaltet, als er erfuhr, worum es sich handelte. Mord ist ja keine Allerweltsgeschichte.«

Hätte Boucher noch tiefer in den Stuhl rutschen können, hätte er es wahrscheinlich getan.

»Leider hat das Band versagt«, flüsterte er. »Unsere Ausstattung ist nicht auf dem neuesten Stand. Tut mir leid.«

»Mir auch!«, rief Perez entrüstet. »Wer hatte denn Dienst? Hat der Mann den Anrufer nicht an der Stimme erkannt?«

Die Frage war so unsinnig nicht, in einem kleinen Ort wie Banyuls. Perez selbst meldete sich nie mit Namen, wenn er irgendwo anrief, und trotzdem wussten alle gleich, wer in der Leitung war.

»Nein, der Beamte ist neu hier.«

Perez beugte sich ungläubig vor. Das lief ja wirklich prächtig. Er war sich völlig sicher, dass er den Anrufer an der Stimme erkannt hätte. Warum? Weil es jemand sein musste, der ihn genau kannte, dem er im Weg war, und zwar so sehr, dass er ihm sogar einen Mord in die Schuhe schieben würde.

Er spürte, dass er etwas übersehen hatte. Etwas Wichtiges. Er spulte den gestrigen Abend erneut vor seinem geistigen Auge ab. Versuchte, sich an alles zu erinnern. Als sein Fuß in die Blutlache trat, gerieten die Bilder ins Stocken. Er hob den Kopf und lächelte. Da war sie, die Strategie seiner Verteidigung.

»Monsieur Boucher, jetzt noch mal ganz offiziell und zum Mitschreiben: Die Sache hier stinkt zum Himmel. Und das wissen Sie auch. Fehlt doch nur, dass der Typ am Telefon Ihnen gleich noch meinen Namen nennt. *Kommen Sie schnell, Perez ersticht gerade Maréchal* oder so ähnlich. Hah. Das ist doch hirnverbrannter Unsinn. Gehen wir das Ganze doch mal analytisch an. Sicher haben Ihre Leute inzwischen den genauen Zeitpunkt des Todes ermittelt. Wie lange soll ich denn in dem Haus gewesen sein? Der Typ ruft Sie an und meldet das Verbrechen. Wie lange dauert es, bis Sie vor Ort sind? Zehn Minuten? Nachdem man Sie aus dem Schlaf geholt hat und Sie rübergelaufen sind? Stimmt das in etwa? Der war aber längst tot, als Ihr sauberer Zeuge bei Ihnen anrief! Und wenn das noch nicht reicht, dann habe ich noch eine schöne Denkaufgabe für Sie. Überprüfen Sie mal mein Handy, das hat der nette Gendarm doch gefilzt. Maréchal hat mir am späten Nachmittag eine SMS geschickt, mit der er mich zu sich bestellt hat. Ich habe sie nicht gelöscht, sie muss noch drauf sein.«

»Das haben Sie nicht erwähnt.«

»Weil es mir gerade erst wieder eingefallen ist. Was ich sagen will: Ich bin kein Arzt, aber es würde mich schon sehr überraschen, wenn Maréchal zu dem Zeitpunkt, zu dem ich eine SMS von seinem Handy erhalten habe, nicht bereits tot war. Und wenn das zutrifft, dann ist es wohl eindeutig, dass mich hier jemand ans Kreuz nageln will. Haben Sie Maréchals Handy bei ihm gefunden?«

Boucher sah Perez durchdringend an.

»Nur mal gesetzt den Fall, dass Sie recht haben, wer könnte ein Interesse daran haben, Sie als Mörder zu denunzieren?«

Perez stieß die Luft aus. »Endlich stellen Sie die richtigen Fragen«, sagte er. »Wenn ich das wüsste, Monsieur Boucher, dann würde ich mich nicht so beschissen fühlen.«

Boucher erhob sich, ging einmal um den Tisch herum, öffnete dann die Tür und flüsterte dem Beamten, der draußen Wache stand, etwas zu. Dann wandte er sich erneut an Perez und sagte: »Wir machen eine kurze Pause, möchten Sie einen Kaffee?«

»Hören Sie«, sagte Boucher, nachdem er mit einem Aktenordner unter dem Arm den Raum wieder betreten hatte, »was halten Sie davon, wenn wir beide mal etwas die Hosen runterlassen?«

Perez sah den Kommissar erstaunt an. Er kam ihm verändert vor, nicht wirklich entspannt, aber doch etwas gelassener als zuvor. Aber vielleicht täuschte der Eindruck, vielleicht waren die Leute aus dem Norden eben so, wer wusste das schon?

»Moment mal!«, sagte er. »Was ist denn nun mit der SMS und dem Todeszeitpunkt?«

»Sie wollen Ihre Freundin schützen und mischen sich deshalb ständig in Polizeiangelegenheiten ein«, sagte Boucher und machte eine weit ausladende Geste. »Dafür habe ich sogar bis zu einem gewissen Punkt Verständnis. Ich will Ihnen einen Vorschlag machen, Monsieur Perez, Sie erzählen mir, was Sie bei Ihren privaten Detektivspielchen herausgefunden haben, und ich entschädige Sie dafür mit einigen Details, die Sie interessieren dürften.«

»Haben Sie was genommen?« Perez sah den Kommissar ernsthaft besorgt an. Was war da draußen geschehen? Eben noch hart, jetzt fast schon jovial. »Hose runterlassen ... keine Ahnung, was Sie damit meinen. Mich interessiert nur eins, haben Sie die SMS geprüft? Und den Todeszeitpunkt? Ist es so, wie ich gesagt habe, dann sollten Sie mich endlich gehen lassen, weil ich dann nämlich nicht der Mörder sein kann.«

Boucher blieb seiner neuen Linie treu.

»Wollen Sie mir ernsthaft sagen, dass es Sie nicht interessiert, dass ich im Begriff stehe, die Ermittlungen zu der Explosion im Hafen zu den Akten zu legen?«

»Was?«, rief Perez und vergaß doch tatsächlich für eine Sekunde Bouchers rätselhafte Wandlung.

»Tja, was soll ich sagen, Monsieur Perez. Nach allem, was wir bisher ermitteln konnten, handelt es sich um die Verkettung einiger unglücklicher Umstände. Ein trauriger Unfall.«

»Wie kann ein Boot durch unglückliche Umstände explodieren?«

»O là là, das ist gar nicht so selten, versicherte man mir. Selbst die Taucher der CNEC haben nichts gefunden, was auf ein Verbrechen hindeutet, nichts, was auf Vorsatz schließen ließe. Nach derzeitigem Stand wird vermutet, dass sich Benzindämpfe in der Bilge gesammelt haben. Ein Effekt, der durch Abdeckplanen noch verstärkt worden sein könnte. Im richtigen Verhältnis mit Sauerstoff entsteht so ein explosives Gemisch. Interessanterweise würde eine achtlos weggeworfene Zigarette die Mischung nicht entzünden, da deren Hitze dafür nicht ausreicht. Elektrische Funken hingegen schon, sie ziehen wir als Ursache durchaus in Betracht. Ein gasbetriebener Kühlschrank zum Beispiel, aber da gibt's 'ne Menge mehr auf so einer großen Yacht. Ob wir das final klären können ... glaube ich persönlich nicht. Jedenfalls hat sich durch irgendeine Reaktion das Benzin-Luft-Gemisch entzündet und ist auf dort lagerndes Seenotsignalmittel gestoßen. Und dann: puff.« Er simulierte mit beiden Armen eine Explosion. »So jedenfalls wurde es mir von unseren Spezialisten erklärt. Und wenn es so war, dann habe ich keinen Grund, in dieser Sache weiter zu ermitteln.«

»Schön und gut. Aber da bleiben doch noch immer die beiden Toten ...«

»Die beiden Vermissten. Leichen haben wir bis jetzt ebenfalls nicht gefunden.«

»Na, die werden wohl kaum noch da draußen rumschwimmen. Die Angehörigen dieser beiden Menschen werden wissen wollen, was genau passiert ist. Sie wollen die Leichname, um sie beerdigen zu können. Man muss ihnen die Möglichkeit geben, zu trauern, Boucher. Sie können sich doch nicht einfach wegducken und so tun, als ob Sie deren Tod nicht interessiert.«

»Monsieur Perez, da ist es schon wieder, ihr Unvermögen, zwischen mir als Privatperson und dem Capitaine de Gendarmerie zu unterscheiden. Für uns Gendarmen ist der Fall abgeschlossen, wenn kein mutwilliger Akt der Tötung vorliegt und sich auch sonst niemand strafbar gemacht hat. Benzin gelangt in eine Bilge, das ist nun einmal so. Und Seenotsignalmittel führt jedes Schiff mit sich. Obligatorisch! Die Vorschriften! Sie verstehen! ... Und Unfälle geschehen nun mal, wie ich schon sagte, gerade auch auf Booten. Aber Sie haben ja recht, wenn wir wenigstens die Leichen gefunden hätten. Nur«, er hob die Hände gen Himmel, als ob all das göttliche Vorsehung gewesen wäre, »das haben wir nicht. Nichts, gar nichts. Auch keine Teile von Leichen, keine zerfetzten Kleidungsstücke, nichts. Das wiederum ist schon ziemlich merkwürdig.«

»Und die Angehörigen?«

»Nun ja, Perez, was die Angehörigen der eventuellen Opfer angeht, da sieht es eben auch mau aus.«

»Wie meinen?«

»Nun, die Vermissten wurden nicht identifiziert.«

»Aber Sie waren doch bei Puig. Die Opfer müssen sich doch registriert haben. Charterpapiere, Pässe. Und die Namen, Adressen, Kreditkarten, der ganze Kram. Damit sollten sich doch die Angehörigen ausfindig machen lassen.«

»Schon!«

»Also?«

»Im Prinzip.«

»Boucher, Sie bringen mich um den Verstand.«

»Leider haben sich beide hinterlegten Pässe ebenso als Fälschungen erwiesen wie die Kreditkarten. Namen und Daten darauf gehören zu einem Schweinezüchter und einem Grundschullehrer, von denen einer seit über zehn Jahren und der andere seit dem vergangenen Jahr als tot registriert ist. Es sind gute Papiere, keine Frage. Gut gefälscht, will ich damit sagen. Ihren Freund Puig trifft also keine Schuld. Oder ist der am Ende auch nicht Ihr Freund?«

Er setzte eine übertrieben lange Pause. Perez sah ihn lediglich entgeistert an, dachte aber gar nicht daran, auf die Frage zu antworten.

»Ich frage nur, weil der auch zur Oberschicht gehört und weil Sie und auch alle anderen hier in Banyuls immer noch einen großen Unterschied zu machen scheinen zwischen denen, die arbeiten, und denen, die Ihrer Meinung nach bloß kassieren.«

»Fälschungen?«, stieß Perez aus, der die ständigen Abschweifungen Bouchers satt hatte.

»Ja, Monsieur Perez, Syracuse. Fälschungen!«

»Könnten Sie das lassen? ... Perez reicht völlig aus!«

»Tolle Neuigkeiten, nicht wahr? ... Nun sind Sie dran, so läuft unser kleines Spiel.«

»Ihr ... kleines ... Spiel«, stammelte Perez.

Seine Gedanken rasten. Sollte er nun diesem Boucher im Gegenzug alles erzählen, was er herausgefunden hatte? Welchen Sinn könnte das haben? Spielchen oder nicht, die Information hätte er ihm nicht geben müssen. War das ein Angebot, seine Art, sich zu entschuldigen?

»Sie können nicht ernsthaft erwarten, dass ich mit Ihnen kooperiere, solange Sie mich hier festhalten«, sagte er, um Zeit zu gewinnen, aber auch, weil er es so meinte. »Ich ...«

»Tue ich nicht länger. Und Ihre Freundin steht auch nicht länger unter Verdacht. Richten Sie ihr das bitte aus?«

Perez fand keine Worte.

»Sie sind frei, Monsieur«, wiederholte Boucher vorsichtshalber. »Die Obduktion…« Bei dem Wort klopfte er mit dem Knöchel gegen den Pappkartondeckel der vor ihm liegenden Akte, »hat eindeutig ergeben, dass Maréchal zum Zeitpunkt, als er Ihnen die SMS geschickt haben soll, bereits tot war. Er ist gegen sechzehn Uhr erstochen worden. Plus minus eine halbe Stunde ... Das Handy von Maréchal ist übrigens verschwunden. Aber auf Ihrem ist die Uhrzeit deutlich vermerkt: siebzehn Uhr und dreizehn Minuten, also rund eineinviertel Stunden, nachdem der Täter Maréchal getötet haben muss. Plus minus eine halbe Stunde, wie gesagt. Manchmal, mein lieber Perez, hat die Technik also auch ihr Gutes.« Er lachte meckernd. »Na, was sagen Sie?«

»Ich kann tatsächlich gehen?«

»Aber ja doch, wohin Sie wollen. Sie sind ein freier Mann. Ich entschuldige mich in aller Form für die Unannehmlichkeiten.«

»Macht doch nichts«, hörte Perez sich sagen, machte dazu aber den falschen Gesichtsausdruck.

»Hah. Sie sind noch etwas verwirrt von der plötzlichen Wendung. Das ist doch ganz normal. Wenn Sie wüssten, wozu Menschen in der Lage sind, wenn der Schock sich löst. Also einmal, das war irgendwo in einem kleinen Dorf im Elsass, da hat mich ein Kuhhirte doch tatsächlich geküsst, nachdem ich ihn aus der Untersuchungshaft entlassen habe. Hat man dafür Worte?«

»Ja.«

»Also, Perez, trotz der Unannehmlichkeiten und der falschen Anschuldigung und trotz des Verhaltens meines Mitarbeiters, das Ihnen nicht gefallen hat, wie mir zugetragen wurde, würde ich Sie bitten, also, wäre ich Ihnen sehr verbunden, wenn Sie … wenn Sie mir bei meinen Ermittlungen, bei der Untersuchung, behilflich wären. Ja, darum bitte ich Sie. Und nochmals um Entschuldigung.«

Perez schüttelte den Kopf. Stand auf. Lief drei Schritte vor, drehte sich und lief wieder zurück. Diesen Vorgang wiederholte er einige Male. Boucher saß währenddessen kerzengerade auf seinem Stuhl und sah starr geradeaus. Dann setzte sich Perez ihm wieder gegenüber.

»Woher kommt der plötzliche Sinneswandel?«

Boucher knöpfte sich die Jacke auf, zog sie sich umständlich von den Schultern und hängte sie über die Lehne hinter sich. Er öffnete den obersten Knopf seines Hemds und rollte die Ärmel hoch, allerdings nur auf der linken Seite.

»Versetzen Sie sich doch mal in meine Lage. Sie kommen neu in ein Dorf und stehen plötzlich in einem Meer von Fußangeln und dazu noch dieser Bürgermeister … Ganz ehrlich, der ist eine Schande für jedes Dorf.«

Er sprach so leise, dass Perez näher an den Tisch heranrücken musste. Die Bemerkung über Gaillard kommentierte er nicht.

»Vielleicht erzähle ich Ihnen kurz etwas darüber, weshalb man mich hierhergeschickt hat, denn eins ist ja klar: Banyuls ist kein Karrieresprung, eher schon eine Einbahnstraße ohne Wendemöglichkeit.«

Nachdenklich entledigte er sich seiner Armbanduhr und legte sie zwischen sich und Perez. Genau so ausgerichtet, dass beide Duellanten gute Sicht auf das Ziffernblatt hatten. Eine Armbanduhr zwischen zwei Männern, dachte Perez noch, ähnlich wie beim Blitzschach. Was hatte der Typ vor? Er warf einen genaueren Blick auf das schöne Stück.

Eine Longines, ein mechanisches Modell aus der Mitte des vergangenen Jahrhunderts.

»Und dabei«, fuhr Boucher mit dem Anflug eines verklärten Lächelns fort, »hatte alles mal ganz gut angefangen. In Bourg-en-Bresse, wo ich mich für die Laufbahn entschieden habe. Danach ging's über Lyon nach Strasbourg, der nächste Schritt wäre Paris gewesen.«

Er hielt inne, in seinen Augen der schwärmerische Ausdruck eines Galans, der von seiner Angebeteten erzählte.

»Aber dann bin ich gestolpert, über ein Detail ...«

Eine Pause.

»Ich habe keinen Fehler gemacht, nicht dass Sie das denken, jedenfalls nichts, was man mir als handwerklichen Fehler auslegen könnte. Mein Fehler war meine Naivität. Ich glaubte doch tatsächlich, dass das Gesetz für alle gleich sei, und wissen Sie was, nach einer kurzen Krise glaube ich das jetzt wieder. Aber es war naiv ... es ist naiv!«

Wieder unterbrach er seinen Redefluss, dieses Mal umspielte ein trauriger Ausdruck seine Züge. Perez ließ sein Gegenüber nicht eine Sekunde aus den Augen, und er spürte, wie sich, während der andere sprach, etwas in seinem Verhältnis zu Boucher änderte, eine Kleinigkeit nur, aber eine entscheidende. Mit einem Mal nahm er ihn ernst, sah in ihm nicht mehr bloß den Störenfried, dem man mit Ablehnung entgegentreten musste. Warum diese plötzliche Veränderung? Weil Boucher ihm einen Moment der Offenheit zuteilwerden ließ. Der Mann musste verzweifelt sein, anders war seine Beichte nicht zu erklären.

»Darf ich fragen, worüber Sie zu Fall gekommen sind?«

»Über den Bürgermeister ... Ha, der Bürgermeister. Sehen Sie, Perez. Vielleicht reagiere ich deswegen so allergisch auf Gaillard. Eigentlich war es eine Bagatelle. Einer meiner Beamten hatte ihn, also den Bürgermeister, erwischt, wie er in seinem Sportwagen mit Tempo zweihundert über die Landstraße donnerte. Natürlich gab es ein Protokoll und eine saftige Strafe, verbunden mit einem Fahrverbot. Am Tag danach ließ er mich zu sich kommen und bat darum, das heißt, er hielt mich an, die Sache unter den Teppich zu kehren. Ich bin hart geblieben. ›Wenn Sie meinen‹, waren seine letzten Worte. Immerhin hat er es mir zu verdanken, dass die Öffentlichkeit nichts von seinem Vergehen erfuhr, ich habe die Geschichte aus der Presse herausgehalten. War nicht leicht, glauben Sie mir. Na ja! Nur etwa elf Monate später wiederholte sich die Geschichte. Genau sechs Wochen bevor über meine nächste Station als Polizeichef entschieden werden sollte. Dieses Mal fuhr er nur einhundertachtzig. Wieder ließ er mich kommen, wieder versuchte er mich zu erweichen, die Sache fallen zu lassen, wieder blieb ich bei meiner Haltung und wieder verabschiedete er mich mit den Worten: ›Wenn Sie meinen.‹

Als kleine Zusatzinformation: Der Bürgermeister war während des Krieges ein hochdekorierter Armeegeneral.

Als mir also sechs Wochen später die Wache in Banyuls-sur-Mer angedient wurde, können Sie sich meine Reaktion vorstellen. Aber als Soldat hat man keine Wahl. Ich habe eine Beschwerde eingereicht, aber es war natürlich unmöglich, offiziell auf einen Zusammenhang der beiden Ereignisse hinzuweisen. Als Antwort erhielt ich lediglich das Datum, zu dem ich mich hier einzufinden hätte. Hier, auf der letzten Dienststelle vor der Grenze. Weiter weg von Paris geht nicht mehr.«

»Mon dieu«, sagte Perez, nachdem Stille eingekehrt war. Er hatte keinen Grund, an dem zu zweifeln, was er gerade gehört hatte. So ist es nun einmal bei uns, dachte er, die Aufrechten kriegen sie am Arsch.

Boucher klatschte in die Hände.

»Aber«, sagte er und versuchte ein Lächeln, »ich finde es sehr schön hier. Zumindest die Landschaft und das Wetter. Sieht man einmal von diesem grausamen Wind ab. Hört der eigentlich je wieder auf?«

»Irgendwann schon«, antwortete Perez knapp. Er wusste, dass Boucher noch nicht am Ende war.

»Ja ... Da komme ich also in diese Gemeinde und nehme an, dass außer ein paar Diebstählen und Wohnungseinbrüchen nichts Weltbewegendes geschehen wird. Und bis auf dieses Wonderbra-Gate neulich war es ja in den ersten Tagen auch so.« Jetzt lachte er herzhaft. »Aber während ich mich noch von meiner Idee des Kommissars am Quai d'Orsay verabschiede und versuche, darin das Gute zu entdecken, kommen zwei Typen zu mir ins Büro, wollen mich mit einer Kiste Wein bestechen, und eine Yacht explodiert direkt vor meinem Fenster.« Wieder lachte er. »Sehen Sie, Perez, so ist das Schicksal: in die Provinz verbannt und kaum eine Woche später auf den Titelseiten der überregionalen Presse. So schnell hätte ich es in Paris jedenfalls nicht in die Nachrichten geschafft.«

Perez fiel auf, dass trotz der Wut, die Boucher auf diesen Bürgermeister haben musste, er dessen Namen nicht nannte. Eine solche Haltung gefiel ihm. Doch es wurde Zeit, dass sie in den wesentlichen Dingen weiterkamen. Er lenkte das Gespräch zurück auf den Fall.

»Irgendwer muss das Schiff gesteuert haben, und nun ist der oder sind die weg. Daran gibt es doch keinen Zweifel.«

»Was sollen wir tun? Bis zur Minute hat sich niemand bei uns gemeldet. Niemand vermisst jemanden. Natürlich bleibt das rätselhaft, aber keine Leiche, keine Vermissten, kein Verbrechen. Klar, wir haben ein Betrugsdelikt, gefälschte Papiere, die Kreditkarten, aber meiner Erfahrung nach führt das ins Nichts. Ich komme auch nicht wirklich weiter, weil keiner in diesem Kaff mit mir reden will, die Leute scheuen den Kontakt mit mir, als wäre ich radioaktiv verseucht, dabei bin ich bloß ein Polizist, der die Bürger beschützen will.«

»Hier in Banyuls lieben wir die Polizei nicht. Ist nichts Persönliches ...«

»Was Sie nicht sagen! Merkt man gar nicht ... Tja, da stehen wir nun, wir beide. Unser Anfang war nicht der beste, und es tut mir wirklich leid, dass wir Sie für den Täter gehalten haben. Bloß, was nun? Ich werde versuchen herauszufinden, wer Maréchal getötet hat. Das würde mir wesentlich leichterfallen, wenn ich Klarheit über einige Zusammenhänge hätte. Und deshalb bitte ich Sie um Ihre Unterstützung. Schlagen Sie ein oder lassen Sie es, Ihre Entscheidung.«

Perez zögerte. Sollte er tatsächlich mit Boucher kooperieren? Und wenn er sich dazu durchringen würde, wie viel von all dem, was er wusste, würde er ihm tatsächlich anvertrauen müssen? Und was behielt er vorerst lieber für sich? Er entschied, sich aufmerksam voranzutasten.

»Schon mal von einer schwedischen Firma namens Örebro AB und einem gewissen Monsieur Persson gehört?«, begann er vorsichtig.

»Nein«, antwortete Boucher schnell. Man sah ihm die Freude an, die Perez ihm mit seiner Frage machte. »Nein, habe ich nicht. Erzählen Sie!«

Verdammt, dachte Perez, Puig hat den armen Boucher wirklich am ausgestreckten Arm verhungern lassen. Ihn lediglich mit dem Allernötigsten abgespeist, ihm die Charterpapiere vorgelegt und sich ansonsten in Unwissenheit geflüchtet. Ob der alte Fuchs wohl gewusst hat, dass die Papiere gefälscht waren? Zuzutrauen wäre es ihm, keine Frage.

Fest stand, dass Perez so bald wie möglich nach Port-Vendres fahren musste, um dort weitere Erklärungen zu erhalten. Nur davon wollte er gegenüber Boucher vorerst nichts verlauten lassen.

»Am besten fange ich jetzt auch mal vorne an«, sagte er und legte seinen unschuldigsten Gesichtsausdruck auf. »Meine Freundin, Madame Finken, hat doch mit dieser BH-Aktion gegen den Hafenausbau protestiert.«

Boucher nickte heftig, verdrehte aber gleichzeitig die Augen. Ob in seinem Ausdruck Verzückung oder Ablehnung lag, vermochte Perez nicht zu entscheiden.

»Es scheint so, als ob diese Örebro der treibende Motor hinter der Geschichte ist. Wie es aussieht, wollen die Schweden hier bei uns ein großes Ding drehen. Bislang bin ich davon ausgegangen, dass auf der explodierten Yacht Mitarbeiter ebendieser Örebro gewesen sind. Nach meinen Informationen sondieren die schon länger die Lage und leihen zu diesem Zweck auch häufiger Boote aus. Ist ja auch naheliegend bei einem Hafenausbau. Unser Bürgermeister hängt in dieser Sauerei übrigens voll mit drin, den schätzen Sie schon richtig ein, aber zurzeit ist der Gute ja leider außer Gefecht.«

»In diesem speziellen Fall gebe ich Ihnen recht: leider, ja. Ansonsten ist der Mann nicht gerade eine Leuchte. Ich werde jedenfalls umgehend benachrichtigt, sobald er wieder vernehmungsfähig ist. Bislang redet er nur Unsinn, wenn er die Augen denn überhaupt mal aufschlägt.«

Perez kommentierte Bouchers Äußerungen nicht. Es war weder seine Aufgabe, Gaillard zu verteidigen, noch, gegen ihn Stimmung zu machen. Er hielt sich lieber an die Tatsachen.

»Gaillard wollte, dass die Gemeinde das Gelände des heutigen Hafens an die Örebro verkauft und es anschließend zurückmietet.«

»Cross-Border-Leasing.«

»Sie wissen davon?«

Er machte eine wegwerfende Handbewegung. »Große weite Welt spielen ... die spinnen doch alle, diese Gemeinden und Kommunen, die so was machen. Verspielen ihr Tafelsilber und lassen sich auch noch dafür feiern. Ich habe mich ein wenig schlaugemacht. Aber ich würde lügen, wenn ich behaupten würde, mich damit profund auszukennen. Wirtschaftsrecht und Wirtschaftskriminalität sind nicht gerade meine Paradedisziplinen.«

»So geht es mir auch. Inhaltlich kann ich noch überhaupt nichts dazu sagen, aber die Art und Weise, wie die Sache durchgezogen werden soll, die stinkt zum Himmel. Kein Wort ist bislang im Stadtrat darüber verloren worden. Und ich neige dazu, Marianne, also meiner Freundin, Madame Finken, recht zu geben: Gegen diese Art des Ausverkaufs muss man sich als Gemeinde wehren.« Perez machte ein grimmiges Gesicht. »Ich würde mich jedenfalls mal um diese Örebro-Bande kümmern. Wenn der Bürgermeister schon ausfällt, könnte das ein Weg sein. Mir ist der verbaut, aber Ihnen ... Vielleicht kann Ihnen die schwedische Polizei weiterhelfen. Man müsste vermutlich an diesen Persson rankommen.«

»Das sollte kein Problem sein, danke für den Hinweis. Mit den Kollegen stehen wir wegen der gefälschten Dokumente eh schon in Kontakt, und bislang zeigen sie sich sehr kooperativ und hilfsbereit. Natürlich haben sie selbst ein ebenso großes Interesse wie wir, zu erfahren, wer die falschen Pässe toter schwedischer Bürger benutzt hat und wie sie in Umlauf geraten sind – das können Sie sich ja denken.«

Perez lehnte sich zurück. »Viel weiter bin ich nicht gekommen«, sagte er mit dem Blick des aufrichtigen Bedauerns und hoffte, dass Boucher ihm das abnahm. »Ich hatte die ganze Zeit über nur ein einziges Interesse ...«

»Und das wäre?«

»Ich wollte meine Freundin reinwaschen, die Sie ungerechtfertigter Weise verdächtigten, mit der Explosion in Verbindung zu stehen.«

»Ich habe sie nicht verdächtigt ...« Er schüttelte den Kopf – etwas zu lange. »Aber es war doch naheliegend, sie dazu anzuhören. Irgendwo fängt man immer an, so funktioniert Polizeiarbeit nun mal. Aber nun, wo es ein Unfall gewesen zu sein scheint, ist der Vorfall ja quasi schon ad acta gelegt. Aus zwei Fällen ist wieder einer geworden.«

»Maréchal?«

»Ja.«

»Der Maître sollte den Landverkauf beurkunden, wussten Sie das?«, fragte Perez.

»Ach nee?«

»Doch, doch. Zu blöde, dass wir ihn nicht mehr verhören können. Er hätte Antworten gehabt.«

»Wir?« Ein dünnes Lächeln trat auf Bouchers Lippen.

»Sie! Die Polizei.«

»Als Nächstes werden wir ohnehin sein Büro durchsuchen. Maréchal ... Wer könnte ein Interesse haben, den Mann tot zu sehen?«

»Da fragen Sie den Richtigen. Gott sei Dank ist es nicht meine Untersuchung. Ich lehne mich jetzt zurück und erwarte dazu Antworten von der Polizei. Und auch auf die Frage, wer ein Interesse daran haben könnte, die Schuld an diesem Verbrechen ausgerechnet mir in die Schuhe zu schieben, würde ich mir eine Antwort erhoffen. Bei der Klärung dieser Frage bin ich übrigens jederzeit gerne behilflich.«

Selten zuvor hatte Perez die Nachtluft so konzentriert eingeatmet und deren erfrischende Kühle so sehr genossen wie an diesem Abend, als er die ersten Schritte außerhalb der Wache auf der Vilarem tat. Selbst den Tramontane, der noch immer die armen Palmen verprügelte und auch sofort auf ihn losging, betrachtete er in diesem Moment als einen guten Freund, den er allzu lange vermisst hatte.

Ganz bewusst hatte er sich gegen einen Rücktransport in einem Polizeifahrzeug entschieden. Obwohl kein leidenschaftlicher Fußgänger, war er doch entschlossen, nicht so bald wieder in einem solchen Wagen durch sein Dorf gefahren zu werden.

Also lief er die wenigen Meter die Vilarem hinunter und wandte sich am Baillaury in Richtung Meer. Hinter der Eisenbahnbrücke bog er in die Avenue du Puig del Mas ein und hielt erst inne, als er die Türmchen und Erker der Domaine de la Rectorie sah. Weingüter übten eine beruhigende Wirkung auf ihn aus, gute zumal.

Bouchers Stellvertreter hatte ihm, als er bei der Rückgabe seiner Sachen um eine Zigarette gebeten hatte, gleich ein ganzes Paket zugesteckt und sich wortreich für die Unannehmlichkeiten entschuldigt. Nichts mehr übrig von dem arroganten Schnösel, der er noch am Morgen gewesen war. Trotzdem würde Perez sich dieses Gesicht nicht als das eines Freundes merken.

Er lehnte sich gegen ein Straßenschild und rauchte. Langsam und voller Genuss. Er streckte die Finger seiner rechten Hand aus und besah sie sich im Licht der Laterne. Die Hand zitterte leicht, nicht wegen der Nachtkühle. Um zu verarbeiten, was er erlebt hatte, würde er Wochen brauchen.

Er zog Maréchals Papiere aus der Unterhose, wo sie die ganze Zeit über, vor den Blicken der Gendarmen verborgen, gesteckt hatten.

Die Reihe der Investoren interessierte ihn weniger, vielmehr die Notiz mit den handgeschriebenen Randbemerkungen. Wer wohl dieser geheimnisvolle Monsieur X war, von dessen Wohlwollen eine solch riesige Operation abhängig zu sein schien? Kein Schwede jedenfalls. Obwohl Maréchal ja auch mit denen direkt verhandelt hatte. Also war auch das nicht unbedingt sicher auszuschließen. Aber irgendwie ... Monsieur X, ein Monsieur, dessen Name nicht ausgesprochen werden durfte, nicht einmal in internen Papieren – sehr, sehr seltsam.

Von den Papieren hatte er Boucher nichts erzählt. Nicht von Monsieur X und auch nicht von Luc Gaillard, was ihm am schwersten gefallen war. Nicht von den Tauchern und der verschwundenen Claire Sirot, nicht von Francesc Puig und der *Côte d'Azur deux*. Und auch die Bilder des Hafenmodells hatte er dem Capitaine vorenthalten. Das immerhin könnte er erklären, schließlich wurde ihm sein Mobiltelefon, auf dem sich die Aufnahmen befanden, erst nach dem Gespräch wieder ausgehändigt.

Capitaine Boucher konzentrierte sich nun voll und ganz auf Maréchal. Maréchals Tod ... ja sicher, den galt es aufzuklären ... aus zwei Fällen ist wieder einer geworden, hatte Boucher gesagt, da allerdings stimmte Perez dem Kommissar nicht zu. Seine Gedanken über den Fall gerieten ins Stocken. Er hatte Boucher eine Menge vorenthalten. Jetzt, wo Marianne zurück war, hätte er den Fall natürlich abgeben können. Die Entscheidung, wichtige Details für sich zu behalten, war keine bewusste gewesen, er konnte damit allerdings gut leben, wie er feststellte.

Wer war auf dem Boot gewesen? Schon die ganze Nacht über hatte er krampfhaft versucht, sich an alles zu erinnern, was an jenem Morgen im Büro des Polizeichefs vorgefallen war. Irgendwas in der Erinnerung an dieses Ereignis fehlte ihm. Mochte Boucher die Ermittlungen zur Explosion ruhen lassen oder sogar einstellen, für ihn war der Fall keineswegs abgeschlossen. Dämpfe in der Bilge, Leuchtmittel, ein Funken sprühender Kühlschrank, das waren technische Erklärungen, die, nüchtern betrachtet, wohl stimmen mochten, aber für Perez fühlten sie sich nicht richtig an.

Seine Gedanken kehrten zu Maréchal zurück. Wenn »die Schweden« tatsächlich in irgendeiner Form, sei es direkt oder indirekt als Auftraggeber, an der Tötung von Maréchal beteiligt gewesen sein sollten, welchen Grund könnte es dann für einen international operierenden Konzern geben, die Tat einem Einheimischen in die Schuhe schieben zu wollen? Nein, die Schweden hinter dem Mord zu vermuten ergab keinen Sinn. Der Mörder kannte Perez, und mehr noch, Perez stand ihm im Weg, und ob er nun wollte oder nicht, er musste davon ausgehen, dass auch er den Mörder kannte. Der Mörder lebte an der Côte Vermeille.

KAPITEL 16

Marianne fiel ihm um den Hals und wollte ihn gar nicht mehr loslassen. Abwechselnd drückte sie ihn, stieß wüste Beschimpfungen gegen die idiotischen Bullen im Allgemeinen und gegen Boucher im Speziellen aus, küsste ihn, schalt ihn aber gleichzeitig auch dafür, dass er ihnen verboten hatte, in der Vilarem aufzutauchen, um, wie sie sich ausdrückte, den Irren mal ordentlich Feuer unter dem Hintern zu machen.

Perez hatte den gesamten Weg zum Hotel, fast fünfzehn Minuten, zu Fuß zurückgelegt. Sein Wagen stand noch immer neben Maréchals Haus und versperrte dessen Nachbarn den Weg aus der Garage. Aber das war ihm jetzt egal. Irgendwie hatte ihn die Angst beschlichen, der oder diejenigen, die ihn an die Flics verraten hatten, könnten dort auf ihn warten. Weshalb er heilfroh war, als er endlich im Hotel ankam.

Vorfälle wie die, die Perez ereilt hatten, mochten anderen Menschen auf den Magen schlagen. Bei ihm war das anders: Ihn machten sie hungrig, nein, Hunger traf es nicht einmal. Er wollte essen und trinken, viel, unmäßig viel. Gott sei Dank wirkte dieses Verhalten auf die Menschen in seinem Umfeld schon lange nicht mehr befremdlich, weshalb sich Marianne, Haziem und Stéphanie über seinen Wunsch freuten, ins *Conill* zu wechseln.

Glücklicherweise war es nur ein kurzer Weg vom Hotel

ins Restaurant, wo sie die Tür hinter sich verriegelten und die Vorhänge vorzogen.

»Was darf ich dir bringen, mon copain?« Haziem klatschte voller Tatendrang in die Hände und band sich sogleich die Schürze um. Perez hatte dem Kühlschrank bereits eine Flasche *Creus* entnommen.

»Alles, mon pote, alles, was da ist«, sagte er. »Ich habe das Gefühl, meinem Körper seit Tagen nichts Anständiges mehr zugeführt zu haben.«

»Nulldiät?«, fragte Marianne und grinste schelmisch. »Tut dir vielleicht mal ganz gut, mein Dickerchen.«

»Wisst ihr, was die Gendarmen mir vorgesetzt haben? ... Einen Croque!«, antwortete er, angewidert, als ob es sich dabei um einen in Sulfit eingelegten Wurm gehandelt hätte.

»Hm, lecker«, rief Stéphanie.

Er sah zu dem Mädchen auf, sagte aber nichts. Sie lachte.

»Mit nichts kann man dich so sehr aus der Ruhe bringen wie mit schlechtem Essen.« Sie beugte sich hinab und gab ihm einen Kuss auf die unrasierte Wange. »Du kratzt«, rief sie.

»Schlechtes Essen sollte die Menschen auf die Barrikaden treiben«, sagte er und rieb sich verschämt über die Wange.

»Gar keine Nahrung zu haben sollte die Leute auf die Barrikaden treiben«, entgegnete Marianne. »Du bist verwöhnt.«

»Na sicher bin ich das! Aber du weißt schon, was ich meine, Fräulein MarxundEngels.«

So nannte er sie häufiger, wenn sie ihren Gerechtigkeitssinn in seinen Augen etwas zu sehr oder an der falschen Stelle bemühte. Fräulein MarxundEngels, weil sie ein zerlesenes *Kommunistisches Manifest* in ihrem Bücherregal stehen hatte und weil es sich bei den beiden Autoren um ihre Landsleute handelte.

»Ein Croque, also ehrlich.«

»Der kann auch lecker sein«, sagte Haziem und kräuselte die Lippen. »Kommt ganz drauf an, wie man ihn zubereitet.«

»Jetzt fang du nicht auch noch an! Ich bin etwas dünnhäutig, also behandelt mich anständig.«

»Apropos: Wie haben sie dich denn ansonsten in der Vilarem behandelt?«, wollte Marianne wissen. »Außer, dass sie dir nichts zu essen gegeben haben?«

»So là là.« Er machte eine wegwerfende Handbewegung, hob das Glas, hielt es gegen das Licht und nahm einen ersten, vorsichtigen Schluck. Nach einem Moment der Konzentration hellten sich seine Gesichtszüge auf. Worte waren bei diesem edlen Tropfen nicht nötig. Er nahm einen weiteren Schluck und stellte das Stielglas vor sich, wie der Priester es am Altar mit der Monstranz tat. Faltete die Hände und verneigte sich leicht. Erst danach fuhr er fort. »Ein gemauertes Bett mit einer hauchdünnen Matratze als Auflage. Feucht, wahrscheinlich schimmelig, ich habe mich nicht getraut, genauer nachzusehen. Die Wände in der Zelle waren übersät mit obszönen Zeichnungen. Nicht mal für 'nen Eimer Farbe haben sie Geld. Peinlich! ... Und dann erst Bouchers Stellvertreter, so einen hat die Welt noch nicht gesehen. Ein unverschämter Crétin.«

»Wie heißt er?«, fragte Marianne.

»Pah! Keine Ahnung. Ist nicht von hier.«

»Normalerweise tragen Gendarmen ein Schild auf der Brust, auf das ihr Name eingestickt ist«, sagte Stéphanie.

»Was du nicht sagst, Mademoiselle Schlaumeier. Ich hab ihn mir aber nicht richtig angesehen.«

»Eine Liebesbeziehung wird das jedenfalls nicht mehr zwischen dir und Boucher«, rief Haziem, der dabei war, einen Schinken in den Jamonero einzuspannen.

»Der war noch der Erträglichste – tatsächlich!«

Jetzt sahen ihn drei Augenpaare überrascht an. Perez unterstrich seine Aussage mit einem Bericht über die plötzliche Wandlung des Elsässers, erzählte von dessen Angebot zur Kooperation, seinem persönlichen Hintergrund und wie er, Perez, auf all das reagiert hatte.

Als Haziem das Essen auftrug, saßen sie um den kleineren der beiden Holztische und taten sich an dem wenigen gütlich, was die Küche nach drei Tagen Zwangsschließung noch zu bieten hatte. Klar hatte es während Perez' Erzählung Zwischenrufe gegeben. Kurze Rückfragen, heftig formulierte Zweifel am Ernst von Bouchers Angebot, abfällige Bemerkungen über die Vilarem, die Gendarmen selbst.

Im Großen und Ganzen überwog in der Runde aber die Freude, die Tage seit der Explosion mit all ihren überraschenden Wendungen einigermaßen unbeschadet überstanden zu haben. Sie stimmten überein, den Abend zum Feiern zu nutzen.

Etwas Normalität tat allen gut – wenigstens für die restlichen Stunden dieses Abends.

Später, in ihrem Hotelbett, sah es für einen kurzen Moment so aus, als könnten Marianne und Perez unbeschwerten Sex genießen, bevor ihr Verlangen nach lustvollen Handlungen wie ein Haufen durchgeglühter Holzkohle in sich zusammensackte. Marianne war es, die sich von Perez wegschob und mit feuchten Augen sagte:

»Tut mir leid, Perez, es geht nicht. Ich habe immerzu die Fratze von Luc vor Augen.«

Sie setzte sich auf und vergrub ihr Gesicht in den Händen.

»Das geht auch wieder weg«, stotterte Perez, dem in diesem Augenblick nichts anderes zum Trost einfallen wollte.

»Ich muss etwas gegen das Schwein unternehmen.«

Perez drehte sich auf den Rücken und starrte gegen die Decke. Ein Kronleuchter! »Ist der echt?«, fragte er und deutete darauf.

Marianne folgte der Richtung seines Zeigefingers. »Hier ist alles echt.« Sie griff nach einem Paket Taschentücher und schnäuzte sich.

»Bloß unser Leben derzeit nicht«, sagte Perez immer noch gegen die Decke.

»Ja, bloß unser Leben nicht.«

»Wir kommen da wieder raus, Marianne«, sagte er bestimmt. »Morgen ist ein neuer Tag, wir schaffen das schon. Ich kümmere mich um Gaillard.«

»Mit Bouchers Hilfe?«

»Wenn's sein muss und es dir recht ist, sogar das. Ganz egal, Hauptsache, wir kommen wieder zur Ruhe.«

»Der ganze Ort ist irgendwie von der Rolle«, sagte Marianne.

»Stimmt. ... Mon dieu – Banyuls«, stöhnte Perez. »Wenn mir mal einer gesagt hätte ... Eine Yacht explodiert, der bekannteste Notar ermordet ... Was kommt als Nächstes?«

»Was können wir gegen Gaillard unternehmen?«

Perez stützte sich auf die Seite und strich ihr durchs Haar.

»Du könntest zu Boucher gehen und Luc anzeigen, wie es sich gehört. Oder ich gehe zu ihm und vertraue ihm etwas mehr an als ich bisher getan habe. Ist schließlich noch 'ne Menge übrig«, fügte er an, mehr zu sich selbst als zu Marianne.

»Aber du traust Boucher noch immer nicht, stimmt's?« Er nickte. »Geht mir auch so. ... Es muss doch einen Weg geben, das alles hier zu beenden, ohne als Kollaborateure in die Geschichte einzugehen.« Wieder nickte Perez.

»Es ist ganz gut, dass du Boucher auf die Schweden angesetzt hast«, fuhr Marianne fort, »und wer weiß, vielleicht ergibt sich ja über die Örebro etwas, das uns weiterhilft. Damit ist Boucher erst einmal beschäftigt. Wenn wir mit den anderen Sachen nicht weiterkommen, können wir ihm immer noch weitere Informationen zuspielen. Ich finde, du hast dich auf der Vilarem richtig verhalten. Boucher in der Hinterhand zu haben, schadet in keinem Fall.«

»Ich weiß ja nicht, wie es dir geht, chérie, aber mir fällt, wenn ich darüber nachdenke, wer den Maître ermordet haben könnte, immer bloß Luc ein.«

»Hm.«

Aus ihren Augen sprach die Ungläubigkeit, einen Mörder persönlich zu kennen, auch wenn sie und ihre Tochter noch vor Kurzem von diesem Mann bedroht worden waren.

»Ich glaube zumindest, dass wir diese Möglichkeit ins Augen fassen müssen. Und wenn er es war, der den Maître getötet hat, dann war er es auch, der mich an die Flics verpfiffen hat, so viel steht fest.«

»Der dich überhaupt erst in die Falle gelockt hat. ... Die SMS?«

»Das Handy vom Maître haben sie übrigens nicht gefunden. Der Mörder hat es sicher längst entsorgt.«

Für einen Moment hingen beide ihren Gedanken nach.

»Ich könnte es noch mal bei Puig versuchen«, sagte Perez schließlich. »Der alte Ganove hat vielleicht eine Idee. Ganz sicher sogar, die Frage ist nur, ob er sie mit mir teilen will. Mir drängt sich nämlich mehr und mehr der Gedanke auf, dass Puig auf seine ganz eigene Rechnung spielt und immer nur gerade so viel preisgibt, dass ich Ruhe gebe. Wenn ich allerdings einen Weg fände, mir seinen Hass gegen Luc zunutze zu machen, dann hätten wir den besten Verbündeten gegen dieses Schwein Gaillard, den es auf der Welt gibt. Den Versuch wäre es wert. Was meinst du?«

»Deine Entscheidung, Perez. Du weißt, was ich von dem

schmierigen Typen halte. Du weißt, was ich über all diese Typen denke. Luc Gaillard, sein Vater, Maréchal ...«

»Lass den armen Hund aus dem Spiel, der hat schon eine zu hohe Strafe erhalten.«

»Trotzdem, Maréchal, Valoteau, Puig und wie sie alle heißen, die Honoratioren des Orts. Diese Typen sind ekelhaft.«

»Aber nein, Fräulein MarxundEngels, der Klassenkampf ist doch vorüber.«

»Nur weil du mit allen deine Geschäfte machst?«

»Marianne«, sagte er lauter, als er vorgehabt hatte, »das ist nicht der richtige Zeitpunkt, um zu diskutieren, wem ich meine Spezialitäten verkaufe und wem nicht. Puig ist ein verschlagener Hund, damit hast du zu hundert Prozent recht. Und es ist auch ein heikles Spiel, sich auf ihn einzulassen. Hoffentlich überschätze ich mich nicht. Aber den Versuch ist's wert, nicht zuletzt, weil es derzeit meine einzige Idee ist«, fügte er leiser an. »Lass mich morgen früh zu Puig fahren und es versuchen.«

»Wie du meinst. Aber wenn du glaubst, dass ich mich hier die ganze Zeit versteckt halte ..., das kannst du vergessen, mon pauvre.«

»Das musst du aber, Marianne.« Er richtete sich abrupt auf.

»Ich wüsste nicht, weshalb? Und nur wegen Gaillard, pah, ich verstecke mich doch nicht vor dem Schwein. Um mich muss sich niemand Sorgen machen, es ist Stéphanie, der er droht, etwas anzutun. Wir müssen die Kleine hier rausbringen.«

»Stéphanie braucht dich«, entgegnete Perez so sanft wie möglich. »Bleib du bei ihr. Haziem muss das *Conill* wieder öffnen, wir brauchen den Anschein von Normalität. Ich werde auch weiterhin überall nach dir fragen, so erfährt niemand, dass du längst wieder da bist.«

»Ich will mich nicht länger verstecken, Perez.« Ihr Widerstand klang bereits deutlich abgemildert. »Außerdem muss ich mich um Claire kümmern.«

»Du kannst nicht die ganze Welt retten, chérie, kümmere dich doch erst mal um deine Kleine.

»Aber Claire ...«

»Ja, Claire. Wir wissen doch gar nicht, wo sie ist.«

»Eben. Lass mich zu Guillaume fahren und mit ihm sprechen. Quatsch«, widersprach sie sich selbst, »ich rufe ihn jetzt sofort an.«

»Nein«, sagte er, bevor Marianne ihren Vorsatz in die Tat umsetzen konnte. »Nicht anrufen. Damit verschenken wir den Überraschungsmoment. Das Telefon taugt nicht für Ermittlungen.« Perez überlegte. »Aber wahrscheinlich hast du recht. Wenn *du* dort unerwartet auftauchst, erfahren wir mehr, als wenn *ich* mit Sirot spreche. Ich habe das Gefühl, er vertraut mir nicht.«

»Denkst du eigentlich immer noch, dass Claire in der Sache mit drinsteckt?«

»Immerhin hat sie dir gesagt, die Hafenerweiterung sei so gut wie erledigt. Und sie wusste, dass Paulilles ganz oben auf deren Liste steht. Woher, frage ich dich, woher wusste sie das?«

»Et alors?«

»Na ja, ich hab ja das hier.«

Perez bückte sich zu seinen achtlos abgestreiften Shorts. Als er sich wieder aufrichtete, hielt er die Papiere aus dem Reißwolf in der Hand. Marianne zog die Augenbrauen hoch. Er hielt ihr den Brief mit Maréchals handgeschriebenen Notizen hin.

»Lies mal.«

Marianne lehnte sich gegen die Rückwand des Betts,

setzte ihre Brille auf und überflog den Text. Als sie das Blatt sinken ließ, richteten sich ihre Augen auf einen Punkt an der gegenüberliegenden Wand.

»Was bedeutet das deiner Meinung nach?«, fragte sie nach einer Weile.

»Ich frage mich die ganze Zeit, ob es eine Beziehung gibt zwischen dem Satz ›Mit X telefoniert, doch ohne Erfolg geblieben‹ und Claires Aussage, die Sache sei fast vom Tisch? Wenn es so wäre, dann bräuchten wir Claire allerdings ganz dringend.«

»Du denkst also immer noch, sie wäre mitschuldig.« Es war weniger ein Vorwurf, der in Mariannes Worten mitschwang, es steckte vielmehr Enttäuschung darin.

»Ja, das denke ich. Ich glaube nicht, dass sie etwas mit dem Mord zu tun hat. Aber es gibt eine Verbindung von ihr zu dem Fall. Wenn sie tatsächlich wüsste, wer dieser Monsieur X ist ... Denn eins ist doch sicher, aus Maréchals Brief geht klar hervor, dass dieser das Projekt zum Platzen bringen kann. Er hat die Macht dazu.«

»Monsieur X könnte auch ein Pseudonym für diesen Schweden sein, wie hieß der gleich?«

»Mikael Persson. Ja, könnte sein. ... Aber wenn nicht, wer ist es dann? Claire weiß es vielleicht.«

»Was ist das überhaupt für ein Scheißpseudonym?«

»Sagt man doch so, wenn man einen Namen nicht weiß oder nicht nennen möchte. Monsieur XYZ.«

»Lächerlich!«

»Überaus lächerlich, stimmt. Marianne, Claire könnte von zentraler Bedeutung für uns sein.«

»Also muss ich Guillaume doch sprechen. Es führt kein Weg daran vorbei.«

»Wäre es nicht angenehmer für dich, wenn ich das übernehmen würde? Immerhin könnte es eurer Freundschaft schaden, wenn du dort als Ermittlerin auftauchen würdest. Mein Ruf ist längst ruiniert.«

»Na schön«, sagte sie und atmete einmal tief durch. »Dann mach du es halt.«

»Vertrau mir, Marianne. Bleib du mit deiner Tochter hier und sorge dafür, dass sie keinen Blödsinn anstellt. Sie ist ebenso aufbrausend wie du. Wenn wir nicht aufpassen, haut sie uns hintenrum durch den Olivenhain ab.«

Wieder fixierte Marianne lange den Punkt an der Wand oberhalb des Sekretärs. Erst eine ganze Weile später, als Perez schon fast nicht mehr mit einer Antwort gerechnet hatte, zog sie ihn am Arm, wartete, bis er sich zu ihr hingedreht hatte, und nickte dann einmal ganz kurz. Perez hatte erreicht, was für die Sache am besten war.

Kurz darauf stieß er sie nochmals an.

»Schläfst du schon?«

»Nein.«

»Mir ist gerade noch etwas eingefallen, was du tun könntest. Du hattest doch mal eine Affäre mit diesem Journalisten, dem vom *L'Indépendant du Midi* aus Perpi.«

»Serge. Und es war keine Affäre, sondern eine Partnerschaft.«

»Steht ihr noch in Kontakt?«

»Selten. Du willst doch sicher nicht, dass wir uns wieder näherkommen.«

»Ausnahmsweise«, sagte Perez und musste selbst lachen.

Während der dreijährigen Liaison der beiden hatte er zum ersten Mal in seinem Leben erlebt, was Eifersucht aus einem Menschen machen kann. Warum ausgerechnet bei dem schmalen Mann mit den Geheimratsecken?, hatte er sich viele Male gefragt. Rückblickend hatte er einige Fehler gemacht und es sich beinahe mit Marianne verscherzt. Marianne und er waren Freunde, beste Freunde, aber beileibe kein Paar. Eine Affäre konnte immer dazwischenkommen, bei ihm wie bei ihr. Und es war mehr als einmal geschehen.

»Na, rück schon raus. Was soll ich tun?«

»Wenn du ihn bitten könntest, für uns ins Archiv runterzusteigen und alles zu beschaffen, was er dort zum Thema Paulilles finden kann.«

Sie schlug nach ihm. »Ich brauche keine Beschäftigungstherapie.«

»Ist keine Therapie, wirklich nicht, mehr so ein Gefühl, dass wir uns mit dem Stückchen Land etwas näher befassen sollten. Viele Antworten auf heutige Fragen liegen in der Vergangenheit.«

»O Gott, Perez der Philosoph.« Sie stöhnte. »Na schön, wenn du dann jetzt Ruhe gibst, mach ich es.«

Sie schwiegen wieder, aber keiner von beiden schloss die Augen, noch lange nicht.

KAPITEL 17

Das Geräusch ... entstammte es seinem Traum, oder war es ein Teil der Realität?

Perez brauchte eine Weile, um sich in der fremden Umgebung zurechtzufinden. Über den üppigen Kronleuchter an der Decke fand er Anschluss an sein Leben vor dem viel zu kurzen, wenig erfrischenden Schlaf. Kopfschmerzen, stellte er fest, schon wieder.

Quietsch ... tok ... quietsch ... tok ... quietsch ... tok ... quietsch ... tok ... quietsch ... tok ...

Perez quälte sich hoch, stolperte zur Terrassentür, stieß die hölzernen Läden auf und trat hinaus in den Sonnenschein. Er riss die Arme vor die Augen und taumelte dem Pool entgegen.

»Salut Perez!«

Er stoppte und blinzelte in die Richtung, aus der die Worte gekommen waren.

»Haziem«, stöhnte er. »Was ist das für ein beschissenes Geräusch?«

»Noch ein Schritt, mein Freund, und du landest im Wasser.«

Erschrocken wich Perez zurück. »Verdammt, Haziem, was ist das?«

»Der Pool?«

Perez winkte ab und brummte etwas vor sich hin, das Haziem nicht verstand. Er schob einen Stuhl gegen die Hauswand, stieg hinauf und stellte sich auf die Zehenspitzen, um über die Regenrinne hinweg einen Blick auf das Dach werfen zu können. Es passte so gerade.

»Da«, rief er und zeigte mit dem ausgestreckten Arm auf etwas, das Haziem von seiner Position aus unmöglich sehen konnte. »Haziem, die Antenne! Dieser verfluchte Tram hat die Parabolschüssel aus der Verankerung gerissen.«

Er stieg wieder hinunter, während Haziem die Schultern hochzog. *Und was willst du jetzt von mir?*, schien die Geste zu besagen.

»Ja, Haziem, ich bin auch kein Mechaniker. Gibt es irgendwo Kaffee?«

»Stell dich erst mal unter die Dusche, Perez. Vielleicht bist du danach etwas besser gelaunt. Kaffee gibt's im *Catalan* oder, wenn du möchtest, ausnahmsweise im *Conill*. Hier fasse ich nichts an.«

Wieder brummelte Perez etwas in seinen seit Tagen sprießenden Bart und schlich, ohne etwas zur Problembehebung beigetragen zu haben, zurück ins Zimmer. Kaum hatte er die Schwelle überschritten, hörte er Marianne aus den Tiefen der Decke seinen Namen rufen.

»Was?«, fragte er wenig freundlich. Der frühe Morgen war nun einmal nicht seine Tageszeit. Auch das ein Grund, warum er am liebsten allein zu Hause übernachtete, um niemandem seine morgendliche Verdrossenheit zumuten zu müssen.

»Ach scheiße, mach doch die Läden zu, die Sonne ...« Sie zog sich die Decke über den Kopf.

Er klaubte seine Sachen vom Boden auf und trollte sich ins Bad.

»Von wegen, ich habe schlechte Laune«, sagte er, »guckt euch doch mal an.«

Dreißig Minuten später stand er in immer noch angriffslustiger Laune vor der Tür des *Catalan*.

»Perez!«, rief Jean Martin, der Wirt, in einer Mischung aus freudiger Überraschung und Ungläubigkeit, als würde er nach Jahren der Abwesenheit eines Kriegsheimkehrers ansichtig. »Seht nur, wer wieder da ist! Perez, wo hast du gesteckt?«

Perez machte eine beschwichtigende Geste.

Jean Martin dachte aber gar nicht daran, die Attraktion des Ortes so schnell aus der Verantwortung zu entlassen.

»Komm, setz dich her. ... Nein, nicht an deinen normalen Tisch. Hierher, an den großen Tisch, damit dich alle hören können. Aber bevor du uns alles haarklein erzählst, was darf ich dir bringen?«

»Sag mal, Jean Martin, bist du jetzt völlig übergeschnappt? Wann hast du mich das letzte Mal gefragt, was ich haben möchte?«

»Weiß nicht.«

»Dann machen wir es etwas leichter: Wann habe ich zum letzten Mal etwas anderes als meinen Kaffee, meine Croissants und die Zeitungen von dir bekommen?«

»Weiß nicht.«

»Dann bring mir jetzt bitte genau das.«

Perez schnappte sich eine Zigarette. Man konnte förmlich hören, wie alle Anwesenden mit dem Atmen aufhörten. Jean Martin war als militanter Nichtraucher gefürchtet und hielt für jeden, der der Sucht noch nicht abgeschworen hatte, täglich frische Hiobsbotschaften aus dem Inneren der Luft- und Atemwege bereit.

Doch anstatt über Perez herzufallen, brachte er ihm nicht nur das Alltägliche, sondern stellte, als wäre es die größte Selbstverständlichkeit, auch noch einen Aschenbecher vor ihm auf den Tisch. Auch Jacques Moszkowicz, der in diesem Augenblick das Café betrat und sich sogleich der historischen Situation bewusst war, intervenierte nicht, obwohl er dies von Rechts wegen in seiner Position als Ordnungskraft hätte tun müssen.

»So!«, rief Jean Martin voller Erwartung und drehte sich dabei einmal um die eigene Achse, um sich zu vergewissern, dass nun auch wirklich alle Gäste um Perez herumsaßen oder -standen. »Jetzt erzähl mal. Du machst es ja wirklich spannend.«

Perez stippte das erste der Hörnchen in den heißen Kaffee und biss ab. Er spürte das Fett des Blätterteigs auf den Lippen, genoss, wie sich das Gebäck in einer Mischung aus Kaffee und Speichel in seinem Mund förmlich auflöste. Mit spitzen Lippen nahm er einen Schluck Kaffee hinterher. Herrlich!

Diesen Vorgang wiederholte er mit dem größtmöglichen Vergnügen, bis das erste Hörnchen verputzt war. Anschließend rauchte er die Zigarette zu Ende.

Wäre ihm davon nicht schlecht geworden, hätte er gleich noch eine zweite geraucht. Aber in seinem Alter musste man den Kreislauf immer mit auf der Rechnung haben. Lieber noch ein Croissant.

Niemand unterbrach sein Frühstück, und hatte man sich erst einmal daran gewöhnt, dass einem zehn Leute beim Essen zusahen, war es auch nicht mehr weiter störend. So fühlten sich die Tiere im Zoo schließlich jeden Tag.

»Ich mache Ferien!«, stieß er schließlich aus und genoss die darauf einsetzende Stille im Raum.

Er betrachtete die enttäuschten Gesichter der Männer reihum. Jean Martin sah aus wie ein Goldfisch im Glas. Mund auf. Mund zu. Mund auf. Mund zu. Alles in absoluter Stille.

»*Ferien* ... ?«, fragte er schließlich.

Die Umstehenden warteten erst einmal ab, wie sich die Sache hier entwickelte.

»Was sonst? Oder habt ihr jemals erlebt, dass das *Conill* geschlossen war?«

Die Männer tauschten Blicke. Perez wusste genau, dass es das war, was sie besonders beschäftigt hatte. Man beobachtete einander in Banyuls-sur-Mer ganz genau. Kein Grund, zu sprechen, wenn alles seinen Gang ging, aber wehe, die Routine wurde unterbrochen, ohne dass es vorher entsprechend angekündigt worden wäre. Die Ferienzeiten des Bäckers wurden über Jahre im Voraus kommuniziert. Mündlich weitergegeben wohlgemerkt, nicht etwa im Ladenlokal ausgehangen. Fremde standen in Banyuls ständig vor verschlossenen Türen.

»Ferien?«, fragte jetzt auch Moskowicz. »Wo ist denn Haziem?«

»Jetzt wieder da, ihr Schlaumeier. Ab heute Mittag sind wir wieder geöffnet. Es gab einen unvorhergesehenen Zwischenfall in Haziems Familie. Fragt ihn bitte nicht danach, d'accord?«

Man nickte. *Aber ja doch, ist doch selbstverständlich* drückten ihre verständnisvollen Mienen aus. »Soll ich mich etwa selbst hinter den Tresen stellen? Häh, Jean Martin, Jacques, das würdet ihr doch nicht wollen, dass ich euer Essen koche.«

Alles lachte. Nein, nein, das würde niemand wollen. Schließlich wusste man um Perez' Unvermögen, die Dinge, die er wie kein anderer besorgen konnte, selbst zuzubereiten. Nein, wenn Haziem ausfiel, dann musste man den Laden schließen. Das hatte seine Logik. Niemand kam von sich aus darauf zu sprechen, dass Perez Haziem auch aus einem anderen Grund nicht hätte vertreten können. Das *Conill* war die eine Sache, Perez' Inhaftierung eine ganz andere, und der Mord an Maréchal, der stand auf einem ganz anderen Blatt.

Die Logik des Systems Banyuls-sur-Mer erschloss sich nur dem, der hier geboren war. Die Reihenfolge, in der Probleme abgearbeitet wurden, gehörte dazu. Zunächst das öffentlich zugängliche Lokal, dann der inhaftierte Mitbürger, Freund, Bekannte und erst ganz am Ende das, was eigentlich an der Spitze des Interesses hätte stehen müssen, der Tod von Maréchal. Warum? Nun, der Maître war keiner der ihren gewesen. So war das in Banyuls, die Zweiteilung der Gesellschaft existierte seit Anbeginn der Zeiten. Eine Durchlässigkeit zwischen den Gesellschaftsschichten gab es kaum.

Die meisten im Raum hatten Maréchal allenfalls dem Namen und seiner Funktion nach gekannt. Das Volk hatte der feine Herr zeit seines Lebens gemieden. Entsprechend gestaltete sich jetzt auch ihr Mitgefühl. Das Einzige, was sie an Maréchals Tod wirklich berührte, war der Aufruhr, der die Tat begleitet hatte, den mochten die Banyulencs nicht sonderlich. Und es war bereits der zweite innerhalb einer Woche.

Nun, da die temporäre Schließung des *Conill* ausreichend erklärt worden war, wandten sie sich endlich Perez' Inhaftierung zu. Und es war ausgerechnet der Polizist, der als Erster das Wort ergriff.

»Ich hoffe, sie haben dich in der Vilarem anständig behandelt. Schließlich sind das dahinten ja nicht unsere Leute.«

»Danke. Ich weiß dein Mitgefühl zu schätzen, Jacques. Sag mal, hat sich eigentlich die Geschichte mit deiner Frau wieder eingerenkt?«

Der Polizist machte eine abwehrende Handbewegung.

»Ja, die Frauen«, sagte Jean Martin, der dem Vernehmen nach in den letzten zehn Jahren keine Frau mehr außerhalb seines Lokals angesehen, geschweige denn angefasst hatte. Überhaupt war die schüchterne Bohnenstange außerhalb des *Catalan* so gut wie unsichtbar.

»Hat Boucher euch gegenüber irgendetwas von der Sache erwähnt?«, fragte Perez.

»Kein Wort. Du weißt ja, wir hier unten sind die Trottel und die dahinten die Supermänner.«

»Deshalb ist Maréchal jetzt auch tot!«, rief einer aus der letzten Reihe.

»Na ja, Freunde, dafür können die nichts.« Perez demonstrierte Großmut.

»Wie kamen die überhaupt auf die Schnapsidee, du könntest etwas mit dem Mord zu tun haben?«, fragte Moszkowicz.

»Das ist eine lange Geschichte. Kurz zusammengefasst, habe ich dem Maître in der Nacht noch eine Commande vorbeibringen wollen. Also bin ich, fröhlich wie immer, hintenrum rein – ihr kennt ja den Eingang für uns Lieferanten ...« Zustimmendes Gelächter. »Springe die Treppe hoch und will bei Maréchal abkassieren, da liegt der doch tatsächlich in seinem eigenen Blut.«

Schwer gezeichnet von diesem atemberaubenden Thriller, erhob sich Jean Martin von seinem Stuhl, hielt sich aber vorsorglich noch einen Moment an der Lehne fest.

»Mon dieu«, hauchte er, der für seine schwachen Nerven bekannt war, und man sah ihm an, dass er mehr Spannung nicht würde ertragen können.

»Eh oui«, sagte Perez und nickte bekräftigend. »Das ist wahrlich kein schöner Anblick gewesen.«

»Hat er schon gestunken?«, fragte ein Mann neben Perez. Der Metzgergeselle, wie jeder hier wusste.

»Nein, Clement, gestunken hat er noch nicht. Oder ich hab's in dem Augenblick nicht richtig wahrgenommen. Ich stand unter Schock. Maréchal war schon eine Weile tot. Das weiß ich so genau, weil ich mit meinem Fuß in das bereits angetrocknete Blut getreten bin, um nachzusehen, ob das tatsächlich ein Messer war, das da in seiner Brust steckte. Klebrig wie Zuckerwatte.«

Spitze Schreie im Publikum. Jean Martin schleppte sich hinter seinen Tresen, deutlich angezählt.

»Na ja. Ich hab dann kurz überlegt, was zu tun ist, und hab mir gesagt, mein Freund Jacques«, er deutete auf den Polizisten, der ebenfalls etwas blasser um die Nase war als noch vor fünfzehn Minuten, »der wohnt doch nur ums Eck. Ich renn schnell rüber und bitte ihn, sich die Schweinerei anzusehen. Er ist schließlich unser Polizist und kennt sich mit solchen Fällen aus.« Beifälliges Nicken allerorten. »Wahrscheinlich fragt sich der eine oder andere unter euch, weshalb ich die Polizei nicht einfach angerufen habe?«

»Nein.« – »Ach was!« – »Ist doch klar.« – »Wenn Jacques doch in der Nähe wohnt.« – »Hätte ich auch so gemacht.« – »Völlig richtig.«

»Na, ich komme also aus dem Haus, und als ich das Trottoir betrete, flammen Scheinwerfer auf, und eine ganze Horde Gendarmen legt auf mich an. Dann haben sie mir Handschellen angelegt und mich auf die Vilarem verfrachtet. Mich! Versteht ihr?«

»Eine Unverschämtheit!« – »Eine Schande!« – »Dieser Boucher!« – »Sauhund!« – »Sie müssen dir eine Entschädigung zahlen!« – »So was sollte verboten werden!«

Es war allen klar, dass Perez nichts mit dieser Sache zu tun haben konnte. Perez – also wirklich.

»Ich versuche es als Erfahrung abzubuchen.« Er lehnte sich zurück. »Was soll ich sonst tun? Es ist vorüber, ich bin wieder da, und zwar voll und ganz entlastet. Rehabilitiert nennt man das, glaube ich, nicht wahr, Jacques?«

»Mais oui! Sie hätten dich gar nicht erst beschuldigen dürfen. So sieht's doch aus.«

»Gendarmen!«, sagte Perez bloß.

»Mais oui! Haben die dahinten denn inzwischen einen vernünftigen Tatverdächtigen?«

»Nein. Boucher tappt noch völlig im Dunkeln. Hast du 'ne Idee, wer das getan haben könnte?«

Moszkowicz stieß ein Geräusch aus, das an einen Blasebalg erinnerte. Dabei ließ er die Unterarme auf die Tischplatte fallen. »Alors«, war das Einzige, was er von sich gab.

»Wisst ihr was? Ich glaube, wir müssen uns schon mal an die Idee gewöhnen, dass der Mörder einer von uns war.«

Ein Raunen ging durch den Raum.

»Nein, nein«, beruhigte Perez die verstörten Anwesenden, »niemand von uns hier im Raum. Aber einer, den wir kennen, ein Banyulenc.«

»Weißt du, was du da sagst?«

Alle Köpfe drehten sich zum Tresen. Fast hätte man vergessen, dass der Patron immer noch anwesend war.

»Nur zu genau, mein lieber Jean Martin. Aber eins steht doch mal fest, das Ganze hat mit der Hafenerweiterung zu tun. Ich kann euch das jetzt nicht näher erläutern, denn ich muss zu einem Termin. Aber denkt bloß nicht, Marianne sei wegen nichts verschwunden.«

»Du hast sie immer noch nicht zurück?«, wollte einer wissen.

»Nein.« Perez machte ein angemessen betretenes Gesicht. »Nein, und das bereitet mir große Sorgen. Ihre Aktion war ein Protest gegen die geplante Hafenerweiterung, von der noch niemand Genaueres weiß und auch in absehbarer Zeit nicht wissen wird, weil Gaillard ja immer noch im Krankenhaus liegt. Jedenfalls – und dann muss ich aber echt fort – hat der Maître auch seine Finger in der Sache gehabt. Und ich persönlich glaube, dass er deshalb sterben musste. Na schön, Jean Martin, die Rechnung!«

Der Wirt winkte ab.

Ein guter Start in den Tag, dachte Perez, Marianne hatte wirklich keine Ahnung von der Psyche seiner Landsleute.

KAPITEL 18

Sirot stand auf seinem Boot. Perez hupte, um seine Aufmerksamkeit zu gewinnen. Der Taucher befestigte die gelbe Flasche, die er soeben an Deck gewuchtet hatte, in der dafür vorgesehenen Halterung, sprang an Land und kam die wenigen Meter über das Quai auf den Kangoo zu.

Perez blieb hinter dem Steuer sitzen.

»Schöner Tag zum Ausfahren«, eröffnete er das Gespräch.

»Ja.« Erst nickte der Taucher zustimmend, dann hob er die Schultern, als wolle er sagen: So ist das nun mal hier. Schönes Wetter war in Banyuls kein ausreichender Grund für ein Gespräch, über den Normalzustand musste man sich schließlich nicht verständigen – stimmte schon.

»Sagen Sie, Guillaume ... Darf ich Sie eigentlich Guillaume nennen?«

Diesmal bedeutete das Zucken seiner Schultern wohl: klar, tun eh alle.

»Sirot, was ist das eigentlich für ein Name?«

»Familienname.« Perez tat ihm den Gefallen und lächelte über die blöde Antwort. »Was soll die Frage, Perez? ... Und Sie? Haben wohl keinen Vornamen, oder? ... Selbst Marianne nennt Sie Perez.«

»Ist so lange her, dass mich jemand bei meinem Vornamen gerufen hat«, sagte er, »dass ich mich selbst nicht mehr daran erinnern kann.«

Hinter Perez hupte es. Zuerst reagierte er nicht. Als der Typ schließlich unter wildem Gefuchtel mit den Armen aus dem Wagen stieg und schon von Weitem »Was ist, Perez, willst du hier Wurzeln schlagen?« schrie, fuhr er ohne zu antworten an, folgte dem Quai G. Petit über die Allées Maillol, bis er auf der Île Petite durch die Schranke und über den kleinen Parkplatz zurück auf die Uferstraße gelangte. Er bog links ab, fuhr also quasi in der ersten Etage den Weg zurück bis zur Hafeneinfahrt beim Laboratoire Arago. Dann erneut durch eine Schranke und über das Quai Racovitsa zurück zum Quai G. Petit und dem Tauchladen. Die gesamte Runde war keinen Kilometer, die kleine Straße im Hafen weniger als fünfhundert Meter lang, und doch hatte sie auf diesem kurzen Stück drei unterschiedliche Namen, ohne einmal die Richtung zu wechseln. Da musste man erst einmal drauf kommen.

Sirot stand immer noch am selben Fleck, jetzt aber mit offenem Mund. Vielleicht, weil Perez wieder direkt neben ihm anhielt und ganz offensichtlich immer noch nicht bereit war, seinen Wagen abzustellen und auszusteigen. Eher schon schien er fest entschlossen, die Prozedur so oft wie notwendig zu wiederholen. Im Zweifel so lange, bis alles gesagt wäre. In den Augen eines Naturschützers ein Verbrechen mittlerer Ordnung.

»Also«, fing Perez an, »jetzt hatten Sie Zeit zum Überlegen.«

»Wie bitte?«

»Sirot. Woher stammt der Name?«

»Von meiner Frau.«

»Ach ja? Und wie heißen Sie?«

»Sirot.« Er wurde lauter.

»Sie haben ... na schön ... Also hieß Claire Sirot.«

»Nein.«

»Nein?«

»Sie *heißt* Sirot. Claire Sirot. Tochter von Albert und Florence Sirot. Geboren in Carcassonne, Schule und Abitur ebendort. Abgeschlossene Ausbildung als Pflegerin. Erste Stelle in Neuilly-sur-Seine. Im Pariser Süden lernte sie auch ihren späteren Mann kennen, der dort als Ingenieur in der Automobilindustrie arbeitete. Sie heiratete Guillaume Sirot, geborener Vauban, aus dem Burgund stammend, also mich. Reicht das fürs Erste? Stillt das Ihre Neugierde?«

»Vauban? Wie der ...«

»Wie der große General und Festungsbaumeister Ludwig XIV., genau. Ich sehe, Sie kennen sich aus in der Geschichte unseres Landes. Oder etwa nur in der Kriegskunst?«

»Von dem stammen Sie ab?«

»Keine Ahnung. Wohl eher nicht. Ich bin jedenfalls nicht besonders kriegerisch unterwegs. Und Sirot ist ein hübscher Name.«

»Interessant.«

»Sehen Sie, wenn man die Hintergründe kennt, erscheinen die Dinge gleich in einem anderen Licht, nicht wahr? Jetzt, wo Sie meine Familienverhältnisse kennen ...«

»Und Ihre Frau Claire ist gelernte Pflegerin, gar nicht Tauchlehrerin?«

»Claire ist Tauchlehrerin und arbeitete früher als Pflegerin, ebenfalls ausgebildet.«

»Verstehe. Sagen Sie, Guillaume, Claire ist immer noch nicht wieder aufgetaucht, oder vielleicht doch?«

»Nein, ist sie nicht.«

»Und Sie haben noch immer keine Ahnung, wo sie sich aufhält.«

»Mein Gott, hat Ihnen schon mal jemand gesagt, dass Sie ganz schön nerven? Sie ist bei ihrer Mutter in Paris. Muss sich etwas um die alte Dame kümmern, weil sie nächsten Monat ins Altersheim kommt. Es ist alles in Ordnung.«

Und das wusstest du bei meinem letzten Besuch noch

nicht, dachte Perez. Und sie haut ab, ohne es dir zu sagen. Für wie blöd hältst du mich eigentlich?

»Gut zu hören. Also kein Streit?«, sagte er.

»Streit?«

»Ja, bei unserem letzten Gespräch hatte ich gefragt, ob Sie Streit gehabt haben, bevor sie abgehauen ist. Sie haben das zumindest nicht verneint.«

»Da irren Sie sich aber gewaltig, Monsieur.«

»Perez genügt. Kein Vorname, aber auch kein Monsieur. Einfach Perez.«

»Jaaa. Ist ja schon gut. Kann ich sonst noch was für Sie tun?«

»Sie haben mich noch gar nicht gefragt, ob Marianne wieder aufgetaucht ist.«

Sirot schlug sich gegen den Kopf. »Merde! Tut mir echt leid. Natürlich. Ich bin eigentlich davon ausgegangen ...«

»Weshalb?« Perez schüttelte den Kopf. »Nein, sie ist noch immer nicht wieder da. Außerdem sind in der Zwischenzeit eine Menge weiterer unschöner Dinge vorgefallen. Sicher haben Sie gehört, dass Maître Maréchal Opfer eines Gewaltverbrechens geworden ist und dass ich ...«

»Mein Gott ja«, unterbrach er Perez. »Man hat Sie verdächtigt. Dieser Boucher ist doch wohl ein Vollidiot. Wie kann man glauben, dass Sie ...«

»Nicht wahr, albern! Sagen Sie mal, man hat mir zugetragen, dass Claire noch vor der Explosion einen Satz gesagt haben soll, der mir einfach nicht mehr aus dem Kopf will. Sie soll gesagt haben: *Die Sache ist so gut wie vorbei*. Sinngemäß. Im Zusammenhang mit dem Hafenausbau. Können Sie sich denken, was sie damit gemeint haben könnte? Immerhin waren Sie drei ja so was wie eine Initiativgruppe gegen den Ausbau. Also denke ich mir, Sie wissen vielleicht auch etwas, das dazu passen könnte.«

»Aber das ist es doch. Deshalb verstehe ich ja überhaupt nicht, wieso jemand die Explosion mit der Hafenerweiterung in Verbindung bringen konnte. Mir hat sie das auch gesagt. Mir und auch Marianne. Schon vor der Explosion. Daraufhin war das Thema für mich erledigt. Und dann kam die Explosion, und Sie sind hier aufgetaucht. Aber nun hat sich ja alles geklärt. Bis auf die Sache mit Marianne. Ich hoffe, es geht gut aus.«

»Sie weichen mir aus, Guillaume. Ich will wissen, wieso Claire so sicher sein konnte, dass die Pläne vom Tisch sind?«

»Monsieur Perez, ich weiß es doch auch nicht. Sie wird es irgendwo aufgeschnappt haben. Bei einem Tauchgang oder bei einem ihrer reichen Patienten.«

»Reiche Patienten? Was denn für Patienten?«, fragte Perez.

»Der Laden brummt nicht immer. Jetzt zum Beispiel habe ich unglaublich viele Absagen. Wegen des Tramontane. Man sollte zwar denken, dass Taucher seetüchtig sind, aber die Wahrheit ist, bei einem Seegang, wie er momentan herrscht, kotzt mir die Hälfte das Boot voll oder füttert die Fische. Außerdem haben wir zu Hause vier hungrige Mäuler zu stopfen. Meine Frau verdient sich ab und zu etwas dazu, in ihrem alten Beruf. Es gibt schließlich genug wohlhabende Leute an der Côte, die das Geld haben, sich privat pflegen zu lassen. Wer auf staatliche Altenpflege angewiesen ist, hat schlechte Karten.«

»Sie meinen also, einer dieser ... Klienten ... hätte ihr so im Vorbeigehen gesagt: Hören Sie, liebste Claire, Sie brauchen sich um den Hafenausbau keine Sorgen mehr zu machen, ich habe das alles geregelt. Die Sache ist so gut wie vom Tisch. So in etwa?«

»Wie ich schon sagte, ich weiß es nicht. Irgendwann können Sie sie selbst fragen.«

»Wussten Sie eigentlich auch von Paulilles?«

»Sie meinen, dass sie auch dort bauen wollen? Aber natürlich. Und ganz ehrlich, Paulilles ergibt wesentlich mehr Sinn als Banyuls, wenn Sie mich fragen. Ein riesiges Terrain mit optimaler Anbindung. Also wenn man schon so drauf ist wie diese Schweden, dann aber hoppla.«

»Dann aber hoppla ... ja, ja ... Mal ganz platt gefragt, Sie machen sich keine Sorgen mehr? Um Ihre Familie, meine ich?«

Er überlegte etwas zu lange. Perez legte den Gang ein, fuhr an, bremste aber sofort wieder ab.

»Noch eine Frage«, brüllte er aus dem Fenster. »Sie haben nicht zufällig eine Liste dieser reichen Klienten, die ihre Frau betreut, zur Hand?«

Im Rückspiegel sah er, wie Sirot abwinkte.

KAPITEL 19

Ganz am Ende der Rue de la Mirande wohnte Francesc Puig allein mit seinen beiden Hunden und der sechsundneunzigjährigen Frau Mama. Nicht einmal Perez hatte Puigs Allerheiligstes bisher betreten dürfen. Nun stand er im Begriff, diesen Umstand zu ändern.

Der Kangoo umrundete das Hafenbecken, nahm bei der romanisch-byzantinischen Notre-Dame de Bonne Nouvelle die Rue Arago, im Volksmund nur Rue du Soleil genannt, bis sie unmittelbar über der Werft zur Rue de la Mirande wurde. Linker Hand passierte er die in den Hang gebauten Anwesen einflussreicher Bürger und betuchter Touristen, während rechts unter ihm Kräne und aufgebockte Schiffsrümpfe vorbeizogen. Jenseits der Kräne stieg die Straße über eine Linkskehre nochmals leicht an, bevor sie schließlich in einem Wendehammer direkt vor einem abweisenden Stahltor endete.

Puigs Haus ansichtig wurde nur, wer hinter dieses Tor gelangte. Ungleich beeindruckender aber war der Blick für denjenigen, der sich Port-Vendres auf dem Wasser näherte. Direkt in den Fels geschlagen, wirkte das Haus wegen seiner flachen, runden Form wie ein auf den Klippen gelandetes Ufo. Blicke ins Innere der gläsernen Fassade gelangen selbst mit dem besten Feldstecher nicht. Dafür konnte man die Felstreppe erspähen, die vom Haus in luftiger Höhe hinunter zu einem kleinen Privatstrand führte. Von drei Seiten durch meterhohe Felswände geschützt, bot die Bucht einen sicheren Ankerplatz im Windschatten des Tramontane. An einem gut vertäuten Steg schaukelte Puigs jeweilige Lieblingsyacht in der Brandung des Mittelmeers.

Perez parkte seinen Wagen zwischen den Büschen links der Straße, wo der mit undurchdringlicher Macchia überwucherte Hang himmelwärts strebte. Gegen den Wind kämpfte er sich die wenigen Meter über den kleinen Platz, dorthin, wo hinter einer Sicherheitskette und direkt über dem La Redoute du Fanal die Statue der Notre-Dame de Bonne Nouvelle die Einfahrt zum Hafen markierte. Doch nicht der Fanal war es, auf den Perez einen Blick werfen wollte, sondern der auf der anderen Seite der Hafeneinfahrt auf gewaltigen Steinquadern thronende Phare du môle. Seit Kindheitstagen hatte es ihm die strahlend weiße Stahlkonstruktion mit ihrem roten Leuchthaus angetan. Ein Besuch in Port-Vendres, ohne dem Leuchtturm einen Moment Aufmerksamkeit zu schenken, kam für Perez nicht in Betracht. Selbst wenn vom schönsten Detail, der eisernen Wendeltreppe, die sich einst um die zentrale Säule des Turms hinaufgeschwungen hatte, nach einem Sturm nichts mehr übrig war.

Perez schirmte die Augen mit der Handfläche gegen die grelle Sonne ab und blinzelte eine Weile hinüber. Er brauchte die Zeit auch, um sich zu sammeln.

Ein nervöses Vibrieren in seiner Hosentasche lenkte seine Aufmerksamkeit vom Naturhafen auf das Mobiltelefon. Annabelle, Maréchals Sekretärin. Er überlegte kurz, ob er das Gespräch entgegennehmen sollte, wartete damit aber so lange, dass es sich von selbst erledigte. Nichts von dem, was Annabelle ihm erzählen könnte, wäre imstande, bei dem bevorstehenden Gespräch mit Puig zu helfen – so zumindest glaubte er.

Entschlossen ließ er sich vom Wind zum Tor schieben, wo er klingelte, bevor er sein Gesicht direkt in die auf der Mauerbrüstung installierte Kamera hielt.

Dass man seiner ansichtig geworden war, war an der ruckelnden Bewegung der Überwachungskamera und dem roten Signallicht unterhalb der Linse erkennbar. Deshalb blieb Perez auch standhaft, obwohl man ihn unverschämt lange warten ließ, bis das höllenschwarze Rolltor doch noch zur Seite glitt und den Blick freigab auf eine obszön große, mit Bougainvillea bewachsene Garage.

Eine soziale Unverträglichkeit stellte das gesamte puigsche Areal dar, fand Perez: Hinter dem Ufo schlängelte sich ein in den Fels gesprengter Weg den Hügel hinauf bis zu einem weiteren Gebäude von den Ausmaßen eines geräumigen Mehrfamilienhauses, das nur deshalb wie ein Pavillon wirkte, weil das Haupthaus im Vordergrund so gewaltig war. Ein Glück, dachte Perez kurz, dass Marianne das hier nicht sieht.

Er selbst war in diesem Moment jedenfalls so abgelenkt von dem, was sich seinen Augen bot, dass ihm der Mann, der durch seine Größe und Wirkung perfekt zu dem Anwesen passte, erst auffiel, als er sich in Richtung Meer drehte.

Der Kleidung nach hätte man den Typ für einen Surfer halten können, nur dass das Board, das es vermocht hätte, diesen Koloss durch die Wellen zu schippern, erst noch gebaut werden musste. Barfuß, mit ausgebeulten Camouflageshorts unter einem Hawaiihemd, stand er da wie die moderne Version der King-Kamehameha-Statue von Oahu. Dazu passte auch die Irokesenbürste, die seinen ansonsten kahlen Schädel schmückte. Schwarze Augen starrten Perez seltsam teilnahmslos an.

Das Einzige an diesem Mann, das nicht einschüchternd

wirkte, war eine viel zu kleine Stupsnase, die man als süß hätte bezeichnen können, verböte sich angesichts dieses sonst so schroffen Anblicks nicht jedwede Form der Verniedlichung. Entsprechend beeindruckt wartete Perez vorerst ab, was der Mann zu tun gedachte.

Der Riese wartete ebenfalls ab – regungslos.

»Bonjour«, sagte Perez, als sich zu lange nichts tat. »Ist Puig zu Hause?«

Irgendwie kam ihm dieser Typ, der weiterhin stumm und starr blieb, bekannt vor. Erinnerungen an eine ungute Geschichte stiegen in ihm auf. Bilder eines Krankenhausflurs, Bilder einer Krankenschwester und seines Intimfeinds Luc Gaillard. Wahrscheinlich spielte sein Hirn ihm einen Streich. Wie sollte dieser Mann hier Ähnlichkeit mit Gaillards Leibwächter aufweisen? Wahrscheinlich lag es daran, dass man solch wohlgeformte Muskelberge hier unten nur sehr selten zu sehen bekam, ihm das nun aber zweimal innerhalb kürzester Zeit widerfahren war. Seltsam und nicht durch den Sturm zu erklären. Nein, der Tramontane trug nicht an allem Schuld.

Zum Letzten entschlossen, tat Perez zwei Schritte auf den Mann zu. Und als hätte der Riese nur auf die Initiative des Besuchers gewartet, drehte er sich um und stieg breitbeinig eine kleine Treppe hinunter, die sein wuchtiger Körper bislang verdeckt hatte.

Perez nahm das als Aufforderung, ihm zu folgen. Die Stufen führten zu einer weit geschwungenen Terrasse, die das Haus umgab wie ein Ring seinen Planeten. In deren Mitte lag ein kleiner Swimmingpool. Das glasklare Wasser schien, da das Becken bis an den Rand der Terrasse führte, überzulaufen und direkt ins Meer zu stürzen.

Der Riese wandte sich nach links. Dorthin, wo die Außenmauer des Hauses sich mit dem Fels der Klippe verband. Ein Flügel der Eingangstür stand offen. Dorthinein verschwand der Mann, dem Sprechen entweder eine Verschwendung von Atemluft zu sein schien oder dem Puig die Zunge rausgeschnitten hatte, damit er nichts von dem verlauten lassen konnte, was er in diesem James-Bond-Bösewicht-Anwesen aufschnappte.

Hatte Perez angenommen, im kühlen Inneren des Ufos auf kleine grüne Männchen zu treffen, so wurde diese Erwartung enttäuscht. Er betrat ein äußerst zurückhaltend möbliertes, geschmackvoll eingerichtetes Haus. Böden, Decken und Türen aus dunklem Schiffsholz, recycelt und mit sicherem Gespür für Tradition aufgearbeitet. Im Kontrast dazu Wände, Möbel und Gardinen in hellen, freundlichen Farben. Dazu kamen kostbare Sammlerstücke: antike Messinstrumente, Taucherglocken, Harpunen und Messer – dekorativ über die Räume verteilt. Der maritime Charakter des Hauses wirkte nicht künstlich herbeizitiert, sondern authentisch.

Was kein Wunder war, das Meer war Puigs große Leidenschaft. Seit Jugendtagen passionierter Unterwassersportler, später auch Marinetaucher, setzte er seiner Leidenschaft auf diesen Klippen ein Denkmal.

Perez blieb die Luft weg, als er auf das Meer hinabsah. Einen vergleichbaren Blick, bei dem man vor Wind und Wasser geschützt am mannshohen Kamin sitzen konnte, hatte er noch nicht gehabt. Dass Puig dieses Haus ausschließlich für sich selbst nutzte und nicht damit prahlte, nötigte Perez ungewollt Respekt ab.

Anders als sein Gorilla, der mit verschränkten Armen vor der Felswand hinten im Wohnraum Aufstellung bezogen hatte, war Puig akkurat gekleidet: schwarze Hosen und ein frisch gestärktes weißes Hemd, vorn so weit offen, dass man das goldene Kreuz in einem Nest aus Brusthaar schimmern sah.

Ein tiefes Knurren untermalte Perez' Eintritt ins Allerheiligste.

»Ist ja gut, Ferdinand, ich freue mich auch nicht über den Besuch.«

Ferdinand. Der Name klang, als handelte es sich um einen lustigen Gesellen, die Laute aber stammten aus der Kehle eines Dobermanns. Die Schnauze etwa auf der Höhe von Puigs linkem Knie. Neben dem rechten tauchte in diesem Augenblick ein weiterer Hundekopf mit gefletschten Zähnen auf, der dem anderen aufs Haar glich.

»Zwillinge?«, fragte Perez und versuchte sich an einem Lächeln, das ihm etwas verrutschte. Obwohl er sich am Ende mit den Hunden vermutlich besser verstehen würde als mit dem Hawaiianer. Zumindest hatten die mit ihrem Knurren schon mehr Laute von sich gegeben als der Riese.

»Ich freue mich auch, dich zu sehen«, fuhr er fort. »Wird ja fast schon zur Gewohnheit.«

»Dagegen hätte ich nichts«, ließ sich Puig vernehmen und trank einen Schluck aus einem Kristallglas. Zwei Fingerbreit einer klaren Flüssigkeit. Soweit Perez sehen konnte, keine Eisstücke. Es war noch nicht einmal Mittag. »Allerdings mittags ... Im *Tramontane* ... Nicht hier.« Puig ließ den Satz einem Moment im Raum stehen. »Also? Was willst du?«

»Ich bin dir dankbar, dass du mich eingelassen hast. Sehr schön hier, warum versteckst du das vor aller Welt?«

»Wüsste nicht, was die Welt das angeht.«

»Da hast du auch wieder recht.«

»Dann komm zur Sache.«

»Ja. ... Also: Ich komme praktisch direkt aus dem Gefängnis, weißt du das?«

Kein Zeichen der Überraschung. Keine Unsicherheit. Kein Mitgefühl.

»Wegen Mordverdacht verhaftet. ... Mordverdacht!«, wiederholte er, um das Unglaubliche daran zu unterstreichen.

Das kurze Kopfzucken konnte nur als Nicken bewerten, wer genau auf Puig achtete und wer ihn mindestens so gut kannte wie Perez. Jede weitere Reaktion blieb aus.

Klar wusste sein Gegenüber, dass sie ihn verhaftet hatten. Wenn schon alle anderen im Dorf im Bilde waren ... Aber darum ging es Perez nicht. Er wollte herausfinden, ob Puig etwas über die Hintergründe seiner Inhaftierung wusste. Doch der blieb stumm. Im Pokern war der alte Ganove ihm weit überlegen.

»Maréchal ist erstochen worden«, fuhr er trotz einer gewissen Unsicherheit fort. »Aber das weißt du natürlich längst. Darf ich fragen, wer's dir gesteckt hat?«

»Hab ich vergessen.«

»Verständlich.« Puig zeigte eine Reaktion, leichtes Erstaunen. »In deinem Alter«, reichte Perez die Erklärung nach. »Wie wär's mit einem Drink?«

»Danke, hab schon«, antwortete Puig und hob zum Beweis sein Glas in die Höhe.

»Dachte bloß, der Anstand würde gebieten, dem Gast ebenfalls etwas anzubieten.«

»Was willst du, Perez? Rück endlich raus mit der Sprache. Und dann wäre ich dir dankbar, du würdest mein Haus schnell wieder verlassen.«

»Mon dieu, Francesc, du liebst wirklich keine Gäste.«

»Nein, das tue ich nicht. Und Geheimniskrämerei noch weniger.«

»Und nach ein bisschen Reden mit einem altem Freund ist dir auch nicht?«

»Nein, ist mir auch nicht.«

»Schwierig. … Was sagst du zu Maréchal? Schockt dich das nicht, ein Mord in unserem beschaulichen Banyuls?«

»Was schert mich Maréchal?«

»Mein Gott, bist du so eiskalt oder tust du bloß so? Schon die Toten auf deiner Yacht schienen dir komplett egal zu sein. Das gibt's doch gar nicht …«

»Sie haben keine Toten gefunden, soweit ich weiß.«

Perez sah ihn an. Steckte in dieser Bemerkung Trotz?

Puig zeigte keine Reaktion. Ob es hinter seiner Stirn arbeitete, war nicht ablesbar.

»Ich vermute doch mal, du hast mit Maréchal das eine oder andere Geschäft abgewickelt. Ihr kennt euch jedenfalls schon lange. Das könnte doch dazu führen, dass man ein wenig geschockt ist, wenn man die Nachricht erhält, dass der Mann ermordet wurde. Und wenn schon das nicht, dann doch zumindest über die Nachricht, dass ein … ich sag mal: Freund … dafür eingesperrt wurde.«

»Na, du bist doch wieder draußen«, stellte er lapidar fest.

»Nett, danke, Puig. Ehrlich. Also wenn man unser letztes Gespräch drüben am Leuchtturm als Maßstab für einen missglückten Gesprächsbeginn nähme, wie würdest du dann das hier bezeichnen?«

»Was ist das hier, ein Quiz?«

»So was in der Art.« Okay, dachte Perez, auf Maréchal will er nicht eingehen, meine Inhaftierung ist ihm schnuppe, aber: »Wusstest du auch schon, dass die Pässe und Kreditkarten deiner Chartergäste gefälscht waren?« Puigs Augen verengten sich. »Und ich dachte, es wären die Schweden gewesen«, fuhr Perez fort. »Jedenfalls meine ich mich zu erinnern, dass du persönlich mir davon erzählt hast. Die Leute der Örebro.«

»Oh, der feine Herr kooperiert mit den Flics. Bravo, Perez, bravo!«

Anscheinend verstanden die Hunde die Verschärfung im Ton ihres Herrchens als Aufforderung, das ganze Repertoire ihrer einschüchternden Stimmlagen zum Besten zu geben. Puig tat nichts, um sie zu beruhigen.

»Nein, tut er nicht«, stellte Perez fest und spürte, wie er trotz der Hunde zunehmend zorniger wurde. »Rede mit mir, Puig. Du hast mich jetzt zweimal am Ring durch die Manege geführt. Die Vorstellung ist vorbei. Ich will endlich Antworten. Marianne wird bedroht!« Puig zog die Augenbrauen hoch und schien doch nicht wirklich überrascht zu sein. »Richtig gehört, meine Marianne, Marianne Finken. Und, was noch schlimmer ist, auch ihre Tochter Stéphanie wird bedroht. Und genau da, mein lieber Francesc, hört jegliches Verständnis bei mir auf. Du kannst von mir aus weiter den Paten spielen, aber du wirst mir meine Fragen beantworten. Und zwar genau jetzt und genau hier!«

Irgendwo mitten im Satz hatte er begonnen, jedes seiner Worte mit einer Geste der rechten Hand zu unterstreichen. Gegen Ende senkte er die Stimme wieder auf Normallautstärke.

»Gib mir einen Drink! ... Hörst du? ... Ich habe echt die Schnauze voll. ... Und schick endlich die Scheißköter raus.«

Perez war selbst erstaunt über die Aggressivität, mit der er plötzlich voranpreschte. Aber noch überraschter schien sein Gegenüber. Nach einem kurzen Augenblick der Starre bückte Puig sich und flüsterte seinen beiden Sphinxen etwas ins Ohr, und als hätten sie Witterung von schweißendem Wild aufgenommen, schossen sie aus dem Raum.

»Wenigstens gut erzogen«, nuschelte Perez und ließ sich in die weichen Polster der Sitzgruppe fallen.

Puig starrte auf ihn herab. Eine bedrohliche Weile. Erst dann ging er hinüber zu einem Sekretär, öffnete die Klappe und entnahm einem kleinen Holzkistchen ein Zigarillo. Er entzündete es mit einem langen Streichholz, bevor er zurück zur Sitzgarnitur kam und Perez gegenüber Platz nahm.

»Mon dieu, mein Dickerchen, du kannst aber böse werden«, sagte er, plötzlich in einem ganz anderen Tonfall als bisher. »Ich dachte, ich kenne dich, aber diesen Wesenszug hast du bislang geschickt vor mir verborgen. Weiß Marianne davon? ... Ach entschuldige ... der Drink. Auch einen Gin?«

»Aber dann mit Tonic.«

»Eine Schande! ... Na schön«, sagte Puig und gab dem Hawaiianer ein Zeichen.

»Ist der neu?« Perez deutete über die Schulter auf den Koloss.

»Wie man's nimmt. Ein Bekannter ... von früher.«

»Hätte ich drauf gewettet ... Spricht nicht viel.«

»Muss er auch nicht. Ignoriere seine Anwesenheit einfach.«

»Fran, ich kann keinen Menschen ignorieren, der mit mir im selben Raum ist. Vielleicht erklärst du mir mal, warum du dir den Burschen hältst? Seit wann benötigst du einen Leibwächter?«

»Leibwächter ...« Puig lachte herzhaft. »Nein, nein, Momo ist mein Privatsekretär.«

»Sicher. Und nach Feierabend macht ... Momo? ... dir die Wäsche. Außerdem hab ich das Gefühl, dass er mir schon einmal begegnet ist.«

»Ach was, Schluss jetzt mit den Nebensächlichkeiten. Was ist das für eine Geschichte von Marianne und ihrer Tochter? Wie heißt die Kleine noch gleich?«

»Stéphanie.«

»Ja, Stéphanie. Die beiden werden also bedroht? Warum hast du mir nicht längst davon erzählt? Ich kann dir sicher helfen.«

»Darf ich dich daran erinnern, dass du vor zwei Minuten noch deine Köter auf mich hetzen wolltest?«

In diesem Augenblick tauchte der Hawaiianer wieder in Perez' Gesichtsfeld auf, trat direkt neben ihn und streckte ihm seine mächtige Pranke hin. Perez musste schon ganz genau hinsehen, ehe er das Glas darin entdeckte. Er nahm es entgegen und fand, dass es auf dem Weg aus der Hand des Riesen in seine eigene eine erstaunliche Metamorphose durchlebte. Vom Schnapsgläschen zum Whiskyschwenker. Noch ehe er das Glas an die Lippen geführt hatte, stand der Riese wieder an seinem angestammten Platz.

Perez beugte sich vor. »Macht der auch Männchen?«, flüsterte er in Puigs Richtung. Und dann lauter und wieder in aufrechter Haltung: »Welche Nationalität hat dein Privatsekretär? Hawaiianer?«

»Du bist mir doch immer willkommen, mein Freund.«

Puig streckte die Arme seitwärts und sah für einen kurzen Moment aus wie Cristo Redentor, die Statue über Rio de Janeiro. Selbst das fehlende Glied seines linken Ringfingers passte in dieses Bild. Schließlich hatte erst kürzlich ein Blitz den brasilianischen Erlöser wieder einmal einen Finger gekostet. Nur dass Puig seinen der französischen Marine geopfert hatte, besser gesagt einer Muräne bei einem militärischen Nachttauchgang vor der Île de La Réunion.

»Aber das weiß ich doch«, entgegnete Perez. »Und das spürt man auch, wenn man dich anschaut.«

»Nein, nein. Wirklich. Es ist schon wahr, dass ich mein privates Reich verteidige. Da kannst du noch so dämlich grinsen ...«

»Mais non!«, beschwichtigte Perez. »Ich spreche von dieser Herrscher-Geste ...«

»Hier ist meine Familie«, zischte Puig überdramatisch, »das ist ein heiliger Ort für uns. Meine Mutter erträgt keine fremden Menschen um sich. Solange sie lebt – Gott gebe, dass es noch viele Jahre sein mögen –«, er bekreuzigte sich, »möchte ich ihr hier drinnen Frieden schenken. Keine unnötigen Aufregungen, klar? ... Außerdem brauche ich, bei all den schwierigen Aufgaben, die ich täglich zu bewerkstelligen habe, einen Ort der Ruhe und Zurückgezogenheit. Hier ...«, er machte wieder eine ausladende Geste, gefolgt von einer wohldosierten Pause, »hier kann ich Kraft tanken. Also tu mir den Gefallen, Perez, und nimm das alles nicht persönlich ... Außerdem ... ich habe dich doch reingelassen, oder? Nicht viele Männer können von sich behaupten, im Haus von Francesc Puig gewesen zu sein.«

»Frauen aber schon?«, fragte Perez mit keckem Augenaufschlag.

Puig lachte. »Auch nicht! Bild dir ruhig was darauf ein, mein Alter. Es ist schon so, wie ich sage. Und es gibt einen Grund, weshalb ich mir ausgerechnet dieses Grundstück gesichert habe. Nicht allein wegen der Aussicht. Ganz bestimmt nicht. Mein Grund und Boden, mein kleines Reich. Hier gelten allein meine Regeln.«

Als ob das unten im Dorf anders wäre, dachte Perez. Er beobachtete Puig genau. Wie viele Facetten hatte dieser Mann? Welches der vielen Gesichter war sein wahres? Eins stand jedenfalls fest, wer die Kohle hatte, hatte die Macht. Mein Gott, jetzt dachte er schon wie Marianne, als ob allein das die Welt zu erklären vermochte. Allerdings waren hier an der Côte Vermeille die Dinge selten komplizierter. Natürlich stand auch dieses Mal das große Geld im Vordergrund, bloß dass jetzt auch noch jemand irgendwo auf der Strecke die Nerven verloren hatte. Und seitdem ging es eben um mehr als nur ein weiteres windiges Geschäft. Plötzlich hatten sie es mit einem Mord zu tun.

»Ich sage dir jetzt mal, was ich herausgefunden habe. In der Hoffnung, dass du mir dann endlich auch reinen Wein einschenkst. Und nur damit das klar ist, eure Geschäfte interessieren mich einen Scheißdreck. Was ich will, ist meine Ruhe. Aber die habe ich erst wieder, wenn Marianne und Stéphanie sicher in Banyuls leben können und wenn ich herausgefunden habe, wer mir die Sache mit Maréchal in die Schuhe schieben wollte.« Er sah zu Puig hinüber. »Wenn ich mich recht entsinne, sprachen wir bereits über deinen Freund Gaillard. Über Luc.«

Die Kiefer des Alten verbissen sich sofort ineinander, und er glich nun seinen Dobermännern.

»Nachdem Marianne ihre BH-Aktion durchgeführt hatte, wurde sie von ihm bedroht«, fuhr Perez fort.

»Wie denn?«

»Er hat gedroht, dass er ihrer Tochter etwas antun würde, wenn sie nicht mit ihren Aktionen aufhört und bis zum Monatsende aus Banyuls verschwindet. Mir gegenüber hat er die gleiche Drohung ausgestoßen, in ekelhaften Tönen. Ich möchte gar nicht wiederholen, wie er über Mariannes Tochter gesprochen hat, dieses widerliche Schwein. Ich weiß, Fran, dass Luc mit *Côte d'Azur deux* zu tun hat. Ich weiß es, weil seine Drohungen ansonsten keinen Sinn ergäben, und ich weiß es, weil er permanent mit Maréchal in Kontakt stand.«

»Sagt wer?«, knurrte Puig.

»Sagt meine Kontaktperson. Spielt doch keine Rolle. Es ist so, wie ich sage, und du musst davon wissen.«

»Glaubst du das wirklich?« Puig stand mit einem Satz vor ihm. »Sollte dieses Arschloch wirklich mit dem Geschäft zu tun haben, dann bin ich draußen. Oder besser noch, ich sorge dafür, dass er draußen bleibt.«

»Er ist längst dabei, Fran.«

Perez zog die Liste aus seinen Shorts und reichte sie an

Puig weiter. Der ging damit zu seinem Schreibtisch, setzte eine Brille auf und las. Langsam und sorgfältig.

»Woher stammt die?«, fragte er schließlich und hielt das Papier in die Höhe.

»Aus Maréchals Aktenvernichter. Die Liste ist echt. Und alle Namen darauf gehören zu den Zeichnern dieses Plans.«

»Noch ist nichts unterschrieben.«

»Dann zeigt sie eben, wer dazugehören soll oder dazugehören wird.«

Puig zog langsam die Schublade seines Sekretärs auf, entnahm diesem eine weitere, nicht zerknitterte Seite Papier und kam damit zu Perez hinüber.

»Dann schau dir mal diese Liste hier an. Völlig identisch, bloß dass auf meiner Liste kein Luc Gaillard steht. ... KEIN GAILLARD!«, schrie er so wutentbrannt, dass der Hawaiianer sich vorsorglich schon mal von der stützenden Wand abdrückte und zwei Schritte in den Raum hineintat. Dann drehte sich Puig auf dem Absatz um und verließ den Wohnraum durch eine Tür, die so geschickt in die Fassade integriert worden war, dass sie Perez zuvor gar nicht aufgefallen war. Nur Sekunden später stand Puig draußen vor dem großen Panoramafenster und beugte sich über das Geländer der Terrasse. Der Tramontane riss an seiner Kleidung und zerzauste seine Frisur. Was aussah wie die Reaktion auf einen verdorbenen Fisch zu Mittag, war in Wirklichkeit das Gefühl, betrogen worden zu sein, wusste Perez. Er nutzte die Gelegenheit zu einer Zigarette.

Irgendwann kam Puig zurück, strich sich die Haare aus der Stirn, ließ sich vom Hawaiianer das Glas auffüllen und setzte sich direkt neben Perez auf das Sofa.

»Dauernd will mich jemand verarschen«, sagte er, klang dabei aber eher wie der Aggressor als das Opfer.

»Dann sind wir schon zwei«, erwiderte Perez.

»Weißt du, wer dahintersteckt?«

»Sag's mir.«

»Valoteau. Es kann nur Valoteau sein.«

»Ach komm! Bertrand Valoteau. Der ist doch bloß ein kleiner Sparkassendirektor. Ach was, Direktor, Zweigstellenleiter ist er. Zweigstellenleiter einer unbedeutenden Filiale am Ende von Frankreich. Was kann so einer schon groß anrichten?«

»Es kann nur Valoteau sein. Ich sag dir jetzt was: Das Geschäft ist ohnehin geplatzt, hat sich erledigt, verstehst du?«

Perez überlegte kurz, bevor er den Kopf schüttelte. »Erklär's mir.«

»Ist doch klar, die Sache steht und fällt mit den Schweden. Ich und all die anderen auf diesem Papier«, er winkte mit der Seite aus dem Aktenvernichter, »wir sind alle kleine Fische. Jedenfalls verglichen mit denen. Aber seit meine Yacht in die Luft geflogen ist, gibt es hier niemanden mehr, der etwas von Persson gehört hätte. Niemanden. Weder Valoteau noch Maréchal vor seinem Ableben. Ich nicht und vermutlich selbst Gaillard nicht. *Côte d'Azur deux* ist erledigt, Perez. Aus und vorbei.«

Er setzte ein entsprechend finsteres Gesicht auf, allerdings beschlich Perez der Eindruck, als belaste Puig der Niedergang des prestigeträchtigen Projekts nicht sonderlich.

»Warum regst du dich dann überhaupt noch auf?«, wollte er deshalb wissen. »Wenn ohnehin alles aus ist, wie du sagst, dann kann Luc doch auf der Liste stehen, solange er will, was kümmert's dich?«

»Denk doch mal nach, Perez. Die wollten mich hinters Licht führen. Ich hätte nächste Woche meine Anteile gezeichnet, wenn mir der Plan gefallen hätte ...«

»Moment mal, du kanntest den Plan noch nicht einmal? Das glaube ich dir nicht.«

»Nicht vollständig. Persson persönlich sollte nach Collioure kommen und eine große Präsentation machen. Danach hätten alle Leute die Möglichkeit bekommen, zu zeichnen. Solange der Vorrat reicht, sozusagen. Man sprach von einer Bieterschlacht, an deren Ende sogar eine Art Verlosung stehen könnte.«

»Muss ich wohl nicht verstehen«, sagte Perez ein wenig resignierend.

»Sagen wir, eine Torte hat zwölf Stücke. Es stehen aber fünfzig Leute vor der Kuchentheke, von denen jeder ein Stück abhaben möchte.«

»Dann bekommt es der Meistbietende.«

»Nein, nein, so funktioniert das nicht, das wäre ja völlig unseriös. Der Preis pro Stück liegt fest. Und es gibt eine Verlosung – ganz klassisch.«

»Na schön.« Ökonomie war wirklich nicht sein Fach. »Die Örebro ist also davon ausgegangen, dass es mehr Leute gibt, die Anteile kaufen wollen, als vorhanden sind?«, sagte er.

»Ach was. Die Örebro hält sich da raus. Valoteau! Er lässt keine Gelegenheit verstreichen, die Knappheit der Anteile zu betonen. Aber das ist doch alles unwichtig.«

»Ach ja? Und was ist dir wichtig, Fran?«

»Stell dir bitte vor, ich hätte irgendwann herausgefunden, dass Luc Gaillard zusammen mit mir investiert hat. Kannst du dir vorstellen, was dann passiert wäre?«

»Ja, ich glaube, das kann ich ... Aber wahrscheinlich kann man sich bei dieser Art Geschäfte seine Partner nicht aussuchen.«

»Pah! Die wollten mich hinters Licht führen! Warum sonst zwei Listen? Wer weiß, was oder wer auf der Liste von Persson steht?«

Perez stand auf und lief ein paarmal im Zimmer auf und ab. Das verschaffte ihm mehr körperliche Bewegung, als er an einem gewöhnlichen Tag hatte, die Dimensionen von Puigs Haus waren gigantisch.

»Wer weiß noch davon?«, fragte er, ohne seinen Rundgang zu unterbrechen.

»Von der Hafenerweiterung?«

»Nein, vom Ende aller Träume?«

»Keine Ahnung.« Wieder wirkte Puig desinteressiert. Dass das Geschäft nach der Explosion nicht mehr zustande kommen sollte, schien ihn überhaupt nicht zu beschäftigen. Dass man ihn, Francesc Puig, betrügen wollte, hingegen sehr wohl. »Valoteau!«, sagte er mit aller Verachtung, zu der er fähig war. »Dieser Mistkerl wird mir nicht so einfach davonkommen.«

»Mach dir nicht die Finger dreckig, Fran, hilf mir lieber, die losen Enden zu verbinden, und verlass dich darauf, dass ich die Sache schon regeln werde.«

»Oha! Kommissar Perez.«

»Quatsch. Aber ich bin nun mal in die Sache reingezogen worden, und ich werde erst aufhören, wenn wieder Ruhe eingekehrt ist. Und ich meine echte Ruhe, keinen kurzfristigen Waffenstillstand. Ich will, dass wir Luc ausschalten – für immer.«

»Du meinst …« Seine Züge hellten sich auf.

»Nein«, rief Perez schnell. »Ich bin doch kein … also wirklich. Nein, wir müssen irgendetwas über ihn herausfinden, das wir gegen ihn verwenden können. Noch besser wäre es, wenn Boucher etwas über ihn ans Licht bringen könnte, das ihm erlaubt, den Burschen dorthin zu stecken, wohin er mich bringen wollte, hinter Gitter.«

»Dabei kannst du voll und ganz auf mich zählen«, knurrte Puig. »Bloß, was sollte das sein?«

»Ich hatte gehofft, du könntest mir das sagen. Man erzählt sich …«

»Du weißt davon?« Puig streckte die Beine von sich und machte sich auf dem Sofa breit.

»Nun ja«, murmelte Perez und zog die Schultern entschuldigend hoch. »Man erzählt sich so dies und das im Dorf.«

»Tut man das?«

»Also, es gibt Menschen – und, glaube mir, ich gehöre nicht dazu –, die behaupten, du ließest Luc Gaillard auf Schritt und Tritt verfolgen. Durch Leute, die du dafür bezahlst. Ich vermute mal, dass du ihm was anhängen willst. Wegen Elza. Obwohl das doch schon so lange her ist. Und eigentlich auch nicht die Schuld von Luc war.«

»Sprich nicht über Dinge, die du nicht verstehst. Elza war die einzige Frau, die ich jemals geliebt habe.«

»Trotzdem war sie viel zu jung für dich.«

»Unsinn. Gaillard ist gerade einmal fünf Jahre jünger.«

»Ist ja auch egal. Ich finde nur, wenn etwas an diesen Gerüchten dran ist, dann könnte es doch sein, dass du etwas gegen Luc in der Hand hast. Und dann wäre jetzt die passende Gelegenheit, es gegen ihn auszuspielen.«

»Perez!« Er setzte sich wieder gerade hin. »Wäre ich der Mann, für den du mich anscheinend hältst, und hätte ich etwas herausgefunden, mit dem man Gaillard schaden könnte, denkst du wirklich, er würde dann noch frei herumlaufen? ... Ja, er hat Nutten, jede Woche. Er verschiebt schon mal ein paar Autos und kann ab und zu die Finger nicht von Drogen lassen. Aber er dealt nicht, ist kein Zuhälter und auch kein echter Autoschieber. Er ist bloß ein Großkotz – leider.«

»Na gut, aber die Nutten? Wenn Elza davon erführe ...«

»Sie weiß es längst.«

»Also?«

»Geht dich nichts an.«

»Stimmt. Geht mich nichts an.«

»Nichts, was die Bullen interessieren könnte.«

»Merde! ... Marianne glaubt, dass Luc mich bei den Flics verpfiffen hat. Ohne dass ich sagen könnte, wie sie darauf kommt. Ob er gar der Mörder ist, ich weiß es nicht. In diesem Fall scheint alles möglich.«

»Aber ich dachte, Marianne ist verschwunden?«

»Na ja. Wir haben sie gestern wiedergefunden. Aktuell ist sie wieder in Banyuls, aber davon weiß keiner, und das darf auch keiner wissen. Vor allem Luc nicht.«

»Und Stéphanie?«

»Ist bei ihrer Mutter. Vorerst in Sicherheit, alle beide. Dafür habe ich gesorgt.«

»Unfug! Du bringst sie hierher, hörst du? Hier sind sie wirklich sicher.«

»Danke für das Angebot, aber wenn hier tatsächlich alles so sicher ist, wie du sagst, warum dann ...«

»Momo?«

»Ja, warum dann Momo?«

»Sagte ich doch schon, ich brauchte einen Privatsekretär.«

»So kommen wir nicht weiter, Fran. Was kümmert dich, wo Marianne sich versteckt hält?«

»Mir liegt ihr Wohlergehen am Herzen.«

»Du kennst sie doch überhaupt nicht.«

»Ist sie nicht deine Freundin?«

»Ja ... Naja ... so was Ähnliches.«

»Mein Gott, Perez. Du und die Frauen, das ist schon ein Kapitel für sich, nicht wahr? ... Vergessen wir das mal für den Moment. Wir brauchen Luc doch nur zu stecken, dass Marianne sich nicht an seine Anweisung gehalten hat und wieder in Banyuls ist. In Wirklichkeit wäre sie natürlich hier bei mir in Sicherheit. Wenn wir ihm dann noch unterschieben, dass sie sich mit Boucher treffen will, um reinen Tisch zu machen, dann müsste ihn das doch aus der Reserve locken. Und wenn er dort auftaucht, wo er Marianne vermutet, sind wir schon da.«

»Er hat auch so einen Schrank von Bodyguard wie du. Außerdem würde ich Marianne niemals als Köder benutzen. Du spinnst ja wohl.«

»Das wäre unsere Chance«, beharrte er.

Perez' Handy klingelte. Der Griff in seine Hosentasche ging ins Leere. Es musste ihm aus der Tasche gerutscht sein. Das Gerät drehte sich neben Puig auf dem Sofa im Kreis. Puig nahm es und hielt es Perez hin.

»Geh ruhig ran, ich muss eh mal zur Toilette«, sagte er.

»Capitaine Boucher«, rief Perez, als er hörte, wer am Apparat war, und stoppte damit Puigs Abgang. »Nein, überhaupt nicht, wie geht es Ihnen? ... Sie sind in Maréchals Büro? Das ging ja schnell ... Alle Unterlagen weg, gibt's ja nicht. Nein, ich hatte keine Ahnung, woher soll ich das gewusst haben? Aber das ist ja ... Wahnsinn, ja.«

Er lauschte mit offenem Mund, zwischendrin nickte er.

Puig verfolgte alles mit gespannter Aufmerksamkeit.

»... Seine Ehefrau, ja klar. ... Nein ... In Spanien, wie ich schon sagte. Nein, ich habe ihre Adresse nicht, aber Maréchals Sekretärinnen sollten sie haben ... Doch, doch, eine von ihnen wird die Adresse schon haben ... Drei, soviel ich weiß. ... Nein, drei, wieso? ... Dann fragen Sie doch Annabelle ... Weiß ich nicht, Annabelle halt.«

Seit dem ersten »Annabelle« hielt Puig den Zeigefinger der rechten Hand drohend erhoben. Perez schüttelte unwirsch den Kopf, drehte sich weg. Puig folgte der Bewegung, unter Beibehaltung der Drohgebärde. Perez schüttelte erneut den Kopf.

»Annabelle ist die Älteste ... Ja, genau die ... rotblond, ja ... Oh, ich verstehe, dann fehlt die Blonde! Und sie ist tatsächlich seit Maréchals Tod nicht mehr aufgetaucht?« Er lachte. »... Ich habe ein fürchterliches Namensgedächtnis, fragen Sie Annabelle, das ist das Einfachste. Sie war jedenfalls Maréchals letzte Freundin. Also Sie wissen schon, Liebschaft, Feierabendverhältnis oder so ... Ob da mehr war? Weiß ich nicht. ... Doch, doch. ... Wie bitte?« Perez kratzte sich am Bauch. »Der Sohn vom Bürgermeister? ... Neeeiiin, das gibt's doch gar nicht. Meinen Sie, der steckt in der Sache mit drin? ... Was hat er denn dort laufend gesucht? ... Ja, eine Bauunternehmung. Bei Ihnen in der Vilarem, ein Stück weiter den Berg hoch in Richtung Salette ... Genau dort ... Aber ja, die Bauunternehmung *Côte Vermeille* ... ja, in zweiter Generation, aber ja ... vorher gehörte sie unserem Bürgermeister und nun Luc Gaillard ... sein Sohn, aber sicher ... Warum ich Ihnen davon nichts erzählt habe? In welchem Zusammenhang hätte ich das tun sollen? Sie konfrontieren mich doch gerade erst mit dem Namen. ... Sie geben mir doch Bescheid, wenn sich da was tut? ... Nein, geht mich eigentlich nichts an, aber ich dachte, wir arbeiten zusammen, ein wenig zumindest ... Schön ... Ja, schon klar, keine Betriebsgeheimnisse ... Was? ... Capitaine, bitte legen Sie noch nicht auf. Ich wollte Sie noch fragen, ob die Spur nach Schweden etwas ergeben hat? ... Ach ja? Super! Wann? ... Und Sie konnten tatsächlich persönlich mit Persson sprechen, ist ja fabelhaft ... Ach, kommen Sie ... Das glaube ich jetzt nicht ... Geplatzt, wie denn, was denn? ... Einfach so ... Verdammt noch mal, da haben Sie aber eine Menge herausgefunden, Capitaine Boucher, in der kurzen Zeit ... Glück? Na ich weiß nicht, Glück haben die Tüchtigen, sagt man das nicht? ... Ich? ... Leider noch nichts Neues. Nein. Mir fehlt der Apparat.« Er lachte laut. »Ja, ja, als Einzelkämpfer. Aber dann ist der Fall ja ohnehin fast gelöst. ... Nein, natürlich nicht ... Nein, ist nicht gesagt, dass Luc ... Nein ... Nein, ich hab mich falsch ausgedrückt. Ja, alles klar. Ja. Mache ich, versprochen. Viel Glück. Ja. Einverstanden, ja. Auf Wiederhören. Ja, ja.«

»Du und dieser Kommissar, was läuft da und wieso sprichst du mit ihm über Annabelle?«, fuhr Puig ihn an, kaum dass Perez das Telefonat beendet hatte.

»Du kennst sie?«

Puig machte ein Gesicht, als würde er ihn gleich lynchen, und ging ein paar Schritte auf Perez zu. »Verarsch mich nicht auch noch«, knurrte er.

»Wieso? Ich hab sie selbst erst vor zwei Tagen wiedergesehen, als ich den Maître in seinem Büro aufgesucht habe, um zu kassieren.«

Puig entspannte sich umgehend und grinste. »Meine Yacht, du Crétin, ich dachte, du sprichst mit ihm über meine Yacht«, bemerkte er und verließ endlich den Raum, um zur Toilette zu gehen.

Perez kratzte sich den Bauch. Die Yacht? Ja klar, auch sie trug den Namen Annabelle, daran erinnerte er sich jetzt. Aber hätte er aus dem Telefonat schließen können, er spräche mit Boucher über das Schiff? Eindeutig nicht. Warum war der alte Puig dann so erregt? Kein Wort über seinen Erzfeind Luc Gaillard.

Perez sah zu dem Hawaiianer hinüber, starrte dann sein Handy an, das er noch immer umklammert hielt. Während der gesamten Zeit ratterte das eben Gehörte durch seine Gehirnwindungen. Er stoppte die Erinnerung, wenn ihm etwas besonders wichtig erschien, durchdachte es und ließ den Film anschließend weiterlaufen. Das alles vollzog sich in Windeseile, weil sich Bruchstücke zu einem Ganzen zusammenfügten wie bei einem Puzzle, wenn man über den kritischen Punkt hinweg war.

Plötzlich spürte er ein Gefühl der Klarheit. Er hatte keine eindeutigen Beweise, das hatte sich auch durch das Telefonat mit Boucher nicht geändert. Wohl aber hatten sich die Indizien verdichtet. Zeit, etwas zu riskieren, bevor Boucher und seine Leute die Sache vermasselten.

Er tippte Annabelles Nummer und wartete, bis sie sich meldete. Er sprach schnell. Seine Fragen waren präzise. Ihre Antworten kurz. Die Informationen, die er erhielt, entscheidend.

»Danke«, sagte er am Ende des Gesprächs. »Ich stehe in einer Viertelstunde vor deiner Haustür.«

Noch ehe Francesc Puig in Ruhe sein Geschäft erledigt, einige beschwichtigende Worte mit seiner Mutter gewechselt hatte und schließlich in den Raum zurückgekehrt war, um mit Perez über sein Verhältnis zu Boucher zu sprechen, war dieser bereits an dem Hünen namens Momo vorbei ins Freie gerannt. Nicht, ohne diesem zuvor ein paar Anweisungen zugerufen zu haben.

»Verstehst du, was ich sage? Das Timing, Momo, das Timing ist das Allerwichtigste, sag das deinem ... ach egal, Hauptsache du vergisst es nicht!«, schrie er als Letztes. »Davon hängt mein Leben ab, klar?« Irgendwann musste der Typ doch mal eine Reaktion zeigen. Als er schließlich brav nickte, rief Perez: »Bravo, Momo, bravo! Bis später. Wir sehen uns dort!«

Damit stürmte er endgültig aus dem Haus, raus aus dem Tor, rein in den Wagen und mit quietschenden Reifen in Richtung Banyuls.

KAPITEL 20

Es war nicht schwer, das Appartement von Carole zu finden. Ein einziges erleuchtetes Fenster stach aus der Masse der dunklen Schachtelhäuschen heraus. Perez und Annabelle stiegen die schmalen Stufen zu der Wohnanlage hinauf. Selbst am Tag herrschte hier Dunkelheit.

Perez war sich sicher, würde er im Katasteramt nach dem Besitzer der Wohnung suchen, würde er auf Maréchal stoßen. Einfache Angestellte konnten sich kein Appartement mit Meerblick leisten. Carole hatte nicht nur ihren Liebhaber und ihren Job verloren, auch in ihrer Wohnung würde sie nicht mehr lange bleiben können. Sich als Frau von einem Mann abhängig zu machen, zumal wenn es sich dabei um den eigenen Chef handelte, konnte niemals ein guter Plan sein, das erfuhr sie gerade schmerzlich.

Er klingelte zweimal und klopfte mehrfach gegen das dünne Holz der Eingangstür, bevor er ihren Namen rief.

Die Frau, die ihnen schließlich öffnete, hatte nichts mehr mit der arroganten Kröte in Maréchals Büro gemein. Sie wirkte hilfsbedürftig, zerbrechlich und derangiert.

»Bonjour Mademoiselle«, sagte Perez.

»Hallo Carole«, flüsterte Annabelle.

»Ich möchte Ihnen mein Beileid aussprechen.« Perez' Worte erreichten sie nicht. »Ich weiß, wir kommen in einem ganz schlechten Moment«, fuhr er trotzdem fort. »Dürfen wir vielleicht kurz reinkommen, ich habe etwas mit Ihnen zu besprechen. Es geht dabei, wie Sie sich wahrscheinlich denken können, um den Tod Ihres … um den Tod von Maître Maréchal. War die Polizei schon bei Ihnen?«

Carole gab keine Antwort, schien aber zumindest die Brisanz der Frage zu verstehen. Schnell drehte sie sich um und ging zurück in das einzige beleuchtete Zimmer der Wohnung. Dabei saugten sich ihre nackten Füße an den Steinplatten fest und erzeugten beim Abrollen schmatzende Geräusche. Perez und Annabelle folgten zügig. Als sie über die Schwelle traten, lag Carole bereits wieder zusammengerollt auf dem Sofa und hielt ein Kissen vor das Gesicht gepresst.

Perez' Impuls, die Frau zu trösten, kollidierte mit der Zeitnot, in der er sich befand. Er brauchte dringend Caroles Hilfe bei dem, was er vorhatte. Dabei musste er sie nicht nur überzeugen, genau das zu tun, worum er sie nun bitten würde, sie musste es auch innerhalb eines exakt definierten Zeitfensters erledigen, damit die anderen Figuren in diesem Spiel, Puig und Momo, ihren Job als Lebensretter erfüllen konnten. Alles musste genau passen, wollte er nicht riskieren, selbst in Gefahr zu geraten.

»Carole«, sagte er mit fester Stimme, »ich weiß, wer Ihren Freund Maréchal getötet hat. Helfen Sie mir, den Mörder zur Strecke zu bringen. Den Kerl, der Ihnen das hier angetan hat.«

Er deutete auf die umgebenden Wände, meinte aber eigentlich die Gesamtsituation, in der sich die Frau seit Maréchals Tod befand. Immerhin bewirkten seine Worte, dass sie das Kissen sinken ließ und ihn aus geröteten Augen ansah.

»Was?«, wimmerte sie.

»Ich weiß es, Carole, glauben Sie mir«, flüsterte er eindringlich.

Es gab für Perez keinen anderen Weg als den der Behauptung. Er hatte sich festgelegt, jetzt musste er die Strategie auch konsequent verfolgen.

»Wieso?«

»Weil ich eins und eins zusammengezählt habe. Hören Sie, die Polizei hat eben die Räume der Kanzlei durchsucht, wahrscheinlich ist sie sogar noch dabei. Zwei Dinge sind besonders aufgefallen. Zum einen, dass Sie nicht mehr zur Arbeit erschienen sind seit Maréchals Tod ...«

»Aber ...«

»Ich weiß. Sie sollten sich darauf einstellen, dass Boucher oder einer seiner Beamten hier auftauchen wird. Wenn ich Ihnen raten darf, erklären Sie sich der Polizei gegenüber einfach – offen und ehrlich, dann geschieht Ihnen nichts. Das Zweite, was Boucher gerade festgestellt hat, ist, dass alle Unterlagen, die mit dem Hafenprojekt und mit den Schweden zu tun haben, aus dem Büro verschwunden sind. Die Polizei weiß noch nicht, wer sie dort weggeschafft hat. ... Aber ich schon«, fügte er sanft an. »Und Sie wissen es auch.« Das ließ er für einen Moment wirken. »Leider«, fuhr er dann fort, »und das ist vielleicht neu für Sie, ist es höchstwahrscheinlich, dass die Person, die die Akten weggeschafft hat, auch der Mörder von Maréchal ist.«

Carole stieß einen spitzen Schrei aus, richtete sich auf, ihre Lippen bebten, aber noch gelang es ihr, sich zusammenzureißen.

»Woher ...?«, stieß sie aus.

Perez warf Annabelle einen schnellen Blick zu. Die schlug die Augen nieder.

»Das spielt keine Rolle«, antwortete er. »Ich weiß es einfach. Genauso wie ich weiß, dass Sie Luc Gaillard dabei geholfen haben, die Akten aus dem Haus zu schleppen. Ich nehme mal an, er hat Ihnen gesagt, Maréchal habe es verlangt. War es so?«

Sie antwortete nicht.

»Kommen Sie, Mademoiselle, es hat keinen Zweck mehr, um den heißen Brei herumzureden. Oder wollen Sie mir etwa sagen, Luc habe einen Schlüssel gehabt? Doch wohl eher nicht. Maréchal war nicht der Typ, der Fremden vertraute.«

Es sei denn, es ging um sein leibliches Wohlergehen, dachte er bei sich.

»Es war Ihr Schlüssel, nicht wahr?«, fuhr er fort. »Sie haben ihm damit die Tür zum Büro geöffnet und ihm auch gezeigt, wo er die Akten finden konnte. So gab es keine Anzeichen eines Einbruchs, und der Diebstahl blieb erst einmal unbemerkt, bis die Polizei dort aufgetaucht ist. Sie wissen aber nicht, Carole, jedenfalls hoffe ich das inständig, dass Maréchal zu dem Zeitpunkt, als Sie mit Luc das Büro leer geräumt haben, bereits tot in seiner Wohnung lag. Und ich, wo wir schon mal dabei sind, gerade festgenommen wurde. Was übrigens keine Erfahrung ist, die ich empfehlen kann.«

Auch diese letzten Ausführungen ließ er für einen Moment im Raum stehen, damit Carole deutlich wurde, worum es hier ging.

»Also machen Sie jetzt reinen Tisch und helfen mir. Denn die Sache mit Ihrer Beteiligung oder sagen wir besser Ihrer Beihilfe zu einem Verbrechen, davon wissen, neben Ihnen, vorerst nur zwei weitere Personen, und die stehen vor Ihnen. Was ich Ihnen versprechen kann, ist, dass Annabelle und ich schweigen werden, wenn Sie tun, worum ich Sie bitte. Also, Mademoiselle, haben Sie mich gut verstanden?« Sie nickte, presste gleichzeitig die Lippen aufeinander. »Alors, was hat Gaillard Ihnen für eine Geschichte aufgetischt, damit Sie ihm das Büro öffnen?«

»Er sollte die Unterlagen zu Paul ... zu Maître Maréchal bringen. Annabelle ...«

Sie sah zu ihrer Arbeitskollegin hinüber. Ihr Blick war flehend. Sie bat um Verständnis, vielleicht auch um Vergebung und um Hilfe. Annabelles Lippen zitterten, trotzdem nickte sie ihr aufmunternd zu.

»Die Schweden«, fuhr sie leise fort, »seien in Banyuls, hat er gesagt, und der Maître stecke mit denen in einem sehr wichtigen Meeting. Er könne dort unmöglich weg. Er zeigte mir eine SMS, die er von Paul empfangen hatte. In der stand, er solle mit mir zusammen rüber ins Büro fahren. Ich hätte einen Schlüssel und wüsste, wo die Akten lägen.«

»Klar!«, rief Perez. »Luc ist im Besitz von Maréchals Handy. Damit hat er schon mich versucht ins Verderben zu stürzen. Er konnte problemlos von Maréchals Telefon eine SMS an seine eigene Nummer schicken. Wie ging es Ihnen, als Sie am nächsten Tag die Nachricht seines Todes erhielten?« Sie vergrub das Gesicht im Kissen. »Haben Sie nicht in Erwägung gezogen, die Polizei zu informieren? Sie mussten doch spätestens ab diesem Zeitpunkt wissen, dass Luc Sie belogen hatte.«

Sie sagte nichts, doch ihre gesamte Körpersprache verriet, dass jemand sie daran gehindert hatte. Sie wand sich wie unter einer Tracht Prügel.

»Luc?«, fragte Perez der Ordnung halber. »Er hat Ihnen gedroht, stimmt's?«

Wieder sackte ihr Kopf in Richtung Kissen.

»Mademoiselle Carole, ist es richtig, dass Sie Luc Gaillard davon in Kenntnis gesetzt haben, dass ich auf der Suche nach Maréchal war? Haben Sie ihm von mir erzählt?«

Keine Reaktion. Perez setzte sich neben sie auf den Rand des Sofas und legte ihr beruhigend die Hand auf den Arm. Plötzlich lehnte sie ihr tränenüberströmtes Gesicht an seine Schulter.

»Carole«, sagte er und sah hilflos zu Annabelle hinüber. »Ich will nicht hartherzig erscheinen, aber mir läuft die Zeit davon und Ihnen auch. Sagen Sie mir doch bitte, wie gut Sie Luc kennen.«

Sie ließ von ihm ab, schluchzte mehrfach steinerweichend, bevor sie ein paar Worte stammelte.

»Wie bitte, was sagen Sie?«, fragte Perez.

»Ein Freund von Paul war er. Die beiden hatten ständig Kontakt, besonders in letzter Zeit.«

»Aber Sie scheinen geschockt zu sein von dem, was ich gerade erzählt habe.«

»Ich mag ihn nicht. Er hat keinen Respekt.«

»Respekt? Sie meinen: vorher schon, als Maréchal noch lebte? Was hat er getan?«

Wieder schüttelte sie den Kopf. Sie wollte nicht darüber sprechen.

»Na schön, hören Sie, Carole, hier kommt mein Plan, um Luc Gaillard festzunageln und um Sie zu entlasten. Damit ich diesen in die Tat umsetzen kann, brauche ich Ihre Hilfe. Zunächst einmal müssen Sie aufhören zu weinen. Haben Sie seine Handynummer?« Sie nickte. »Gut. Ich möchte, dass Sie ihn in einer Viertelstunde anrufen. Annabelle wird Ihnen sagen, wann es Zeit ist. Sagen Sie ihm einfach Folgendes: *Das Spiel ist aus* oder etwas in der Art. Sagen Sie ihm, Sie wüssten über alles Bescheid. Maréchal hätte einen Brief bei Ihnen hinterlegt für den Fall, dass ihm etwas zustoßen würde. Darin stünde alles über *Côte d'Azur deux*, verstehen Sie, Carole, das ist wichtig, *Côte d'Azur deux*. Und sagen Sie ihm deutlich, dass Sie nun wüssten, dass er der Mörder von Maréchal sei und dass er mit Ihrer Hilfe versucht hätte, die Beweise zu vernichten. Und dann sagen Sie ihm nur noch, dass Sie soeben der Polizei alles erzählt hätten. Das ist sehr wichtig, damit er nicht auf die Idee kommt,

Sie noch an Ihrer Aussage hindern zu können. Ich möchte Sie nicht in Gefahr bringen. Mehr müssen Sie nicht machen. Lassen Sie ihn nicht zu Wort kommen. Legen Sie sofort auf, wenn Sie ausgeredet haben. Wollen Sie es sich vielleicht aufschreiben?«

»Das ist alles?«, fragte sie.

»Alles, ja. Mehr nicht. Wenn Sie das hinkriegen, sind Sie aus dem Schneider. Annabelle bleibt so lange bei Ihnen, bis die Sache vorüber ist.«

Er sah zu ihr rüber. Sie saß mit den Händen zwischen den Knien vornübergebeugt und nickte. Die Anspannung stand ihr ins Gesicht geschrieben.

»Die Polizei wird nicht erfahren, dass Sie in der Sache mit drinstecken. Luc Gaillard ist der Mörder Ihres Freundes. Er wird seiner gerechten Strafe nicht entgehen.«

»Wir wollten heiraten ... Paul ...«

Perez presste die Lippen aufeinander. Annabelle wischte sich eine Träne von der Wange.

»Er hat mehr als ein Verbrechen begangen, glauben Sie mir. Es wird viele Menschen geben, die sehr zu schätzen wissen, was Sie gleich tun werden. Ganz bestimmt. Seien Sie überzeugend, das ist das Letzte, was Sie für Maître Paul tun können. Und der Rest, Carole, wird sich finden. Sie sind jung, Sie werden einen neuen Job finden und eine eigene Wohnung. Und einen Mann, auch wenn Ihnen das im Augenblick undenkbar erscheint.«

Einen, der zu dir passt und in etwa dein Alter hat, ergänzte er für sich, bevor er zur Tür hinausstürmte.

KAPITEL 21

Die Bauunternehmung *SARL Côte Vermeille* ging auf ein Unternehmen zurück, das Vincente Gaillard in den Zwanzigerjahren gegründet hatte. Der junge Maurer war der Liebe wegen von Canet-en-Roussillon nach Banyuls gezogen. Nach der Hochzeit bezogen die beiden jungen Leute eine Wohnung in Mas Reig, unmittelbar neben einer großen Parzelle Land, die zum Verkauf stand und auf die der junge Mann alsbald eine Anzahlung leistete.

Zunächst blieb er in seinem Beruf und fuhr jeden Montag die fast fünfzig Kilometer nach Canet, wo er die Woche über auf dem Gelände eines Bauern im Zelt übernachtete. Er wollte möglichst wenig Geld ausgeben, denn schon damals hatte er einen Traum.

Nachdem seine Frau das erste Kind zur Welt gebracht hatte, suchte er sich Arbeit in Banyuls. Da es in dem kleinen Dorf zu dieser Zeit noch keine Bauunternehmung gab, gründete er die *Côte Vermeille,* zunächst wenig mehr als ein Name.

Der junge Vincente nahm jeden Auftrag an, der Geld in die Familienkasse brachte. Da er gute Arbeit leistete, fleißig, freundlich und dazu auch noch pünktlich war – zumindest Letzteres an der Côte eine Eigenschaft mit Seltenheitswert –, konnte er sich bald schon nicht mehr über mangelnde Aufträge beklagen.

Während Vincente auf irgendwelchen Gerüsten herumkraxelte, das Haus im Morgengrauen verließ und oft erst nach Einbruch der Nacht heimkehrte, nahm Jeanne, seine Frau, die Aufträge entgegen, machte die Buchführung, führte den Haushalt und erzog das Mädchen mit strenger Hand. Zwei Jahre später folgte Tochter Nummer zwei, abermals sechzehn Monate später, genau am 14. Juli 1930, wurde der erste und einzige Sohn geboren. Sie nannten ihn Paul.

Der Aufstieg der *SARL Côte Vermeille* zu einer der großen Bauunternehmungen zwischen Perpignan und der spanischen Grenze vollzog sich langsam, aber stetig. Nach der Geburt des Jungen zog sich Jeanne Gaillard aus dem aktiven Geschäft zurück. Lediglich die Überwachung der Finanzen behielt sie in eigenen Händen. Viele Banyulencs sahen in dieser Tatsache den entscheidenden Grund dafür, dass das Geschäft der Gaillards die unruhigen Zeiten, die nun folgten, einigermaßen schadlos überstehen konnte.

Nach dem Krieg stieg Jeanne dann wieder voll ins Geschäft ein. Die älteste Tochter stand kurz vor der Hochzeit mit einer guten Partie aus der Nachbargemeinde. Die Zweitgeborene arbeitete sich bereits ins Geschäft ein, während der Junge mit seinem Vater auf die Baustellen fuhr.

1956, im Alter von sechsundzwanzig Jahren, heiratete Paul Gaillard. Sechs Monate später kam sein Sohn Luc auf die Welt. Anfang der Sechzigerjahre übernahm Paul mehr und mehr die Geschäftsleitung des elterlichen Betriebs. Da er keine Lust hatte, sich seine Gesundheit zu ruinieren – sein eigener Vater diente ihm als abschreckendes Beispiel –, kümmerte er sich von seinem dreiundreißigsten Lebensjahr an nur mehr darum, dass seine siebzehn Angestellten dauerhaft Arbeit hatten. Um dies sicherzustellen, ging er in die Politik.

Abermals ein Jahrzehnt später verabschiedete sich Vincente Gaillard endgültig aus dem Geschäft. Die Firma ging zu einhundert Prozent auf Paul über, der seine beiden Schwestern auszahlte.

Kurz darauf starb Pauls Frau. Luc war beim Tode seiner Mutter fünfzehn Jahre alt. Paul fand, dies sei das richtige Alter, um aktiv in die Firma einzutreten. Nach der Ausbildung machte er seinen Sohn zum Vorarbeiter.

Luc hatte nie etwas gegen diese Entscheidung einzuwenden gehabt, auch später verteidigte er seinen Vater, wenn darauf die Rede kam. Er war nicht der Typ für weiterführende Schulen oder gar ein Studium, er liebte es vielmehr, in der Gesellschaft der Bauarbeiter zu sein. Und da er hart arbeiten konnte, wurde er als einer der ihren akzeptiert. Seine Rolle als Sohn des Chefs brachte ihm keine Nachteile. Allerdings schien er ein Leben lang dieser Bauarbeiter bleiben zu wollen, ein richtiger Unternehmer, wie sein Vater, war er jedenfalls nicht geworden. In Banyuls galt als sicher, dass er, würde Paul Gaillard dereinst das Zeitliche segnen, den Untergang der Firma einleiten würde.

Erst mit achtundvierzig Jahren heiratete Paul Gaillard erneut. Diese Hochzeit machte die Runde an der Côte Vermeille. Ein Lokalpolitiker, der eine fünfundzwanzig Jahre jüngere Frau heiratet, nur wenig älter als der eigene Sohn, war für diesen Landstrich in jenen Tagen eher die Ausnahme. Was das Gerede der Einheimischen zusätzlich anheizte, war der Umstand, dass es sich bei Amélie Durant um eine Frau mit einem gewissen Ruf handelte. Diese Gerüchte waren niemals verstummt. Nicht wenige unter den Banyulencques, dem weiblichen Teil der Bevölkerung, dichteten der lebenslustigen Frau sogar ein Verhältnis mit ihrem Stiefsohn an.

Was Perez betraf, so hielt er dies für möglich, wenn auch nicht für sehr wahrscheinlich. Schließlich hatte Luc es seinem Vater gleichgetan. Elza, die ehemalige Miss Côte

Vermeille, die er Puig ausgespannt hatte, war nicht nur nochmals deutlich jünger als seine eigene Stiefmutter, sie war auch um einiges hübscher, als diese es gewesen war.

Seine Stiefmutter liebte er tatsächlich, doch wohl eher so, wie man eine Mutter liebt. War er in Schwierigkeiten, paukte Amélie ihn heraus. Brauchte er Hilfe, stand Amélie Gewehr bei Fuß. Sie würde für den Jungen in den Knast gehen, könnte sie ihn dadurch vor einer Verurteilung schützen. Ob er das auch umgekehrt für sie tun würde, daran musste man bei diesem selbstverliebten Mann Zweifel hegen.

Was Perez in Bezug auf Amélie Gaillard bestätigen konnte, waren die sexuellen Vibrationen, die die Frau auch im fortgeschrittenen Alter noch aussandte. Trafen sie aufeinander, flirtete sie mit ihm. Nicht, wie man gemeinhin flirtet, weil man seine anhaltende Attraktivität für das andere Geschlecht gern einer Prüfung unterzog, sondern direkt und mit konkretem Hintergedanken. Perez, normalerweise einer kleinen Liebelei gegenüber niemals abgeneigt, machte die aggressive Methode von Amélie Gaillard Angst.

»Wie schön, dich mal wiederzusehen«, hatte sie zu ihm rübergehaucht, als sie sich das letzte Mal begegnet waren. Anlässlich einer Feierlichkeit in der Mairie, bei der ihm der Platz neben der First Lady zugewiesen worden war. Dabei hatte sie ihm sanft über den Arm gestrichen. Und er? Er hatte eine Gänsehaut bekommen, aber nicht vor Erregung. Nach dem, was man sich erzählte, war Amélie bei ihren Eroberungen deutlich erfolgreicher als ihr Mann, bei dem es inzwischen nur mehr zu Anzüglichkeiten reichte. Und dass Perez ganz oben auf ihrer Liste stand, galt als offenes Geheimnis. Daran änderte auch die Feindschaft zwischen ihrem Stiefsohn Luc und Perez nichts.

Perez stellte seinen Wagen nicht vor dem Gelände der Bauunternehmung ab, wie er es zunächst geplant hatte, sondern einige Straßenkehren tiefer.

So schnell er konnte, rannte er von dort in Richtung *La Salette* den Berg hinauf. Als er oberhalb der Bauunternehmung, an einem Platz, der ihm eine gute Sicht auf das Geschehen versprach, angekommen war, keuchte er wie ein Pennäler, der nach einer Fünfundzwanzig-Meter-Tauchbahn im städtischen Freibad prustend wieder auftauchte.

Er sah auf die Uhr. Funktionierte sein Plan, würde Caroles Anruf in weniger als fünf Minuten erfolgen. Er setzte voraus, dass sich Luc auf dem Gelände aufhielt oder sich zumindest nebenan in seinem Privathaus oder dem der Eltern befand. Der natogrüne SUV, der Arbeitswagen unter seinen vielen Karossen, stand jedenfalls protzig mitten auf dem Gelände.

Fast alles Land oberhalb der Route des Crêtes gehörte den Gaillards. Erst kürzlich hatten sie mithilfe des Bürgermeisters und seiner guten Beziehungen und weitreichenden Kontakten weiteres Terrain zu Bauland erklären lassen. Eine prestigeträchtige Adresse für Menschen mit Sinn für Symbole und dem nötigen Kleingeld. Für die atemberaubende Aussicht, die man von hier genoss, zahlten sie ein Vermögen.

Perez hatte für derlei Nebensächlichkeiten im Augenblick allerdings keinen Kopf. Nervös zog er an seiner Zigarette und nahm erst durch den senkrecht aufsteigenden Rauch die Veränderung wahr. Sie betraf die vorherrschende Naturgewalt der letzten vierzehn Tage, den Tramontane. Still und heimlich verschwunden war er, als wäre ihm daran gelegen, die Menschen nicht länger verrückt machen zu wollen. Nur mehr eine leichte Brise, eher verspielt denn brutal, streichelte Perez' Haut. Er lächelte, weil er es für ein gutes Zeichen hielt. Der Irrsinn endete hier und jetzt.

Wie auf das Stichwort hin flog im selben Augenblick die

Tür des Bürogebäudes auf, und Luc Gaillard stürzte ins Freie. Perez wich automatisch einen Schritt zurück, während er gleichzeitig die Faust ballte. Der Anruf war erfolgt, und da war er, der letzte Beweis, auf den er gehofft und dessen es noch bedurft hatte, um sicherzustellen, dass die Kette der Indizien stabil und belastbar war. Nun galt es zu handeln und zu hoffen, dass die Rädchen, die er angeschoben hatte, in den nächsten Minuten ineinandergreifen würden.

Perez brauchte keine Angst zu haben, entdeckt zu werden, Gaillard hatte nur Augen für den Weg, auf dem er in Richtung Schreinerei rannte. Die Familie hatte dem Unternehmen mit den Jahren eine Schreinerei, einen Zimmermannsbetrieb und eine Dachdeckerei hinzugefügt. Bei der *Côte Vermeille* erhielt man alle für den Hausbau benötigten Gewerke aus einer Hand. Selbst zwei hauptamtliche Architekten beschäftigten die Gaillards mittlerweile.

Doch nicht das war es, was Perez, der das Terrain aus unzähligen Warenlieferungen wie seine Westentasche kannte, beschäftigte. Die Schreinerei war ein wundervoller Ort mit einem klitzekleinen Schönheitsfehler: Im Winter, und hier oben sogar bis ins späte Frühjahr hinein, musste die riesige Halle beheizt werden. Zu diesem Zweck unterhielten die Schreiner ein ständiges Feuer, das gleichzeitig als Allesvernichter missbraucht wurde. Umweltschutz war für die Gaillards ein Fremdwort.

Stießen sie aufeinander, bildeten Akten und Flammen eine zerstörerische Allianz. Für Gaillard, der soeben dabei war, den Kofferraum seines Wagens zu öffnen, stellte dieser Umstand die letzte Möglichkeit dar, sich vor dem zu bewahren, was ihm durch eine gewisse Carole soeben angedroht worden war. Im selben Moment, in dem Luc mit den ersten Akten unter dem Arm auf die Schreinerei zulief, begann Perez seinen Abstieg.

Etwa in der Mitte des Hangs verlor er für einen kurzen

Augenblick die Kontrolle, geriet aus der Balance, konnte sich aber, bevor er kopfüber gestürzt wäre, nach hinten auf das Steißbein fallen lassen. Auf dem Rücken rutschte er schmerzhaft talwärts, schrappte dabei über poröses Gestein, dorniges Strauchwerk und bretthartes, vertrocknetes Gras, bevor er am Fuß des Hangs hinter einem Wellblechschuppen zum Liegen kam. Er wollte aufspringen, das Adrenalin pulsierte durch seinen Körper, doch ein stechender Schmerz im hinteren Lendenbereich zwang ihn zurück auf den Hosenboden. Außerdem war er mit dem Hinterkopf gegen einen Stein geschlagen, und die Handflächen bluteten, wie er jetzt feststellte, weil er sie im Versuch, die Rutschpartie zu stoppen, als Bremse eingesetzt hatte.

Stöhnend drückte er sich in den Stand. Da er nichts mit sich führte, musste er die blutenden Hände, ob er wollte oder nicht, an seinen Shorts abwischen. Als er sich seiner Aufgaben wieder bewusst wurde, drängte das den Schmerz in den Hintergrund. Stark humpelnd und leicht schwankend machte er sich auf den Weg hinüber zur Schreinerei.

Luc Gaillard stand vor dem offenen Feuer und schmiss bedrucktes Papier in die gierigen Flammen. Augenscheinlich befand sich am späten Nachmittag niemand außer ihm in der großen Halle, die mit unterschiedlichsten Sägen und Tischlerplatten, mit groben Dachbalken, Hobel- und jeder Menge Handmaschinen bis auf den letzten Quadratmeter vollgestopft war. Es roch nach Holzstaub, Leim und Rückständen aus Verbrennungen.

Neben Gaillard stapelten sich die Aktenordner im Schleifstaub. Gaillards Schuhe hatten darin ihre Abdrücke hinterlassen wie in frischem Schnee. Die ersten drei Ordner waren bereits Opfer der Flammen geworden.

Die Absaugstutzen über der Kreissäge dröhnten so laut,

dass Luc Gaillard nicht bemerkte, wie sich Perez in seinem Rücken anschlich. Als der ihm eine Hand auf die Schulter legte und laut »Das Spiel ist aus!« rief, wäre Gaillard vor Schreck fast kopfüber in die Esse gestürzt. Doch er fing sich, drehte sich blitzschnell auf dem Absatz um und stieß den Angreifer vor die Brust. Perez flog daraufhin erneut auf seinen geschundenen Rücken und blieb erst einmal stöhnend liegen.

Luc lachte laut, als er sah, wer sich da vor ihm im Dreck wand.

»Perez!«, rief er aus. »Scheiße noch mal, das hätte ich mir eigentlich denken können. Du warst schon als Kind eine beschissene Klette. Hast *du* die Kleine gegen mich aufgehetzt?« Wieder ließ er dieses unschöne Lachen erklingen, blechern und stotternd und doch rau und irgendwie brutal. »Mein Gott, und ich dachte doch tatsächlich für einen Moment, sie hätte tatsächlich die Bullen alarmiert. ... Nicht schlecht, Perez. Nicht schlecht für einen wie dich. Aber was willst du damit erreichen? Sieh dich doch nur mal an. Du liegst da im Dreck, bist blutbesudelt und willst was genau von mir?«

Perez drückte sich umständlich hoch in den Stand. Für eine Sekunde war er stolz, dass dabei kein Schmerzenslaut über seine Lippen kam. Zumindest diesen Triumph wollte er seinem Gegenüber nicht gönnen.

»Das Spiel ist aus, Luc«, keuchte er. »Du hast den Bogen überspannt. Die Bullen werden gleich hier sein, und alles erfahren. Kein Bluff und auch kein Witz. Du hast zu viele Fehler gemacht. Du warst schon von Kindesbeinen an ein Idiot. Und dann noch so blöde zu sein, die Akten hierherzuschaffen, statt sie gleich für immer verschwinden zu lassen, also wirklich. Aber dass du kein allzu helles Licht bist, hat sich irgendwie auch schon rumgesprochen. Bis zu deinem Vater übrigens.«

Gaillard verzog das Gesicht zu einer hasserfüllten Fratze.

»Du provozierst mich nicht, du nicht. Die einzigen Beweise gehen hier gerade in Flammen auf. Leck mich, Perez!«

»Denkst du, ja? Deine Fingerabdrücke sind überall bei Maréchal, und dein Name taucht an jedem Tag der letzten Wochen in seinem Terminkalender auf. Du hast ihm, nachdem du ihn abgestochen hast, sein Handy geklaut. Und damit mir und Carole eine SMS geschrieben. Und später hast du bei der Polizei angerufen. Der gute Nachbar, ha, lächerlich. Du wusstest, dass ich zum Maître hinwollte, weil Carole es dir gesagt hat. Außer dir wusste es niemand.«

»Und du glaubst, du hast Zeit genug, das alles der Polizei zu erzählen? Dann träum weiter, Perez. Dein Weg endet jetzt und hier. Sehen wir mal, wer hier der Dämliche ist.«

Von Perez unbemerkt, war Lucs Leibwächter an dessen Seite getreten. Perez starrte ihn an. Noch bevor er etwas sagen konnte, tat der Hüne drei Schritte in seine Richtung und trat ihm die Beine weg. Erneut fand er sich auf dem Fußboden wieder. So langsam reichte ihm die Chose. Wo zum Teufel blieb eigentlich seine Rückendeckung?

Noch während er darüber nachdachte, krachte auch schon das Tor zur Schreinerei auf, und herein kam Francesc Puig, gefolgt vom Hawaiianer, dem Perez in diesem Augenblick innerlich Abbitte leistete. Der Koloss von Rhodos hatte seine Anweisungen strikt befolgt.

In Puigs Blick lag mehr als bloßer Tadel. Man sah genau, dass er Perez liebend gern in der Falle, die der sich selbst gestellt hatte, sitzen gelassen hätte. Irgendetwas, vielleicht Mitgefühl, wagte Perez zu hoffen, hatte ihn über seinen Schatten springen lassen.

Perez ließ hörbar die Luft aus seinen Lungen entweichen. Fürs Erste, so beschloss er, würde er auf der Erde sitzen bleiben. Einen weiteren Niederschlag würde er weder körperlich noch moralisch verkraften.

Als Luc Gaillard erkannte, wer da durch die Tür hereinspazierte, knurrte er in etwa so freundlich wie Puigs Hunde wenige Stunden zuvor. Nur bellte er nicht, als er sich jetzt seinem Todfeind entgegenwarf. Die beiden stürzten durch die Wucht des Aufpralls zu Boden und wälzten sich unter wüsten gegenseitigen Beschimpfungen im Dreck. Der Rest der Versammelten schaute zunächst gebannt zu.

Der Stil dieser Zusammenkunft gefiel Perez überhaupt nicht. Gott sei Dank sah Momo das ähnlich. Er zerrte Luc von seinem Chef weg.

Perez sah zu dem zweiten Leibwächter hinüber, weil er erwartete, dass dieser nun seinerseits in das unkultivierte Geschehen eingreifen würde, stellte aber zu seiner Überraschung fest, dass der zweite Felsbrocken einfach nur dastand und glücklich lächelte.

Und mehr noch. Jetzt stiefelte Momo sogar auf seinen Berufskollegen zu, schmiss Luc mit Schwung gegen die Kaminumrandung und umarmte den anderen innig. Dabei wurden Worte gewechselt – ja, tatsächlich, auch Momo konnte sprechen – in einer Sprache, die Perez allerdings nicht verstand. Würde Momo sich seinen Irokesenschnitt abrasieren und seine Muskelberge in einen Maßanzug packen, sähe man es sofort, dachte er plötzlich: Bei den beiden Riesen handelte es sich um Brüder, wenn nicht sogar um Zwillinge. Und es war dieser Moment, in dem Perez schlagartig klar wurde, dass an der Vermutung, Puig habe eine Möglichkeit gefunden, seinen Erzfeind unbemerkt beobachten zu lassen, etwas dran war. Welch ein genialer Coup!

Puig war inzwischen wieder aufgesprungen und klopfte sich den Staub aus den Klamotten.

Perez fand, die Situation habe sich so weit zu seinen Gunsten verschoben, dass auch er es wagen konnte, den sicheren Boden zu verlassen, um wieder auf zwei Beinen voranzuschreiten.

Der einzige Verlierer im Raum lag vor den lodernden Flammen. Die Niederlage stand ihm ins Gesicht geschrieben, und die unkontrolliert wilden Schreie, Flüche und Verwünschungen, die er ausstieß, sprachen dafür, dass er sich keiner Illusion über den Ernst seiner Lage mehr hingab.

Puig ging in diesem Moment auf ihn zu und trat ihm beherzt in die Rippen. Obwohl es gegen jede Etikette und jedes Ethos verstieß, einen am Boden liegenden Gegner zu verhöhnen, tat die Aktion dem Alten sichtlich gut. Zu lange hatte er auf diesen Moment gewartet. Rache war einfach ein starkes Motiv.

Nachdem Perez noch einmal einen Blick auf das wiedervereinte Geschwisterpaar geworfen hatte, wobei er ein ungläubiges Kopfschütteln nicht unterdrücken konnte, fand er es an der Zeit, die Regie für den weiteren Fortgang der Ereignisse zu übernehmen.

»Bringt ihn in den Aufenthaltsraum«, rief er den Brüdern zu und deutete auf das Fenster in der gegenüberliegenden Wand.

Dann fasste er Puig am Arm.

»Respekt, mon vieux«, flüsterte er, ohne den Kopf zu bewegen. »Ein echter Coup, deine zwei Privatsekretäre. So viel strategisches Verhalten hätte ich dir gar nicht zugetraut.«

»Perez!«

»Was?«

»Du siehst aus ...«

»Bin gestürzt.«

»Sicher. Über deine hochtrabenden Pläne, würde ich sagen. Hat dir eigentlich schon mal jemand gesagt, dass du echt nerven kannst? Warum haust du mitten in unserer Unterhaltung einfach ab? Warum sprichst du nicht zuerst mit mir, anstatt die ganze Operation zu gefährden?«

»Fran, ich habe dreimal versucht, mit dir über alles zu reden. Aber du bist so hart wie der Fels, auf dem dein Haus steht. Ist übrigens wirklich hübsch. Vielleicht lädst du mich mal auf einen guten Wein ein, und wir plaudern. Ich bin sicher, dass uns die Themen nicht ausgehen würden. Aber das muss vorerst noch etwas warten. Sag mal, kannst du eigentlich mit einem Mobiltelefon umgehen?«

»Hältst du mich für einen Crétin?«

Perez ließ die Frage unbeantwortet. »Du hast doch sicher so ein modernes Ding, mit dem man Gespräche aufzeichnen kann?«

»Ein Smartphone! Gibt es überhaupt noch andere?«

»Dann stell es an, sobald wir am Tisch sitzen. Luc ist fertig, und er weiß es.«

Aus den Augenwinkeln sah er, wie Puig über das ganze Gesicht grinste. Zum ersten Mal beschlich Perez das Gefühl, lediglich eine nützliche Figur in einem viel größeren Strategiespiel zu sein.

Zu weiterführenden Überlegungen blieb Perez keine Zeit, Luc Gaillard war inzwischen von den Brüdern auf einen Stuhl gepackt worden und hockte nun dort wie das personifizierte Elend. Seine Welt war zusammengebrochen, und es gab nichts mehr, was er hätte tun können. Seine Körpersprache machte deutlich: Wenn sich die eigenen Leute gegen dich stellen, bist du als Häuptling verloren.

Puig und Perez setzten sich auf die Stühle, die dem von Gaillard gegenüberstanden.

»Na dann mal los«, fing Perez an. »Warum hast du den Maître erstochen?«

Gaillard erwachte umgehend aus der Lethargie, schrie auf, riss die Arme in die Luft und machte alles in allem den Eindruck, über den Tisch springen zu wollen, um Perez den Hals umzudrehen. Die beiden dorischen Säulen, die ihn einrahmten, erstickten jede Bewegung ihres Gefangenen im Keim.

»Bleib schön ruhig«, knurrte Puig, »oder ich schmeiß dich eigenhändig ins Feuer, kapiert? Dass du hier überhaupt noch sitzen darfst, verdankst du nur meinem Freund hier.« Er deutete mit dem Daumen auf Perez. »Hör genau zu und tue, was Perez sagt, das verlängert dein klägliches Leben.«

»Na schön«, fuhr Perez fort. »Nachdem nun alle Freundlichkeiten ausgetauscht sind, kommen wir zurück zum Eigentlichen. Du hast mich echt geärgert, Luc Gaillard. Ich meine, wirklich sauer gemacht, nicht so wie all die Jahre zuvor. Dieses Mal bist du zu weit gegangen. Du hast meine Freundin gewaltsam aus dem Dorf vertrieben und damit gedroht, ihrer Tochter Gewalt anzutun. Du verstehst doch, dass ich das nicht zulassen konnte. Und dann, um das Fass zum Überlaufen zu bringen, hast du diesen Anruf bei den Flics gemacht. So was tut man nicht. Vielleicht fangen wir damit mal an, wo ist Maréchals Telefon?«

»Ich weiß nicht ...«

Puig nickte den Wächtern zu. Jeder von ihnen packte sich einen Arm.

»Ist ja schon gut. Ich hab's weggeschmissen.«

Wieder nickte Puig und versuchte, einen gelangweilten Eindruck zu machen. Wieder griffen die Brüder zu, dieses Mal deutlich entschlossener, und zogen ihn hoch. Etwa in der Mitte, auf dem Weg vom Aufenthaltsraum zurück zum kräftig brennenden Feuer, brach Luc Gaillard, zwischen den beiden Männern hängend, zusammen.

»In meinem Wagen ... im Handschuhfach«, schrie er verzweifelt.

Puig wies die Brüder an, Gaillard zurück an den Verhandlungstisch zu schleppen.

»Momoko«, sagte er bloß, nachdem Gaillard wieder auf seinem Stuhl saß, und Momos Bruder machte sich auf den Weg zu Gaillards SUV.

»Momoko«, rief Perez entgeistert. »Momo und Momoko? C'est pas vrai!« Und an Gaillard gewandt: »Was ist sonst noch alles in deinem Wagen? Die Akten, das Telefon, das Modell vom Hafenausbau vielleicht? Du bist so dämlich!«

»Ich hab das Modell nicht«, rief dieser und blickte ängstlich zu Momo hinüber.

»Na wenigstens gibst du zu, dort gewesen zu sein. Und damit ja wohl auch den Mord. Warum, Luc, warum?«

Perez wollte es wirklich wissen. Geschäfte waren das eine, aber einen Menschen zu töten, das war eine ganz andere Geschichte.

»Ich war das nicht«, schrie Gaillard. »Hört auf mit dem Scheiß! Ich hab damit nichts zu tun.«

»Ach nein?«, antwortete Perez kühl. »Aber du warst in dem Haus, und zwar, bevor ich dort war. Und wenn du ihn nicht umgebracht hast, dann musst du unmittelbar nach Maréchals Tod dort gewesen sein. Wie kam das?«

»Weil er mich angerufen hat.«

»Er war tot.«

»Nicht Maréchal, Valoteau!«

Perez und Puig sahen sich an. Puigs Mundwinkel zuckten kaum merklich. Was bedeuten sollte, dass er es für möglich hielt.

»Valoteau? Pass auf, Luc, die Bullen werden bald hier auftauchen. Wenn wir denen unsere Beweise präsentieren, bist du lebenslänglich verflucht, das sollte doch bei dir angekommen sein, n'est-ce pas? Dir bleiben jetzt nur noch wenige Minuten, um reinen Tisch zu machen, denn die Einzigen – hörst du mir gut zu? ... Luc? ... –, die Einzigen, die dich vor den Bullen bewahren könnten, sitzen dir gegenüber, ob du es glaubst oder nicht. Überzeuge mich, und wir sehen, was wir tun können.«

Eine Sekunde. Länger dauerte es nicht, bis es aus Gaillard herausbrach. Puig und Perez unterbrachen ihn nicht ein einziges Mal, und für einen Mann in seiner Situation und mit seinen geistigen Möglichkeiten war die Geschichte sogar einigermaßen klar und verständlich vorgetragen.

Sie handelte von einem Mann und seiner Sehnsucht, eine wichtige Rolle in der Welt der Reichen und Mächtigen zu spielen. Bertrand Valoteau war irgendwann und irgendwie mit den Schweden zusammengekommen. Er arrangierte ein Treffen mit Persson in Banyuls. Dort zeigte er ihm die Landschaft, skizzierte die Möglichkeiten und entzündete im Schweden den Wunsch nach dem, was irgendwann als *Côte d'Azur deux* zum Synonym einer Idee mit schier unvorstellbaren Möglichkeiten werden sollte. Dem ersten Treffen folgten weitere. Immer neue Personen tauchten auf. Sie erforschten die Gegend, erhoben Zahlen, stellten Berechnungen an. Als schließlich alles auf dem Tisch lag, einschließlich belastbarer Machbarkeitsstudien, arrangierte Valoteau ein Treffen zwischen Persson und Paul Gaillard. Das Treffen fand im Privathaus des Bürgermeisters statt, unweit von dem Ort, wo Luc Gaillard gerade auspackte. Bei diesem Treffen war auch Luc zugegen und sofort Feuer und Flamme gewesen. Zu diesem Zeitpunkt wussten weder Gaillard noch sein Sohn davon, dass die schwedischen Investoren weit mehr als den Hafen von Banyuls ins Auge gefasst hatten.

Valoteau bot diese Geschichte die Gelegenheit, auf die er

sein gesamtes Leben gewartet hatte. Er, den sie, ähnlich wie Boucher, in die Provinz versetzt hatten, sah die Möglichkeit, endlich dorthin zu gelangen, wo er seiner Meinung nach hingehörte: nach Paris. Dort oben in der Hochfinanz sah er sich. Als Sparkassendirektor von Banyuls war er nicht mehr als ein hundsgewöhnlicher Schalterbeamter mit leicht besserer Bezahlung. Für einen Mann mit seinen Fähigkeiten ein nicht haltbarer Zustand.

Nachdem Persson zugesichert hatte, das Projekt durchzuziehen, wenn ihm die Unterstützung der Ortschaften Port-Vendres und Banyuls-sur-Mer sicher sei, begann Valoteau seinen Plan auszuarbeiten. Es gelang ihm, neben Gaillard auch den Bürgermeister der Schwestergemeinde Port-Vendres auf seine Seite zu bringen. Dass der für die Schweden der wichtigere Gesprächspartner wurde, verärgerte die Gaillards zuerst, bevor sie sich mit den Verdienstmöglichkeiten weiter vertraut machten. In Banyuls würden sie doppelt verdienen, als Fondszeichner und als ausführende Bauunternehmung, so ihre Spekulation. Damit mussten sie sich zufriedengeben. Und ein wenig Verständnis konnte man dafür aufbringen, dass den Schweden Port-Vendres wichtiger war als Banyuls, weil sie sich vor allem von Paulilles, das nun einmal zum Verwaltungsbereich von Port-Vendres gehörte, einen riesigen Gewinn versprachen.

Einen Dämpfer bekam das Projekt, als Valoteau den Schweden mitteilte, dass er darauf bestehen müsse, dass ihm und der Bank, für die er arbeitete, die Finanzierung ebenso wie das Fondsmanagement eingeräumt würden. Sollte es diesbezüglich Einwände geben, stünde das komplette Projekt zur Disposition, darauf habe er sich mit den Bürgermeistern verständigt. Tatsächlich hatte er ihnen weitreichende Kompetenzen in der noch zu gründenden Kapitalgesellschaft eingeräumt – als Privatpersonen, nicht als

Würdenträger. Valoteau versprach sich von diesem Geschäft den entscheidenden Karriereschub, deshalb war es wichtig, alles von vornherein richtig aufzustellen.

Doch zunächst kamen die Verhandlungen zum Erliegen. Die Örebro hatte ihre eigenen Banker an der Hand und wollte dieses Geschäft nicht durch einen Mann wie Valoteau gefährden. Man versuchte über dessen Zentrale Einfluss auf den Provinzfürsten auszuüben. Weshalb dies misslang, wusste Luc nicht. War Valoteau der Mann, als der er hingestellt wurde, und daran war nach Lage der Dinge nicht zu zweifeln, hatte er für diesen Fall vorgesorgt. Es ließen sich immer Beweise gegen Menschen sammeln, deren Dienste man brauchte, wie das Beispiel Luc Gaillard deutlich zeigte.

Valoteau arbeitete hartnäckig an seinem Plan. Er brachte die Methode des Cross-Border-Leasings in die Diskussion ein und warb dafür bei den Kommunen. Als das Modell stand, machte er sich auf den Weg, weitere vermögende Menschen als Investoren zu gewinnen. Unter anderem die Gaillards und Francesc Puig. Lange zu reden brauchte er in keinem der Fälle, denn dafür war die Idee zu bestechend, der erwartete Gewinn zu riesig und die Gier zu groß.

An dieser Stelle von Gaillards Beichte hatten sich Puig und Perez fest in die Augen gesehen, verharrten aber weiterhin still und hörten dem Vögelchen beim Singen zu.

Die Schweden kehrten schließlich an den Verhandlungstisch zurück. Persson und Valoteau hatten sich in London auf neutralem Terrain getroffen und über ein langes Wochenende einen Weg zueinander gefunden. So zumindest erzählte es der Banker.

In der Folge erstellte man Pläne und fertigte Modelle, tat alles, was es brauchte, um mit einem großen Knall an die Öffentlichkeit zu gehen. Irgendwo auf dem Weg schleppte Valoteau Maréchal an und eröffnete den Schweden, sein

Freund, der Maître, werde alle notwendigen Papiere vorbereiten und sei ab sofort ihr Ansprechpartner für alle Fragen, die Genehmigungen und andere behördliche Dinge betrafen. Er selbst wolle sich ganz und gar auf die Finanzausstattung des Fonds konzentrieren. Von diesem Tag an gingen die Schweden bei Maréchal ein und aus. Persson trat aus dem Rampenlicht und überließ den Rest seinen Unterhändlern, die sich bestens mit dem Maître zu verstehen schienen. Die Hereinnahme von Paul Maréchal in das Projekt hatte dem Vorhaben den letzten Schub gegeben.

Alles war auf einem guten Weg und stand kurz vor dem Abschluss, als plötzlich dieses, wie Luc sich ausdrückte, »Scheißboot« in die Luft flog und die Schweden in Panik versetzte. Weder Maréchal noch Valoteau hätten anschließend eine Idee dazu gehabt, weshalb ein Unfall wie dieser die Schweden derart zu verschrecken vermochte. Jedenfalls wurde es plötzlich turbulent. Marianne habe diese »schwachsinnige Aktion« veranstaltet, sein Vater sei bei der Explosion fast ums Leben gekommen und dann das …

Hier war die einzige Stelle, wo sein Redefluss für einige Augenblicke versandete.

Alles sei zusammengebrochen, als Valoteau ihn nachts angerufen habe. Rotz und Wasser habe der geheult und nur noch gestottert. Dass Maréchal jetzt auch noch habe aussteigen wollen und dass er nun tot sei. Dass es ein Unfall gewesen sei und dass, wenn ihnen jetzt nichts einfiele, alles aus wäre.

Ja und dann, dann habe er, Luc, eben getan, was getan werden musste. Er sei lediglich derjenige, der den Dreck weggeräumt habe, ein Mörder sei er nicht.

Interessanterweise hatte Gaillard, bis auf diese letzten Sätze, vergessen, sich selbst in diese Geschichte von Größenwahn und Geltungssucht einzubauen.

Deshalb sagte Perez, nachdem er geendet hatte:

»Tolle Geschichte, aber was hattest du eigentlich mit der ganzen Sache zu tun? Brauchst du noch mehr Geld, oder läuft die Bauunternehmung tatsächlich so schlecht, wie alle behaupten? Du hast das Erbe deines Vaters fast verzockt, ist es nicht so?«

Gaillard schwieg dazu. Ein Blick in seine Augen sagte alles.

»Wie kann man so ein Unternehmen vor die Hunde gehen lassen?«

Anstelle einer Antwort knurrte er.

»Geht mich auch nichts an. Sag mir wenigstens noch, wer dieser ominöse Mister X ist?«

»Perez, jetzt hör endlich auf mit der Fragestunde«, fiel Puig ihm ins Wort, »der Mann ist im Arsch, der Fall gelöst. Und wenn das alles noch nicht reicht, hat Momoko noch einiges mehr über ihn herausgefunden.«

»Ach nee!«

»Aber ja. Ob seine Bauunternehmung fertig ist oder nicht, er ist es jedenfalls. Und das macht mir diesen Tag unvergesslich.«

»Es tut mir leid, Perez«, sagte Gaillard nahezu tonlos. »Ehrlich. Ich hätte deinen Leutchen niemals etwas angetan. Kann ich gar nicht. Komm schon, das weißt du.«

Perez sprang auf. Er beugte sich über den Tisch, bis sich ihre Nasenspitzen fast berührten, wofür er sich auf die Platte legen musste.

»Du Arschloch«, brüllte er. Speichel spritzte aus seinem Mund und landete auf dem Kinn seines Kontrahenten. »Ich glaube dir kein Wort. Du bist zu allem fähig, nur nicht zu einem anständigen und fairen Umgang mit deinen Mitmenschen. Du kannst dir deine Entschuldigung sonst wohin schieben. Das Spiel ist aus. Aus, Luc. Du tust niemandem mehr weh. Niemandem, verstehst du mich?«

Perez trat den Stuhl hinter sich weg, wusste nicht, wohin mit seiner Wut.

»Aber ihr habt doch gesagt, dass ihr mir helft, wenn ich auspacke«, rief Gaillard verzweifelt.

»Und das hast du geglaubt?«, zischte Perez und kam zurück zum Tisch. »Dann bist noch bescheuerter, als ich dachte. Gib mir dein Telefon, Fran, na los, mach schon.«

Puig flüsterte Perez noch etwas ins Ohr, dann gab er ihm das Telefon und eine Minikamera, die er zuvor von Momoko erhalten hatte. Er hatte seinen Spaß gehabt, eine Begegnung mit Boucher und seinen Mannen hielt er für überflüssig.

KAPITEL 22

Perez' Vorfahrt vor dem Hotel vollzog sich, verglichen mit den letzten Ankünften, auffällig. Das mit Aufblendlicht und hochdrehendem Motor heranrauschende Fahrzeug und das wilde Hupen kündeten von seiner ausgelassenen Stimmung. Und signalisierten vor allem eines: Das Verstecken hatte ein Ende!

Obwohl Marianne und Stéphanie zunächst noch ein wenig unsicher auf die Straße gelugt hatten, setzte sich doch bei ihnen alsbald die Erkenntnis durch, dass das Schlimmste endgültig überstanden war. Kurz darauf rannten sie die Treppe hinab und liefen Perez entgegen. Eine leichte Eintrübung erfuhr ihre Euphorie, als sie sich einem völlig derangierten Mann gegenübersahen – Hände, Arme und Gesicht verdreckt, die Kleidung durch eine Mischung aus Blut und Holzstaub versaut, der Stoff an vielen Stellen zerrissen. Als sie aber bemerkten, dass er trotz der Blessuren bis über beide Ohren strahlte, war die Erleichterung groß. Perez ließ das Fahrzeug mitten auf der einspurigen Straße stehen und umarmte die beiden.

»Hast du ihn?«, fragte Marianne.

»Jawohl.«

»Boucher?«

»Hat ihn in Gewahrsam genommen.«

»Hoffentlich für lange«, sagte Stéphanie.

»Hoffentlich für immer!«, ergänzte Marianne.

»Wenn es noch Gerechtigkeit gibt, dann hat er die nächsten Jahre erst mal keinen Spaß mehr an seinem Dasein.«

»Die nächsten Jahre?«, riefen die Frauen im Chor und setzten eine verdutzte Miene auf.

»Luc ist nicht der Mörder. Aber der Rest reicht schon aus, um ihn hinter Schloss und Riegel zu bringen. Lasst uns erst mal reingehen, dann erzähle ich euch alles.«

»Und anschließend wird gefeiert!«, sagte Marianne und rüttelte an Perez. So als wollte sie testen, ob es tatsächlich sein Körper war und nicht nur eine flüchtige Hülle, eine Erscheinung.

»Einverstanden. Ist Haziem im *Conill?*«

»Ja, ja. Aber jetzt komm, mach dich erst mal frisch, du siehst furchterregend aus.«

»Können wir nicht nach Hause, Maman?«

Marianne zuckte mit den Schultern und sah fragend zu Perez rüber.

»Doch, doch. Klar«, sagte dieser. »Ich bin allerdings dafür, diese eine Nacht noch im Hotel zu genießen. Morgen nehmen wir unser normales Leben wieder auf.« Er stöhnte. »Normales Leben, Marianne, erinnerst du dich noch, was das ist?«

Die beiden Frauen nahmen Perez in die Mitte. Um den Wagen kümmerten sie sich nicht mehr. Am Ende einer Sackgasse war ein mitten auf der Straße stehendes Auto nichts Ungewöhnliches. Dass der Motor des Fahrzeugs noch lief, hingegen schon. Als sie eine Stunde später zum Wagen zurückkehrten, steckte der Schlüssel noch immer, aber irgendein wohlmeinender Anwohner hatte den Motor abgestellt. Banyuls, freundliches Banyuls-sur-Mer. Man merkte es allerorten, der Tramontane hatte sich gelegt.

Marianne goss Perez einen Cognac ein und entließ ihn ins Bad. Als er frisch geduscht wieder hervorkam, versorgte sie seine Wunden mit einer Jodtinktur, bevor sie ihm saubere Verbände anlegte. Perez machte das Brennen und Beißen während der Versorgung nichts aus. Zu sehr freute er sich über das Ende der Geschichte, als dass etwas so Nebensächliches wie ein Dutzend Schürfwunden seine Freude zu beeinträchtigen vermocht hätte.

Während er verarztet wurde, erzählte er den Frauen ausführlich, was sich zugetragen hatte.

»Was für ein Tag«, rief er am Ende, bevor er feststellte, dass er nun zwar bestens medizinisch versorgt, gereinigt und gebadet war, aber keinerlei frische Klamotten zum Anziehen zur Verfügung hatte.

»Zieh dir den Bademantel über, wir fahren schnell bei dir vorbei«, sagte Marianne. »Aber vorher will ich noch wissen, wie es zu Ende gegangen ist.«

»Ich habe Boucher angerufen und ihn gebeten, sofort zu kommen. Obwohl er nur die Straße hochmusste, hat es fast zwanzig Minuten gedauert. Dann aber war er mit allen verfügbaren Gendarmen auf dem Gelände. Das hättet ihr sehen sollen, es war wie in einem amerikanischen Polizeifilm. Sogar mit Hunden.«

»Die armen Tiere«, sagte Stéphanie.

»Und Puig?«, wollte Marianne wissen.

»Puig und die zwei Türme sind quasi zur Hintertür raus, als die Flics vorne reinkamen. Der Alte hat seinen Spaß gehabt.«

»Was war denn auf der Kamera?«, wollte Stéphanie wissen.

»Ich hatte keine Zeit, es mir anzusehen. Aber ich vermute mal, Momoko hat Luc bei allem, was nicht koscher war, gefilmt.«

»Hm. Hat der Typ dir nicht auch zu schaffen gemacht?«

»Das kannst du wohl sagen. Aber, wenn ich es mir genau überlege, ist er immer bloß dazwischengegangen, er hat mir niemals ernsthaft wehgetan. Man muss schon sagen, was Puig da mit den beiden Brüdern angestellt hat, verdient meine Hochachtung. Er hätte Gaillard auch einfach verschwinden lassen können ... bei seiner Macht kein Problem. Aber nein, er hat ihm fein säuberlich das Handwerk gelegt.«

»Und woher wusstest du das mit Carole? Von dieser Frau, oder?«

In Stéphanies Worten schwang immer noch ein leicht missächtlicher Unterton gegen die vermeintliche Nebenbuhlerin ihrer Mutter mit.

»Annabelle, bei deren Anblick du mich zum ersten Mal Papa genannt hast ...«

Marianne, die gerade an einem Wasserglas nippte, verschluckte sich und bekam daraufhin einen Hustenkrampf. Stéphanie grinste über das ganze Gesicht.

»Annabelle hatte sich mit einer Freundin getroffen, die zufälligerweise direkt gegenüber von Maréchals Büro wohnt. Als sie spätabends aus dem Fenster sah, bemerkte sie zwei Menschen, die mit Akten unter den Armen aus dem Hauseingang der Kanzlei traten. Geistesgegenwärtig hat sie ihre Freundin hinzugerufen, was zwei astreine Zeugen ergibt, die wir aber, so wie es aussieht, nicht brauchen werden.«

»Okay, okay«, unterbrach Marianne diesen ihrer Meinung nach nebensächlichen Strang der Geschichte. »Boucher ist also mit den Flics bei den Gaillards aufs Gelände gerauscht, und du hast dann was genau getan?«

»Ich habe ihm das Handy von Puig mit der Tonaufnahme unseres Verhörs und Momokos Kamera ausgehändigt, ihm gesagt, dass ich, sollte er der Meinung sein, das alles reiche nicht, noch weitere Zeugen hätte, die ich aber gerne aus der

Sache raushalten möchte. Und dann habe ich ihn gefragt, ob er wissen wolle, wer Maréchal getötet hat. Na, das Gesicht hättet ihr sehen sollen.«

Er versuchte Bouchers Mimik zu imitieren, was nur mittelmäßig gelang, zumindest wenn man die Reaktion der beiden Frauen darauf zugrunde legte.

»Mehr weiß ich nicht. Er hat Luc in einen der Wagen verladen und ist vom Hof gefegt. Luc hatte übrigens nicht einmal mehr einen bösen Blick für mich, als sie ihn abführten. Komplett in sich zusammengesunken, grau im Gesicht, völlig am Ende.«

»Und der Mörder? Das war wirklich Valoteau?«, fragte Marianne.

»Sag mal, nuschele ich? Natürlich war er es.«

»Aber warum denn, was sagt er?«

»Marianne! Ich habe zwar Boucher seine Arbeit abgenommen, aber ein bisschen was musste ich ihm schon auch noch lassen. Tatsächlich hätten wir Luc irgendwo festhalten und direkt zu Valoteau fahren können. In dem Fall hätten wir dann Boucher mit Valoteaus vollständigem Geständnis in der Tasche angerufen, aber das hielt ich doch für übergriffig. Er soll schließlich auch noch seiner Arbeit nachgehen, unser Capitaine Boucher. Nun hat er eine Eins-a-Festnahme, wahrt nicht nur sein Gesicht, sondern steht super da, und wir haben, was wir wollten – unsere Ruhe. Ich glaube, so herum war es richtig. Über Valoteaus Motive werden wir in den nächsten Tagen schon noch einiges erfahren. Am Ende war es schiere Habgier, wette ich. Wie ich immer sage, wenn man auf den Grund der Dinge kommt, liegen sie ganz einfach. Es geht um Geld und um Macht. Die ganze Geschichte hole ich mir dann bei Boucher ab, er schuldet mir jetzt was.«

»Und dann sag du noch mal Fräulein MarxundEngels zu mir.«

»Et alors …«

»Putain!«, stieß Marianne aus, ein übler Slangausdruck, den die Einheimischen allerdings häufig und gern benutzten, um ihrer Überraschung Ausdruck zu verleihen.

»Mama«, rief Stéphanie mit gespielter Empörung.

»In dem Fall darf man das sagen. Überleg mal, Perez, wie wir vor ein paar Tagen auf meinem Dach saßen und du mal wieder dachtest: Die spinnt sich das doch alles zusammen, die verrückte Deutsche. Aber das war nicht mal die Hälfte des Komplotts, ach, was sag ich, nicht mal zehn Prozent waren das. Das ist eine ungeheuerliche Geschichte.«

»Und Kommissar Perez hat sie aufgeklärt«, rief Stéphanie und klopfte ihm auf die Schulter.

»O là là«, rief Marianne.

»Was denn, was denn? Eine Tochter wird doch noch ihren Papa herzen dürfen.«

Stéphanie wurde rot.

»Über diese Papa-Geschichte wird zu reden sein. Aber nicht heute«, sagte Marianne und klatschte in die Hände. »Ich habe Hunger. Wie steht's mit euch, seid ihr so weit? Ich kann es gar nicht erwarten, ohne Angst durchs Dorf zu laufen.«

Nachdem Perez sich in seiner Wohnung frisch eingekleidet hatte, liefen sie untergehakt die Rue Saint-Pierre hinunter. Wer ihnen entgegenkam, musste ausweichen, durfte sich aber einer lauten Begrüßung sowie einiger herzlicher Worte gewiss sein.

Sie hielten Einzug und Hof im *Catalan*, was besser, weil effektiver war, als dem örtlichen Teilzeitreporter des *L'Indépendant* ein Interview zu geben. Nachdem Marianne gebührend geherzt, Luc Gaillard ausreichend beschimpft und auch von den letzten Sympathisanten aus der Gemeinschaft der Aufrechten ausgestoßen worden war und man gemeinsam das eine und andere Gläschen *Banyuls* erhoben und zügig geleert hatte, immer darauf trinkend, dass nun endlich wieder die von allen so sehr herbeigeredete und hochgeliebte Ruhe im Ort einkehren würde, und nachdem Perez zu guter Letzt auch noch, und zwar unter lautem »Ach« und »Oh« und »Hört, hört«, den Neuen, den Elsässer, also Capitaine Boucher ein wenig rehabilitiert hatte, zogen die Hauptdarsteller dieses Provinzdramas weiter.

Zunächst nach draußen, wo auf dem Place Paul Reig alle Stühle voll besetzt waren, jetzt, wo der Tramontane seinen Würgegriff um die Côte Vermeille endlich gelockert hatte und man die lauen Nächte wieder genießen konnte.

Gern ließen sich die drei auf einen Plausch mit den Einheimischen ein, die kaum erwarten konnten, dass die Gruppe von einem Tisch zum nächsten wechselte und endlich auch bei ihnen vorstellig wurde.

Nachdem die Place Paul Reig abgearbeitet war, spazierten sie noch eine Weile am Meer entlang. Bis zum Baillaury – der echte Banyulenc stoppte an dieser Stelle gern, denn hinter der Brücke erwartete einen das Fremde, die Schachtelhäuschen der Touristen –, dann wieder zurück, vorbei an der Skulptur der Sardana-Tänzerinnen und den gut gefüllten Strandcafés bis zur Place Général Basseres am Fuß der Arkaden. Und überall das gleiche Bild: überraschte Rufe, freudige Umarmungen, Wangenküsse, anfassen, streicheln, befreites Lachen und wieder und wieder die unglaubliche Geschichte über Lucs Festnahme und den Mörder Bertrand Valoteau, über den plötzlich jeder etwas anderes zu erzählen wusste, sodass sich am Ende ein Bild des Menschen Valoteau herausschälte, das eigentlich schon viel früher auf ein Gewaltverbrechen hingedeutet hatte, hätte man nur richtig hingesehen. Aber, und das war am Ende, was zählte, der Banyulenc

Gaillard war lediglich ein fehlgeleiteter Einheimischer. Der richtige Täter, derjenige, der den Stoß geführt hatte, war ein Mann aus Mauvezin, einer aus dem Département Gers, mithin ein Ausländer.

Endlich, gegen dreiundzwanzig Uhr, liefen sie mit hochroten Wangen im *Conill* ein. Ein kleiner Vorwurf, dass er nun als Letzter von der großen Abrechnung erfuhr, steckte schon in dem Blick, den der sehr beschäftigte Haziem Perez zuwarf, bevor er auf den Tisch direkt vor dem Serviertresen deutete, den er mit seiner ganzen Autorität den langen Abend über gegen begierige Kunden verteidigt hatte. Der Laden war gerammelt voll. Kein einziger Tourist fand sich unter den Gästen, lauter bekannte Gesichter, wie Perez mit einem schnellen Blick feststellte. Und vermutlich alle aus ein und demselben Grund gekommen. Aber jetzt war es genug. Er hatte getan, was getan werden musste. Marianne war zurück in Banyuls, der Mord an Maréchal aufgeklärt und eine ausreichende Zahl an Einheimischen mit der Geschichte vertraut gemacht. Für die restliche Verbreitung würde nun die Mundpropaganda sorgen, wobei Perez klar war, dass niemand auf der Welt darüber die Kontrolle bewahren konnte. Er war schon jetzt gespannt, wie man die Geschichte ausschmücken, wer noch alles sein Fett abbekommen und am Ende als der Dumme dastehen würde.

Obwohl, eigentlich war es ihm egal. Jetzt musste er sich erst einmal wieder ums Geschäft kümmern. Es galt, den Verlust durch Maréchals Ableben und Valoteaus Verhaftung aufzufangen. Er würde wohl einige Interessenten, die er bislang in der zweiten Reihe geparkt hatte, mit seinen Schätzen beglücken müssen. Aber selten war ihm die Arbeit verlockender erschienen als am Ende dieses Abends.

Also widerstand er den bohrenden Blicken, vertröstete Haziem auf den nächsten Tag und ließ sich stattdessen ordentlich auftischen. Von seinen geliebten Schnecken über den wunderbar nussigen Jabugo-Jabugo, etwas Sobrasada auf Toast gestrichen, eine kleine Burrata – nicht alles aus Italien war schlecht – mit einer Kirschsoße aus Céret au vinaigre de Banyuls, einer Tranche Milchlamm mit rosa Knoblauch, auf dem Holzkohlenfeuer gegrillt, etwas Ziegenkäse zum Abschluss und einem kleinen süßen Törtchen, mit den ersten Aprikosen des Jahres belegt. Zu allem ordentlich Wein und einen kleinen Café zum Abschluss, als alle anderen Gäste längst in ihren Betten lagen, Haziem die Tür abgeschlossen und die Vorhänge zugezogen hatte.

Sie waren vom Tisch am Tresen an den groben Holztisch in der Mitte des Raums gewechselt, an dem sie sich nun gegenübersaßen. Stéphanie schlief, den Kopf auf die Unterarme gebettet, und gab von Zeit zu Zeit röchelnde Geräusche von sich. Die Erwachsenen stoppten dann ihre Unterhaltung, lächelten weinselig, bevor sie den Faden wieder aufnahmen oder ganz einfach einen neuen zu knüpfen begannen.

»Damit wäre dann also alles vorbei!«, resümierte Haziem und suchte gleichzeitig im Regal hinter sich nach einem geeigneten Digestif.

»Herrlich, ja. Mein Gott, was für eine Woche.«

»Sag mal, Perez«, sagte Marianne und klopfte ihm etwas zu fest gegen die Schulter. Der schleppende Klang ihrer Stimme ließ auf mindestens ein Glas Wein zu viel schließen. »Warst du eigentlich noch mal bei Guillaume?«

»Mon Dieu, das hatte ich fast schon wieder vergessen. Aber ja. Sofort nachdem ich bei Jean Martin raus und noch bevor ich zu Puig nach Port-Vendres gefahren bin.«

»Und, hat er was zu Claire gesagt, wo steckt sie, verdammt?«

»Volle Entwarnung. Sie ist bei ihrer Mutter in Paris. Die alte Dame soll ins Heim, und Claire organisiert den Umzug, wenn ich alles richtig verstanden habe.«

»Ich dachte, die ist tot?«

»Wer jetzt, Claires Mutter?«

»Dadurch konnten sie doch überhaupt erst hierher ziehen. Die Frau war ein Pflegefall, und das hat Claire an Paris gebunden. Aber als sie dann gestorben ist ... Und Guillaume sagt, dass sie in Paris bei ihrer Mutter ist? Seltsam!«

»Oha, Marianne.« Perez sprang auf. Sofort schwindelte ihn, weshalb er sich schnell wieder auf den Stuhl fallen ließ. Es war wohl auch für ihn etwas viel Alkohol gewesen. »Das ist nicht mehr länger mein Bier«, sagte er nach einem kurzen Moment des Nachdenkens. »Wirklich nicht. Ich habe die Nase voll von Leuten, die die Unwahrheit sagen. Ich bin raus aus der Geschichte ... Ich wusste übrigens auch nicht, dass Claire Pflegerin ist.«

»Na und, was spielt das für eine Rolle?«

»Ich war nur darüber verwundert, dass es angeblich Leute in Banyuls gibt, die sich eine private Pflege leisten können. Das kostet doch sicherlich enorm viel.«

»Leute? Soviel ich weiß, pflegt sie nur noch den alten Monsieur Chabada. Wenn der das Zeitliche segnet, soll endgültig Schluss sein, sagt sie zumindest. Und das wird vermutlich nicht mehr allzu lange dauern. Er ist schon uralt.«

»Fünfundachtzig, wenn ich mich nicht irre. So alt wie unser Bürgermeister. Sie waren zusammen auf der Schule und auch dicke Kumpels, jedenfalls, bis er weggezogen ist. Ich kenne ihn überhaupt nicht.«

»Ich weiß nur, dass er Mitte der Fünfzigerjahre aus Banyuls weg ist. Nach dem Tod seiner Mutter.«

»Stimmt. Irgendein tragischer Unfall.«

»Man erzählt sich, er habe ein riesiges Vermögen. Er ist aber wohl kein Kunde von dir?«

»Nie gewesen. Er lebt da draußen auf dem Cap de l'Abeille in seinem riesigen Haus. Er ist zwar vor einigen Jahren zurückgekehrt, aber eigentlich nicht nach Banyuls, sondern in diese Festung.«

»Hatten die immer schon Geld?«

»Seine Familie? Soviel ich weiß, waren das ganz arme Schlucker. Er ist Einzelkind und die Eltern längst tot.«

»Und das Geld?«

»Ein Mysterium, Marianne. Ich habe nicht die leiseste Ahnung. Vielleicht hat er einen Lottojackpot geknackt oder mit Pferdewetten ein Vermögen gemacht.«

»Oder er ist bei der Mafia.«

»Oder auch das. Im Augenblick halte ich an der Côte so ziemlich alles für möglich.«

»Warum wird darüber nicht gesprochen? Die Leute hier zerreißen sich doch sonst über alles das Maul.«

»Wie wir heute Abend sehen konnten! ... Wahrscheinlich, weil er nicht in Banyuls wohnt, sich niemals bemerkbar macht. Ich erinnere mich nur, dass es irgendwann hieß, ein gewisser Monsieur Chabada sei zurückgekehrt. Ein Banyulenc, der in der Ferne sein Glück gemacht habe und nun das Haus auf dem Cap von dieser irischen Bierbrauerfamilie gekauft hätte. Gerüchte über Gerüchte, das Ganze über ein paar Wochen hinweg. Aber da draußen am Cap kommt man nicht so einfach vorbei. Ist schließlich fast schon Cerbère. Und wenn dann der Mann niemals im Dorf auftaucht, keine Schlagzeilen produziert und sich nichts zuschulden kommen lässt, vergisst man die Person schon bald wieder.

Aber jetzt haben wir ja direkten Zugriff. Wenn Claire von ihrer toten Mutter zurück ist ... Weißt du eigentlich, Marianne, wie sehr mir diese ganzen Lügen auf die Nerven gehen?«

»Sagtest du schon.«

»Mon dieu! Lass uns gehen. Ich bin müde, habe zu viel gegessen und bin betrunken. Es ist genug für heute. Allez, on y va?«

Zurück im Hotel, setzte sich Marianne zu ihrer Tochter ans Bett. Das Mädchen ließ es geschehen, während die Mutter den Augenblick der Unschuld genoss, der so schnell nicht wiederkehren würde.

»Ach ja«, sagte Marianne später im Bett zu Perez, kurz bevor sie die Augen schloss, »mein Liebhaber hat übrigens geantwortet. Er ist ins Archiv hinabgestiegen und hat nachgesehen, was er über Paulilles finden konnte. Der Arme, hätte sich die Mühe nicht mehr machen müssen. Der Fall ist schließlich abgeschlossen. Egal, er wollte ein Fax schicken, ist wahrscheinlich schon da. Süß war er, sehr süß. Gute Nacht, mein Held, schlaf gut und träum von mir.«

Perez lag auf dem Rücken. Kaum herrschte Ruhe, drehten sich seine Gedanken im Kreis. Die Augen konnte er eh nicht schließen, es war tatsächlich ein bisschen viel *Creus* gewesen. Als von der Seite längst gleichmäßige Atemzüge kamen, die dann und wann in ordinäres Schnarchen übergingen, schlug er das Laken beiseite und trabte durch die Halle zur Rezeption.

Er fand das Faxgerät in Mariannes kleinem Büro. Zwei Seiten Papier lagen darin. Die erste Seite ein Anschreiben:

Meine Liebste,
dein Wunsch ist mir Befehl, daran hat sich bis heute nichts geändert. Die Zeitung, aus der ich dir einen Artikel schicke, existierte zwischen 1876 und 1910.
Die Explosion ereignete sich am 24. Januar 1882. Einige Namen in diesem über 100 Jahre alten Text sind falsch geschrieben. Außerdem fehlt ein Name in der Liste, nämlich der von François Ribes, 20 Jahre alt.
Je t'embrasse, Serge

Auf dem zweiten Blatt dann der Artikel:

»La Républicaine des P.O.« numéro 141, Année 1882, unterzeichnet mit J.A.
26 Janvier:
Wir kommen gerade aus Paulilles; den Kopf voller schrecklicher Bilder. Die formlosen Überreste menschlicher Körper vor unseren Augen; selbst mit der ganzen Kraft unseres Willens können wir uns nicht von diesen Gemälden des Grauens abwenden.
Wir haben die Böschung erklommen. Der Strand ist von Brettern und zerstörten Planken übersät. Fischer suchen zwischen all den Überresten nach Leichenteilen, die die gewaltige Explosion über das gesamte Gebiet bis hinein ins Meer verteilt hat.
Seit dem Morgen schon sammeln sie die Leichenteile. Werden fündig am Strand, im Wasser, auf den Dächern der Baracken und den benachbarten Häusern, in den umliegenden Weinbergen und selbst in den hohen Kiefern des kleinen Wäldchens in der Nähe der Fabrik.

Die Namen der Leichen:
Henri Lucet aus Port-Vendres
Louis Pares aus Port-Vendres, 44 Jahre alt
Ana Mac aus Paulilles

Thérèse Llauris aus Collioure
Dolorès Carrere, Spanierin
Brigitte Agats aus Banyuls, 19 Jahre, aus Prats de Mollo stammend
Pauline Chantebien aus Collioure, 17 Jahre alt
Marie Macaye, verwitwet, 40 Jahre alt
Marguerite Lavaill aus Port Vendres, 17 Jahre alt
Joséphine Chalade aus Banyuls
Albine Pujol, Spanierin, 20 Jahre alt (wurde von ihrer Mutter, die in Port-Vendres lebt, identifiziert)
Marie Coste, verheiratete Laplace aus Banyuls (stillte ein wenige Monate altes Baby)
Marguerite Ribes aus Cosprons (hinterlässt zwei kleine Kinder)
Die Leichenteile, die nicht mehr zugeordnet werden konnten, gehören zu den folgenden Personen:
Catherine Farce aus Banyuls
Thérèse Planes aus Banyuls
Françoise Vilarem aus Banyuls
Catherine Costaceque aus Banyuls
François Malé aus Port-Vendres, 22 Jahre alt
Thérèse Noell, 18 Jahre alt

Das macht zusammen 19 Opfer, 17 Frauen und 2 Männer
So jung gestorben; in Stücke gerissen; zu Staub zermahlen;
Und all das für ein lächerliches Salaire von 3 Franc; 12 Stunden fröhlicher Arbeit, bevor sie der ungeheuren Gefahr zum Opfer fielen.
Es ist wahr, dass sich der Wert der Fabrik von Paulilles seit ihrer Gründung vervierfacht hat und dass die Aktionäre Dividenden zwischen 15 und 20 Prozent erzielen.
Es geht nicht um die soziale Frage, oder doch, meine Herren Ausbeuter der menschlichen Leiber?
Unterzeichnet: A. J.

PS:
Es gab am 17. November 1958 eine weitere Explosion, bei der eine Frau getötet wurde: Veronique Xabada. Die Freunde Albert Coste, Pierre Beltran, Auguste Sola und Raymond Glory wurden schwer verletzt, überlebten aber.

Ich hoffe, du kannst mit dem alten Zeug was anfangen, wofür brauchst du das eigentlich? Vielleicht erzählst du mir alles bei einem netten Abendessen? Erwarte deinen Anruf, meine Nummer hat sich nicht geändert.
Besos, Serge

KAPITEL 23

»Ach, hier bist du«, rief Marianne und wischte sich den Schlaf aus den Augen. Sie kam ein paar Schritte auf Perez zu. »Wie siehst du denn aus, sag mal? Warst du nicht im Bett?«

Perez lag in einem Liegestuhl am Pool. Anstelle einer Antwort lächelte er. Zur Erklärung hob er ein Buch in die Höhe.

»Paulilles: La mémoire ouvrière«, las Marianne laut. »Woher hast du das?«

»Stand in der Bibliothek, drüben im Salon.«

»Ach ja? Dann hat Serge also Wort gehalten und das Fax geschickt?«

Er hob es in die Höhe, Marianne griff danach, hielt es weit genug von sich weg, um auch ohne Brille lesen zu können.

»Ich lese nichts, das dich am Schlaf gehindert haben könnte.«

»Du brauchst deine Brille, chérie.« Er strich ihr zärtlich über die Waden. »Lies das PS deines Liebsten.«

»Eifersüchtig?«

»Auf wen?«

»Du meinst das hier, das Handschriftliche, die zweite Explosion?« Sie las erneut. »Ach komm«, sagte sie dann, »hört sich sicher nur phonetisch gleich an ...«

»Nein, Marianne, wir dachten bislang, er schriebe sich

Chabada. Nur dass man Chabada im Katalanischen vorne mit x schreibt.«

»Mein Gott, ich habe seinen Namen noch nirgendwo geschrieben gesehen.«

»Ich auch nicht.«

»Na, und wenn schon.«

»Monsieur X, Marianne! Monsieur X ist kein lächerliches Synonym, wie wir gedacht haben. Monsieur X ist einfach nur die Abkürzung für Monsieur Xabada, Enric Xabada. Das erklärt alles.« Marianne nahm auf dem Fußende der Liege Platz. »Wenn der enorme Reichtum, den man ihm nachsagt, tatsächlich existiert, dann kann er durch seinen Ausstieg selbst ein Projekt dieser Größenordnung zum Platzen bringen. Und du hältst dort gerade den Grund dafür in Händen, weshalb er ausgestiegen ist. Wahrscheinlich hatte er zunächst auch nur von der Hafenerweiterung in Banyuls Kenntnis, vielleicht noch von Port-Vendres, aber ganz sicher nicht von dem Luxusresort, um das es den Schweden noch am ehesten ging: Paulilles. Vielleicht hat er die ganze Sache abgeblasen, weil seine geliebte Mutter dort in die Luft geflogen ist.«

»Veronique Xabada. 1958. Wie alt war er da?«

»1930 geboren. Also achtundzwanzig Jahre.«

»Und du meinst tatsächlich, diese Veronique war seine Mutter?«

»Du hast es selbst gestern Nacht gesagt, sie ist bei einem Unfall ums Leben gekommen, unter tragischen Umständen. Was könnte tragischer sein, als in die Luft zu fliegen?«

»Und danach ist er einfach von der Bildfläche verschwunden.«

»Weggegangen, wie so viele. Der eine ging aus wirtschaftlichen Gründen, der andere, weil die Gegend ihn immer an einen geliebten Menschen erinnert, den man hier verloren hat. Wieder andere gehen der Liebe wegen. Vielleicht stimmt es ja, dass er in der Legion war, zumindest eine Zeit lang. Das jedenfalls hat man sich immer wieder erzählt. Andere sagen, er sei in Amerika gewesen und habe dort eine Tellerwäscherkarriere hingelegt. Sein Geld mit irgendeinem Patent gemacht, das bis zum heutigen Tag Millionen abwirft. Vielleicht war er einfach nur bei der Mafia und hat dort Leute umgebracht, was weiß denn ich?«

»Wie kommst du denn darauf?«

»Hast du das nicht gestern Nacht gesagt?«

»Hab ich das?«

»Jedenfalls ist er eines Tages mit einem Haufen Geld zurückgekehrt, um hier seinen Lebensabend zu verbringen. Ich weiß noch nicht einmal, ob er verheiratet ist, ob er Kinder hat oder ob er allein da draußen lebt. Nichts weiß ich von ihm, rein gar nichts. Du solltest eigentlich besser informiert sein. Was erzählt denn Claire über den alten Mann?«

»Mein Gott, wir haben wirklich kaum mal über Xabada gesprochen. Sie nennt ihn Xaba, das will er wohl so. Ich hatte auch nicht den Eindruck, als läge Claire viel daran, über ihre Arbeit als Pflegerin zu reden. Sie will raus aus dem Job. Und wie du schon sagst, Xabada lebt fast in Cerbère. Was kümmert's uns?«

»Immerhin hat er in dieses *Côte-d'Azur-deux*-Projekt investiert. Ich versuche mir vorzustellen, was in diesem armen Mann vorgegangen sein muss, als er plötzlich von dem Luxusresort und der Marina in Paulilles erfahren hat. Ungetrübte Badefreuden für Massen von Touristen auf dem Gelände, das seiner Mutter zum Verhängnis wurde.«

Er unterbrach seinen Redefluss und wirkte mit einem Mal nachdenklich.

»Was ist mit dir? Woran denkst du?«, fragte Marianne und legte ihm die Hand auf den Unterschenkel.

»Man vergisst so schnell, was vergangen ist, Marianne.«

»Also bitte, Perez.«

»Doch, doch. Wir fahren mehrmals am Tag an Paulilles vorbei und denken, wenn überhaupt, bloß daran, dass dort ein riesiger Strand in einer der schönsten Buchten der gesamten Côte liegt und dass das der Grund für die vielen Verkehrsbehinderungen durch parkplatzsuchende Touristen ist.«

»Ist doch auch so.«

»Heute, ja. Aber damals existierte in Paulilles ein richtiges Dorf. Ein Dorf, in dem die Familien der vierhundert Arbeiter wohnten, in dem Kinder geboren wurden und Alte starben. In dem gelebt, geliebt und gefeiert wurde.«

»Wo in erster Linie allerdings unter mörderischen Bedingungen geschuftet werden musste, wie der Artikel sagt. Die Erwachsenen arbeiteten in der Dynamitfabrik, während die Kinder nebenan in die Schule gingen.«

»Eh oui, Fräulein MarxundEngels. Man vergisst die Geschichte so schnell.«

Sie nickte. »Ist noch gar nicht so lange her. Wann wurde die Fabrik geschlossen?«

»Mitte der Achtziger. 1960 produzierten sie da unten immer noch über sechzig Tonnen Dynamit, und die großen Frachter legten direkt am Pier an, um den Sprengstoff in die ganze Welt zu transportieren. Sie haben den Panamakanal mit Dynamit aus Paulilles gebaut. Wusstest du das? Das Buch ist wirklich interessant.«

»Aber in erster Linie haben sie mal die Menschen verheizt. Gut, dass die Produktion eingestellt wurde.«

»Vielleicht, Marianne, vielleicht.« Er richtete sich auf. »Noch mal zurück«, sagte er. »Was hättest du getan, wenn du das herausgefunden hättest?«

»Anstelle von Xabada? Ich glaube, ich hätte mich benutzt gefühlt.«

»Und was hättest du getan, wenn du die Mittel dazu gehabt hättest, das Vorhaben zu unterbinden?«

»Hast du schon Kaffee getrunken?«

»Nein!« Er war ein wenig empört über diese profane Frage. »Es ist noch nicht zu Ende«, sagte er bestimmt. »Gaillard und Valoteau sind zwar aus dem Verkehr gezogen, aber zu Ende ist es noch nicht.«

»Was mich betrifft, schon.«

»Aber verstehst du denn nicht? ... Claire!«

Sie stöhnte auf.

»Aber natürlich«, beharrte er. »Sie sagt zu dir: Es hat sich alles erledigt. Hat sie doch so gesagt, oder etwa nicht?«

»*Lehn dich zurück, die Sache ist so gut wie vom Tisch!* Das hat sie gesagt.«

»Lehn dich zurück! Wann sagt man so etwas? Im Theater oder im Kino, vor dem Fernseher. Lehn dich zurück, und genieße die Vorstellung. Aber welche Vorstellung kann damit gemeint gewesen sein? Vielleicht eine Bootsexplosion?«

»Perez!« Marianne sprang auf.

»Das hätte doch eine gewisse pikante Note, findest du nicht? Die Schweden durch eine Explosion mit Dynamit in die Luft zu jagen?«

»Das ist nicht pikant, sondern geschmacklos.«

»Mord ist wirklich geschmacklos, da würde ich dir zustimmen.«

»Meine Freundin Claire ist keine Mörderin, basta! Und außerdem: Lehn dich zurück. Wann lehnt man sich zurück, wenn du die Sache schon so sehr auf die Goldwaage legen willst? Wenn man entspannt ist. Vor einer Explosion kann man nicht entspannen.«

»Es sei denn, ...«

Sie sahen sich an. Versanken beide für einen Moment in die Verwirbelungen, die dieser Gedanke erzeugte.

»Ist das tatsächlich denkbar?«, fragte Marianne.

»Möglich«, antwortete Perez kurz. »Sie muss gewusst haben, was gespielt wird. Sie ist die Pflegerin von Xabada. Die beiden mögen unterschiedliche Gründe haben, das Projekt zu torpedieren, aber sie sind beide daran beteiligt. In jedem Fall ist Claire eingeweiht.«

»Mein Gott! ... Na schön, nehmen wir mal für einen Augenblick an, du hättest recht, was fangen wir damit an? Ich meine, dass Xabada sein Geld aus dem Projekt zurückzieht, ist schließlich kein Verbrechen. Und die Schuld an der Explosion kannst du sicher nicht beweisen. Die Flics haben die Sache zu den Akten gelegt.«

»Nenn es Intuition oder von mir aus auch Starrsinn, aber ich glaube, da steckt noch mehr dahinter. Ich will einfach mehr über den alten Mann erfahren. Ich will herausfinden, wie er zu Maréchal stand, ob er Luc so nahesteht wie früher dem alten Gaillard. Denn vergiss nicht, der Bürgermeister und er waren mal beste Freunde.«

»Da siehst du mal, wie verrückt deine Idee ist. Schließlich hätte er den fast ins Jenseits befördert, wenn es denn so war, wie du vermutest. Gibt es eigentlich etwas Neues zu Gaillards Gesundheitszustand?«

»Stimmt, ja!«, rief Perez. »Boucher hat mir am Telefon so ganz nebenbei gesagt, dass der Général wieder bei Bewusstsein ist. Er hat schon mit ihm telefoniert.«

»Gott sei Dank.«

»Freust du dich etwa?«

»Dass der Typ ein korrupter Sabbergreis ist, heißt nicht, dass ich ihm den Tod wünsche.«

»Natürlich nicht ...« Er schwang die Füße auf den Boden.

»Monsieur X, mein lieber Mann, wer hätte das gedacht?«, stöhnte er.

»Und was, bitte schön, willst du jetzt tun?«

»Ich werde zu Xabada rausfahren und ihn mit meinen Fragen und Vermutungen konfrontieren, ganz einfach!«

»Prima Idee«, rief Marianne spöttisch. »Möchtest du irgendwelche besonderen Blumen auf deinem Grab?«

KAPITEL 24

Übertrieben langsam steuerte Perez seinen Wagen durch die scharfen Kehren in Richtung Cerbère. Er brauchte die Zeit, um nachzudenken, und hoffte, Xabada, den mysteriösen Monsieur X, in seinem Haus anzutreffen.

Die Küstenstraße hinter Banyuls schlängelte sich durch terrassierte Weinberge, die sich zu dieser Jahreszeit noch von ihrer kargen Seite zeigten. Der Austrieb der Rebstöcke erfolgte nicht vor April, erst im Mai tauchten die zarten Blätter der Triebe die Hänge in ein helles Grün. Vor Juni hingen keine Trauben an den Stöcken. Die Weißweinernte begann um den 24. August herum, in schlechteren Jahren in der ersten Septemberwoche. Bis zur Fête des Vendanges am zweiten Wochenende im Oktober war die Ernte vollständig eingebracht.

Die Rebstöcke zogen sich zur Rechten weit das Küstengebirge hinauf und breiteten sich zur Linken der Straße bis zu den Klippen oberhalb des Meeres aus.

Was an normalen Tagen eine beruhigende Wirkung auf Perez hatte, berührte ihn an diesem Tag nicht. Etwas verkrampft saß er hinter dem Steuer, passierte mit dem Kangoo die Auffahrt zu *El Refugio* und einige Kurven später die Abfahrt zur Kläranlage, die gut versteckt in einer Senke außerhalb des bebauten Terrains lag. Wenn er sich richtig erinnerte, hatte auch dieses Stück Land einst den Gaillards gehört, bevor sie es der Stadt als Bauland verkauften. Immerhin war der Ort mit Bedacht gewählt worden, was man nicht von allen Bauvorhaben innerhalb der Gemarkung Banyuls sagen konnte.

Wenig später bremste Perez seine ohnehin langsame Fahrt und bog links in einen unbefestigten Fuhrweg ein. Auf dem kargen Felsrücken des Cap de l'Abeille ruckelte er für die nächsten Minuten in Richtung Steilküste. Kurz bevor er diese erreichte, tauchte eine grüne Oase aus dem rötlich schimmernden Gestein auf. Ein Wäldchen aus sorgfältig angepflanzten Pinien, Zedern und einigen Zypressen, mit Steineichen lose durchsetzt, eingefasst von einer hohen weiß getünchten Mauer. Das Haus selbst war vom Weg aus nicht zu sehen.

Außer dass man hier kein Privatgelände vermutet hätte und auch niemand mehr zu sagen vermochte, wer seinerzeit den Bau eines Wohnhauses an solch exponierter Stelle genehmigt hatte, war nichts weiter an der langen Mauer auszusetzen. Man hatte vermieden, durch Verbotsschilder auf die Ansiedlung hinzuweisen, auch sichtbare Zeichen von Wohlstand oder stählerne Tore mit Überwachungskameras fehlten. Nichts lenkte unnötig Aufmerksamkeit auf Xabadas Anwesen.

Weder erspähte Perez eine Eingangstür noch ein abgestelltes Fahrzeug, das auf die Anwesenheit der Besitzer schließen ließ. Deshalb folgte er zunächst weiter dem Weg, der zusehends ausgewaschener und unbefahrbarer wurde. An seinem Ende, direkt oberhalb des Meeres, verlor er sich auf dem kargen Fels der Klippe.

Perez stieg aus und ging ein paar Meter oberhalb der Klippen Richtung Cerbère, bis sich eine weitere Bucht auftat. Fünfzig Meter unter ihm schaukelten zwei Yachten in der Dünung des Mittelmeers, gut vertäut an einem Steg, der weit ins Wasser hinausragte. Wahrscheinlich kannten eine große Zahl Banyulencs diese Stelle, aber Perez, der nie aufs Meer hinausfuhr, war überrascht. Nicht so sehr, weil ein Mann von Xabadas Reichtum offensichtlich über eine amtliche Yacht verfügte, und auch nicht, weil er sich darüber gewundert hätte, dass ein solcher Mann eine Ausnahmegenehmigung bekommen hatte, seinen Kahn innerhalb der Réserve Marine zu ankern. Es war vielmehr das zweite Schiff, das Perez' Unterkiefer herunterklappen ließ. Er kannte die Yacht, er hatte sie erst vor Kurzem an einem Anleger einige Kilometer die Côte hinauf in Richtung Perpignan gesehen.

Die Geschichte hinter diesen beiden friedlich nebeneinanderschaukelnden Yachten war es, die für die Loopings in seinem Gehirn verantwortlich war.

In diesem Moment höchster Verwirrung trafen ihn die Männerstimmen in seinem Rücken wie ein Keulenschlag. Als er sich mit eingezogenen Schultern umdrehte, standen vor ihm, im strahlenden Licht der Côte Vermeille, Momo und Momoko, die Hände in die Hüften gestemmt und wie fröhlichste Mondkälber über beide Backen grinsend. Vorsorglich zogen sie ihn einige Meter vom Rand der Klippen weg. Dabei hatten sie sichtlich ihren Spaß, lachten weiter lauthals und klopften ihm unentwegt auf die Schultern, als wären sie alte Freunde, die sich seit Jahren nicht gesehen hätten. Und während sie dies taten, quatschten sie auf ihn ein. Alles in lupenreinem, bestem Französisch. Nicht mehr in dieser gutturalen, Perez unbekannten Sprache, derer sie sich bei ihrem Wiedersehen in Gaillards Schreinerei bedient hatten.

Perez, von der Situation völlig überfordert, verstand trotzdem kein Wort.

»Kann mir vielleicht mal einer sagen, was hier gespielt wird?«, stotterte er, nachdem es ihm endlich gelungen war, seine Atmung unter Kontrolle zu bringen.

»Perez«, sagte Kamehamehas wiedergeborenes Alter Ego,

den man nur noch an seinem Irokesenschnitt erkannte, denn in puncto Klamotten hatte sein Bruder, Momoko, gleichgezogen – buntes Hawaiihemd und Camouflage-shorts. »Wir haben dich schon erwartet.«

Bei diesen Worten musste auch noch der letzte Rest Farbe aus Perez' Gesicht gewichen sein, denn die beiden fassten ihn – jeder auf einer Seite – besorgt unter den Achseln und zogen ihn mehr, als dass er selbstständig gelaufen wäre, hinter sich her auf die Oase zu. Perez ließ es geschehen. Er fühlte sich flau im Magen und weich in den Knien.

Ein einfaches, in fröhlichem Grün gestrichenes Blechtor bildete den Eingang zu Xabadas Anwesen. Dahinter lagen die Garagen und Carports für eine ganze Reihe motorisierter Maschinen. Perez identifizierte einen offenen Jeep neben einem Kastenwagen in der Art eines Krankentransporters, aus dem hinten, wie zur Bestätigung, zwei Lochschienen herausragten. Dahinter ein auf Hochglanz polierter John Deere-Trecker, farblich zum Tor der Einfahrt passend, neben einem Aufsitzmäher, der kaum kleiner war als der Traktor. Das letzte Fahrzeug in der Reihe war ein alter 2CV. Perez erkannte das Fahrzeug an seinem Aufkleber.

Auf der anderen Seite der Einfahrt standen ein paar stärker motorisierte Geschosse. Er verstand zu wenig von Motorrädern, als dass er aus der Entfernung hätte sagen können, um welche Marken es sich handelte.

Linker Hand fiel sein Blick durch ein offen stehendes Gartentörchen auf eine gepflegte Rasenfläche, Schatten spendende Olivenbäume und einen großen weißen Swimmingpool.

Das karmesinrot gestrichene Haupthaus umschloss einen Innenhof, wie Perez feststellte, als ihn seine beiden Gehhilfen hineingeschoben hatten. Der schattige Hof war mit Kopfstein gepflastert, darauf standen ein überlanger Holztisch und entsprechend viele Stühle. Im Gang, der den

Hof umlief, wuselten Personen umher, die Perez dem Personal des Anwesens zuschlug. Weitere Männer sah er nicht.

Am Tisch saßen drei Personen, von denen er zwei persönlich kannte. Xabada war ein groß gewachsener, sehr schmaler Mann mit kurz geschnittenem weißem, aber immer noch vollem Haar und einem von Wasser und Sonne gegerbten Gesicht, aus dem ein hauchdünner Oberlippenbart und zwei neugierig funkelnde Augen hinter einer dünnen schwarzen Hornbrille hervorstachen. Er trug einen hellgrauen Einreiher, ein taubenblaues Hemd und geflochtene Schuhe. Und er saß in einem Rollstuhl, mit dem er nun auf Perez zukam.

»Monsieur Perez, ich freue mich sehr, Sie endlich persönlich kennenzulernen. Wir haben Sie schon erwartet.« Er streckte ihm die Hand entgegen. »Nachdem ich schon so viel von meinen Freunden hier über Sie gehört habe. Willkommen in meinem Haus. Bitte nehmen Sie doch Platz. Was darf ich Ihnen anbieten?«

»Die Wahrheit«, hörte sich Perez knurren und zog schnell wieder seine Hand zurück. Mit der anderen streckte er dem Alten das Fax mit dem kopierten Artikel der *Républicaine* entgegen.

Xabada lächelte freundlich. Das Papier legte er, ohne daraufzusehen, auf den Tisch.

»Momo, bringst du unserem Gast einen Kaffee und etwas frisches Wasser, bitte? Und vielleicht noch etwas Gebäck.«

»Oui, Papa«, antwortete Momo, während Momoko sich in einen Liegestuhl fläzte, der durch ein zusätzlich angeschweißtes Stahlrohr auf seine schwere Aufgabe vorbereitet worden war.

Perez, nun wieder voll bei der Sache, ließ seinen Blick zwischen Xabada und seinen Söhnen hin- und herschießen.

»Na klar«, sagte er laut vernehmlich, aber innerlich resignierend. Komme, was wolle, dachte er bei sich, es kann nur noch besser werden.

»Nun, Monsieur Perez, Sie sind gekommen, um Antworten zu erhalten«, begann Xabada, als handele es sich um das Normalste der Welt. »Ich bin bereit, alle Ihre Fragen zu beantworten, nachdem Sie zuerst meinen Ausführungen gefolgt sind. Vielleicht fange ich mit meinen beiden Jungs an, Ihre Überraschung ist mir nicht entgangen.« In diesem Moment stellte Momo einen Espresso, ein kleines Wasserglas und einen Teller voller Churros vor Perez auf den Tisch. »Dabei hätten Sie eigentlich sehen können, dass die beiden meine Söhne sind. Wir sehen uns sehr ähnlich, sagt man. Sieht man vom Körperbau ab – natürlich.«

Erneut zeigte er ein sympathisches und bescheiden wirkendes Lächeln.

»Die jungen Leute trainieren nun mal den ganzen Tag«, fügte er als Erklärung an. »Momo und Momoko sind alles, was mir geblieben ist. Ihre Mutter, meine Frau, ist seit Langem tot. Die Jungs haben beschlossen, in der Heimat ihrer Mutter zu wohnen. Nur zu besonderen Festen oder speziellen Anlässen kommen sie von Algier über das Meer. Die Yacht unten im Hafen ist ihre.«

»Sie gehört dir, Papa«, riefen beide um eine Zehntelsekunde zeitversetzt.

»Nein, nein. Sie ist mein Geschenk an euch. Ich fahre schon lange Jahre nicht mehr zur See«, fuhr er wieder an Perez gewandt fort. »Vor vielen Monaten, Monsieur, kam mein alter Freund Francesc Puig zu mir. Wir saßen hier an diesem Tisch, tranken Kaffee und sprachen über die Zukunft der Côte Vermeille. Mir liegt viel an meiner Heimat.«

Er machte eine Pause, um einen Schluck zu trinken. Das verschaffte Perez Gelegenheit, die anderen am Tisch genauer unter die Lupe zu nehmen.

Nichts erinnerte bei Puig in dieser Umgebung an den Paten von Port-Vendres, den reichsten und erfolgreichsten Mann der Stadt. Im Angesicht seines alten Freundes und dessen offensichtlicher Autorität wurde er wieder zu einem kleinen Jungen, der dem, was der Vater im Begriff stand dem Fremden zu erzählen, atemlos folgte. Es stand außer Frage, wer hier am Tisch das Sagen hatte.

Ganz anders Claire Sirot. Sie schien eher amüsiert über die drei Herren, die sich vorsichtig belauerten. Kein bisschen Nervosität, keinerlei Unsicherheit im Blick. Begegneten sich ihre Blicke, lächelte sie freundlich und nickte aufmunternd, so als ob sie Perez Kraft wünschte, für alles, was an Informationen in den kommenden Minuten noch auf ihn einprasseln würde.

»Aber«, fuhr der Mann im Rollstuhl fort, »ich bin auch Geschäftsmann. Ich erkenne und ergreife eine Gelegenheit, wenn sie sich mir bietet. Wovon mein Freund Fran mir an jenem Tag erzählte, das war so eine Gelegenheit. Allerdings muss ich an dieser Stelle betonen, dass ich höchst selten den Weg einschlage, den andere mir vorgeben wollen. Es stand für mich zum Beispiel von Anfang an fest, dass ich mich niemals auf ein Gespräch mit diesem Herrn Valoteau einlassen würde. Das können Sie mir ruhig als Arroganz auslegen, aber es kostete mich zwei Anrufe, und ich wusste, um wen es sich bei Valoteau handelt – in meinem Alter ist alles immer auch eine Zeitfrage. Deshalb hat Francesc Puig zwar mit meinem Geld, aber in seinem Namen operiert. Zumindest vorerst. Es dauerte nicht lange, und ich nahm direkten Kontakt zu Herrn Persson auf. Wir vereinbarten, die Sache so weit voranzutreiben, wie es mit den handelnden Personen möglich schien. Dieser Hafenausbau ist keine Kleinigkeit und gehört nicht in die Hände eines kleinen Zweigstellenleiters. Hören Sie sich gerne alle anderen Versionen dieser Geschichte an, aber glauben Sie mir, so, wie ich es Ihnen schildere, wäre es gelaufen, wenn ...«

»Wenn Sie nicht plötzlich auf den ganzen Plan gestoßen wären«, fiel Perez, der seine Kräfte zurückkehren fühlte, dem Alten ins Wort.

»Perez!«, rief Puig ihn zur Ordnung. Offenbar hielt er es für nicht angebracht, dass ausgerechnet Perez seinen Chef unterbrach. »Entschuldige, Xaba«, sagte er an die Adresse des alten Mannes gerichtet, als sei er für Perez' aufmüpfiges Verhalten verantwortlich.

»Schon gut, Francesc. Lass Monsieur Perez bitte alle Fragen stellen, die er stellen möchte. Er hat genug durchlitten ... durch unsere Fehler.«

Er trank erneut, bevor er sich eine Zigarette ansteckte.

»Xaba, du sollst doch nicht rauchen«, sagte Claire mit weicher Stimme.

Er lächelte ihr zu. Dann hielt er Perez das Etui hin, gab ihm Feuer und sah für einen Zug lang hinauf zum Firmament.

»Ja, Monsieur Perez, wenn ich ...«

»Entschuldigung«, unterbrach Perez, »würde es Ihnen etwas ausmachen, mich einfach Perez zu nennen. Dieses ständige Monsieur macht mich nervös. Ich bin es nicht gewöhnt ...«

»Dann bestehe ich darauf, dass Sie mich Xaba nennen ... Bitte«, fügte er an.

»Nun ja ... Xaba ... na schön. Was mich interessieren würde: Wie gelangten Sie an die Information, dass es bei dem Projekt der Schweden nicht allein um Banyuls und Port-Vendres ging, sondern auch um Paulilles, also um *Côte d'Azur deux*?«

Der Alte deutete mit dem Finger auf Puig.

»Wir haben ab einem gewissen Punkt darauf bestanden,

dass Maréchal das Notarielle abwickelt, und hatten das auch mit den Schweden besprochen«, griff Puig den Ball auf.

»Verstehe ich nicht. Wusste Maréchal schon von allem?«

»Nein, zu Beginn natürlich nicht. Aber bald schon. Wir besorgtem ihm Zugang zu den Schweden, und er war ja ein überaus geschickter Mann. Er fand die gesamte Tragweite des Projekts heraus und erzählte uns davon. Die Schweden haben nie mit offenen Karten gespielt.«

Perez nahm aus den Augenwinkeln wahr, wie Xabada sich bekreuzigte. Und er fragte sich, ob in diesem Spiel überhaupt irgendjemand mit offenen Karten spielte. Er hatte daran seine Zweifel.

»Und das war für Sie, Monsieur ...«

»Xaba.«

»Xaba, ja. War das der Grund, auszusteigen?«

»Es gab mehrere Dinge, die zeitlich zusammenfielen. Puig fand heraus, dass Luc Gaillard als Handlanger für Valoteau in der Sache mit drinsteckte, womit sich in unserem Team einiges veränderte. Ich denke, Sie kennen Frans Vorbehalte diesem Mann gegenüber. Und ja, wir fanden heraus, was Sie anscheinend auch entdeckt haben. Wie übrigens?«

»Spielt keine Rolle.«

Er fixierte Claire, die sich in diesem Augenblick nicht daran zu erinnern schien, dass sie ihrer Freundin Marianne zum ersten Mal von *Côte d'Azur deux* erzählt hatte. Sie hatte sich über die für Perez gedachten Churros hergemacht.

»Nein. Sie haben recht. Das geht mich nichts an«, sagte Xabada. »... Paulilles ist etwas ganz Besonderes für mich. Heilige Erde. Meine Großmutter hat schon dort gearbeitet. Meine Mutter ist im Dorf neben der Fabrik geboren, ebenso wie ich selbst. Sie hat die letzte Explosion nicht überlebt. Vielleicht wissen Sie, dass es nicht nur die beiden großen Explosionen gegeben hat. Generationen von Arbeitern haben in Paulilles mit dem Tod geflirtet, um leben zu können. Immer wieder gab es Opfer, nur meistens gelang es den Besitzern, die Unfälle unter der Decke zu halten. Die Menschen trauten sich nicht, aufzumucken, damals nicht. Paulilles, mon dieu. Sicher verstehen Sie, Perez, dass ich es nicht zulassen konnte, dass auf den Gräbern meiner Vorfahren und denen vieler anderer Menschen eine Freizeitanlage gebaut würde.«

»Und nun bin ich gespannt, wie es weitergeht.«

»Na schön, Sie haben das Temperament eines jungen Mannes, Perez. Aber ich habe nichts dagegen. Ich vertraue Ihnen. Mein Freund Puig hat für Sie gebürgt.« Perez hielt seinem prüfenden Blick tapfer stand. »Zu diesem Zeitpunkt«, fuhr er fort, »bat ich meine Söhne um Unterstützung. Ich wollte etwas für Fran tun, der mir seit der gemeinsamen Zeit in der Legion immer treu zur Seite gestanden hat. Ich wollte ihm für das, was er im Begriff stand, für mich zu tun, etwas zurückgeben. Deshalb organisierten wir, dass Luc Gaillard nach einem Leibwächter Ausschau halten musste. Und nun sehen Sie sich Momoko an. Glauben Sie, Luc hätte auch nur einen Moment gezögert, als Maréchal ihn ihm vorgestellt hat?«

»Moment, Moment. Das geht jetzt etwas schnell. Fran, was wolltest du tun?«

Xabada hob die Hand, und Puig sank zurück in seinen Stuhl.

»Lassen Sie mich fortfahren. Ich glaube, ich kann es gut erklären. Nachdem ich erfahren hatte, dass es im Kern um Paulilles ging und nicht etwa um eine reine Hafenerweiterung ...« Claire hüstelte. »Warte«, flüsterte er in ihre Richtung, »das kommt schon noch. Nachdem ich das wusste, hat mich Momo nach Schweden geflogen. Ich habe Persson in seinem Büro aufgesucht und mit ihm von Mann zu Mann gesprochen. Wissen Sie, Perez, ich bin es gewohnt, auf dem großen Parkett zu tanzen, aber ich habe niemals erlebt, dass man mich derart herablassend behandelt hätte.« Seine Stimme wurde lauter. »Niemals«, brüllte er und schleuderte das halb volle Wasserglas wütend gegen die nächste Wand.

Stille breitete sich aus. Nur unterbrochen von der eilig herbeigeeilten Putzfrau, die schnell und möglichst unauffällig die Scherben zusammenkehrte.

»Bitte entschuldigt! ... Bitte entschuldigen Sie, Perez. ...«

»Er ging nicht auf Ihre Bedingungen ein?«, wollte Perez wissen, der einfach darauf vertraute, dass die Scherben ihm Glück bringen würden.

»Ich habe keine Bedingungen gestellt. Ich habe ihm erzählt, was ich Ihnen soeben erzählt habe. Es hat ihn einen Scheißdreck interessiert.«

»Also mussten Sie andere Maßnahmen ergreifen.«

»Ja«, erwiderte Xabada mit hartem Blick.

»Und was sollte nun unser aller Freund Fran für Sie tun?«

»Ich glaube, hier komme ich ins Spiel«, sagte Claire und wartete das Nicken des Alten ab, bevor sie fortfuhr. »Ich hatte ja zufällig zwei der Schweden als Skipperin bei einem Tauchgang begleitet und die Sache mit Banyuls herausgefunden. Weißt du ja – von Marianne. Am nächsten Tag war ich hier bei Xaba und hab ihm davon erzählt. Wir haben uns mächtig gestritten. Er fand den Plan vernünftig, weil er mit Umweltschutz nichts am Hut hat. Ich habe versucht, ihn davon zu überzeugen, dass es ein Scheißplan ist und dass dieser Plan auch mein Geschäft ruinieren würde. Zwei Tage später saß Puig hier, und sie haben über die Möglichkeiten gesprochen, die Schweden abzuschrecken.«

»Ihnen eine Botschaft zu schicken«, warf Puig ein.

»Genau!«, sagte Claire. »Ich habe das Gespräch der beiden belauscht und bin dann reingeplatzt. Der Deal, um es abzukürzen, war, dass Puig und ich das Dynamit am Rumpf befestigen, den Zünder einstellen, die Yacht nach Banyuls schippern und kurz vor knapp über Steuerbord ins Wasser gehen und davontauchen. Im Gegenzug für meine Unterstützung würden Xaba und Francesc ganz auf den Plan verzichten, denn zunächst wollten sie die Schweden rausdrängen, Paulilles unbebaut lassen, aber die restlichen Maßnahmen allein durchführen.«

»Ach nein!«, rief Perez.

»So war es nicht ganz«, wiegelte Xabada ab. »Ich hatte dir zugesichert, noch mal darüber nachzudenken. Ich bin immer noch der Meinung, dass eine Hafenerweiterung in den zwei Orten der Côte eine gute Sache wäre, nicht nur, weil ich als Investor daran verdienen würde. Ich teile Claires Ansichten nicht. Und die Sache ist auch noch nicht entschieden. Schließlich stehen wir im Wort.«

»Hört, hört«, rief Perez. Er stieß Luft aus und kratzte sich am Bauch.

»Kompliziert, nicht wahr?«

»Sagen Sie mal, hatten Sie keine Angst, dass bei der Explosion Menschen zu Schaden kommen? Claire, Sie sind doch sonst immer so ... so ... ach verdammt.«

»Natürlich war die Sache gefährlich«, sagte der Alte. »Und da begingen wir unseren ersten Fehler. Die Explosion war zu stark. Es ist lange her, dass ich mich mit Dynamit beschäftigt habe. Immerhin weiß ich noch, wie man Sprengladungen baut und anbringt, die keine Rückstände hinterlassen. Ich bin im Nachhinein nur froh, dass nicht noch mehr passiert ist, vor allem, dass keine Menschen getötet wurden. Ich habe bereits angefangen und werde noch weitere Wege finden, für den entstandenen Schaden geradezustehen.«

»Bloß dass Ihr guter Freund Paul dabei fast gestorben wäre.«

»Ja«, sagte Xabada lapidar, doch es war ihm anzusehen, dass er darunter litt. »Ja, aber er hat die Entscheidung mitgetragen.«

Der nächste Tiefschlag des Tages. Perez fiel nichts ein, was er hätte fragen können. Wer war denn noch alles in diese Scheiße verstrickt?

»Aber Luc ...«, brachte er schließlich heraus.

»Luc steht auf einem anderen Blatt. Der Junge ist ein Taugenichts. Er hat das Lebenswerk seines Vaters in nur wenigen Jahren zugrunde gerichtet. Paul Gaillard will diesen Hafenausbau unbedingt. Er braucht ihn sogar, seine Firma braucht ihn, das will ich Ihnen nicht verheimlichen. Aber er stand auch fest an meiner Seite, als ich beschloss, die Schweden zu attackieren. Aber noch mal, die Explosion war zu heftig, und das war mein Fehler, ganz allein mein Fehler.«

»Und die Schweden, die Pässe, Kreditkarten?«, fragte Perez und sah zu Puig rüber.

Der zuckte bloß mit den Schultern. »So was kann man regeln.«

»Komm, Fran, jetzt mal Klartext: Du hast quasi deine eigene Yacht gekapert, hast Madame Claire zugeladen, hast das Boot nach Banyuls gesteuert, eine Sprengladung angebracht, bevor ihr euch Sauerstoffflaschen geschnappt habt und von Bord gesprungen seid ...«

»Und in Paulilles wieder an Land geschwommen, wo Momo uns aufgenommen hat. Genau so ist es gelaufen. Es war knapp, aber wir sind mit einem blauen Auge davongekommen.«

»Und dann hast du die Traute, Boucher und mir zu erzählen, dass irgendwelche Schweden das Boot gemietet haben, und bekommst außerdem noch das Geld von der Versicherung zurück. Wie viele Verbrechen sind das genau? Mann, Fran, das hätte ich dir nicht zugetraut. Aber immerhin verstehe ich jetzt, warum du den Toten gegenüber so gleichgültig warst … Und Sie, Madame …« Perez blieb beharrlich beim Sie, auch wenn ihm nicht entgangen war, dass Claire Sirot ihn zuvor geduzt hatte. Er sah keinen Grund zur Vertraulichkeit. »Ich verstehe jetzt endlich, wieso Sie Marianne am Vortag sagen konnten: »Lehn dich zurück, die Sache ist so gut wie vom Tisch.«

»Na ja«, antwortete Claire.

»Nix, na ja. War sie nämlich nicht. Für Marianne fing die Scheiße damit erst an.«

»Weil Marianne unbedingt an dieser Schwachsinnsaktion mit den BHs festhalten musste.«

»Nein, sondern weil Luc Gaillard sie sich geschnappt hat. Weil der nämlich nicht wusste, was da auf der anderen Seite für Strippen gezogen wurden. Und du, Fran, du wusstest die ganze Zeit, was passiert war, von deinem Privatsekretär Nummer zwo.«

»Aber doch nicht, wo sie sich aufhielt.«

»Ach hör doch auf mit dieser Scheiße!«, brüllte Perez.

»Richtig«, versuchte Xabada zu beschwichtigen. »Das war unser nächster Fehler. Wir hätten Luc vorher aus dem Verkehr ziehen müssen. Dann wäre Ihre Freundin nicht, ich nenne es mal, vertrieben worden, und wir hätten Sie nicht plötzlich an der Hacke gehabt.« Er lächelte immer noch freundlich. »Sie können sehr hartnäckig sein. Ich war überrascht, obwohl mir Fran versichert hatte, dass es so kommen würde. »Perez ist eine Zecke« hat er immer wieder gesagt, und so war es. Vor Boucher hatten wir keine Angst, aber Sie tauchten immer wieder auf und machten alles noch komplizierter. Bitte verstehen Sie das nicht als Vorwurf. Ich an Ihrer Stelle hätte mich nicht anders verhalten. Wir hätten Luc aus dem Verkehr ziehen müssen, wie ich schon sagte. Ich kann mich nur entschuldigen.«

»Und am Ende?«

»Wie meinen Sie?«

»Am Ende ist dann alles aus dem Ruder gelaufen.«

»Ja. Das war unser schwerster Fehler, weil er ein Menschenleben gekostet hat.«

»Aber nein ...«, wollte Puig unterbrechen. Ein Handzeichen stoppte ihn.

»Lass, Francesc. Ich weiß, wann etwas mein Fehler ist und wann nicht. Die Schweden waren nach der Explosion noch einmal in Banyuls. Persson persönlich mit zwei seiner leitenden Angestellten. Sie wussten nicht, wie eng Maître Maréchal und wir uns standen. Persson hat versucht, über Maréchal wieder ins Spiel zu kommen. Und direkt nach Persson kam Valoteau, weil wir entschieden hatten, dass Maréchal nun, da ich meinen Rückzug verkündet hatte, ebenfalls aussteigen sollte. Zu diesem Zeitpunkt hatte Valoteau bereits erfahren, dass seine Zentrale ihn von dem Geschäft abziehen würde, obwohl er zuvor geglaubt hatte, die Kontrolle behalten zu können. Aber wissen Sie, es gibt immer einen Menschen darüber, und da ich einer der Großkunden der Bank bin und nebenbei noch Aktionär, nun ja, wie gesagt, er war nur ein kleiner Zweigstellenleiter ... Valoteau wusste, er hatte keine Trümpfe mehr, mit denen er die Schweden bei der Stange halten konnte. Also ist er zu Maréchal und ... Wie genau es passiert ist, wissen wir nicht. Wir nehmen an, dass es im Zuge eines Streits zu Handgreiflichkeiten kam.«

»Und dann hat Valoteau Luc Gaillard als Putzfrau gerufen.«

»Richtig. Wir haben die Nachricht natürlich zeitgleich erhalten.«

»Ach ja?«

»Natürlich. Momoko war schließlich vor Ort. Er sollte im Auftrag von Valoteau auch das Modell entsorgen, während

Gaillard mit dieser Sekretärin zusammen die Akten aus Maréchals Büro verschwinden lassen wollte und das, wie wir seit gestern wissen, ja auch tat.«

»Das Modell, ja richtig.«

»Kommen Sie doch mal mit mir, Perez. Ihr anderen wartet bitte hier.«

Xabada rollte ohne ein weiteres Wort zurück ins Haus. Perez folgte ihm durch den Gang, vorbei an der Köchin, in den Salon. Mitten im Raum, ähnlich platziert wie zuvor beim Maître, stand das ihm bekannte Modell.

»Ich wollte es behalten, deshalb habe ich Momoko gebeten, es direkt hierherzubringen«, sagte der Alte mehr zu sich selbst. »Vielleicht bauen wir ja doch noch eines Tages.«

Perez ging an die Platte heran und las die Legende. Dann lief er, eine Hand in der Tasche, entschlossen zurück zur Tür und schloss sie leise.

»Nein«, sagte er mit fester Stimme. »Nein, das werden Sie nicht. Von mir aus behalten Sie das Modell als Teil Ihrer Großmannssucht, aber gebaut wird davon nichts, ganz im Gegenteil. Ich finde es nachvollziehbar, dass Sie die Bebauung von Paulilles verhindert haben – das verstehe ich gut. Aber all Ihre Entschuldigungen finde ich degoutant. Was Sie getan haben, was Sie vorhatten, hat vielen Menschen Leid zugefügt. Außerdem haben Sie Gesetze gebrochen. Sie wirken so freundlich, Monsieur Xabada, und Ihre Geschichte rührt mich. Nicht einmal unsympathisch waren Sie mir, aber trotzdem missachte ich zutiefst, was Sie getan haben. Allein schon der Gedanke, nach all diesen Schrecken doch noch einen Teil des Plans verwirklichen zu wollen, ist schändlich. Eben sagten Sie, dass Sie mir vertrauen. Das war ein Fehler. Ich bin keiner der Ihren, ich finde auch nicht, dass der Zweck die Mittel heiligt. Wissen Sie was? Ich hätte gute Lust, Sie anzuzeigen.«

Der Alte lächelte milde, als wollte er sagen: »Aber nicht doch.«

»Wenn«, rief Perez laut und näherte sich dem Mann im Rollstuhl. »Wenn ich nicht eine bessere Idee hätte. Und der erste Teil dieser Idee ist, dass Sie die Baupläne auf alle Zeit in der Schublade verschwinden lassen.«

»Sie überschätzen sich.« Jetzt flüsterte Xabada, und es stand kein Lächeln mehr in seinem Gesicht.

»Das glaube ich nicht.«

Perez zog sein Mobiltelefon aus der Tasche und hielt dem Alten das Display direkt vor die Nase. So konnte er sehen, dass Perez verbunden war.

»Seit dem ersten Wort«, flüsterte Perez und forderte ihn mit einer Geste auf, sich anzuhören, was die Person am anderen Ende der Leitung zu sagen hatte.

Xabada hielt das Telefon ans Ohr und lauschte in den Hörer. Nachdem Marianne am anderen Ende der Leitung gesagt hatte, was gesagt werden musste, gab er das Mobiltelefon an seinen Besitzer zurück.

»Monsieur Xabada, ich danke Ihnen für Ihre Zeit und schon heute für das, was Sie, aus Liebe zu Ihrer Heimat, in Zukunft alles für Banyuls tun werden. Haben Sie einen schönen Tag und entschuldigen Sie mich bitte bei Ihren Gästen, aber die Pflicht ruft.«

In der Tür drehte sich Perez noch einmal um.

»Ach, eins noch, Xaba, sollten Sie mal Bedarf an besonderen Dingen haben, an einem *Creus* zum Beispiel, einem Jabugo-Jabugo ...«

»Dann wende ich mich an Sie, ich habe verstanden.«

Intelligente Menschen wissen, wann ein Spiel verloren ist, dachte Perez.

EINIGE MONATE SPÄTER

»Zeigst du mir bitte mal das Reservierungsbuch, Haziem.«

Haziem wischte sich die Hände an dem blau-weißen Handtuch ab, das er als Schürze um die Hüften gebunden hatte, und schob Perez die Kladde über den Tresen.

»Ich habe jeden Tag der Woche um die zehn Leute angenommen.«

»Ich will dich doch nicht kontrollieren, mon pote. Will nur mal sehen, wer eingetragen ist, damit ich weiß, ob ich mit den Weinbeständen hinkomme.«

»Creus?«

»Ich werde im Alter zu weich. Was haben wir jetzt? Ende August?«

»2. September.«

»Alors! Und schon ist der letzte Jahrgang fast komplett verkauft.«

»So ist das mit den guten Weinen, irgendwann sind sie weg. Besser, als darauf sitzen zu bleiben.«

»Haziem! Du bist mein Freund und zudem ein wunderbarer Koch. Und du hast das Restaurant voll im Griff. Seit einigen Monaten weiß ich sogar, dass du ein Börsenspezialist bist. Aber vom *Creus* hast du nach all den Jahren immer noch keine Ahnung. Der *Creus* ist nicht nur ein Wirtschaftsgut, sondern vor allem ein Mittel der Beziehungspflege. Das Geniale daran ist bloß, dass er mir nicht nur hilft, die Beziehungen anzubahnen und zu pflegen, sondern dass wir damit zusätzlich einen Haufen Geld machen. So was gibt's nur einmal, das ist einzigartig, mein Alter, *einzigartig*! Und das bedeutet eben auch, dass ich zu jeder Zeit über eine gewisse Menge an Flaschen verfügen muss.«

»Eine gewisse Menge.«

»Genau. Eine gewisse Menge. Schließlich weiß man ja nie.«

»Apropos nicht wissen.«

»Was?«

»Ich habe deinem neuen Freund jetzt endlich einen Tisch gegeben, so wie du es wolltest.«

»Boucher?«

»Oui.«

Schon vor Wochen waren sie deshalb aneinandergeraten. Perez hatte am Tisch gesessen und in sein Notizbuch geschrieben, als er hörte, wie Haziem dem Capitaine einen Achter absagte. Darauf angesprochen gab sich der Maghrebiner ausgesprochen spröde. Schließlich habe er, Perez, es noch im Frühjahr verboten.

»Aber seitdem ist viel passiert, Haziem«, hatte Perez geantwortet. »Natürlich bekommt der Kommissar einen Tisch. Schließlich ist er kein Unmensch.«

»Für wann?«, wollte er jetzt wissen.

»Müsste schon da sein.«

Und als hätte er die Unterhaltung der beiden Männer verfolgt, klopfte Capitaine Boucher in diesem Augenblick mit dem Knöchel gegen die Scheibe der Eingangstür.

»Monsieur le Capitaine. Hereinspaziert«, rief Perez und erhob sich. »Dass Sie den Weg in mein bescheidenes Restaurant finden ...«

»Perez. Mein Gott, ist das heiß heute. Und keine Parkplätze weit und breit.«

»Et oui, die Touristen. Bis morgen noch, dann geht die

Schule wieder los, dann kehrt Ruhe ein. Wie geht es Ihnen, Boucher? Ist das Ihre Familie?«

Boucher stellte sie der Reihe nach vor. Seine Frau, die beiden Kinder, den Hund des Hauses, Eltern und Schwiegereltern.

»Das sieht mir ganz danach aus, als gäbe es etwas zu feiern«, sagte Perez, nachdem die ganze Gesellschaft Platz genommen hatte. »Haziem, haben wir noch eine Flasche von diesem erfrischenden *Limoux*? Sie erlauben mir doch, Capitaine, dass ich Ihnen und Ihren Lieben ein Glas offeriere?«

»Es ist der Geburtstag meiner Frau.«

»Dann meine allerbesten Wünsche zum Ehrentag, Madame. Obwohl man doch unter vierzig nicht groß feiert.«

Madame war enchantée. Die Stimmung bestens. Bei Perez sank sie erst wieder, als Boucher nach einer Weile aufstand, zu ihm an den Tresen kam und ihm ins Ohr flüsterte:

»Jetzt wäre ein idealer Zeitpunkt für diesen Wein. Hätten Sie wohl noch eine Flasche für das Geburtstagskind? Eine Nachbarin hat ihr davon vorgeschwärmt und jetzt ... na ja, Sie wissen, wie die Frauen sind.«

Perez drehte sich zu Haziem, schritt hinter den Tresen und flüsterte dem Freund im Vorbeigehen ein verzweifeltes »Verstehst du jetzt?« zu. Wieder eine Flasche weniger. Es würde ihm nichts weiter übrig bleiben, als seinen ganz persönlichen Gang nach Canossa anzutreten. Zum einzigen Menschen, der ihn aus dieser Notlage befreien könnte.

»Sie haben Glück, Monsieur Boucher«, sagte er, als er wieder aus dem kleinen Lager hervortrat. »Eigentlich ist der letzte Jahrgang ausverkauft, aber diese hier habe ich noch gefunden.« Er hielt die Flasche hoch wie Zizou den Coupe

Jules Rimet nach dem gewonnen WM-Finale von 1998 – bloß mit entschieden weniger Freude im Herzen.

Nachdem die Familie Boucher eine schöne Zeche gemacht und alle Gläser geleert hatte, kam der Capitaine zum Bezahlen abermals an den Tresen. Haziem warf Perez einen Blick zu. Der zuckte die Achseln, was so viel bedeutete wie: Wieso sollte er nicht bezahlen?

»Kommt gleich«, antwortete Haziem und ließ die beiden Männer allein.

»Haben Sie eigentlich die Geschichte vom Hafen gehört, Perez?«, fragte Boucher. »Sicher haben Sie das. Aber kennen Sie auch den Mann, der dahintersteckt, diesen sagenumwobenen Investor?«

»Xaba? Flüchtig! Nun ja, er ist so reich, pah, die paar Millionen, die bezahlt der doch aus seiner Portokasse.«

»Unvorstellbar. Dieser Mann kauft das Terrain und überschreibt es sofort wieder der Gemeinde. Als Schenkung! Mit der einzigen Auflage, dass das gesamte Areal in der bestehenden Form erhalten werden muss. Unglaublich! Womit hat er sein Geld noch mal verdient?«

»Keine Ahnung. Wie gesagt, ich kenne ihn kaum. Aber er ist mit unserem Bürgermeister befreundet. Wussten Sie eigentlich, dass Gaillard just heute wieder seinen ersten Arbeitstag hatte? Man hört, es gehe ihm gut.«

»Sie meinen, wir verdanken dieses großzügige Geschenk am Ende unserem Gaillard?«

»Kann man so sagen. Aber *ich* weiß auch noch etwas, Capitaine, von dem *Sie* vielleicht noch nicht gehört haben.«

»Da bin ich aber mal gespannt. Schön, dass wir unseren Informationsaustausch fortsetzen.«

Sie lachten beide herzhaft.

»Also?«

»Wahrscheinlich wussten Sie nicht, dass unsere örtliche Sparkasse das Terrain von Paulilles vor einiger Zeit gekauft hat. Man hat schon gemunkelt, dass sie darauf ein Village und eine Marina bauen wollten. Doch nun, ohne Ankündigung, die Überraschung für uns alle hier: Man hat beschlossen, das Gebiet an das Conservatoire du littoral zu verkaufen. Und die werden daraus so etwas machen wie ein Freilandmuseum. Man will die wechselvolle Geschichte des Ortes für die Nachwelt dokumentieren.«

»Hübscher Gedanke«, entfuhr es Boucher, dem man anmerkte, dass er nicht einmal wusste, wovon Perez sprach.

»Nicht wahr. Eine tolle Sache. Geben Sie es ruhig zu, Monsieur Boucher, das ist schon ein schönes Fleckchen Erde, unser Banyuls. Und es gibt sehr nette Menschen hier.«

»Manchmal sind sie vielleicht ein wenig speziell.«

»Jaaa, aber im Großen und Ganzen nett. Warten Sie, Boucher, der Clou kommt erst noch. Den Kauf könnte das CdL natürlich niemals alleine stemmen. Und dahinter, so munkelt man, steckt ebenfalls Monsieur Xabada. Er hat aus seiner Privatschatulle den Kaufpreis aufgebracht und wird selbst noch den Vorsitz im Kuratorium der Stiftung übernehmen. Ist das nicht sagenhaft?«

»Der Mann ist doch schon steinalt.«

»Das schon, aber bei bester Gesundheit, wie man hört. Ich glaube, er wird noch eine Menge Gutes für unsere Region tun, bevor er eines hoffentlich fernen Tages das Zeitliche segnet.«

»Na schön, na schön. Sagen Sie, Perez, ein Letztes, könnten Sie mich denn schon einmal für den nächsten Jahrgang des *Creus* vormerken? ... Gegen Bezahlung natürlich! Was sagten Sie noch, kostet die Flasche?«

Perez flüsterte ihm die Summe ins Ohr, wobei er die

Preiserhöhung für den neuen Jahrgang gleich vorwegnahm. Boucher erbleichte.

»Trotzdem«, flüsterte er zurück. »Ein paar Flaschen will ich mir wohl gönnen. Meine Frau ist begeistert.«

Perez zog seine Kladde aus der Hemdtasche, leckte seinen Bleistift an und notierte:

Boucher »C«.

»C'est noté, Monsieur Le Capitaine.«

Auf ein Ausrufezeichen hinter Bouchers Namen verzichtete er, man musste ja nicht gleich davon ausgehen, dass dies der Beginn einer wunderbaren Freundschaft war.